«PANDORA»

Della stessa autrice

Anna dagli occhi verdi
Il barone
Saulina (Il vento del passato)
Come stelle cadenti
Disperatamente Giulia
Donna d'onore
E infine una pioggia di diamanti
Lo splendore della vita
Il Cigno Nero
Come vento selvaggio
Il Corsaro e la rosa
Caterina a modo suo
Lezione di tango
Vaniglia e cioccolato
Vicolo della Duchesca
6 aprile '96
Qualcosa di buono
Rosso Corallo
Rosso Corallo
(Edizione illustrata)
Singolare femminile
Il gioco delle verità
Mister Gregory
Un amore di marito
Léonie
Giulia per sempre
(*Disperatamente Giulia, Lo splendore della vita*)
Il Diavolo e la rossumata
Palazzo Sogliano
La moglie magica
La vigna di Angelica

Tutti i libri di Sveva Casati Modignani sono disponibili anche in versione ebook, a eccezione di *Rosso Corallo* (Edizione illustrata) e *Giulia per sempre*.

SVEVA CASATI MODIGNANI

LA VIGNA DI ANGELICA

Sperling & Kupfer

I fatti narrati sono immaginari. Ogni riferimento a fatti e luoghi reali o a persone realmente esistenti o esistite è puramente casuale.

Realizzazione editoriale a cura di Oldoni Grafica Editoriale.

LA VIGNA DI ANGELICA

ISBN 978-88-200-5827-2

I Edizione aprile 2015

Anno 2015-2016-2017 - Edizione 1 2 3 4 5 6 7 8 9 10

Dedicato a:
Anna Bartorelli,
suo marito Francesco Rocco
e suo fratello Antonio Bartorelli,
i miei Angeli Custodi.

Ringraziamenti

Parecchi anni fa, Anna Pesenti, capo-ufficio stampa dell'Associazione Nazionale Le Donne del Vino, mi aveva introdotta in un universo che non conoscevo, quello delle signore nate e cresciute tra i vigneti e che, avendo raccolto questa preziosa eredità, hanno proseguito nel mestiere dei padri, contribuendo ad affermare una tra le molte eccellenze del nostro Paese. Sono tante, sono bravissime, mi hanno coinvolta nelle loro narrazioni e dai nostri incontri è nata la figura di Angelica, la protagonista di questo romanzo. Dunque, ringrazio Anna Pesenti e alcune di loro, tra cui Pia Donata Berlucchi, che, dalla secolare residenza di Borgonato di Franciacorta, con il sostegno dello storico enologo Cesare Ferrari, dell'enologo Luca Cerruti e dell'agronomo Renzo D'Attoma, con mano ferma e lungimiranza guida l'azienda di famiglia, la Fratelli Berlucchi. Grazie anche a Marilisa Allegrini, pure lei «figlia d'arte», produttrice dell'impareggiabile Amarone Allegrini, che ha diffuso nel mondo il suo marchio e mi ha ospitata nelle stanze suggestive della cinquecentesca Villa della Torre, a Fumane, nel cuore della Valpolicella. Grazie a Mariuccia Borio, una dolce signora piemontese che vive appartata tra i vigneti della sua Cascina Castlet, dove produce, tra l'altro, una Barbera eccezionale.

Inoltre ringrazio Tiziana Mori, che cura le relazioni esterne del Gruppo Italiano Vini, e l'enotecaria Paola Longo che, a Legnano, gestisce l'enoteca più premiata d'Italia.

Con il vino, dovevo coniugare il cibo. Da una lunga conversazione nel salotto di casa mia con lo chef Massimo Bottura, da un incontro casuale a un tavolo del *Don Lisander*, a Milano, con il mitico Gualtiero Marchesi, e da un invito a cena dello chef Antonino Cannavacciuolo nel suo *buen retiro* a *Villa Crespi* di Orta San Giulio, è scaturito il personaggio di Tancredi, una star della cucina internazionale, bello, colto e dannatamente affascinante.

Sono grata a Ezio Federico che, in anni lontani, mi aveva portato a spasso nei territori all'interno della Sicilia, facendomi conoscere la meraviglia delle sue montagne, le Madonie. Prima di scrivere questo romanzo, sono tornata con lui e con suo figlio Ivan in quei luoghi appartati dal mondo. A Petralia Sottana ho incontrato il sindaco, Santo Inguaggiato, e la sua giunta. Insieme con loro ho approfondito la biografia del mio chef immaginario.

Come sempre, da trentacinque anni a questa parte, dico grazie dal profondo del cuore a Donatella Barbieri, la mia impareggiabile editor, e a tutte le ragazze della Sperling che mi sopportano, perché sanno che gli voglio bene.

Se, sui temi trattati, ho scritto inesattezze, la colpa è solo mia.

Oggi

1

A CONCLUSIONE di una riunione molto vivace, in cui ognuno aveva elargito il proprio contributo di creatività e competenza, si era finalmente deciso quale nome dare al nuovo spumante delle cantine Brugliani: Falce di Luna. C'erano voluti cinque anni di lavoro per mettere a punto questo nettare giallo-paglierino con riflessi d'oro, che aveva un profumo fresco e morbido e comunicava al palato un sapore soavissimo di pesca e albicocca, rilasciando un retrogusto d'arancia che lo destinava a essere coniugato con le carni bianche, le scaloppine al limone, i ricci di mare.

Ogni vino che si rispetti è il risultato di un lungo e paziente lavoro in cui la natura ha un ruolo determinante. Infatti, se la grandine non rovina i chicchi dell'uva e la pioggia eccessiva non li dilava, se il sole pieno li porta a una giusta maturazione, mentre la terra nutre generosamente la pianta, allora il vignaiolo potrà iniziare il suo lavoro per produrre un buon vino, il nettare più antico del mondo. Angelica Brugliani, amministratore delegato dell'azienda di famiglia, brindò al nuovo nato con i suoi collaboratori, regalando a ognuno di loro quel sorriso schietto che la caratterizzava. L'amavano e la rispettavano tutti, perché era un buon capo che sapeva trasmettere fiducia e positività anche nei momenti più difficili.

Angelica aveva trentacinque anni e, al suo attivo, soltanto dieci vendemmie ma, appena nata, suo padre, Giovanni Brugliani, l'aveva presa in braccio e aveva avvicinato al suo nasino una flûte di bollicine Brugliani Brut, dicendo alla moglie: «Esattamente come i suoi fratelli, anche lei deve sentire subito il profumo del vino buono».

Crescendo, Angelica aveva imparato da lui a considerare il vino come il côté intellettuale di un pasto e a capire che, per produrlo, occorrono pazienza, grande sapienza, un palato e un olfatto molto raffinati.

Ora disse: «Abbiamo ottenuto un prodotto superlativo e gli abbiamo dato un bellissimo nome. Da domani incominceremo a stendere un programma per lanciarlo sul mercato e stabilire il prezzo a cui dobbiamo venderlo. Adesso vi lascio perché ho una cena in città e rischio di fare tardi, ma desidero ringraziare tutti voi per il lavoro eccellente che avete svolto. Grazie di cuore».

Lasciò la sala riunioni, uscì dall'edificio che ospitava gli uffici, percorse il lungo viale che si snodava tra piccole case di pietra e mattoni ricoperte d'edera e gelsomino e raggiunse la casa padronale, dove abitava con il marito ed Elisabetta, la loro figlia quattordicenne.

L'insieme delle costruzioni, recintato da mura antiche, nel Medioevo aveva ospitato una comunità monastica e attraverso i secoli aveva mantenuto il nome originale di Borgofranco. In effetti era un piccolo borgo sul pianoro di una collina coperta di vigneti, e i monaci benedettini lo avevano arricchito di affreschi in parte recuperati e restaurati dai Brugliani. I monaci avevano piantato i primi vitigni sui pendii della collina. Poi le guerre e le pestilenze li avevano spinti altrove. I vigneti abbandonati erano stati invasi dai rovi finché, all'inizio dell'Ottocento, un Brugliani, notaio nella vicina città di Brescia, aveva acquistato il colle e il suo piccolo borgo, decidendo di farlo rivivere. Dopo di lui, i suoi eredi e le generazioni successive avevano proseguito l'opera di risanamento e ristrutturazione, facendo della produzione vinicola l'attività di famiglia.

Angelica, a differenza dei due fratelli maggiori, che avevano altri interessi, si era dedicata all'azienda portando una ventata di modernità.

Dopo un'adolescenza e una giovinezza inquiete e trasgressive, a vent'anni aveva sposato Raffaello Rovesti, un giornalista che lavorava nel quotidiano locale *Fatti e Opinioni*, da lui aveva avuto la sua unica, amatissima figlia, e si era sentita, finalmente, appagata e serena.

Tuttavia, di recente, a turbare tanta tranquillità era intervenuto un fatto inquietante che aveva confidato solo al suo avvocato. Da oltre un mese le arrivavano sul cellulare messaggini anonimi per informarla che suo marito aveva un'amante.

Per quanto disprezzasse quel genere di delazioni, non aveva potuto ignorarle e, anche quel pomeriggio, pochi minuti prima di incominciare la riunione con i suoi collaboratori, ne era arrivato uno nuovo, con l'ora e il luogo del convegno amoroso del marito. Aveva immediatamente inoltrato il messaggio al suo legale, che stava raccogliendo un dossier sui tradimenti di Raffaello e aveva anche scoperto il nome dell'amante: Pippa Premoli, una figura nota nel mondo dell'economia.

L'esito felice della riunione di lavoro aveva cancellato la frustrazione di Angelica per quel nuovo messaggio, ma l'amarezza tornò a sopraffarla mentre si preparava per la serata in città. Ricacciò indietro le lacrime, raccolse la massa dei lunghi capelli castano-dorati in una grossa treccia che attorcigliò sulla nuca, indossò pantaloni e casacca in crespo di seta verde-smeraldo, calzò scarpine di raso e prese la borsetta dello stesso colore.

Quando scese al piano terreno, Elisabetta era nel soggiorno e stava confabulando con Rosina, la domestica che viveva in casa Brugliani da quasi trent'anni. Non appena vide la mamma, trillò: «Falce di Luna è un nome bellissimo. Emilio è venuto a offrircene un assaggio. Mamma, devo proprio dirtelo: queste nuove bollicine non sono un vino, sono un sogno».

Emilio, l'enologo dell'azienda, era convinto che, al momento giusto, la giovane Elisabetta avrebbe degnamente affiancato la madre nel lavoro.

La ragazzina aveva imparato dal nonno ad assaggiare i vini. Lui le aveva insegnato come portare alle labbra il bicchiere e degustare un piccolo sorso, dopo averne annusato il profumo, trattenendolo tra la lingua e il palato e poi facendolo scorrere lentamente in gola. Elisabetta era già in grado di cogliere la rotondità di un vino, le sfumature del sapore e il profumo.

Angelica accarezzava il progetto di un futuro, neanche tanto lontano, in cui si sarebbe occupata d'altro, nell'ambito di Borgofranco, mentre sua figlia si sarebbe dedicata alla produzione vinicola.

Ora le sorrise compiaciuta e le scoccò un grosso bacio sulla fronte.

«Tuo marito ha chiamato per avvertire che non rientra per cena», la informò Rosina.

Angelica se lo era già immaginato, ma non fece commenti. Invece disse alla figlia: «Farò in modo di tornare prestissimo per non perdermi la nostra chiacchierata serale», promise.

«Io, invece, volevo dirti che puoi rientrare anche tardissimo, se mi permetti di invitare Gianmarco per farmi compagnia», sussurrò Elisabetta, offrendole un sorriso accattivante.

Gianmarco era il suo fidanzatino. Abitava in un complesso rurale sulla collina di fronte a Borgofranco e tutte le mattine prendevano insieme la corriera che li portava a scuola, in città, dove lei frequentava con ottimi risultati il liceo scientifico e lui, altrettanto bravo, era al terzo anno del liceo tecnologico. Si conoscevano sin da bambini e si volevano bene.

«Invitalo a cena. Rosina preparerà per tutti e due. Alle dieci, però, lui deve tornarsene a casa. Quanto a me, rincaserò comunque prestissimo», disse e se ne andò.

Raggiunse il box. Prima di salire sulla motocicletta,

prelevò dal bauletto il giubbotto nero in kevlar con il paraschiena, il casco integrale e le scarpe da ginnastica. Indossò il tutto e mise nel bauletto le scarpine eleganti e la borsetta. Salì sulla moto, diede gas e partì.

La città distava appena diciotto chilometri, ma se avesse preso l'auto si sarebbe ritrovata imbottigliata nel traffico dell'ora di punta e avrebbe fatto una pessima figura arrivando in ritardo dai Favaretto, che l'avevano invitata, con altri amici selezionati, alla cena in onore di uno scrittore che aveva collezionato numerosi premi letterari con il suo ultimo romanzo, noiosissimo ma molto di moda in quel periodo.

Amalia Favaretto organizzava spesso cene per artisti e scrittori, non perché fosse un'amante dell'arte e della letteratura, ma per leggere, il giorno dopo, sulle pagine della cronaca cittadina, il resoconto della serata che si era svolta nel suo bel palazzo, al centro della città, e avere un posto di spicco tra le donne più in vista del luogo.

Angelica Brugliani accettava un invito su quattro, per mantenere a sua volta il ruolo di donna importante nella buona società, limitando al minimo i danni. Infatti, le cene in casa Favaretto erano spesso tediose, ma tutti accorrevano per far parte di quella élite.

Angelica era una motociclista molto esperta. Quando aveva diciannove anni, suo padre le aveva imposto un corso di guida tenuto da un ex pilota che era stato un asso del motociclismo mondiale, e aveva imparato che la velocità si sposa con la prudenza. Non aveva mai avuto un incidente.

Ora procedeva zigzagando lungo la statale intasata. Come sempre, quando andava in moto, aveva i suoi pensieri a farle compagnia e, quella sera, erano focalizzati sull'amarezza per il tradimento del marito.

Dopo una prima fallimentare esperienza coniugale con un poeta squattrinato, aveva considerato Raffaello Rovesti un approdo sicuro per una vita felice di coppia. Invece, si era di nuovo sbagliata.

Si stava dicendo che avrebbe dovuto accorgersi da tempo che il bel ragazzo, ambizioso e determinato a emergere nel mondo della carta stampata, non era fedele come lei credeva. Andando a ritroso nella memoria, ora le tornavano alla mente alcuni particolari che avrebbe dovuto cogliere se non si fosse lasciata condizionare dalla fiducia riposta in lui.

Pensò a quello che le aveva raccomandato il suo avvocato: «Conoscendoti, so che sei addolorata, offesa e molto arrabbiata. Ma devi tacere e continuare a fingere di ignorare il tradimento. Al momento opportuno, vedremo come utilizzare le prove che stiamo raccogliendo».

Da settimane Angelica ostentava una serenità che non aveva, ma quando era sola si abbandonava al pianto. Anche adesso, mentre guidava la moto, si lasciò sopraffare dai singhiozzi. Le lacrime appannarono la visiera del casco e non si accorse che i fanalini di stop della macchina che la precedeva si erano accesi. Andò a urtare con violenza contro l'auto. L'impatto la sbalzò dalla moto, venne catapultata verso l'alto, cadde di peso su un prato oltre il ciglio della strada e perse conoscenza. Quando riaffiorò alla realtà, aprì gli occhi e vide lo sguardo apprensivo di un uomo, chino su di lei, che le stava togliendo il casco.

Lui le disse: «Abbiamo chiamato un'ambulanza, sta per arrivare. Stia tranquilla e non si muova».

«Mi dispiace», sussurrò Angelica e svenne di nuovo.

2

Una fascia le stringeva il braccio. Aprì gli occhi su un cielo che si andava oscurando e disegnava striature rosate all'orizzonte. Era giugno pieno e lei era ancora sdraiata sul prato. Qualcuno le stava misurando la pressione e, quando vide che aveva ripreso conoscenza, la rassicurò: «Sono un medico e a un esame superficiale sembra non aver riportato traumi. Il casco e il giubbotto l'hanno protetta. Adesso la solleviamo e la mettiamo sulla barella».

Il rumore monotono e incessante del traffico lungo la statale era un ronzio fastidioso che le feriva le orecchie.

Due uomini e una donna che indossavano le tute rosse del soccorso stradale la deposero su una lettiga senza muoverla più del necessario.

«Sa dirmi come si chiama?» le domandò il medico, mentre la lettiga veniva spinta sulla strada.

«Angelica», rispose lei, in un soffio.

Il medico proseguì: «Non si agiti. La portiamo in ospedale».

Mentre la lettiga veniva spinta dentro l'ambulanza,

si avvicinarono un paio di poliziotti stradali. Uno dei due la riconobbe e le domandò: «È Angelica Brugliani?»

Lei assentì e lui le chiese: «È in grado di dirmi dove stava andando?»

«In città, dai Favaretto, a cena», rispose con un filo di voce.

«Avvisiamo noi la sua famiglia», concluse il poliziotto.

Mentre i portelloni dell'ambulanza stavano per essere chiusi, il secondo poliziotto si rivolse al medico che si era seduto al fianco di Angelica e disse: «L'uomo che l'ha soccorsa guidava l'auto investita dalla moto, ci ha descritto l'incidente ed è salito sul carro attrezzi che ha portato via la macchina. Abbiamo tutti i dati per rintracciarlo». Poi aggiunse: «La moto gli ha sfondato il bagagliaio, ma lui, per fortuna, è illeso».

«Abbiamo un codice rosso e dobbiamo sbrigarci», tagliò corto il medico e sollecitò l'autista a partire.

Nel settore del pronto soccorso dell'ospedale civile, Angelica stava riposando in una stanza dove c'erano altri letti, oltre il suo, separati gli uni dagli altri da una tenda. I medici l'avevano sottoposta a tutti i controlli del caso e avevano concluso che aveva riportato soltanto un forte shock e una contusione al ginocchio sinistro. Quindi, le avevano praticato una fleboclisi di sedativi. Angelica aveva visto per pochi istanti la figlia e il marito. Dopo era arrivato Gaspare, il maggiore dei suoi fratelli, primario di oncologia nello stesso ospedale. L'aveva rincuorata con il suo vocione baritonale: «Ciao, sorellina.

Stai benone. Lo so che ti manco, ma potevi scegliere un modo meno plateale per venire a trovarmi».

«Scemo!» aveva sussurrato lei e subito era scoppiata a piangere.

Gaspare l'aveva abbracciata: «Sei ancora sotto shock e le lacrime ti aiuteranno a stemperare la tensione. Cara Angelica, mi dispiace dirti che i miei colleghi vogliono disfarsi di te al più presto e domattina ti rispediscono a casa. Io volevo tenerti qui per un mese di riposo forzato, ma non c'è niente da fare. Sembra che tu sia sana come un pesciolino».

«Non è vero. Sono a pezzi», singhiozzò Angelica.

«Coraggio, domattina starai benissimo e tornerai a casa con le tue gambe. Ho già tranquillizzato tuo marito e tua figlia.»

La crisi di pianto si stava esaurendo e Angelica si abbandonò al sonno che pian piano la avvolgeva: i sedativi producevano il loro effetto. Tuttavia sentì il fratello che le diceva: «Una collega mi ha riferito che è passato da qui l'uomo che guidava l'auto che hai tamponato. Ha riportato un colpo di frusta al collo, ma non c'era ragione per un ricovero. Ha chiesto di te e la dottoressa lo ha rassicurato».

A quel punto Angelica si addormentò. Fu svegliata dall'aroma del caffè che l'infermiera le offrì con un sorriso, dicendole: «È caldo, forte e ben zuccherato, come da prescrizione del professor Brugliani».

Angelica lo gustò a piccoli sorsi.

«Le ho messo sulla sedia la borsa con gli abiti che ha portato suo marito. Lui la sta aspettando qua fuori. Si vesta con calma e poi vada dal medico di turno per firmare la dimissione», spiegò ancora la donna, prima di lasciarla.

Angelica sentì voci concitate, e uno scalpiccio di passi. Scostò leggermente la tenda e vide passare una lettiga spinta di corsa dai barellieri, tallonata da due poliziotti e da un medico che diceva: «Subito in sala operatoria o lo perdiamo».

Due infermiere si avvicinarono alla tenda di Angelica e una disse all'altra: «Il solito regolamento di conti all'alba».

«Mai che li lascino scannarsi a vicenda in santa pace e a noi tocca dargli la precedenza sulla brava gente che soffre», commentò l'altra.

Nell'aria aleggiava l'odore acre dei disinfettanti.

Angelica aprì la borsa che conteneva i suoi indumenti e cominciò a indossarli. Ripensò a quanto era accaduto la sera prima e ricostruì i fatti: percorreva la statale verso la città e singhiozzava pensando al fallimento del suo matrimonio. Poi c'era stato l'urto violento contro l'auto che la precedeva, il volo e la caduta sul prato. Quando aveva ripreso conoscenza c'era un uomo che l'aveva soccorsa.

Ricordava tutto con chiarezza e ringraziò il cielo per non essersi fatta male. Finì di vestirsi. Sopra la t-shirt infilò la giacca blu e trovò nella tasca un foglietto ripiegato. Lo aprì e riconobbe subito la grafia spigolosa della sua Elisabetta: «Ciao, mammina. Sono felice perché so che ti troverò a casa quando tornerò da scuola. Lo zio Gaspare mi ha garantito che sei tutta intera. A casa e sui cellulari arrivano continue telefonate per chiedere come stai. Il tuo incidente è diventato di dominio pubblico nel giro di poche ore. Spero che i vestiti che ti ho messo nella borsa siano giusti. Ti voglio bene. La tua cucciola».

C'era anche un poscritto: «Ieri sera Gianmarco era con me quando la polizia ha telefonato e ha informato del tuo incidente papà che era al giornale. È stato sempre con me fino a quando sono salita in macchina con papà per venire da te».

Angelica sorrise, poi emise un lamento perché il ginocchio, chiuso in una grossa fasciatura, le faceva male.

Con passo claudicante andò nello studio del medico e firmò il consenso alla dimissione dal pronto soccorso. Mentre si avviava verso l'uscita si domandò che fine avesse fatto il suo cellulare. Dopo un breve abbraccio, fu la prima domanda che rivolse al marito che l'aspettava in corridoio.

«Me lo hanno consegnato ieri sera, con i tuoi effetti personali, è a casa», rispose lui.

Le rughe verticali sulla fronte del marito le dissero più di molte parole.

«Ti riporto a Borgofranco», annunciò, prendendola sottobraccio per aiutarla a camminare.

Angelica lo guardò per un attimo. Raffaello era stato un bel ragazzo sano, esuberante, intelligente, iperattivo e continuava a essere, a quarant'anni, un bellissimo uomo.

«Prima voglio andare in centro: ho bisogno urgente di un cappuccino e di una brioche con la marmellata.»

Salì sull'auto del marito, che partì a razzo, senza fare commenti.

Trovarono posteggio davanti alla pasticceria *Giuliani*. A quell'ora, sul corso, i negozi cominciavano ad aprire le serrande. I turisti più mattinieri, con le macchine fotografiche appese al collo, si aggiravano pigri guardandosi intorno. Un domestico di colore portava a spasso il cane dei padroni. Qualcuno sfrecciava in bicicletta zigzagando tra i custodi dei palazzi che spazzavano la strada davanti ai portoni.

Sedettero a un tavolo della pasticceria più bella della città. Angelica divorò una brioche, mentre Raffaello sorseggiava un caffè.

«Non hai niente da dirmi?» gli domandò lei.

«Tu che cosa pensi?» rispose lui, con voce aspra.

«Che ti stai arrovellando su come uscire dal guaio in cui ti sei cacciato. Avendo avuto in mano il mio cellulare e letto i messaggi in entrata e in uscita, avrai visto anche quelli che ho ricevuto in questi giorni e quelli che ho mandato all'avvocato», disse d'un fiato.

«È così», sibilò Raffaello.

Angelica guardò il bel volto di suo marito e si chiese se lui l'avesse mai veramente amata.

Raffaello era sempre stato molto ambizioso e da semplice cronista del giornale locale era diventato in poco tempo vicedirettore. Abile e intelligente com'era, dopo meno di due anni era stato nominato direttore. No, Raffaello forse non l'aveva mai veramente amata, non perché amasse un'altra, ma perché amava troppo se stesso.

«Portami a casa, per favore», lo pregò lei, alzandosi dal tavolo.

3

RAFFAELLO fermò l'auto davanti alla loro abitazione a Borgofranco. Durante il tragitto, lui e la moglie non si erano più parlati. Ora, mentre l'aiutava a scendere dalla macchina, lui disse: «Dobbiamo chiarire questa situazione».

Lei si voltò a guardarlo e replicò: «Per quanto mi riguarda, non ho niente da dirti. Ho preso atto delle tue trame meschine e ti prego di andartene». Aprì la porta di casa, mentre Raffaello sussurrava: «Se sei d'accordo, mi trasferirei a Villa Brugliani, per qualche tempo».

Villa Brugliani era una palazzina di tre piani, progettata dall'architetto Portaluppi, edificata in città negli anni Quaranta dal nonno Brugliani. I genitori di Angelica avevano assegnato un piano a ognuno dei tre figli: Gaspare vi risiedeva stabilmente con la sua famiglia, Luigi se ne serviva come punto d'appoggio per brevi soggiorni, Angelica l'abitava con il marito e la figlia soprattutto d'inverno, quando una coltre di neve copriva i vigneti di Borgofranco. Ora Raffaello le chiedeva ospitalità nella villa di famiglia.

Angelica annuì con un breve cenno del capo e chiuse la porta.

Lui risalì in macchina. Per l'ennesima volta si chiese chi avesse informato Angelica della sua relazione con Pippa.

Quando raggiunse la casa di città, la moglie del custode lo accolse con un'aria un po' stupita.

«Se avessi saputo che veniva, avrei dato una rassettata alle stanze», gli disse.

«Lo farà stasera, quando uscirò per andare al giornale. Adesso devo lavorare», la rassicurò.

La donna non si diede per vinta.

«Devo preparare qualcosa da mangiare? È quasi l'una», osservò.

«Non mi serve niente, grazie», brontolò lui e prese a salire i gradini della scalinata per entrare nella palazzina.

Aveva bisogno di stare da solo a riflettere e misurare la portata del guaio in cui si era infilato.

Raffaello conosceva bene i Brugliani e sapeva che potevano arrivare ovunque, potevano perfino decidere di stroncargli la carriera.

Salì al secondo piano e si rifugiò nello studio che si affacciava sul giardino. Dalla portafinestra vide la domestica peruviana del cognato Gaspare che confabulava con la moglie del custode. Era sicuro che stessero interrogandosi sulla sua comparsa inattesa. Immaginò che di lì a poco avrebbero avvertito la moglie di Gaspare e che questa avrebbe bussato alla sua porta. Pazienza, l'avrebbe liquidata in qualche modo. Adesso doveva pensare a come non perdere sua moglie e sua figlia.

Voleva bene ad Angelica. Il tempo dell'innamoramento era passato, ma lui continuava a volerle bene perché era intelligente, spiritosa e determinata. Angelica gli era piaciuta prima di sapere che era una Brugliani. Si erano sposati, la nascita di Elisabetta lo aveva reso felice ed era entrato a far parte della famiglia.

«Ho mandato tutto all'aria», disse sottovoce ricordando quello che era accaduto la sera prima, quando era corso in ospedale angosciato per la sorte di sua moglie. Questo, tuttavia, non gli aveva impedito di chiamare Pippa e raccontarle che cosa era successo.

«Non verrò da te, questa sera», aveva concluso.

«Ci vediamo un'altra volta», aveva replicato lei, sbrigativa come sempre, ed era chiaro che non le importava niente dell'incidente di Angelica.

Pippa era così, egoista ed egocentrica, e non aveva tempo da perdere con parole inutili. Aveva l'arroganza dei ricchi e l'indifferenza per i sentimenti altrui dei manager di successo. Abituata a misurarsi con l'ambiente cinico dell'imprenditoria, aveva assunto comportamenti molto maschili ed esprimeva la sua femminilità soltanto quando facevano l'amore.

Anche Angelica era una manager di successo, ma era prima di tutto una donna, generosa, gentile e sempre attenta a non offendere la sensibilità degli altri.

Raffaello pensò che per molto tempo era stato felice con lei. Era convinto che la loro fosse un'unione solida destinata a durare nel tempo. Ma non aveva fatto i conti con il suo bisogno di piacere alle donne per vincere le insicurezze che il matrimonio con Angelica, ricca e influente, creava in lui.

Tornò ad affacciarsi alla finestra dello studio. Il giardiniere rastrellava un viale, il gatto di casa prendeva il sole disteso su una panca di pietra, una brezza lieve accarezzava l'aiuola dei fiori di lavanda. Ora rischiava di perdere quello che più amava: la sua famiglia.

Doveva assolutamente trovare il modo di recuperare il suo matrimonio.

4

TIZIANA Scaroni, segretaria di Raffaello Rovesti, entrò nell'ufficio del direttore per riordinargli la scrivania. Dalle grandi finestre che si affacciavano sulla piazza entrava nella stanza la luce dorata che precede il tramonto. Quello era il momento più bello della giornata, perché la redazione si animava di voci, di passi, di telefoni che squillavano, dopo la pausa del mezzogiorno e la calma del primo pomeriggio.

Tra non molto, i capiservizio e i redattori sarebbero affluiti nel grande ufficio, avrebbero preso posto intorno al tavolo e avrebbero atteso l'arrivo del direttore per concordare con lui gli argomenti da approfondire sull'edizione che sarebbe andata in stampa a tarda sera.

Raffaello avrebbe scritto il solito articolo di fondo, esprimendo il punto di vista favorevole allo schieramento politico cui apparteneva l'editore, senza calcare troppo la mano sulle correnti avverse, abilissimo, come sempre, nel salvare gli equilibri. I suoi giornalisti avrebbero seguito la stessa linea.

Tiziana, che lavorava nel giornale da oltre trent'anni, gli riconosceva un talento ben superiore a quello dei due direttori che lo avevano preceduto e lo ammirava. La indispettiva soltanto la sua inclinazione a corteggiare le donne giovani e belle. Anche se lo faceva con discrezione, tanto che al giornale, dove il pettegolezzo era di casa, nessuno sapeva. Lei sola ne era al corrente, perché il suo ufficio confinava con quello di Raffaello e lei captava le sue telefonate privatissime attraverso la sottile parete divisoria.

Tiziana era innamorata di lui, come lo era stata dei due direttori precedenti. Non avendo mai avuto una vita sentimentale propria, si appassionava a quella altrui e la viveva per interposta persona, schierandosi sempre dalla parte dell'amato direttore, confortata dal fatto che simili storie duravano poco e, soprattutto, non lasciavano traccia, perché quello «strusciafemmine», come lo definiva tra sé, era abilissimo nel chiudere i rapporti prima che diventassero compromettenti.

La segretaria ammirava la sua straordinaria capacità di conservare la stima delle donne che lasciava con un cinismo ammantato di disperate crisi di coscienza. «Che bastardo», commentava tra sé, sorridendo compiaciuta per le debolezze del suo amato direttore.

Tiziana viveva con la madre che dipendeva da lei per ogni cosa.

«Che brava figlia mi ha regalato il Signore», le diceva sorridendole.

Talvolta la commiserava: «Povera bambina mia, la vita ti ha risparmiato tanti dolori, ma non ti ha certo donato grandi gioie. È stata colpa mia, perché non ti ho dato un padre». Le taceva il fatto che la sua «povera bambina», che aveva superato la sessantina, fosse sempre stata una creatura scialba che, anche da ragazza, sembrava una zitellina. Una sola volta, quando Tiziana aveva vent'anni, un giovane orologiaio l'aveva corteggiata seriamente, ma aveva preso la fuga quando lei gli aveva detto: «Se dovessi sposarmi, non lascerei la mamma che non ha nessun altro al mondo tranne me».

La mamma non aveva pronunciato una sola parola per incoraggiarla a sposare quel giovane e a farsi una vita con lui.

Tiziana era il frutto di un amore giovanile con un infame che l'aveva sedotta e abbandonata una volta saputo di averla messa incinta. Da allora quella figlia era rimasta il suo unico investimento affettivo.

Le due donne erano inseparabili. Andavano insieme a fare compere, al cinema, ai concerti, in vacanza. Litigavano e si rappacificavano quasi fossero sorelle, invece che madre e figlia.

Tiziana era gelosa della mamma che, diversamente da lei, era stata molto bella. Quand'era bambina, era riuscita ad allontanare alcuni pretendenti tutt'altro che disprezzabili, inscenando crisi isteriche. Sua madre si era lasciata ricattare affettivamente da Tiziana perché l'amava e perché si sentiva in colpa per averla concepita con un uomo vile e piuttosto brutto.

Aveva rivelato a Tiziana che suo padre era l'avvocato Leopoldo Marani, un professionista molto rispettato in città. Curava gli interessi di gruppi importanti, compreso quello che possedeva il quotidiano *Fatti e Opinioni*, in cui Tiziana era stata assunta come segretaria appena terminati gli studi.

Madre e figlia sapevano che quell'impiego sicuro era dovuto all'avvocato Marani, in un sussulto tardivo di responsabilità paterna. Tiziana aveva sempre svolto il suo lavoro in modo egregio, tanto da essere considerata la vestale dei segreti del gruppo editoriale e dei suoi direttori. Era la memoria storica di *Fatti e Opinioni* e quando aveva compiuto cinquant'anni l'editore aveva organizzato una festa in suo onore e le aveva regalato un orologio da polso in oro e brillanti. Nessun direttore sapeva che l'impeccabile segretaria spiava le loro vite dal suo ufficio. Lei aveva bisogno di penetrare nel loro privato per gioirne o rattristarsi, per sentirsi viva, insomma. Di ciò che scopriva non faceva parola con nessuno, tranne che con la madre, alla quale raccontava tutto la sera, quando rientrava dal giornale e la donna seguiva l'evoluzione di ogni vicenda con la stessa partecipazione con cui si faceva coinvolgere da un film o da un romanzo.

Madre e figlia parlavano spesso di Raffaello Rovesti, come se fosse un componente della loro famiglia. Sapevano del padre ferroviere e della madre casalinga, dei lavori che aveva rimediato per pagarsi gli studi fino alla laurea in Economia, ottenuta a pieni voti e con la lode, dei primi incarichi come corrispondente per alcuni quotidiani locali, e quindi del suo ingresso a *Fatti e Opinioni*. In poco tempo la sua carriera era decollata. Infine aveva sposato Angelica Brugliani ed era entrato nella cerchia della buona società cittadina.

Poi Raffaello era diventato direttore del giornale e Tiziana lo aveva preso sotto la propria ala, nonostante le sue trasgressioni coniugali.

Durante l'inverno, subito dopo il periodo delle festività, era spuntata una nuova fiamma. Ascoltando le telefonate, Tiziana ne aveva captato il nome: Pippa.

Non c'era voluto molto per realizzare che la donna in questione era la famosa e potente Pippa Premoli, giovane e bellissima docente di Economia alla Bocconi di Milano, figlia di un ricco costruttore, voce autorevole di Confindustria, ospite ricercatissima nei dibattiti televisivi.

L'assiduità delle telefonate e dei loro incontri era allarmante.

Tiziana, come sempre, si confrontò con sua madre.

«Questa Premoli è viziata e molto determinata. Lui potrebbe perfino innamorarsi di lei», concluse preoccupata.

«Bisognerebbe che la moglie sapesse per poter correre ai ripari», aveva suggerito la mamma.

«Hai ragione. Pippa Premoli è una donna pericolosa e non possiamo permettere che questa storia vada avanti», aveva deciso Tiziana, e aveva cominciato a mandare ad Angelica messaggini anonimi con l'ora e il luogo degli incontri clandestini di suo marito.

Ora, mentre finiva di sistemare la scrivania di quello «strusciafemmine» del suo amato direttore, ne avvertì il passo nel corridoio. Un istante dopo, Raffaello si profilò sulla soglia, le rivolse mezzo sorriso e le domandò a colpo sicuro, guardandola negli occhi: «Oggi non ha messaggini anonimi da spedire a mia moglie?»

Tiziana avvampò e spalancò la bocca in cerca d'ossigeno.

L'espressione decisa con cui Raffaello la stava fissando le fece capire che era inutile tentare di smentire.

«Come sa che li ho scritti io?» chiese con un filo di voce.

«Soltanto lei può sentire le mie telefonate», rispose frettolosamente.

«Che cosa intende fare?»

«Farla licenziare? Mi piacerebbe, ma lei è una collaboratrice preziosa, una istituzione per il giornale e gode della protezione dell'editore. Ritorni nel suo ufficio, per piacere», concluse.

5

L'AVVOCATO Raimondo Agosti era un cinquantenne pingue e gioviale. Amava il lavoro, la famiglia, gli amici, la buona tavola e i bei libri. Frequentava da sempre i Brugliani, essendo stato compagno di studi di Gaspare, dalle elementari fino al primo anno di Medicina, quando Raimondo, interrompendo la tradizione di famiglia, era passato a Giurisprudenza. Fu sufficiente uno svenimento alla vista del sangue che sgorgava da una ferita che si era fatto, tagliandosi un dito, per convincerlo a cambiare facoltà.

Si era laureato in Legge con centodieci e lode e aveva fatto il servizio militare da soldato semplice, dispensando la sua scienza giuridica ai comandanti, in cambio di licenze e altri privilegi. Poi era entrato come praticante in uno studio a Verona e dopo qualche anno ne aveva aperto uno suo a Brescia.

Adesso, lo studio Agosti aveva dodici associati, una clientela vasta, importante e relazioni influenti. Ma per Raimondo Agosti gli amici veri erano pochi, un bene prezioso a cui teneva molto, e i Brugliani erano tra questi.

Ora si era preso a cuore le disavventure di Angelica che conosceva da quando lei era bambina e lui un ragazzo.

Quella mattina Angelica gli aveva telefonato e lui era andato a Borgofranco per ascoltarla.

Lo aveva accolto Rosina, dirottandolo verso uno studiolo della foresteria. Lì nessuno li avrebbe disturbati.

«Angelica la raggiunge subito», gli disse e soggiunse: «Intanto le offro un assaggio di Falce di Luna, il nuovo nato di casa Brugliani. Non so se va bene come aperitivo, ma vale la pena gustarlo».

«Magari con due fettine di quel vostro salamino speziato», suggerì lui.

«E un formaggio fresco che il casaro ha consegnato poco fa», aggiunse la donna con un sorriso ammiccante, conoscendo i gusti dell'avvocato.

La grande portafinestra era spalancata su un cortiletto erboso, che aveva al centro un vecchio pozzo. Il cortile si apriva su un grande brolo dove crescevano gli alberi da frutto. Tra le piante, Raimondo vide Angelica che veniva lentamente verso di lui mentre la brezza tiepida di giugno faceva fluttuare la gonna leggera di seta stampata a fiori vivaci, stretta in vita da una cintura, da cui nasceva il busto ben modellato che una maglietta candida, aderente, faceva risaltare. La lentezza del passo dipendeva dal ginocchio contuso strettamente fasciato. L'avvocato le andò incontro e la abbracciò con affetto. Poi le disse, ammirato: «Sembri una ragazzina!»

«Ti ringrazio ma sono stanca, avvilita e infelice», si sfogò Angelica, mentre entravano nel cortiletto e poi nel salottino dove Rosina stava disponendo su un tavolo una bottiglia di vino, i bicchieri, i salumi e i formaggi.

Angelica si abbandonò su una poltrona e appoggiò su un puff la gamba dolente. L'avvocato si sedette su un divanetto di fronte a lei e per un attimo rivide la «piccola» di casa Brugliani quando aveva cinque anni e si faceva dare da lui pane e salame di cui era golosa.

A quell'epoca lui aveva vent'anni e frequentava Borgofranco per studiare con Gaspare o per prendere parte alle feste d'estate in giardino.

Da allora considerava Angelica come la sorellina che non aveva mai avuto.

Rosina li lasciò soli, lui assaporò un sorso del nuovo vino, poi disse: «Allora, sono pronto ad ascoltarti».

Lei raccontò e concluse: «Ora Raffaello sa che abbiamo le prove del suo tradimento e si sente in trappola».

«Adesso dov'è?» si informò lui.

«Si è trasferito nell'appartamento in città. Viene la sera a cena per stare con Elisabetta che non sa nulla, ma ha capito che ci sono dei problemi tra noi. Per ora non mi fa domande e va bene così», spiegò Angelica e aggiunse: «È pur sempre suo padre, anche se è un vile traditore».

«Angelica, non esagerare. Tuo marito è bello, ambizioso, gran lavoratore e gli piace essere ammirato dalle donne. Riconoscigli almeno la discrezione. Senza le delazioni anonime, non avresti mai saputo niente», ragionò l'avvocato.

«E sono grata alla spia che mi ha aperto gli occhi», affermò Angelica con amarezza.

Raimondo le tese una fetta di pane croccante su cui aveva posato due sottili fette di salame, come faceva quando lei era bambina.

Angelica sorrise e rifiutò.

«Mi si è chiuso lo stomaco», brontolò.

«Sei arrabbiata, è normale che sia così. Ma ti esorto a riflettere con calma. Guardati intorno. Il nostro mondo è costellato di mariti infedeli e di mogli che li tradiscono a loro volta. Molti si separano, molti non lo fanno o perché non sanno, o perché fingono di non sapere. Se pensi al divorzio, sappi che non potrai mai cancellare tutto quello che c'è stato fra te e Raffaello, oltre al fatto che avete una figlia a cui pensare.»

«Ma tu, da che parte stai?» si irritò Angelica.

Lui le sorrise e finì di assaporare il formaggio fresco. Poi bevve un altro sorso di spumante, con evidente soddisfazione, infine disse: «Sto soltanto invitandoti a riflettere, e prendere tempo».

«Versami due dita di bollicine», chiese lei, ammansita. Ne gustò un piccolo sorso e sorrise. «Gran vino, questo Falce di Luna! Dovrei essere in ufficio con la mia gente a programmarne il lancio e, invece, sono qui con te a parlare delle mie frustrazioni. Tu mi suggerisci di riflettere ma non riuscirei mai a tenere in piedi il mio matrimonio per il quieto vivere. Non posso e non voglio ingannare me stessa e gli altri. Ho solo trentacinque anni e ho diritto di avere un uomo che ami solamente me, e me lo dimostri ogni giorno. Non sono disposta a tollerare l'inganno. So bene che Raffaello è il padre di mia figlia, ma questo non mi basta per tenere insieme il nostro matrimonio. Anche perché temo che stiamo percorrendo strade diverse: lui mira alla carriera, perché è ambizioso e vuole riscattare le sue origini modeste, io amo il mio lavoro e vorrei realizzare il sogno di produrre un vino perfetto. Ti pare che possa esserci affinità tra le sue aspirazioni e le mie?»

In quel momento qualcuno bussò e subito dopo il marito di Angelica si affacciò sulla porta: «Disturbo?» chiese con un sorriso.

6

«Il tuo tempismo è straordinario», lo accolse Angelica, gelida, indicandogli la poltrona libera accanto alla sua.

Raffaello sedette e disse: «Ho saputo da Rosina che eri qui con Raimondo, così ne approfitto per parlare con tutti e due».

Raimondo Agosti si alzò dal divanetto: «Credo, invece, che voi due dobbiate stare un po' da soli. Io vado da Rosina a farmi dire cosa si prevede per il pranzo, perché questo aperitivo mi ha scatenato l'appetito». E si dileguò con l'agilità di un fringuello.

Angelica si alzò a sua volta e uscì dal salottino sibilando: «Qui dentro è troppo intimo per i miei gusti».

Lui la seguì nel cortiletto dove Angelica raggiunse il pozzo e appoggiò le mani sul bordo di pietra. Raffaello si mise accanto a lei.

«Quando ci siamo sposati non sapevo che, legandomi a te, avrei sposato anche la tua famiglia, e questi anni con i Brugliani non sono stati facili per me», esordì.

«Ma che cosa stai dicendo?» sbottò lei.

«La verità. Voi Brugliani siete una tribù. La tua famiglia mi ha sempre fatto sentire sotto esame. Tutti gentili, per carità, tutti gran signori, è innegabile, ma sempre con l'aria di domandarsi: 'Che cosa vuole questo arrivista dalla nostra piccolina?' Perché la piccola di casa non è nostra figlia, sei tu. Tuo padre e i tuoi fratelli, le cognate e i loro figli, suocere e consuocere, cugini di primo e secondo grado, tutti mi hanno sempre trattato come se pensassero: questo non c'entra niente con noi, è un pennivendolo di provincia che aspira a diventare un asso del giornalismo sfruttando la parentela con noi. La nostra piccolina si illude che lui sia innamorato, invece è soltanto un opportunista che ha colto l'occasione per accasarsi al meglio.»

«Tu sei pazzo! O forse no, sei scaltro. Stai cercando di addossarmi la colpa delle tue squallide storie», si ribellò Angelica.

«Mettila pure così, se vuoi. Del resto, è vero che ti ho tradito. Ma faccio appello alla tua intelligenza per domandarti: sei sicura di non avere nessuna responsabilità in tutto ciò? Credi davvero che quando una coppia ha dei problemi dipenda unicamente da uno solo dei due? Se ne sei veramente convinta, io ti faciliterò in tutto e farò quello che vuoi.»

Angelica rivolse a Raffaello uno sguardo feroce: «Credi di avere a che fare con una scema che si lascia incantare dalla tua abilità dialettica? Sei come un ladro sorpreso a rubare che tenta di attribuire la responsabilità del furto al derubato. Sei patetico».

Gli girò le spalle e rientrò nel salottino per uscirne e raggiungere Raimondo in cucina.

Era furibonda.

«Sembri un porcospino», la accolse Raimondo che sedeva al tavolo davanti a un gran piatto di lasagne al ragù appena sfornate.

«Non intendo farmi condizionare dalle argomentazioni capziose di mio marito», disse, furente.

«Guarda che Elisabetta sta per tornare da scuola. Se ti calmi è meglio», la ammonì Rosina che stava trafficando attorno ai fornelli.

«Non cominciare anche tu a darmi consigli. So benissimo che qualunque decisione prenda in questo momento, probabilmente non sarà quella giusta, ma almeno sarà una scelta mia, non suggerita da altri», affermò guardando la domestica e il suo legale.

Scese il silenzio. Poi Rosina mise sul tavolo una coppa con delle fragole profumate.

«Le ho colte stamattina. Sentirà, avvocato, come sono dolci.»

La donna cercava di stemperare la tensione, e invece Angelica si infuriò ancora di più.

«Andate all'inferno», sibilò, uscendo dalla cucina.

«Povera ragazza!» sospirò la domestica.

«Dobbiamo darle il tempo di smaltire la rabbia», disse Raimondo.

«Certo che non gliene va bene una, almeno con gli uomini», tornò a sospirare Rosina e domandò a Raimondo: «Lei come la vede questa storia, avvocato?»

«La piccolina è saggia e forte come una quercia.

Capirà da sola se buttare all'aria il suo matrimonio o tentare di salvarlo. Per quanto...» si interruppe lui.

«Per quanto...» lo spronò la donna.

«Se incontrasse un uomo che le facesse perdere la testa...»

«Per carità! Ci mancherebbe anche un terzo matrimonio», lo interruppe Rosina, allarmata.

Intanto Angelica era uscita di casa e aveva raggiunto la palazzina degli uffici. Impiegati e collaboratori erano in pausa-pranzo. Si rifugiò nel suo studio.

Sulla scrivania trovò una serie di bozzetti per l'etichetta di Falce di Luna e soffermò la sua attenzione su una specie di rivisitazione grafica di un celebre dipinto di Van Gogh: nel cielo notturno si stagliava una falce di luna con la «gobba» verso oriente.

«Luna crescente», sussurrò, prendendo in mano il bozzetto, poi lo mise sul tavolo e osservò gli altri. In tutti prevaleva il colore giallo-arancio, tranne in uno, nero con filettature d'oro. Infine vide un bozzetto con una bottiglia panciuta senza etichetta, con la scritta verticale color oro brunito: FALCE DI LUNA.

«È questa», sussurrò, ritrovando il sorriso.

Era la magia del suo lavoro: dimenticava ogni amarezza, contrarietà o dolore.

Con in mano il bozzetto si avvicinò alla finestra per guardarlo in piena luce e vide sua figlia, il viso illuminato di gioia, che correva incontro al padre.

Elisabetta aveva da sempre un bellissimo rapporto con Raffaello che, con lei, era sempre accomodante, preferendo delegare ad Angelica il compito di rimproverarla.

«Vedetevela tra di voi», diceva ogni volta che sorgeva un problema, defilandosi con la velocità di un lampo.

Questo comportamento irritava Angelica che, più di una volta, gli aveva detto: «Perché devo sempre essere io la madre cattiva e tu il padre buono?»

Naturalmente non otteneva risposta.

Ora, guardando Elisabetta che abbracciava suo padre, pensò che se le avesse annunciato che intendeva separarsi da lui, la sua bambina ne avrebbe sofferto molto. Tuttavia i figli hanno bisogno di certezze e di chiarezza, quindi doveva spiegarle i problemi che c'erano fra lei e Raffaello e le avrebbe parlato di sé e del suo primo matrimonio, di cui Elisabetta sapeva ben poco. Era venuto il momento di raccontarle tutto.

Quella sera, Raffaello si fermò a cena e poi andò al giornale.

Allora Angelica disse a sua figlia: «Andiamo nella mia camera. Mettiamoci comode sul lettone perché devo raccontarti una storia».

Il primo matrimonio

1

«DUE cose sono infinite: l'universo e la stupidità umana. Della prima non sono sicuro», sbottò Giovanni Brugliani, citando Einstein.

Angelica, ritta di fronte a lui che, seduto dietro la scrivania, la scrutava accigliato, si asciugava le lacrime con il palmo della mano.

«So bene d'essere stata molto stupida, ma mi servirà di lezione!» singhiozzò, con una voce infantile che intenerì il padre. Giovanni Brugliani si alzò, le andò vicino, l'attirò a sé e l'abbracciò.

«Sciocchissima bambina, ormai le lezioni non servono più», le sussurrò.

«Ma a me sì, caro papà, e mi servirà per la vita», garantì, pescando dal taschino della giacca di suo padre un fazzoletto immacolato e soffiandosi rumorosamente il naso.

L'uomo accarezzò con dolcezza le spalle esili della sua bambina, mentre la guidava verso l'austero divano rivestito di pelle, e la fece sedere accanto a sé.

«Senti qui i tuoi ossicini. Dovrò istruire Rosina perché ti metta all'ingrasso, piccolina mia», le disse, con tenerezza, mentre osservava il viso pallido e smagrito di sua figlia.

Angelica aveva diciannove anni e, con un colpo di testa, un anno prima, aveva deciso di sposare Andrea Biolcati, un trentenne nullafacente che si dichiarava *poète maudit*, poeta maledetto, figlio di un pescatore di anguille del delta del Po, che l'aveva portata a vivere in una casa in campagna, vicino a Ravenna, le declamava poesie astruse e giurava che un giorno il mondo lo avrebbe proclamato «voce dirompente» nel panorama squallido della mediocrità letteraria di quegli anni. Le recitava versi improbabili di cui lei non coglieva il senso ma che le sembravano capolavori di una mente superiore.

Era trascorso un anno esatto da quelle nozze dissennate e Angelica si era presentata a Borgofranco all'improvviso su una vecchia moto Guzzi. Aveva fatto irruzione nell'ufficio di suo padre e gli aveva detto: «Sono qui a chiederti di essere riammessa in famiglia».

«Cos'è successo?» le aveva chiesto il padre, senza muoversi dalla scrivania.

«Andrea è morto», aveva sussurrato Angelica ed era scoppiata a piangere.

Giovanni Brugliani era riuscito a trattenere un sospiro di sollievo, mentre pensava che, qualche volta, la divina provvidenza interviene davvero.

Ora, mentre lei continuava a piangere sulla sua

spalla, lui disse: «Sfogati finché vuoi, perché io sono qui, per starti vicino».

«Sono tanto infelice, papà», replicò lei, tra le lacrime. E domandò: «Perché la vita è così severa?»

«Si dice che quando nasciamo, è già scritto che un terzo dei nostri anni sarà di dolore, e solo un terzo sarà di gioia.»

«E il terzo che rimane?»

«Sarà quello che vogliamo che sia. Dipende da noi fare in modo che sia felice.»

«Io voglio essere felice, papà.»

Giovanni pensò che quello era un buon inizio per ricominciare.

«E allora lo sarai», garantì.

Era un bel tramonto di fine agosto. Dalla finestra aperta sul giardino si sentiva il frullo d'ali dei rondoni che tornavano al nido come la sua bambina che era tornata a Borgofranco dopo un'esperienza difficile e dolorosa.

Angelica osservò un fascio di dalie rosse e gialle nel vaso posato sulla scrivania del padre.

«Sono del nostro giardino, vero?» domandò indicandogliele.

L'uomo annuì. «Le ha colte Rosina.»

«Mi riprendi con te?» domandò sommessamente e aggiunse: «Intendo dire anche a lavorare? Mi sono già persa una vendemmia, quella dell'anno passato. Tra poco ce ne sarà una nuova e io voglio esserci, come ci sono sempre stata, prima di...»

«Sarà una bella vendemmia, allora. Per dirtela tutta,

quella dell'anno passato è stata un po' triste, perché tu non c'eri.»

Angelica accarezzò con lo sguardo il volto severo del padre che le sorrideva e non le faceva domande, rispettoso, come sempre, delle sue scelte e dei suoi sentimenti. Avvertì il profumo lieve dell'essenza che usava: lavanda con un tocco di menta. Le rughe che gli solcavano la fronte denunciavano l'ansia che aveva per lei.

«Ti ho dato tante preoccupazioni, lo so», si scusò.

«Deve ancora nascere il figlio che non crea problemi ai suoi genitori. Quando tua madre e io ce ne rammaricavamo, lei mi diceva: 'Pensa quanti grattacapi ha dato Gesù Cristo a Maria e Giuseppe'. Gran donna, tua madre», aggiunse sottovoce, dopo una breve pausa.

Cristina Acerbi, moglie di Giovanni Brugliani, aveva preso le distanze da Borgofranco quando Angelica aveva quindici anni.

Una sera erano tutti a tavola e, dopo che Rosina aveva servito un'invitante crostata alle amarene, aveva esordito: «Come vostro padre sa da qualche settimana, tra poco prenderò un volo per Londra dove vivrò d'ora innanzi. Vi ho regalato tanti anni della mia vita con infinita gioia. Vi amo tutti, ma adesso ho bisogno di vivere per me stessa. Tuttavia, sappiate che per voi ci sarò sempre, in qualunque momento, se avrete bisogno di me».

Nella sala da pranzo di Borgofranco era calato un silenzio spettrale.

«Era bella la mamma», disse ora Angelica.

«È bella», la corresse lui.

«L'hai rivista?» domandò lei, sorpresa.
Suo padre annuì.
«Quando?»
«L'ho informata quando ti sei sposata.»
«Perché?»
«Avevo bisogno di una spalla su cui piangere. I tuoi fratelli sono ragazzi magnifici, ma sono maschi. Quando soffri e hai bisogno di conforto, solo le donne sanno ascoltare.»
«Lei che cosa ti ha detto?»
«È tornata da me. Non fare quella faccia. È stato solo per pochi giorni, ma è tornata. E mi ha aiutato.»
«Come?»
«Con il suo sorriso e con le sue parole. Mi ha detto: 'Lascia che l'acqua scorra verso il mare. Tanto, da lì evapora, sale in cielo e dopo torna giù. Lascia che Angelica se ne vada. Tornerà'. E adesso sei qui. Bentornata a casa, ragazzina.»
«Grazie, papà. Ti fermi ancora in ufficio?»
«È sabato pomeriggio e dopo una settimana di lavoro ho bisogno di raccogliere i pensieri. Vai a casa. Rosina ti butterà le braccia al collo e piangerà di contentezza. Ci vediamo questa sera e saremo solamente noi due.»
«Grazie, papà», ripeté Angelica abbracciandolo.
Uscì dall'ufficio e si avviò lungo il viale coperto di ghiaia verso casa. L'edera che rivestiva i muri brillava nella luce del tramonto. Passò accanto ai tre enormi gelsi, vecchi di quattrocento anni, che dispiegavano la magnificenza del fogliame. Nel tronco di uno di questi si era aperta, chissà quando, una grande fessura che a

lei sembrava l'accesso all'antro delle streghe. Quando era bambina vi si intrufolava, ferendosi gambe e braccia contro la corteccia ruvida, convinta che lì nessuno l'avrebbe trovata. Ora le sembrò che quegli alberi secolari le dessero il benvenuto e le sorridessero.

Entrò in casa e l'accolse l'abbaio festoso di Tommaso, il piccolo bassotto dal manto setoso macchiato a pelle di leopardo. Non lo vedeva da un anno, ma era come se si fossero appena lasciati. La bestiola spiccò un balzo e lei lo afferrò e lo strinse a sé, mentre lui continuava a uggiolare, a tremare, a leccarle il viso.

Angelica sorrise e sussurrò: «Sono di nuovo a casa, amico mio».

Dalla soglia della cucina fece capolino la vestale di casa Brugliani: Rosina.

Per un istante la guardò incredula, poi si portò le mani al viso e, mentre gli occhi si riempivano di lacrime, esclamò: «Sei tornata, finalmente!»

2

Angelica era immersa fino al collo nella vasca d'acqua calda e profumata. Dopo tanto tempo assaporò di nuovo le comodità della sua casa e ricordò con sgomento le stanze in cui era vissuta con il marito: roventi in estate e gelide in inverno, per non parlare della cucina squallida in cui campeggiava un enorme televisore ultramoderno che Andrea diceva di avere acquistato con i propri soldi.

Invece, spazzolando il suo giaccone di velluto, era caduta a terra una busta indirizzata a lei. L'aveva aperta e vi aveva trovato un assegno di cinquecentomila lire firmato da suo fratello Gaspare con un biglietto in cui scriveva, fra l'altro: «Ecco il mio solito piccolo aiuto».

Così aveva scoperto che il fratello maggiore le mandava del denaro che suo marito incamerava senza dirle niente.

Angelica si era già resa conto del guaio in cui si era infilata avendo voluto sposare Andrea. Aveva creduto che la felicità fosse fatta di due cuori e una capanna: la capanna l'aveva trovata e non profumava precisamente di fiori di campo.

Inoltre, Andrea era un uomo problematico, un alcolista che le rubava i soldi per inseguire i suoi deliri di gloria.

I versi che l'avevano affascinata perdevano ogni giorno di più il tratto della bellezza inesprimibile, per le troppe difficoltà che doveva affrontare.

«Tu sei come la luna d'agosto che sorride beffarda ai miei sogni», declamava Andrea quando lei lo osservava in silenzio, sconcertata.

Adesso, immersa nell'acqua profumata, si crogiolava in un piacere che aveva dimenticato, guardando felice la sua bella stanza da bagno con le maioliche candide e i rubinetti di ottone lucido.

Uscì dalla vasca e tornò nella sua camera indossando il lungo accappatoio di spugna che aveva ritrovato tra la biancheria e gli indumenti rimasti a casa prima di sposarsi.

Si guardò intorno. La sua camera era come l'aveva lasciata un anno prima. Le pareti color avorio, tirate a stucco, il letto Impero, i tappeti soffici color panna posati sul pavimento di terracotta, i cassettoni della nonna materna su cui erano allineate le fotografie di famiglia nelle cornici d'argento e la sedia a dondolo accanto al tavolino, sotto la finestra, su cui Rosina aveva deposto il vassoio della colazione.

Emise un lungo respiro e affondò il cucchiaio nella ciotola della macedonia di frutta. Finalmente si sentiva al sicuro.

Spalmò su una fetta di pane tostato uno strato di marmellata d'uva americana. Era una specialità di Rosina che, con quella confettura, confezionava crostate per tutta la famiglia.

Rosina era entrata in casa Brugliani accompagnata dal nonno materno di Angelica, Pompeo Acerbi, ingegnere idraulico, di ritorno da un soggiorno sulla costa romagnola dove aveva progettato una complessa serie di reti fognarie.

«Ho trovato questa figliola in un convento di monache», aveva detto Pompeo, affidandola a sua figlia Cristina, e aveva spiegato: «È rimasta orfana da piccola ed è cresciuta con le suore. Ha tanta voglia di fare e, siccome è intelligente, si renderà utile».

Il nonno Pompeo individuava subito le persone capaci.

Presto Rosina era diventata un membro della famiglia. Ora Angelica si lasciò sfuggire un sorriso ricordando la figura mitica del nonno Pompeo che i concittadini definivano «tanto geniale quanto originale».

Aveva un volto severo, non rideva mai, ma aveva un senso ludico della vita e amava fare gli scherzi.

Quando compì settant'anni, scrisse il proprio necrologio e mandò il suo domestico, vestito in gramaglie, nella sede del quotidiano locale per farlo pubblicare tra gli annunci mortuari. Poi si rintanò a Borgofranco, aspettando gli eventi.

«Voglio proprio vedere quanti amici mi piangeranno», annunciò ai Brugliani, che se la ridevano e gli davano del pazzo.

La burla venne scoperta soltanto la sera, ma per gran parte del giorno il telefono non smise di squillare, i telegrammi di arrivare, il campanello della casa di città di suonare. I ragazzi Brugliani, mandati da lui in avanscoperta nei bar, gli riportarono notizie di un cordoglio profondo. Quella volta, eccezionalmente, sorrise soddisfatto. Morì l'anno dopo, all'improvviso, per un infarto e nessuno andò al suo funerale. Tutti pensarono che fosse un nuovo scherzo. Quando, al cimitero, la bara venne tolta dal carro funebre, tra i pianti dei Brugliani che la seguivano, si fece avanti un gruppetto di curiosi e uno domandò: «Ma l'ingegnere è morto davvero?»

A quel ricordo Angelica sorrise e ripensò alla sua storia sgangherata con Andrea Biolcati, iniziata su un carro funebre.

3

Era primavera. Suo padre l'aveva aspettata all'uscita da scuola, dove, pur non avendo ancora diciotto anni, frequentava l'ultimo anno di liceo, e l'aveva trascinata con sé a Verona, dove c'era un'importante fiera del vino e dove, per la prima volta, i Brugliani avevano un loro stand come vignaioli. Voleva allontanarla da una banda di «scaldabanchi», come lui definiva i ragazzi e le ragazze di buona famiglia che studiavano lo stretto indispensabile.

Per quanto sua figlia ottenesse bellissimi voti, stava rivelando una irrequietezza preoccupante e si sceglieva le compagnie peggiori.

Angelica, come sempre, aveva tentato di ribellarsi, poi si era rassegnata a seguirlo.

Alla fiera, tra la confusione dei visitatori, dei compratori, dei giornalisti di settore, c'erano gruppi di giovani che passavano da uno stand all'altro per scroccare assaggi di vino e molti di loro erano decisamente ubriachi.

Mentre suo padre si intratteneva con il proprietario

di una catena di enoteche, lei si era messa al banco della degustazione, affiancando un cameriere e una hostess che stavano spiegando a tre ragazzi ubriachi che non potevano offrire altri assaggi. Uno dei tre aveva cominciato ad alzare la voce, mentre gli altri due stavano tentando di strappare una bottiglia dalle mani della hostess. Senza perdere tempo Angelica aveva composto sul suo cellulare il numero del servizio di sicurezza. Intanto si preparava al peggio, mentre ricordava il motto di suo padre: «Il vino è un nettare che si gusta con parsimonia per la gioia del palato e dello spirito».

Mentre i due sorveglianti, prontamente accorsi, si allontanavano con i ragazzi, si era profilata la figura allampanata di un giovane dal viso pallido, i lunghi capelli neri scarmigliati, l'abito di buon taglio ma consumato, che si sforzava di controllarsi per apparire sobrio.

I suoi occhi, gialli come quelli di un gatto, si erano fissati in quelli di Angelica e una voce che sembrava sgorgare dalla profondità di un impetuoso fiume sotterraneo, le aveva detto: «Tu non sei una ninfa celeste, non sei la visione di una mente ottenebrata dall'alcolico fumo, non sei la strega che stritola i miei sogni, né l'angelo che li blandisce. Chi sei, magnifica creatura?»

Angelica non era riuscita a trattenere una risata.

«Tu sei un po' fuori di testa», aveva reagito.

«Lo so. Essere 'fuori di testa' è la cifra del mio genio creativo.»

Le aveva preso una mano, se l'era portata alle labbra e aveva soggiunto: «Permetta che mi presenti. Andrea Biolcati, per servirla, vostra magnificenza».

Ad Angelica era capitato di incontrare uomini e ragazzi che avevano bevuto troppo. Alcuni erano taciturni e immusoniti, altri parlavano da soli, altri urlavano. Lei aveva sempre detestato le persone ubriache, ne aveva orrore.

Ma il giovane che aveva di fronte era diverso. Sembrava felice della sua ebbrezza, e lei trovava divertente il linguaggio strampalato con cui si esprimeva e quegli occhi gialli da gatto, per nulla appannati dall'alcol, che la scrutavano e la accarezzavano.

«Io sono Angelica Brugliani, messere, e non ho alcun bisogno dei suoi servigi», replicò, divertita.

«Lo vedi? Era scritto nei nostri nomi che dovessimo incontrarci: hanno la stessa iniziale. Non si sfugge al proprio destino», sentenziò lui.

4

Intorno a loro, nel padiglione della fiera, era un crescendo di confusione, di annunci lanciati dagli altoparlanti, di gente che si faceva largo nella ressa, di applausi per la visita di un personaggio politico con il suo seguito di cortigiani, di forze dell'ordine che tenevano a bada il pubblico, ma Angelica si sentiva come protetta da una bolla di vetro che isolava lei e Andrea dal resto del mondo.

«Sarebbe un ben triste destino, il mio, se dovessi condividerlo con qualcuno che fa dell'alcol la cifra del suo genio creativo», disse Angelica per cercare di sottrarsi al magnetismo di quell'individuo che giudicava poco raccomandabile.

«Hai mai sentito parlare di Charles Bukowski? Scommetto che non sai nemmeno chi sia, perché ti porti addosso l'odore inconfondibile della liceale che porterà all'esame Quasimodo e Montale come botta estrema di modernità», replicò lui, e allungò una mano per afferrare una flûte di spumante. Lei fu svelta a sottrargliela, dicendo: «Hai già bevuto abbastanza. Io sono qui per lavorare, quindi ti suggerisco di andare altrove a sprecare il tuo tempo».

Era seccata che lui avesse capito che era una liceale ed era vero che avrebbe portato all'esame di maturità Quasimodo e Montale. Avrebbe voluto replicare che conosceva per sommi capi i testi di Bukowski e la sua apologia dell'alcolista, che aveva riassunto in due righe: «Perché bevo? Perché non riesco ad affrontare la vita quando sono sobrio». Era l'affermazione di un pavido.

«Sto lavorando come te. Io sono un genio e, tranne me, non lo sa nessuno», replicò lui, scimmiottando un aforisma di Bukowski. E soggiunse: «Io sono un poeta che ancora nessuno conosce, ma verrà il giorno in cui, presago il cor mel dice...»

«Che il sacro iliaco muro e Priamo e tutta la sua gente cada», concluse Angelica, citando i versi dell'*Iliade*.

Giovanni Brugliani si materializzò alle spalle di sua figlia e disse: «Forse posso essere utile... a questo signore?»

Angelica pensò che, ancora una volta, suo padre era intervenuto nel momento sbagliato: lei si stava divertendo con quel giovane strano che la corteggiava e lui aveva spezzato l'incanto.

«Certamente! Questa fanciulla mi ha rifiutato un assaggio del vostro nettare», rispose Andrea Biolcati.

«Mia figlia è una diciassettenne molto avveduta. Io le suggerisco di tornarsene a casa subito, finché riesce a reggersi sulle gambe», tagliò corto Giovanni Brugliani che aveva lodato la figlia e sottolineato che era minorenne. Non aveva dubbi che quel tipo allampanato, dai modi artefatti e il tratto dell'artista fallito, stava esercitando il suo fascino da guitto sulla sua curiosa e vivacissima figlia.

Già l'anno prima, durante una vacanza di studio in Inghilterra, era dovuto intervenire per sottrarla alle grinfie del suo docente di inglese che lei aveva conquistato con la sua carica seduttiva.

Quando aveva quindici anni, durante le vacanze di Natale, in Austria, Angelica aveva intessuto una storia con il suo maestro di sci, un diciottenne ignorante ma bello come il sole.

Giovanni Brugliani l'aveva riportata a casa e rinchiusa nella sua camera, mentre rimbrottava Cristina, sua moglie, che l'aveva lasciata fare.

«Come l'hai cresciuta? A quindici anni le mie sorelle giocavano ancora con le bambole e nostra figlia, invece, gioca ad ammaliare gli uomini.»

«Quando le tue sorelle avevano la sua età, la pillola non esisteva. Per paura, rimanevano caste fino alle nozze. La guardi mai tua figlia? Non ti sei accorto che è una donna? Per fortuna ci ho pensato io a portarla dal ginecologo. Tua figlia prende la pillola. Adesso lo sai», era sbottata Cristina.

«La mia bambina prende la pillola?» si era scandalizzato lui.

«Vorresti forse impedirle di fare l'amore?» lo aveva sfidato.

«Certo che sì!»

«Svegliati, Giovanni. I tempi sono cambiati. Ti sei

mai sognato di impedire ai nostri figli di fare l'amore con le loro amichette? E non dirmi che loro, in quanto maschi, ne hanno il diritto; perché se così fosse, prendo per mano mia figlia e lasciamo subito questa casa», si era inviperita Cristina.

«Voi Acerbi siete dei pazzi, a cominciare da tuo nonno buonanima che di fronte all'arcivescovado aveva aperto un circolo anarchico, predicava il 'libero amore in libero Stato' e aveva ingravidato serve e padrone di mezza città. Per non parlare di tuo padre, che trascorreva le notti a escogitare scherzi alle spalle di amici e parenti. Quanto a te...»

«Perché non concludi? Quanto a me?» lo sfidò sua moglie.

«Ti ho amato proprio perché sei affascinante e... matta», sussurrò lui, ormai placato.

Si era rassegnato all'evidenza, sua figlia era mezza Brugliani e mezza Acerbi, per metà era ancorata alle radici profondissime della terra e per metà era invitante come l'uva matura. Poi sua moglie se n'era andata, ma lui non aveva rinunciato a tenere Angelica sotto controllo, e interveniva per evitare che si mettesse nei guai.

Fece la stessa cosa quel giorno, nel padiglione della fiera e rientrò con lei a Borgofranco, rimpiangendo che Cristina non fosse più lì a dissipare i fantasmi delle sue paure di padre.

Non sapeva che il poeta mezzo ubriaco era riuscito a passare nella mano di Angelica un cartoncino con il cellulare che lei aveva abilmente infilato nella tasca dei jeans.

Quando rientrarono era quasi ora di cena e lei annunciò: «Vado in camera mia a studiare».

Invece, si isolò per telefonare ad Andrea Biolcati.

Lui le disse che viveva sulla costa romagnola, in una casa ereditata dal nonno, al Lido degli Estensi. Suo padre era stato un pescatore d'anguille. Era morto di «un male incurabile» quando lui era bambino. Sua madre era diventata la perpetua del parroco e lui era cresciuto nella casa della parrocchia. Lì, l'anziano don Pacifico gli aveva fatto da insegnante e con lui aveva imparato il greco e il latino. Sapeva a memoria i Vangeli e la *Divina Commedia*. L'Antico Testamento lo aveva letto di nascosto, perché don Pacifico gli aveva spiegato che non era una lettura consigliata. Lo aveva invece raccomandato al Comune perché gli desse un lavoro da giardiniere. Poi il nonno paterno era morto e gli aveva lasciato la casa tra i campi dove era andato a vivere da solo, mentre sua madre aveva continuato ad accudire il parroco. Lui si era scoperto il «genio poetico» e preferiva comporre versi, piuttosto che abbrutirsi di fatica sfoltendo tigli e platani, o piantando fiori nelle aiuole per i villeggianti che affollavano la costa durante l'estate.

Le aveva letto per telefono una sua poesia «Cumulonembi di nebbie infide / ovattano suoni e sguardi / che solo la mia mente di ebbro di-vino / penetra per trafiggere / inchiudere / annientare una umanità imbelle».

«Che ne pensi?» le aveva chiesto.

«Sublime», aveva detto lei, che non aveva capito niente.

«Sono venuto qui perché devo avere qualcosa da fare aspettando di morire», aveva spiegato.

Angelica aveva pensato che quell'uomo aveva bisogno di sentirsi amato.

«Che cosa stai facendo?» gli aveva chiesto.

«Stavo andando a Vicenza a consegnare un carro funebre per fare un favore a un amico. Ma già a Cesena il motore faceva le bizze. Qui si è spaccato l'albero di trasmissione. Ho dovuto farlo portare nell'autofficina di un altro amico che sta qui in zona. Sai, io ho amici un po' ovunque, compagni di sbronze e di poesia. Adesso il motore è stato aggiustato e io dovrei mettermi in viaggio per raggiungere Vicenza, ma se mi dici dove sei, ti raggiungo, perché ho bisogno di vederti, sfiorarti, accarezzarti, perché tu sei Angelica e mi devi salvare.»

Angelica taceva, mentre cercava di fare ordine in quel groviglio di parole.

«Mi hai sentito?» la sollecitò Andrea.

«Un carro funebre? Con il morto dentro?» sussurrò.

«Senza il morto», precisò lui. «Faccio piccoli lavori, qui e là, tanto per mantenermi. Ma queste sono banalità di cui non serve parlare», tagliò corto. E si affrettò a domandare: «Allora dove ti raggiungo? Sono nell'autofficina proprio di fronte alla fiera del vino. M'infilo in autostrada e vengo verso casa tua».

Angelica cenò con suo padre che poi la lasciò sola per andare al suo club in città, tanto c'era Rosina a vegliare su di lei.

Allora lei sgattaiolò fuori di casa, montò sul suo motorino, uscì dal borgo e scese lentamente la collina.

Il carro funebre sostava sulla provinciale, accanto al distributore di benzina, chiuso per la notte.

Andrea Biolcati l'abbracciò con dolcezza e lei fu avvolta dal suo profumo di terra bagnata e di corteccia d'albero. Fecero l'amore sul carro funebre e dopo lui le disse: «Adesso l'ala accogliente della morte potrà avvolgermi nel suo gelido abbraccio, senza annientare il mio spirito che si nutrirà di te per l'eternità».

5

ERA luglio pieno. Le scuole erano finite e la città si stava svuotando perché iniziavano le partenze per le vacanze estive. Angelica, accompagnata da Rosina, varcò il vasto atrio del suo liceo dove erano esposti i quadri con i risultati degli esami di maturità. Un nugolo di giovani si assiepava nell'atrio. C'era chi esultava, chi aveva il muso lungo, chi piangeva. Angelica vide Ortensia, detta Tessi, la sua amica del cuore, con la madre che la teneva stretta a sé e le diceva: «Brava la mia Tessi! Quanta gioia mi dai!» Angelica aveva soltanto la sua domestica a dirle che era stata bravissima, perché era stata promossa con il massimo dei voti.

Quando tornò a Borgofranco, trovò suo padre che si congratulò per l'eccellente risultato. Era felice e non si aspettava certo quello che, un istante dopo, Angelica gli annunciò: «Papà, io mi sposo».

«Con chi?» sibilò Giovanni Brugliani, sentendosi mancare il terreno sotto i piedi.

«Sai benissimo qual è il ragazzo che ho scelto, perché

lo hai visto aggirarsi tra i vigneti più d'una volta e di lui avevi parlato con i miei fratelli.»

Era tesa, emozionata, ma determinata a raggiungere il suo obiettivo.

Effettivamente, nelle settimane precedenti, il padre aveva esternato la sua preoccupazione con i figli e tanto Gaspare, il chirurgo, quanto Luigi, il professore, avevano tentato di calmarlo, dicendogli: «Nostra sorella è meno sprovveduta di quanto tu creda e quando capirà che sta facendo uno sbaglio, ritornerà sui suoi passi. La cosa peggiore che tu possa fare è metterle il bastone tra le ruote. Lasciala andare per la sua strada».

«Vostra sorella è una matta, come tutti gli Acerbi. È identica a vostra madre!»

«La mamma è stata sempre uno spirito libero. Ha fatto la madre di famiglia fino a quando ha potuto, poi si è ripresa la sua libertà. Rassegnati, papà.»

Lui aveva pensato che i suoi ragazzi erano due grandi egoisti che non volevano farsi carico della responsabilità di Angelica. In realtà, prima Luigi e dopo Gaspare, avevano sondato il territorio minato su cui Angelica si stava muovendo e ne avevano tratto una identica conclusione: la piccola di casa era ottenebrata da un innamoramento assurdo. Gaspare aveva anche voluto incontrare quel nullafacente avvinazzato e presuntuoso e, da medico, aveva tratto le sue conclusioni. Aveva detto a Luigi: «Se quello non smette di bere avrà grossi problemi di salute». Ma non ne aveva fatto parola con il padre il quale, rosso di collera, ora stava fronteggiando sua figlia.

«Non starò qui a guardarti precipitare in un dirupo», dichiarò Giovanni Brugliani.

«Io sposerò Andrea e sarò felice, perché so che lui è l'uomo della mia vita.»

Che cosa poteva mai sapere della vita una diciottenne cresciuta nella bambagia? Certo, da alcune settimane era entrata nella maggiore età e, agli esami, una commissione di docenti l'aveva giudicata matura, pensò il padre, ma era matura per iniziare l'università, per affrontare un ulteriore corso di studi e approfondire la sua passione, l'agronomia. Non certo per sposarsi. Tanto più che il personaggio per il quale aveva perso il lume della ragione era un mentecatto.

Il suo dovere di padre era fermarla. Ma come? Legandola al letto? Facendola rinchiudere di forza in una clinica per alienati mentali? Gli occhi gli si riempirono di lacrime mentre stringeva al petto la sua piccola che stava andando verso la rovina e lui non aveva modo di fermarla. Si chiedeva dove avesse sbagliato nell'educarla e non trovava una risposta. Del resto non aveva risposte nemmeno per la fuga di sua moglie Cristina. Se ne era andata perché voleva occuparsi solo di se stessa e non più degli altri. Se sua moglie avesse avuto un amante, avrebbe potuto lottare per riportarla a casa. Ma, a quanto ne sapeva, non era così.

«Papà, ti prego, lasciami vivere, lasciami andare per la mia strada. Quello che per te è un errore, per me è la felicità», singhiozzò Angelica.

«Ma Andrea non ha voglia di lavorare, è un avvinazzato», tentò lui, pur sapendo che denigrarlo non sarebbe servito a trattenerla.

Fu Rosina ad accompagnare Angelica in macchina in città, quella sera. Aveva con sé una valigia stipata di indumenti e uno zaino pieno di libri. In una tasca dei jeans si era infilata i suoi risparmi: un fascio di banconote. Andò dall'amica Ortensia, che era stata la sua compagna di banco durante i cinque anni di liceo. Non potevano essere più diverse l'una dall'altra e forse proprio per questo era nata fra loro un'amicizia solida. Ortensia ammirava l'indole trasgressiva di Angelica, la sua capacità di gettare il cuore al di là di ogni ostacolo, l'insofferenza verso qualsiasi forma di perbenismo che già aveva contagiato molte delle loro coetanee, la vena polemica che, a tratti, indispettiva anche gli insegnanti, la straordinaria capacità di apprendimento, l'innata eleganza. Angelica ammirava la pacatezza di Tessi, la sua razionalità, la generosità verso gli altri che le impediva di esprimere giudizi negativi nei confronti di chiunque, anche dell'amica, quando sbagliava. Ora l'accolse a braccia aperte per la sua ultima notte in città.

«I miei genitori sono andati al mare e io ho organizzato per te una serata di addio al nubilato», le disse.

«Chi hai invitato?» si allarmò Angelica che non aveva contemplato una festa per la sua uscita di scena.

Tessi le sorrise e spiegò: «Stai per lasciare un ambiente che ti ha offerto soltanto privilegi, primo fra tutti: la libertà dal bisogno. Stai per sposare un uomo che, come hai detto tu, potrà offrirti solamente pane e poesia. Non so se la tua sia una scelta di grande coraggio o di sublime incoscienza, ma ancora per questa sera appartieni al nostro mondo. Saremo in cinque. Ho invitato Tina, Laura e Giulia, le nostre amiche di sempre. Tutte noi vogliamo che porti con te, nei giorni che verranno, il ricordo di una bella serata tra ragazze».

«Quindi?» domandò Angelica sempre più preoccupata, mentre pensava che non aveva nessuna voglia di andare in discoteca, di indossare un abito appropriato, dal momento che i vestiti più belli erano rimasti nel suo armadio, a Borgofranco, di ridere e ballare, dal momento che le lacrime di suo padre e di Rosina avevano incrinato la sua certezza.

«Tira fuori un pigiama dalla valigia e vai in bagno a cambiarti per la notte. Tra poco arrivano le altre e avranno anche loro camicia da notte e spazzolino da denti. Faremo un pigiama-party e vendemmieremo a Coca-Cola e panini al formaggio. Giulia ha fatto una selezione di film romantici da vedere e stamattina abbiamo noleggiato *Dirty Dancing*, *Colazione da Tiffany*, *Pretty Woman*, *Casablanca* e *Il grande Gatsby*. Possiamo vederli tutti, se non ci addormentiamo prima e, comunque, domattina alle sei e mezzo ti accompagnamo in stazione e ti mettiamo sul treno per Ravenna.»

Angelica abbracciò di slancio la sua amica. Aveva gli occhi lucidi ed era sul punto di piangere.

«Risparmiati le lacrime per i film che vedremo questa notte», suggerì Tessi.

Al mattino, le cinque ragazze avevano gli occhi segnati dalla stanchezza. Piansero tutte mentre il treno partiva e Angelica, affacciata a un finestrino della carrozza di seconda classe, sventolava un fazzoletto e diceva addio non a loro solamente, ma al piccolo universo in cui era cresciuta, per andare incontro a un futuro incerto, avendo come unico sostegno l'amore per un poeta incompreso che profumava di terra bagnata e di corteccia d'albero e la scrutava con quei suoi occhi gialli, incantatori, che le accarezzavano l'anima. Il genio di Andrea Biolcati aveva bisogno del suo amore incondizionato e lei glielo avrebbe offerto a piene mani.

Al momento di salire sul treno, le amiche le avevano dato il loro dono di nozze. Ora, mentre il treno usciva dalla stazione, Angelica aprì la grande scatola bianca legata con un nastro di velluto rosa. Trovò un completo di biancheria per la notte: camicia, vestaglia, pianelle in seta immacolata. Immaginò la camera da letto molto spartana che Andrea le aveva descritto e poi se stessa avvolta in quegli indumenti preziosi che rappresentavano un legame con il mondo del benessere e, pur apprezzandoli, decise che non le sarebbero serviti. Li gettò fuori dal finestrino, disperdendoli nel vento con il suo passato.

6

SCESE dal treno stipato di gitanti domenicali che avrebbero trascorso la giornata afosa di luglio su qualche spiaggia dei lidi ravennati.

«Benvenuta nell'antica capitale dell'Impero d'Occidente», l'accolse Andrea che aveva aspettato il suo arrivo, ingannando l'attesa al bar della stazione.

Angelica era stremata e molto confusa. Avrebbe voluto essere felice e, invece, aveva soltanto voglia di piangere.

Andrea l'abbracciò e lei scoppiò in singhiozzi come una bambina spaventata. Aveva lasciato Borgofranco che rappresentava il centro delle sue certezze e soltanto ora si rendeva conto di averle perdute per sempre.

«Dov'è finita tutta la tua spavalda sicurezza?» tentò di scherzare Andrea, allontanandola da sé per infilare nel bagagliaio della sua Fiat Tipo la valigia di Angelica.

Lei sedette in auto, accanto al posto di guida e Andrea le tese un fazzolettino di carta, dicendole: «Adesso ti porto a casa mia, ma se non la smetti di piangere, stasera ti rimetto sul treno e te ne torni dai Brugliani».

Bastò quella minaccia a fermare le lacrime, perché mai e poi mai sarebbe tornata sui suoi passi.

Percorsero il lungomare a passo d'uomo tra una confusione delirante di veicoli strombazzanti, di bagnanti trasandati, di musica assordante che veniva dai bar lungo la spiaggia, nel caldo esasperante del mezzogiorno.

Angelica domandò: «Qui è sempre così?»

«È l'estate. D'inverno ci sono solo il mare, la nebbia e la sirena del faro a spezzare un silenzio irreale. Allora è davvero la poesia ad abitare i lidi, la laguna, la terra piatta e finalmente spoglia di questi orribili orpelli.»

«Come parli bene», sorrise Angelica e si sentì rincuorata, immaginando il fiume di parole che Andrea avrebbe riversato come miele su di lei. Si disse che aveva tutta una vita da vivere e tante curiosità da appagare. Avrebbe scoperto che cosa c'era al di là del cammino tracciato dai Brugliani, generazione dopo generazione, come se non ci fossero altri mondi da esplorare. Suo padre, pur senza dirglielo, l'aveva fatta sentire una stupida. Ora doveva dimostrare a lui, ma soprattutto a se stessa, di non esserlo.

Andrea continuava a parlare. Ora le raccontava della casa di Anita Garibaldi.

«Te la farò visitare. Quella era una grande donna, una che aveva capito la forza, la genialità del suo compagno e per seguirlo aveva superato disagi di ogni genere e qui è morta. Tu ti sei lasciata alle spalle una vita comoda, ma vivendomi accanto avrai molto di più.

Non alludo alla vile cartamoneta, ai vestiti, ai gioielli, ma al nutrimento raffinato dello spirito.»

All'improvviso, Angelica si sentì sopraffatta dalla stanchezza.

«È da ieri notte che non dormo. Vorrei un letto, Andrea», sussurrò.

Avevano lasciato la confusione del lungomare e si stavano inoltrando nelle strade di campagna assediate dal frinire assordante delle cicale, tra le distese immobili delle saline.

Lui arrestò la macchina a ridosso di una recinzione di rete metallica che delimitava uno spiazzo di erba incolta, oltre il quale sorgeva una costruzione minuscola a un solo piano: una porta nel mezzo, due finestre per lato.

«Sei arrivata a casa mia, anzi a casa nostra», annunciò Andrea, mentre apriva il bagagliaio per prendere la valigia di Angelica. E soggiunse: «Pesa una tonnellata. Ti sei portata appresso tutti gli arredi di Borgofranco?»

Lei rimase inchiodata al sedile dell'auto. Per quanto stremata e assonnata, domandò: «È questa l'eredità di tuo nonno?»

«Prima era soltanto un capanno per gli attrezzi. Dopo lui lo ha ingrandito e ha aggiunto una camera, un bagno, ha costruito un camino e fuori c'è il forno per il pane. Dai, scendi.»

La precedette verso la porta schermata da una tenda di cotone verde. Angelica vide un letto mezzo sfatto in un angolo della stanza. Era un'ottomana su cui, ovviamente, dormiva Andrea. Vi si lasciò cadere, si distese, chiuse gli occhi e si addormentò.

La svegliò il miagolio di un gatto che grattava il bordo del materasso.

La stanza era immersa nella penombra e, attraverso la finestra spalancata sul prato incolto, vide la luce del tramonto. Era sola con quel gatto bianco e grigio che non smetteva di miagolare.

«Tu hai fame», gli disse. E soggiunse: «Anch'io».

Il suo orologio da polso segnava le otto. Si guardò intorno. Al centro della stanza, su un tavolo di legno scuro, c'era un foglio su cui Andrea aveva scritto: «Orfeo ti ha avvolto nella nube del sonno. Riposa, tenera rosa. Ti coglierò al risveglio. Andrea».

«Che cosa ci faccio io in mezzo a questo squallore?» sussurrò osservando il camino spento e fuligginoso, un bidone di plastica pieno di bottiglie vuote, una credenza spoglia, due sedie impagliate e uno scaffale colmo di libri infilati alla rinfusa.

Scostò una tenda di un bianco incerto e si affacciò sull'altra stanza dove c'erano due letti gemelli accostati, un vecchio comò e un lavabo. Si domandò dove fosse il bagno. Allora uscì sul retro della casa e si trovò al centro di quella che sembrava una discarica di rifiuti. Sotto una tettoia c'erano sedie di plastica sgangherate e un tavolo di ferro arrugginito davanti a una porta di legno. La aprì. Quello era il bagno di casa con un water, un lavabo e una doccia chiusa da una tenda di plastica.

«Ma dove sono capitata?» sussurrò. Intanto il gatto l'aveva seguita e, continuando a miagolare, si strusciava contro i suoi jeans.

«Ma tu chi sei? Sei la futura sposa dell'Andrea?», la apostrofò una voce che veniva dal prato.

C'era un'afa opprimente, il ronzio fastidioso di tafani e zanzare, Angelica alzò lo sguardo e vide una donna anziana con la faccia rugosa che la scrutava.

«Lei chi è?» domandò Angelica.

«Sono Tognina. Andrea non c'è? Sarà andato al bar del paese. Prima o poi torna. Aspettalo. Come ti chiami?» domandò raggiungendola.

«Angelica», rispose.

«Ieri ho pulito un po' la casa. C'era una gran confusione. Poverina, adesso toccherà a te star dietro a quella testa matta. Sai, Andrea è un bravo figliolo, se non fosse che ha il vizio del bere e poca voglia di lavorare. Chissà che non metta la testa a partito, ora che si sposa. Certo che si è scelto una gran bella moglie. Hai fame?»

Teneva tra le mani qualcosa avvolto in un tovagliolo.

«Ho fatto la piadina. È ancora bella calda. Nel frigo ho messo pancetta e prosciutto. Infilali nella piadina e mangia. Sentirai com'è buono», disse ancora, tendendole l'involto.

«Dov'è il frigo?» domandò Angelica, con un filo di voce, mentre si domandava se stesse vivendo un incubo.

L'afa le toglieva il respiro e l'umidità rendeva appiccicosa la pelle. Aveva fame, ma più di tutto desiderava fare una doccia. Ma dove? Lì dentro? si interrogò, mentre la donna, che indossava una vestaglia di cotonina a fiori, non smetteva di parlare, e il gatto non smetteva di miagolare.

«Dai un po' di piadina anche alla Giorgia», le suggerì indicando il gatto.

In quel momento Angelica avvertì il rumore di un'auto che si fermava davanti a casa.

«Credo che Andrea sia tornato», disse alla donna.

«Lo vedi? Se non c'eri tu, non sarebbe tornato a casa così presto», commentò Tognina e se ne andò.

Angelica chiamò a raccolta tutta la sua forza d'animo per sorridere ad Andrea che l'aveva raggiunta. Entrarono in casa e lui posò sul tavolo una borsa termica che aprì dicendo: «La signora è servita. Ti ho portato una cena degna di una regina. Tagliatelle allo scoglio, orata al forno, fritto di gamberi e calamari e, per finire, torta gelato e spumante ghiacciato».

«Tognina mi ha portato la piadina calda», replicò lei, pensando che il mattino dopo si sarebbero sposati nella chiesa del paese e si chiese se davvero quello fosse il primo passo verso la felicità.

7

ALL'INIZIO dell'autunno, incominciarono le prime nebbie leggere che velavano il sole. Angelica, dalla soglia di casa, osservava quel paesaggio malinconico, ma affascinante.

Aveva preso la patente e aveva imparato a guidare la moto di Andrea. A volte, quando lui dormiva appesantito dal vino, lei prendeva l'auto o la Guzzi e raggiungeva la spiaggia. Sedeva sulla sabbia umida e osservava il mare, una massa grigia che sfumava nel bianco argenteo del cielo. Capiva allora quanto quelle atmosfere rarefatte potessero influire sul fragile equilibrio psichico di suo marito che, come le aveva detto Tognina, sarebbe stato un bravo ragazzo se non si fosse lasciato divorare dai demoni della poesia e del vino che lo compensavano di tante frustrazioni.

Andrea partecipava a tantissimi concorsi per poeti esordienti, ogni volta sperava di ricevere un premio, invece non otteneva neppure una segnalazione.

Nel frattempo lei aveva dato fondo ai suoi risparmi

per costruire una stanza da bagno decente, con l'accesso dalla camera da letto, riscaldata da un termosifone elettrico.

Adesso era seduta in cucina e realizzò che non c'erano più soldi e non sapeva come pagare la bolletta della luce e comperare il cibo da mettere in tavola. Inutile chiedere al marito che aveva sempre le tasche vuote.

Sentì una mano che le accarezzò leggermente la schiena e una voce assonnata che le disse: «Vai all'osteria di Tito e fatti dare due bottiglioni di rosso».

Una volta, Angelica aveva assaggiato quel vino. Era pessimo, carico di tannino per correggere la mancanza di corposità. Lo aveva sputato nel lavandino.

«Non andrò a comperare vino a credito», reagì guardando con severità suo marito.

Andrea si lasciò cadere sull'ottomana, che era il suo rifugio quando rincasava ubriaco e non osava entrare nella loro camera da letto.

«Per favore, Angelica, sai bene che se non bevo, non connetto.»

Lei non rispose, uscì di casa e andò a bussare alla porta di Tognina che stava tirando la pasta per i tortellini. Era sicura che, per un po', Andrea sarebbe rimasto tranquillo, credendo che fosse andata in paese a comperare il vino.

Tognina era vedova, viveva con il figlio e la nuora che avevano un banco del pesce al mercato ittico di Cesena, e con due nipotini che adesso erano a scuola.

«Vieni dentro e fai il caffè. Dopo ti do un po' di tortellini da portare a casa», la accolse la donna.

Tognina voleva bene ad Angelica e rispettava la sua scelta di dedicarsi a quel marito problematico che non le facilitava la vita, ma aveva, tuttavia, lampi di genialità.

«Faccio il caffè, ma non voglio i tortellini, anche perché non ho nessuna voglia di mangiare», rispose la ragazza, mentre metteva sul fornello una caffettiera per due.

«Se continui a masticare amarezza, invece del cibo, ti ammalerai anche tu. Quando sei arrivata eri un fiore e adesso sembri un asparago appassito», osservò Tognina, continuando a rullare il mattarello sulla pasta sfoglia che diventava via via più sottile e più larga.

Angelica non replicò. Lei sola sapeva quanto fosse faticoso stare accanto a un marito che affogava nel vino i suoi fantasmi. Versò il caffè nelle tazzine e ne tese una a Tognina che sedette su uno sgabello e assaporò soddisfatta la bevanda aromatica.

«Allora, raccontami», la spronò, infine.

«Raccontami tu, piuttosto, le novità del paese», rispose la ragazza, sapendo che ogni giorno Tognina raccoglieva i nuovi pettegolezzi della piccola comunità e Angelica trovava che i suoi resoconti fossero molto divertenti.

«Ce ne sono due belle grosse», esordì Tognina. Prese fiato e proseguì: «Una l'ho saputa in macelleria, dopo che avevo lasciato i bambini a scuola. Dunque, devi sapere che il Briganti, il serramentista, s'è fatto l'amante a Cesena. L'hai conosciuto il Briganti, vero?»

«Come no? Mi ha cambiato gli infissi della finestra

della camera da letto e del bagno. Ha fatto davvero un buon lavoro. Chi è l'amante?»

«Una morettona prosperosa che fa la maschera al teatro Bonci. Lui le ha preso in affitto una casa a Brisighella e tutto filava a meraviglia fino a ieri, quando la moglie del Briganti ha scoperto la tresca e ha dato fuori di matto. Prima ha picchiato il marito, poi è corsa a Cesena e ha preso a schiaffi la bella mora dentro il teatro affollato di gente. Adesso aspettiamo il seguito», concluse divertita Tognina.

«E l'altra novità?» incalzò Angelica.

«Quella scema di mia nuora si è iscritta a un corso di danza del ventre e quel cretino di mio figlio è tutto contento. Sono costretta a vedere una nuora che si dimena vestita come la dea Kalì e un figlio che le batte le mani.»

Angelica non fece commenti, perché ormai stava pensando ai suoi problemi e, dopo un attimo di silenzio, confessò: «Devo trovare subito un lavoro. Siamo rimasti senza soldi».

Tognina guardò quella ragazzina con affetto e le chiese: «Tuo marito ti ha ripulito dei tuoi risparmi?»

«Più della metà li ho sborsati io per rendere abitabile la casa, il resto l'abbiamo speso per vivere. Adesso vuole che vada a comperargli del vino a credito. Non lo farò mai.»

«Giusto. Il fatto è che Andrea è messo male e, anche se volesse, non è più in grado di lavorare e tu, povera bambina, non hai un mestiere. Dai ascolto a questa vecchia, torna dalla tua famiglia e lascia lui al suo destino.»

Angelica si disse che questo era un consiglio saggio, ma lei doveva fare i conti con il suo orgoglio. Le erano bastati quei pochi mesi di vita coniugale per capire quanto fosse stata stupida. Suo padre e i suoi fratelli avevano ragione, era stata una follia sposare Andrea. Ma non se la sentiva ancora di tornare a Borgofranco con il capo cosparso di cenere e ammettere di avere sbagliato.

Qualche tempo prima, suo fratello Gaspare l'aveva chiamata sul cellulare e aveva esordito dicendole: «Come stai, sorellina? Voglio che tu sappia che ti ho sempre nel cuore».

Era stata sul punto di mettersi a piangere, invece aveva soffocato le lacrime e aveva risposto: «Sto bene, fratellone, e non passa giorno che non pensi con tanto amore a te, a Luigi, a papà».

«Ti serve qualcosa?»

«Grazie, non mi manca niente. Imparo cose nuove, conosco gente diversa. Pensa, ho preso la patente e ho scoperto che mi piace anche andare in moto.»

«Sei sempre stata un maschiaccio, sorellina.»

Ora disse a Tognina: «Credevo di essere una che va diritta per la sua strada sfidando il mondo, invece sono piena di paure. Prima ho fatto soffrire la mia famiglia. Ora farei soffrire Andrea se lo lasciassi. Per questo, ti prego, aiutami a trovare un lavoro. Ho imparato a fare tante cose in questi mesi. Sono perfino riuscita a occuparmi della casa. Prima non sapevo neppure lavare un fazzoletto. Non credi che potrei trovare un impiego in qualche albergo in città? Tu conosci tutti...»

La donna guardò la ragazza, le sorrise e disse: «Lascia perdere i mestieri che non sono adatti a te. Io penso che potresti insegnare ai ragazzini. Quel somaro di mio nipote, per esempio, fa la terza media e ha l'insufficienza in tutte le materie. Lui avrebbe un gran bisogno di ripetizioni private. E non è il solo. Ci sono i due figli della Menica, l'edicolante, e la figlia del Floriano, quello del *Bagno Miami*, anche loro avrebbero bisogno di ripetizioni. Tu sei istruita e puoi guadagnare bene dando lezioni ai bambini. E poi, da cosa nasce cosa. Oggi pomeriggio torno in paese a prendere i miei nipoti e metto in giro la voce».

«Mi sembra una buona idea, però...»

«So già quello che stai per dirmi, che da me e dalla mia famiglia non prendi soldi. Invece li avrai, perché l'istruzione è importante e chi trasmette agli altri il suo sapere ha il diritto di essere retribuito.»

Angelica trascorse l'inverno andando di casa in casa a dare ripetizioni ai bambini delle scuole medie che iniziarono presto a trarne benefici. La sera, quando rincasava, suo marito dormiva ubriaco sull'ottomana. Lei non lo svegliava, lo guardava con infinita pietà e si chiedeva fino a quando sarebbe durata quell'agonia.

8

TRA i ragazzi che Angelica seguiva privatamente c'era Ombretta, la figlia tredicenne di Susanna Mazzeo che aveva una bottega di attrezzature e abbigliamento marino in prossimità del porto, ed era sindaco del paese al secondo mandato.

Ombretta era una ragazzina intelligente, seguiva con attenzione gli insegnamenti di Angelica, studiava e stava diventando l'allieva migliore della sua classe.

Era tornata la primavera, in paese erano cominciati i lavori di ripristino degli alberghi per accogliere i villeggianti che, tempo permettendo, avrebbero cominciato ad affluire all'inizio di giugno. Una mattina, Susanna Mazzeo si presentò da Angelica che stava sradicando erbacce da un'aiuola del giardinetto davanti a casa, nel tentativo di renderlo più accogliente.

«Disturbo?» domandò la sindachessa.

«Nemmeno per sogno. Vuoi un caffè?» propose la ragazza.

«Tuo marito dov'è?» s'informò la donna che l'aveva

seguita dentro casa e osservava la stanza modesta che Angelica teneva ordinata e cercava di ingentilire con vasi pieni di fiori raccolti qua e là.

«Non lo vedo da giorni», rispose tranquillamente.

Susanna non fece commenti e, mentre Angelica metteva sul fornelletto elettrico la Bialetti, osservò quella bella ragazza dai modi eleganti e, ancora una volta, si domandò che cosa l'avesse spinta a lasciare una vita agiata per vivere di stenti con Andrea.

Angelica non aveva mai fatto parola sulle sue origini, ma ci aveva pensato suo marito a divulgare informazioni sulla prosperità della famiglia da cui lei proveniva.

Nella stanza illuminata dal sole del mattino si diffuse il profumo del caffè che usciva gorgogliando nella caffettiera. Mentre Angelica disponeva sul tavolo due tazzine di porcellana, i cucchiaini e la zuccheriera, Susanna disse: «Sono venuta a chiederti se hai voglia di lavorare in Comune per me. Non posso assumerti, perché le assunzioni vengono fatte solo per concorso, ma ti farei un contratto di consulenza e ti pagherei bene. So che potresti essermi utile».

Angelica versò il caffè e Susanna proseguì: «Sai, il Comune invia lettere, circolari, avvisi che devono essere scritti in modo corretto. Dobbiamo anche rispondere a un paesino dell'Inghilterra che chiede di fare il gemellaggio con il nostro e tu conosci bene l'inglese».

Le due donne, dopo aver bevuto il caffè, uscirono di casa e si sedettero sulla panchina addossata al muro. Angelica non aveva ancora pronunciato nemmeno una parola.

«Allora, cosa mi dici?» la sollecitò Susanna.

«Ora ti mostro una cosa», rispose la ragazza, estraendo dalla tasca dei jeans un foglio ripiegato.

Era la copia di un verbale di fermo di suo marito, che era poi stato rilasciato dai carabinieri di Cesena, in cui, ai sensi di un certo articolo del codice relativo al reato di atto osceno in luogo pubblico, si specificava che «...il Biolcati, che trovavasi al secondo piano di un edificio che ospita un circolo letterario, in preda ai fumi dell'alcol, si affacciava al balcone di detto circolo alle ore ventitré per assolvere a una necessità impellente e zigzagando il 'volatile' irrorava il vigile urbano che stazionava sotto il balcone».

Susanna e Angelica si guardarono e scoppiarono a ridere fragorosamente.

Poco dopo, comparve Andrea a bordo della sua auto che parcheggiò sul ciglio della strada sterrata e ne scese ostentando un sorriso raggiante.

«Io me ne vado», disse la sindachessa e soggiunse: «Pensa alla mia proposta».

Andrea le andò incontro con passo sicuro, le fece un inchino un po' buffo e la salutò: «Signor sindaco, i miei rispettosi omaggi».

«In tanti anni, è la prima volta che ti vedo sobrio», commentò la donna.

«E mi vedrai sempre così anche in futuro. Puoi affiggere un avviso in Comune per informare i cittadini che Andrea Biolcati, il più incompreso dei poeti, non beve più», le disse.

«È uno scherzo?» intervenne Angelica, guardandolo con sospetto.

«È una cosa seria. Lo so che non mi vedi da giorni e ti chiedo scusa, moglie mia. Ho passato tutto il tempo con un medico ex alcolista che ho incontrato all'ospedale di Cesena. Mi ha trascinato all'associazione degli alcolisti anonimi, ho passato tre giorni e tre notti con loro e continuerò a frequentarli molto a lungo», affermò, abbracciandola. E concluse: «Angelica, tuo marito non beve più».

«È un miracolo», esultò Tognina quando Angelica le raccontò la novità.

Angelica scosse il capo tristemente e replicò: «Temo che la verità sia un'altra. Andrea deve essersi sentito male e lo hanno portato all'ospedale di Cesena dove lo hanno ricoverato e gli hanno fatto le analisi del caso, informandolo sulla gravità del suo stato di salute».

«Hai ragione, bambina mia, deve essere andata così», convenne l'anziana vicina. Poi le domandò: «E tu che cosa farai?»

«Il mio dovere di moglie», rispose Angelica.

Esplose l'estate e il paese si illuminò di sgargianti insegne al neon, le orde di villeggianti affollarono le spiagge e si riversarono negli alberghi e nelle pensioni famigliari.

Angelica, a bordo della Guzzi del marito, arrivava in Comune al mattino, lavorava con la sindachessa per gran parte del giorno e rincasava la sera, sapendo di trovare Andrea, che l'aspettava addormentato sotto la tettoia del portico, e un pasto cucinato da lui e servito sul tavolo della cucina. Mangiava, faceva una doccia, poi sedeva sul dondolo accanto al marito che aveva smesso di bere, di leggere e di scrivere.

Lei gli accarezzò il viso e gli domandò con dolcezza: «Come stai?»

«Bene», rispose lui, anche se non era vero.

«Che cosa hai fatto oggi?»

«Ho ripulito le aiuole, ho portato in discarica un po' di ciarpame, ho rifatto i letti e spazzato per terra. Quello che faccio sempre, insomma.» Fece una pausa e proseguì: «Ho smesso di bere e di credere di essere un poeta. Ma mi tormenta il senso di colpa per averti indotta a lasciare la tua famiglia e tutto il resto».

«L'ho deciso io, non devi sentirti in colpa», lo rassicurò Angelica, dolcemente.

Scese tra loro un lungo silenzio.

«Domani vado a comperare un ventilatore, almeno la notte riusciremo a dormire», disse infine Angelica e lo baciò teneramente sulla fronte.

«Quando non ci sarò più, che cosa farai?» sussurrò Andrea.

Lei l'abbracciò e lo tenne stretto fino a quando lui si addormentò.

Andrea Biolcati morì dopo Ferragosto all'ospedale di Cesena. Aveva appena compiuto trentatré anni. Angelica chiuse quella casa in cui era vissuta per un anno, salì sulla moto e tornò a Borgofranco.

9

«Che Santa Lucia ti conservi la vista, bambina mia! Ti sei mangiata tutta la colazione», esultò Rosina, irrompendo nella camera da letto di Angelica. Poi notò lo sguardo triste della ragazza, che indossava ancora l'accappatoio, e chiese: «Brutti pensieri?»

«Ho passato in rassegna il mio ultimo anno di vita e stavo tirando le conclusioni», rispose Angelica, sconsolata.

Rosina le sorrise e disse: «Hai tutto il tempo per le tue riflessioni, ma adesso devi reagire e ritornare a vivere».

Dal fondo del viale giungeva fino a loro il rumore dei camion in arrivo e in partenza dal borgo e il vociare allegro e concitato delle donne e degli operai che scaricavano l'uva appena raccolta. Per due settimane ci sarebbero state settanta e più persone ad animare il borgo per la vendemmia.

«Com'è stato il clima mentre ero via?» domandò Angelica mentre si vestiva.

«Secco, come piace a noi. Quest'anno l'uva è bellissima e carica di zuccheri», rispose Rosina. E proseguì: «Non come l'anno scorso che, fino a un certo punto, sembrava che tutto andasse per il meglio e poi si sono aperte le cateratte del cielo, temporali, grandinate, straventi e acqua a non finire. È stata una vendemmia magra, come se le vigne piangessero perché tu te ne eri andata», concluse Rosina, abbracciandola.

«Ma adesso sono qui», rispose la giovane, che aveva infilato jeans stinti e un camicione di lino.

«Hai deciso di andare a vendemmiare?»

«Niente e nessuno potrà mai più schiodarmi dalla mia terra», disse Angelica, mentre si arrotolava le maniche fino al gomito.

«Giù ci sono i tuoi fratelli», la informò Rosina, felice.

Ogni anno, sia Luigi sia Gaspare, per la prima settimana di vendemmia, abbandonavano uno l'università, l'altro l'ospedale, per partecipare al grande momento che coronava il lavoro di un intero anno, quando il prodotto della prima spremitura veniva versato negli enormi tini d'acciaio che svettavano, l'uno accanto all'altro, sotto le volte dell'edificio che li ospitava. Arrivavano anche le loro mogli e gli altri parenti più stretti, per festeggiare il nuovo vino.

Angelica scese al pianterreno ed entrò nel ripostiglio dove trovò un paio di stivali di gomma che indossò. Poi raggiunse la zona dove stavano scaricando l'uva e si imbatté in Luigi.

Si guardarono per un breve istante e poi lui spalancò le braccia per accoglierla.

«Bentornata, sorellina», le sussurrò all'orecchio.

Poi la scostò da sé e, posandole le mani sulle spalle, la osservò compiaciuto.

«Papà mi aveva detto che eri tanto smagrita. Invece mi sembra che tu stia benissimo.»

«Rosina mi ha messo all'ingrasso con i suoi pranzetti.»

«Andiamo?» la sollecitò Luigi, prendendola per mano, come quando era bambina e lui aveva il compito di accompagnarla a scuola.

Si avviarono insieme e Angelica pensò che quella era davvero la sua vita, come lo era per suo padre e come lo era stata per il nonno e il bisnonno e che non c'era nulla di più appagante per lei che dedicarsi al mestiere di famiglia. Per rendersene conto, aveva dovuto affrontare un anno di vita difficile e dolorosa, ma adesso era a casa, tra la sua gente, nelle sue vigne.

Lei era una donna del vino, come altre donne che erano diventate parte integrante nelle loro aziende vinicole e si facevano conoscere in Italia e nel mondo per le loro straordinarie capacità nel produrre vini fantastici.

Sotto il portico, in fondo al cortile in cui la macchina spremitrice stava funzionando a pieno ritmo, le impiegate avevano allestito una lunga tavola per servire acqua fresca, succhi di frutta, caffè e torte dolci fatte in casa. Tra un carico e l'altro, gli operai, i tecnici, i camionisti, si concedevano una sosta prima di riprendere a lavorare.

Giovanni Brugliani stava scendendo da un camion carico d'uva. Aveva le mani e gli avambracci neri del succo dell'uva appena raccolta e le sue labbra si aprirono in un sorriso felice quando vide Angelica che gli andava incontro.

«È finito il periodo d'isolamento?» le domandò.

«Credo di sì», rispose lei, rispondendo al suo sorriso.

«Allora dai una mano a scaricare le cassette», ordinò, con allegria.

Gaspare era su un altro camion che stava uscendo dal cortile. La vide e, agitando una mano, gridò: «Ciao, sorellina».

Lei gli mandò un bacio sulla punta delle dita.

Gli operai che la conoscevano la accolsero con naturalezza, come se non si fosse mai allontanata da Borgofranco.

Giovanni Brugliani la osservava lavorare e si domandava fino a quando sarebbe durato l'entusiasmo di Angelica.

Nei giorni di isolamento, l'aveva spiata allontanarsi dal borgo in sella alla sua Guzzi. La prima volta aveva temuto che sparisse di nuovo. Invece gli operai che lavoravano nei campi gli avevano detto che Angelica faceva il giro dei filari, controllava la maturazione degli acini e quando vedeva l'agronomo si fermava a confabulare con lui. A volte abbandonava la moto e faceva lunghe passeggiate tra i vigneti a mezza collina. Insomma, stava lentamente riappropriandosi della sua realtà da cui, per un anno, si era allontanata.

Adesso, durante una pausa, davanti a una tazza di caffè, il padre le disse: «La tua Guzzi mi sembra che abbia fatto il suo tempo. O no?»

«Lo penso anch'io. Il motore si ingrippa continuamente.»

«A fine vendemmia te ne regalo una nuova, se accetterai di fare un corso di guida sicura.»

Si aspettava una replica polemica, invece lei disse: «Affare fatto, anche se so che preferiresti regalarmi un'auto».

In quel momento Luigi si accostò a loro accompagnato da una ragazza bionda e prosperosa che sprizzava allegria.

«Voglio che tu conosca Sabine», disse alla sorella.

Fu così che Angelica venne a sapere che il compassato docente universitario, padre di tre figli, si era innamorato della sua allieva più brillante, Sabine, aveva lasciato la moglie e aveva iniziato a vivere con la bella studentessa.

«E Gabriella come ha reagito?» gli domandò Angelica sottovoce, riferendosi alla moglie.

Conosceva il carattere forte di sua cognata che, come tutte le donne cresciute tra i vigneti, aveva i piedi ben piantati per terra e immaginò che avesse preso a schiaffoni il marito.

«Se ti dicessi che ha accolto l'annuncio con un senso di liberazione, non ci crederesti, ma è così», confessò Luigi, addentando una fetta di torta sbrisolona irrorata con la grappa dei Brugliani. E proseguì: «Lei non stava bene a Trieste ed è già tornata in famiglia. Alla fine le mancava il lavoro nell'azienda vinicola dei suoi. Adesso, come noi, è anche lei nelle sue vigne a vendemmiare».

In quel momento squillò il cellulare di Angelica che rispose. Era Susanna Mazzeo, il sindaco del paese del suo defunto marito: «Tieniti forte, Angelica, perché ho una notizia incredibile», esordì.

«Ti ascolto», disse Angelica.

«Tuo marito è stato insignito del titolo alla memoria di 'maggior poeta contemporaneo' dalla giuria del Premio Corona d'Alloro che viene assegnato a Roma ogni cinque anni, e sarà consegnato ai suoi eredi, cioè a te, dal Capo dello Stato.»

10

«SEI sicura?» domandò Angelica all'amica Susanna.

«Come da tue istruzioni, il direttore dell'ufficio postale mi ha mostrato il telegramma che ti era stato spedito e che ti comunica l'assegnazione del premio alla memoria. C'è anche una lettera per te. Non l'ho aperta», spiegò il sindaco.

Angelica si isolò dagli altri e le chiese di leggergliela. Il testo le quantificava, tra l'altro, l'entità del premio: dieci milioni di lire.

«Ti prego di andare tu a ritirarlo a nome mio e quel denaro lo userai per aiutare qualcuno che ne ha bisogno», decise Angelica, mentre la malinconia l'avvolgeva.

Si allontanò, seguita dallo sguardo preoccupato di suo padre, che non sapeva il motivo del repentino cambio d'umore di sua figlia dopo la telefonata. Andò a sedersi nell'incavo del suo antico gelso. Dopo tanta sofferenza, pensava di essersi lasciata alle spalle il suo matrimonio. Invece, Andrea Biolcati ritornava all'improvviso nella sua vita. Il fascino che il poeta aveva esercitato su di lei era presto sfumato in una quotidianità coniugale avvilente e difficoltosa, e lei aveva finito per nutrire molti dubbi sul suo talento poetico. Ora una giuria, composta da un filosofo, un grande letterato, un accademico eccelso e altri illustri studiosi, aveva decretato che suo marito era un genio della poesia.

Ricordò una sera d'inverno, mentre si scaldavano accanto alla stufa, e lui, con un libro in mano, le aveva detto: «Ti leggo alcune riflessioni di Kafka su chi è perseguitato, come me, dal demone della poesia. 'Il poeta è sempre più piccolo e più debole della media degli uomini. Per questo sente con più forza degli altri la pesantezza della sua presenza nel mondo. Il suo canto, per lui, è soltanto un grido e l'arte una sofferenza'».

«Il guaio è che la sofferenza del poeta fa soffrire anche chi gli sta accanto», aveva sussurrato lei.

«Mi dispiace, ma non posso essere diverso da come sono», aveva replicato Andrea, tristemente.

Adesso Angelica si sentì in colpa per avere dubitato del suo talento.

Rosina la vide accucciata ai piedi del gelso. Consegnò un cesto colmo di focacce appena sfornate alla donna che la stava aiutando a rifornire il buffet della vendemmia e le si avvicinò. Sedette sull'erba accanto a lei e sussurrò: «Posso fare qualcosa per la mia bambina?»

Angelica stava scompigliando con un legnetto una minuscola montagnola di terreno da cui emersero formiche che presero a correre qua e là, impazzite.

Alzò lo sguardo su Rosina e le offrì un sorriso malinconico.

«Pensavo di avere sotterrato Andrea per sempre, invece mi ha telefonato, poco fa, un'amica del suo paese per dirmi che gli è stato dato un premio importante alla memoria come miglior poeta contemporaneo.»

«Non mi stupisce. Ho sempre pensato che Andrea avesse un grande talento artistico per essere riuscito ad affascinare la mia bambina», ragionò la donna.

«È stato molto difficile e doloroso vivere con lui, ma l'ho accudito fino all'ultimo suo respiro. Gli ho voluto molto bene e credo che lui sia stato per me una specie di prova per misurarmi con la vita. Adesso penso che lui questo lo avesse sempre saputo ed è stato generosamente al gioco.»

«Allora sarà per sempre un amico nel ricordo che avrai di lui», concluse Rosina che si alzò in piedi e le tese una mano per spronarla a riprendere la vendemmia. Poi continuò: «Oggi è un nuovo giorno per te. Hai solo diciannove anni, tutta una vita da vivere e ancora tante asinate da fare».

La ragazza sorrise e disse: «Ho giurato a me stessa che non ne farò più, anche perché ho capito quanto sia importante mettere da parte la presunzione e ascoltare i consigli di chi ha più esperienza di me».

«Andiamo, perché oggi sarà una giornata lunga e abbiamo un sacco di lavoro da sbrigare», tagliò corto Rosina.

Raggiunsero gli altri e Angelica montò su un camion. Aiutò due operai a stipare sul pianale le cassette dell'uva vuote, poi si sedette accanto al guidatore per andare nei vigneti a riempirle.

Suo padre notò l'entusiasmo della figlia e si rincuorò.

«Durerà?» domandò al figlio maggiore.

Gaspare annuì.

«Dovrà essere lei a guidare l'azienda, perché sia tu, sia Luigi, avete altri interessi», ragionò Giovanni Brugliani.

«Dalle almeno il tempo di assestarsi, povera ragazza. Da dove ti viene questa fretta improvvisa di scaricarle addosso tutte le responsabilità?»

«Io ho sulle spalle quaranta vendemmie. Potrò farne ancora un paio, ma dopo vorrei riposare. Ti sembra una pretesa assurda?»

«Sì, visto che sei in ottima salute e prometti di restarci per altri vent'anni», dichiarò Gaspare.

«Nonostante la vena di follia anarcoide degli Acerbi, Angelica è la più Brugliani di tutti voi. La produzione del vino ce l'ha nel sangue. Impara velocemente e i lampi di genio del ramo materno le consentiranno di svecchiare l'azienda. Le do due anni di tempo e poi le lascio il comando», concluse soddisfatto.

Al termine di quella prima frenetica giornata di vendemmia, erano tutti stremati, ma anche euforici. Emilio, l'enologo, era il più eccitato di tutti, perché era sua la responsabilità di produrre un vino che fosse all'altezza di quel raccolto perfetto.

Quando scese la sera, i Brugliani rincasarono soddisfatti e raggiunsero le stanze per cambiarsi prima della cena.

Anche in casa era tutto un fermento tra il personale che, sotto la guida di Rosina, andava avanti e indietro tra il patio, dove stavano allestendo una gran tavolata e la cucina, dove si sfornavano focacce farcite di verdure, timballi di carne e funghi porcini, torte alla frutta e si stappavano bottiglie di prezioso Amarone, di sapido Barbera, di Nero d'Avola di altri produttori, per poterli assaggiare e commentare, perché le qualità dei vini sarebbero state l'argomento principe della cena.

Angelica, che come tutti era salita nella sua camera per lavarsi e cambiarsi, trovò nel suo armadio un tailleur-pantalone in shantung di seta turchese. Lo aveva acquistato l'anno prima, con la consulenza della sua amica Ortensia, pensando di indossarlo per le sue nozze. Ma quando aveva preparato il bagaglio per raggiungere l'uomo dei suoi sogni, aveva pensato che non sarebbe stato adatto per il genere di vita che si preparava ad affrontare. Lo indossò quella sera, raccogliendo i lunghi capelli in una bella crocchia, che aveva fermato con forcine di brillanti appartenute a sua madre, la più singolare delle mamme che, ora lo sapeva, non aveva smesso di tenere i contatti con la famiglia e di pensare a lei.

Ai piedi delle scale, che scese per recarsi nel patio, Angelica trovò suo padre, profumato ed elegante, che le si fece incontro. Lei gli tese la mano e lui l'accostò alle labbra sfiorandola appena. Era felice.

Dal patio arrivavano le voci dei convitati che si attardavano sul prato e lungo i bordi della piscina, sorseggiando bollicine, tra il vociare dei ragazzini che giocavano a rincorrersi. Videro Giovanni Brugliani, il capofamiglia, guidare Angelica a un capo della tavola rettangolare, mentre lui si sedeva al lato opposto e invitava tutti a raggiungerlo.

Mentre Rosina faceva un cenno al personale per incominciare a servire, Angelica si alzò e, lasciando scorrere lo sguardo sui commensali, disse: «Papà mi ha messo a capotavola, ma so di non avere né l'età né l'esperienza per occupare questo posto».

Dalla porta ad arco, che dal soggiorno immetteva sul patio, Cristina Brugliani Acerbi entrò avvolta in un mantello di seta grigio-argento che lasciò scivolare dalle spalle, mettendo in mostra un abito elegante bianco e nero, mentre un sorriso irresistibile le illuminava il viso.

«Il gesto di tuo padre, che io condivido, vuole essere di buon auspicio», disse ad Angelica e l'abbracciò.

Giovanni Brugliani si alzò per accogliere la moglie, esplodendo in una bella risata.

«Ecco il tipico *coup-de-théâtre* degli Acerbi. Passano gli anni, ma tu riesci sempre a stupirmi», esclamò felice e la strinse a sé.

Angelica

1

Era quasi mezzanotte. Elisabetta aveva ascoltato affascinata il lungo racconto della mamma.

«Ha ragione Gianmarco quando dice che le famiglie ricche sono piene di segreti», sussurrò sua figlia.

«Noi non siamo ricchi, anche se abbiamo case e terre. I tuoi zii, i nonni e noi viviamo di un emolumento che ci attribuiamo, ognuno secondo il lavoro che svolge nell'azienda. Questo dovresti saperlo», precisò sua madre.

«Lo so. I guadagni finiscono tutti negli investimenti sui vigneti e questo è il solo modo per continuare a produrre. Ma io alludevo a queste tue nozze giovanili delle quali sapevo ben poco prima d'ora.»

«Perché tutti, me compresa, abbiamo rimosso quel mio matrimonio come una scelta sbagliata. Anche se è stata un'esperienza positiva, perché mi ha aiutato a crescere velocemente e ad assumermi le mie responsabilità.»

«Perché non hai avuto figli dal tuo primo marito?» indagò Elisabetta.

«Perché ero troppo giovane e soprattutto perché dovevo già fare da mamma a quell'uomo tormentato e inquieto che avevo sposato.»

«Prendevi la pillola per non restare incinta?» indagò Elisabetta.

«Certo che sì. Mia madre, che è sempre stata una donna saggia, mi aveva portato dal suo ginecologo quando avevo quindici anni e lui me l'aveva prescritta», spiegò Angelica, tranquillamente.

«Perché io non la prendo?»

«Tu non hai ancora quindici anni e non credo che potrebbe interessarti, almeno per il momento.»

«Con Gianmarco non facciamo niente», sussurrò e subito precisò: «Non ancora».

«Capiterà quando tutti e due lo deciderete. Prima di farlo, però, avvertimi e adotteremo le misure del caso. Comunque, non aver fretta che arrivi l'alba di quel nuovo giorno, perché più lunga è l'attesa, più bello sarà il risveglio. Coltiva i tuoi sogni, perché la realtà non è mai così bella come te l'eri immaginata. E adesso, cucciola mia, vai a dormire. Domani tu hai scuola, io ho i miei problemi di lavoro e dobbiamo riposare», concluse Angelica invitando sua figlia a uscire dal lettone.

«Mi piace tanto parlare con te. Mi piace anche parlare con papà. A proposito, come va con lui?» domandò Elisabetta.

«Posso risponderti un'altra volta?» chiese Angelica e baciò teneramente la fronte di sua figlia.

«Va bene», rispose la ragazzina e se ne andò.

Prima di abbandonarsi al sonno, Angelica si ripromise di concordare con il marito la linea da adottare con la loro bambina, sebbene sapesse che non sarebbe stato facile, perché Raffaello riusciva sempre a scaricare su di lei i problemi che riguardavano Elisabetta.

Il mattino dopo, Angelica si svegliò tardi. Ancora assonnata, scese al piano terreno. Sua figlia era già uscita per andare a scuola e Rosina non c'era, ma aveva preparato la colazione sul tavolo della cucina. Dopo aver bevuto la prima tazza di caffè, una folata d'aria spalancò la portafinestra che dava sul prato. Angelica andò a chiuderla e vide che il cielo era coperto di nuvole scure. Stava arrivando un temporale. La gatta Clotilde, che fino a quel momento aveva sonnecchiato su una sedia, balzò a terra e si rifugiò nella sua cuccia accanto al frigorifero. Angelica risalì nelle sue stanze per lavarsi e vestirsi.

Quando entrò in ufficio, la segretaria le annunciò: «Bruno ti sta aspettando per portarti in ospedale».

Angelica aveva dimenticato l'appuntamento per la visita di controllo al ginocchio che, dopo una settimana di ghiaccio e di antinfiammatori, stava guarendo.

«Devo proprio?»

La fedele Cesarina annuì.

Nello stesso istante, un tuono poderoso fece tremare l'aria e un colpo di vento spalancò le due grandi finestre dell'ufficio facendo volare i fogli appoggiati sulle scrivanie.

«Stanno per aprirsi le cateratte del cielo. È meglio rimandare la visita», tentò lei.

«Il satellite ci aveva avvertiti del temporale e gli operai si sono recati per tempo nelle vigne a proteggere le piante. Adesso ti siedi tranquilla, io ti porto un caffè caldo e quando avrai finito di berlo, la buriana sarà passata e arriverai puntuale in ospedale per la visita», spiegò la segretaria con tono suadente.

Il sistema satellitare era stato voluto dai produttori di vino della zona. Angelica riteneva che l'adozione di questa tecnologia non fosse indispensabile, ma si era piegata alle decisioni del consorzio, continuando a fidarsi molto più delle parole del suo agronomo che non sbagliava mai nel prevedere temporali e grandinate e neppure nello stabilire il momento migliore di cogliere l'uva matura. Era lui che individuava subito le foglie delle viti che diventavano gialle e indicavano che la «flavescenza dorata» aveva intaccato le piante e le avrebbe fatte morire, mandando in fumo il lavoro paziente di un anno intero.

«Ecco, sta già spiovendo», annunciò Cesarina, facendosi dare da Angelica la tazza vuota del caffè. «E Bruno è fuori che ti aspetta», concluse.

«Si sa niente della mia moto?» domandò Angelica alla segretaria, mentre si metteva sulle spalle una giacchina di maglia leggera.

«Il meccanico dice che è da rottamare e io sono contenta che tu te ne liberi, perché qui abbiamo bisogno di un capo e non ci va di perderti per uno stupido incidente», rispose Cesarina.

Angelica sorrise: «Non sai che l'erba grama non muore mai?»

«Scherza pure, ma ci hai fatto prendere un bello spavento.»

«E dell'auto che ho investito si sa qualcosa?»

«Se ne sta occupando l'assicurazione che dovrà pagare i danni al guidatore.»

«Ma chi è?» chiese Angelica.

«Si chiama Tancredi D'Azaro. Pare che avesse un volo per New York, che naturalmente ha perso, dove lo aspettavano per un appuntamento molto importante.»

Quando Angelica salì in macchina, i nuvoloni neri si erano ormai allontanati, il sole era tornato e un trionfante arcobaleno attraversava il cielo con i suoi splendidi colori. Angelica si chiese chi fosse questo Tancredi D'Azaro che aveva investito.

Veramente non è stata colpa mia, ma di quel traditore di mio marito, pensò, per tacitare i suoi sensi di colpa.

2

In ospedale, il medico di turno controllò il suo ginocchio dopo aver scorso la cartella clinica del ricovero e la rassicurò dicendo: «Ormai gli antinfiammatori non servono più. Continui invece con il ghiaccio per altre due settimane, perché c'è ancora un lieve gonfiore».

«Tra otto giorni sarò in volo per gli Stati Uniti e non avrò il tempo per mettermi il ghiaccio», replicò lei.

«Lo metta la sera, quando va a letto, e il mattino, mentre fa colazione. Ghiaccio anche quando sarà in volo, tanto so bene che lei non viaggia in turistica e ha la possibilità di tenere la gamba alzata. Se non lo vuole fare, è affar suo», dichiarò sbrigativamente il medico.

«Dopo questa affettuosa raccomandazione, ovviamente, mi atterrò alle sue prescrizioni», replicò Angelica, con tono scherzoso.

«Con i pazienti impazienti come lei, non riesco a essere paterno», rispose lui, sorridendo.

Dopo aver lasciato il medico, Angelica decise di raggiungere il padiglione di oncologia per andare a salutare suo fratello Gaspare. Lo trovò che stava rientrando nel suo studio con due medici che congedò non appena vide la sorella.

Le andò incontro, si abbracciarono, Gaspare chiese a un'infermiera di portare due caffè ed entrarono nel suo studio.

Lui sedette affranto alla sua scrivania e indicò alla sorella la poltroncina davanti a sé.

«Sei stanco», constatò lei, scrutandolo con affetto.

«Esco adesso da un intervento di sette ore. Vedi un po' tu. Ho anche bisogno di un massaggio al collo.»

«Chiama una fisioterapista.»

«Quand'eri bambina, eri tu a farmi i massaggini per la cervicale», le ricordò il fratello.

«Era il periodo in cui volevo fare il medico e poiché la vista del sangue mi faceva orrore, avevo deciso di fare l'ortopedico. Te lo ricordi?»

«Poi hai deciso di fare l'avvocato, perché eri innamorata di Raimondo. Dicevi: 'Qualunque cosa, pur di non stare nelle vigne'.»

«Ma già al liceo avevo capito che l'uva l'avevo nel sangue e mi sono iscritta alla facoltà di Agraria.»

Entrò un'infermiera con i caffè che i due fratelli incominciarono a sorseggiare.

«Che cosa succede con tuo marito? Non sono affari miei e non sei tenuta a rispondere», disse Gaspare, all'improvviso.

Angelica vuotò la sua tazzina e replicò: «Ho fatto fiasco un'altra volta. Solo che adesso c'è di mezzo nostra figlia».

«Lui si è sistemato nella casa in città, ma non c'è quasi mai.»

«Andrà a sollazzarsi con la sua Pippa.»

«Si chiama davvero così o è un nomignolo che hai inventato tu?» domandò Gaspare, ridendo.

«È la Premoli, l'erede del grande immobiliarista.»

«Ho capito. Direi che il giornalista affermato ha trovato una donna degna di lui», commentò Gaspare. Poi guardò la sorella preoccupato: «E tu, come stai?»

Lei gli raccontò tutto e infine lo rassicurò: «Ora sto meglio. L'incidente in moto è avvenuto perché stavo piangendo come una scema per i tradimenti di mio marito. Ma lo shock mi ha fatto rinsavire. Ho preso coscienza del fatto che il mio matrimonio è naufragato. Fine della storia», concluse Angelica.

«Devi pensare a Elisabetta, perché è molto legata a suo padre.»

Ricordando il recente incontro con il marito a Borgofranco disse: «Raffaello ha avuto il coraggio di rinfacciarmi che ho la mia parte di colpa per i suoi tradimenti. Sostiene che i Brugliani lo hanno sempre guardato con sospetto».

«Non ha tutti i torti: non lo abbiamo mai veramente considerato parte della famiglia. Lo abbiamo sempre rispettato, ma solo perché è tuo marito. Forse, se lo avessimo coinvolto di più... Se fossimo stati meno gelosi della nostra 'piccola' di famiglia... Noi Brugliani siamo un branco di snob e abbiamo sempre pensato che neppure questo secondo matrimonio fosse adatto a te.»

«Devi riconoscere che io non critico mai le vostre

scelte, mentre le mie stanno sempre sotto la vostra lente di ingrandimento», si lamentò Angelica.

«Hai ragione. Ma sei tu quella destinata a perpetuare la tradizione di famiglia. È fondamentale che tu abbia un compagno solido che ti sostenga in questa impresa», ragionò Gaspare.

«Se hai intenzione di appiopparmi un terzo marito che piaccia a voi, scordatelo, perché io ho chiuso con gli uomini.»

«Dai tempo al tempo...» scherzò il fratello, alzandosi dalla scrivania.

Si abbracciarono e Angelica ritornò a Borgofranco.

Entrando in ufficio, un'impiegata la informò: «Hanno chiamato i Crivelli chiedendo se possiamo prestargli la nostra macchina pianta pali, perché il temporale di stamattina ha divelto quelli vecchi della loro vigna».

«Che vengano a prendersela, ma non lo facciano sapere in giro, altrimenti riceveremo richieste anche da altri contadini, non possiamo restare senza troppo a lungo.»

Riattivò il computer e trovò una serie di mail a cui rispondere. Intanto, l'ufficio contabilità le passò l'elenco dei clienti insolventi accompagnati da una nota dell'impiegata che se ne occupava: «Che cosa dobbiamo fare?»

Scorse la lista e vide il nome di una prestigiosa enoteca romana che, mesi prima, aveva acquistato centinaia di bottiglie di brut millesimato.

Il problema dei clienti insolventi era complicato, soprattutto se si trattava di acquirenti importanti, e allora toccava a lei il compito di usare una buona dose di diplomazia per recuperare il denaro.

Ora rispose alla mail dell'amministrazione con un laconico: «Manda a tutti un nuovo sollecito e, al mio ritorno dagli Stati Uniti, mi aggiorni sulla situazione».

Cesarina le passò una chiamata dello studio pubblicitario che chiedeva un appuntamento per sottoporre il programma promozionale per il lancio del nuovo vino.

Poi le telefonò la presidente dell'associazione Le Donne del Vino per sentire la sua opinione su una rosa di candidati al premio che ogni anno veniva assegnato a un esponente di spicco della cultura.

A quel punto si rese conto che non aveva ancora pranzato, spense il computer e abbandonò l'ufficio sperando che nessuno la fermasse per prospettarle altri problemi.

Entrò in casa. Rosina, con la gatta in braccio, sonnecchiava in cucina davanti alla televisione accesa. L'uomo addetto alle pulizie stava in cima a una scala e lavava gli stipiti delle finestre. Sul tavolo Rosina le aveva preparato il suo pranzo: bresaola con rucola e scaglie di grana. Non aveva fame e prese dal frigorifero una manciata di ciliegie. Le mise in una ciotola e uscì sul retro della casa per gustarle all'ombra del patio. Allora sentì Elisabetta che diceva a qualcuno: «Ti assicuro che quei due sono ai ferri corti. Papà non dorme a casa e quando si presenta all'ora di pranzo, la mamma fatica a rivolgergli la parola».

Il dondolo, davanti alla piscina, oscillava e da sotto spuntavano le gambe di sua figlia e quelle di un ragazzo.

Doveva essere Gianmarco. Infatti, le giunse la replica del ragazzo: «Ti ho mai detto che mio padre va a dormire nel fienile quando litiga con mia madre?»

«Ti dico che i miei hanno dei problemi. È successo tutto all'improvviso, dopo l'incidente di mia madre», spiegò Elisabetta. E soggiunse preoccupata: «Se soltanto sapessi che cosa sta succedendo!»

Angelica si ritirò in silenzio, salì nella sua camera e, da lì, chiamò Raimondo Agosti.

«Per favore, prepara i documenti per il divorzio. È arrivato il momento di fare chiarezza con Raffaello e con nostra figlia.»

3

«TU approfitti della mia debolezza per monopolizzarmi. Da quando hai lasciato tua moglie non riesco nemmeno a vedere i miei amici», si lamentò Pippa, sdraiata nel letto accanto a Raffaello.

Lui la guardò con aria divertita. Pippa era una bella donna con un corpo morbido, attraente, fianchi rotondi, gambe perfette, seni generosi.

Allungò una mano, la afferrò per un braccio e lei gli cadde addosso ridendo.

«Voglio augurarti il buongiorno», le sussurrò, abbracciandola.

Erano nell'attico milanese della donna, nel centro storico della città, in un palazzo antico in via Borgospesso, dove lui la raggiungeva la sera dopo aver chiuso il giornale.

La notte precedente, lui le aveva detto: «Mi piacerebbe godermi una vacanza lampo con te, noi due soli. Una sera, vorrei prendere un aereo e portarti a Dublino per offrirti un autentico Irish Coffee al *Bewley's Oriental*

Café, oppure andare a Madrid e passare una mattina seduti a un tavolino sulla Puerta del Sol, rinfrescandoci con *el tinto de verano*, oppure ancora volare a Parigi e trascorrere la domenica passeggiando lungo i viali del Bois de Boulogne. Una breve pausa di autentico riposo».

Lei gli aveva dato una carezza e aveva sussurrato: «Sarebbe bellissimo. Sai, io non ho mai avuto del tempo libero da dedicare soltanto a me, nemmeno da bambina. Finita la scuola, dovevo imparare a suonare il pianoforte, a giocare a tennis e a golf. Dovevo andare in piscina e dovevo essere prima in tutto. 'Ricorda che quello che conta, nella vita, è primeggiare', diceva mio padre. Mi era vietato avere cedimenti, mostrare stanchezza, ostentare emozioni. La tua bella proposta romantica mi alletta...»

Ora, mentre la abbracciava, Raffaello pensò a sua moglie, alle sue labbra che si schiudevano appena in un sorriso quando facevano l'amore, alla sua indole riservata che la rendeva pudica anche nei momenti più intimi. Ricordò anche che, da troppo tempo, Angelica si sottraeva alle sue effusioni e lui non insisteva.

La magia dell'innamoramento era passata per entrambi anche se si volevano molto bene. Angelica aveva mille interessi che la assorbivano, lui aveva il giornale e la sua carriera che lo impegnavano totalmente. Alla fine, dunque, andava bene così, perché l'importante era continuare a stare insieme. Ora, però, lei aveva scoperto la sua relazione con Pippa e lo aveva lasciato.

Nel caso non fosse riuscito a riconquistarla, Pippa poteva rappresentare il suo salvagente, ma doveva riuscire a legarla a sé, senza compromettersi troppo.

Doveva continuare sulla linea del romanticismo, sapendo che ogni donna, anche la più disincantata, finisce sempre per lasciarsi catturare dalla dolcezza di una parentesi romantica.

«Ti porto a fare colazione e, dopo, tu vai a lavorare e io pure», propose Raffaello alzandosi dal letto.

«Farò tardi alla seduta di consiglio di Confindustria», sospirò la donna, con fare contrariato. Subito dopo, però, sorrise e aggiunse: «Ma chi se ne frega. Tanto è sempre la solita serie infinita di bla bla bla».

Davanti al portone di casa, l'autista aspettava Pippa accanto alla Mercedes.

«Seguici fino a *Cova*», gli ordinò lei avviandosi con Raffaello. Prima d'allora, non era mai accaduto che percorressero insieme a piedi quel tratto di via Borgospesso e poi di via Montenapoleone per evitare che qualcuno li potesse vedere insieme.

Erano soltanto le nove del mattino, ma c'era già molta gente per la strada. Al banco del bar, mentre consumavano un cappuccino e brioche, Pippa salutò un paio di individui in giacca e cravatta che sorseggiavano un caffè e proseguì a chiacchierare con Raffaello, dopo averlo presentato a loro. Raffaello pensò che ormai avrebbe potuto invitarla a cena o a pranzo al *Baretto*, il ristorante più esclusivo della città.

Mentre uscivano da *Cova*, lei lo salutò con un veloce «ciao» come faceva ogni volta. Di solito, a quel punto, lui le sussurrava: «Ci sentiamo». Questa volta, invece, rispose anche lui con un «ciao» e se ne andò senza aspettare di vederla salire sull'auto che era accostata al marciapiede.

Girò in via Sant'Andrea e si avviò verso via Marina, dov'era parcheggiata la sua Volvo.

Sorrideva soddisfatto, perché conosceva bene Pippa e sapeva di averla spiazzata. Da quel momento avrebbe smesso di telefonarle e mandarle messaggini e avrebbe aspettato che lei prendesse l'iniziativa.

Ora doveva tornare a casa, a Borgofranco, perché aveva promesso a sua figlia di accompagnarla all'aeroporto nel primo pomeriggio. Elisabetta, infatti, avendo ormai concluso l'anno scolastico, si preparava a partire per l'Inghilterra. All'aeroporto londinese di Heathrow avrebbe trovato ad aspettarla i suoi nonni e, come ogni estate, avrebbe trascorso con loro il mese di luglio nella residenza di Chipping Campden, sulla costa meridionale della contea del Dorset.

Prima di raggiungere Borgofranco, voleva andare al giornale per leggere la posta e prendere nota degli argomenti all'ordine del giorno. Aveva da poco imboccato l'autostrada, quando il suo cellulare suonò.

«Va tutto bene?» gli domandò Pippa.

«Benissimo. E tu?» si informò a sua volta.

«Tutto bene. Ciao», concluse lei.

Non era mai accaduto che lo cercasse subito dopo averlo lasciato, constatò Raffaello, soddisfatto.

Quando arrivò al giornale ed entrò in redazione era di ottimo umore. Non si aspettava che Tiziana Scaroni, la segretaria, gli consegnasse una raccomandata con cui l'avvocato della famiglia Brugliani, Raimondo Agosti, lo informava della richiesta di divorzio da parte di sua moglie.

4

Angelica e Rosina erano nella camera di Elisabetta e la stavano aiutando a stipare in uno zaino i CD delle sue band preferite, i regali per i nonni, i romanzi del genere fantasy che in quel periodo lei stava divorando, avendo superato la fase delle avventure di Harry Potter e del Signore degli Anelli, e tutta una serie di carabattole di cui Elisabetta sosteneva di non poter fare a meno.

Nel trolley c'erano gli indumenti e la biancheria di ricambio, i pantaloni per montare a cavallo, i costumi da bagno e una giacca a vento imbottita.

«I documenti di viaggio e i soldi sono al sicuro?» si informò Rosina.

«Ho messo tutto nella tasca del giubbotto», rispose la ragazza.

«Controlla un'altra volta», la sollecitò sua madre.

«Uffa, sembra che stia per andare ai confini del mondo», brontolò Elisabetta, ma ubbidì.

«Allora portiamo giù il tuo bagaglio, così sarai pronta quando papà verrà a prenderti», suggerì Angelica.

Rosina aveva preparato alcuni piatti freddi e aveva apparecchiato la tavola sul patio.

Mentre stavano mangiando, Elisabetta domandò a sua madre: «Posso dire ai nonni che tu e papà siete in crisi?»

«Puoi dire tutto quello che vuoi e puoi chiedermi tutto quello che vuoi», rispose sua madre.

«Quando farete la pace, tu e lui?»

«Forse non accadrà», rispose lei, senza cambiare tono.

«Perché?»

«Io penso che marito e moglie debbano stare insieme finché si amano. Tuo padre e io non siamo più sicuri di amarci e abbiamo bisogno di ritornare a vivere ognuno la propria vita. Poi si vedrà... Posso dirti che papà non mi avrebbe mai lasciata. La decisione di questa separazione l'ho presa io.»

Angelica era riuscita a parlare con sincerità e senza drammatizzare.

«Papà mi ha detto che ti vuole ancora bene», affermò Elisabetta.

«Anch'io gliene voglio. È stato mio marito per quindici anni ed è tuo padre, e tu sei quanto di più importante al mondo abbiamo lui e io. Ma l'amore è un'altra cosa. Lo capisci?»

«Ti ha maltrattata?» chiese la ragazza, preoccupata.

Angelica avrebbe voluto rispondere che aveva fatto di peggio: l'aveva ripetutamente tradita. Invece rispose: «Assolutamente no. Però, tesoro, negli ultimi anni, oltre a occuparci di te, forse tuo padre e io abbiamo dedicato più tempo al nostro lavoro che al nostro matrimonio. Ci siamo allontanati l'uno dall'altra». Dopo un momento di silenzio, aggiunse con tono scherzoso per stemperare la tensione: «Forse, più semplicemente, non sono nata per fare la moglie».

«Come la nonna?» chiese Elisabetta e proseguì: «Però lei e il nonno stanno di nuovo insieme. Vero è che c'è anche Edward», ammiccò Elisabetta, alludendo all'amico della nonna.

«Stai tranquilla, io non ho nessun amico 'speciale'», la rassicurò Angelica.

«Ne sei davvero sicura?»

«Tesoro, io non ho nessun amante. Ho avuto due mariti e mi bastano per il resto della vita.»

«Questa me la devo segnare sul diario, casomai si presentasse una nuova occasione per te», scherzò Elisabetta.

«Sei perfida», osservò Angelica, sorridendo.

«Se un giorno sposerò Gianmarco, so che sarà per sempre», affermò Elisabetta con molta convinzione.

Pur sapendo che sua figlia, nel giro di qualche anno, avrebbe infilato in rapida successione una serie di fidanzati, replicò: «Allora vorrà dire che sarai stata molto fortunata».

«Però, una volta o l'altra, dovresti raccontarmi la storia dei nonni.»

«Ora starai un mese con loro. Fattela raccontare dalla nonna», le consigliò Angelica.

«Come se fosse facile trovare il tempo per le confidenze. Quando arrivo, mi aspetta un programma massacrante. Tre giorni di shopping per le vie di Londra, alloggiando al *Dukes* e dopo via, nel Dorset, tra cavalcate, partite a tennis, gare in canoa, pranzi per farmi conoscere i nipoti dei loro amici, gite interminabili per visitare i giardini più belli del West Dorset», elencò la ragazzina, divertita.

«Sei fortunata che non ti coinvolgano nell'allestimento di qualche opera teatrale. A me toccava anche quello, ogni estate, quando andavo per un mese dalla nonna Acerbi, a Villa della Torre. La tua bisnonna Violante diventava costumista e regista e i suoi nipoti dovevano imparare a memoria commedie e drammi. Ricordo ancora come un incubo *Una partita a scacchi*, di Giacosa. A me toccava sempre la parte di quella scema di Jolanda, mentre mio cugino Urbano vestiva i panni di paggio Fernando. Era uno spilungone con le mani sudaticce e pieno di brufoli. Io dovevo guardarlo con passione e domandargli: 'Oh, perché con sì tristi presagi ti martelli?' e lui, alitandomi addosso il fiato che sapeva d'aglio, mi rispondeva: 'Io? Ti guardo negli occhi che sono tanto belli!'.»

Madre e figlia scoppiarono a ridere.

«Questa storia me l'hai già raccontata, ma mi diverte sempre risentirla. E poi la bisnonna Violante faceva la regia munita di frustino da amazzone e vi bacchettava se sbagliavate le battute», aggiunse Elisabetta.

Sentirono un'auto fermarsi sulla ghiaia, davanti a casa.

«È arrivato papà!» trillò la ragazzina, andandogli incontro per abbracciarlo.

«Sei pronta per la partenza?» le domandò il padre, prendendola allegramente sottobraccio e raggiungendo Angelica.

«Hai già mangiato?» gli domandò lei.

«Non ancora», rispose lui, e soggiunse: «Qui vedo i resti del vostro pranzo. Mi viene voglia di spazzolare tutto».

«Ti faccio portare qualcos'altro?» propose Angelica.

«Mi basta quello che c'è, se voi non mangiate più.»

Si sedettero tutti e tre al tavolo e Rosina servì il caffè ad Angelica mentre Raffaello riempiva un piatto con gli avanzi.

«Le porto del vino, dottore?» chiese la cameriera.

«Grazie, l'acqua che vedo qui va benissimo», rispose lui.

«Papà, non faremo tardi?» si preoccupò Elisabetta.

«Concedimi dieci minuti e poi partiamo», la rassicurò Raffaello.

Poco dopo, mentre caricava il bagaglio della figlia sulla sua Volvo, lui domandò ad Angelica: «Non mandi a tuo padre un assaggio del nuovo vino?»

«Glielo abbiamo già spedito. Quando lo vedrò, mi farà i suoi commenti e io riferirò tutto alla mamma», garantì Elisabetta, con serietà.

Mentre la ragazzina si sistemava sull'auto, accanto al posto di guida, Raffaello si accostò a sua moglie e le diede un bacio sulla guancia, sussurrandole: «Ho ricevuto la tua richiesta di divorzio. Non vuoi ripensarci? Io non desidero separarmi da te e so che non farà bene neppure a nostra figlia».

Angelica abbassò gli occhi e non rispose.

In quel momento, Rosina uscì da casa correndo verso di loro. Aveva in mano un pacchetto ben confezionato e legato con un nastrino di seta.

«Stavamo dimenticando lo scialle di lana che ho fatto per la tua nonna», disse a Elisabetta e poi soggiunse: «E non ti ho ancora abbracciata per bene. Non ti vedrò per tanto tempo e mi mancherai, piccola peste».

Elisabetta si lasciò strizzare dalle braccia vigorose della donna che l'amava come una figlia.

«Bada alla mamma, mi raccomando», le sussurrò Elisabetta all'orecchio.

5

Angelica stette lì a guardare la macchina che si allontanava. Rosina era tornata in casa asciugandosi le lacrime: piangeva sempre quando Elisabetta se ne andava per qualche tempo. In mezzo al viale coperto di ghiaia, Angelica si guardò intorno con un senso di vuoto e di solitudine.

L'ombra proiettata sul viale dai tre gelsi, i numi tutelari della casa, era un invito a sostare sotto il loro ombrello accogliente. Angelica mosse pochi passi e si sedette sull'erba appoggiando la schiena contro il tronco di uno degli alberi. Era consapevole che, con la richiesta di divorzio, chiudeva un altro capitolo della sua vita. Si chiese che cosa ne sarebbe stato del suo futuro. Dedicarsi al lavoro e alla figlia avrebbe riempito in modo soddisfacente la sua esistenza? Aveva solamente trentacinque anni ed era davvero troppo presto per rinunciare a una vita affettiva, a un compagno con cui invecchiare. Le tornò in mente nonna Violante che amava ripetere: «*Errare humanum est, perseverare, diabolicum*». Pensò che lei aveva sbagliato una prima volta e aveva commesso anche un secondo errore. Eppure non si sentiva affatto diabolica, ma solo infelice e la sensazione di vuoto che le gravava sul cuore era pesante come un macigno.

Rosina si affacciò sulla soglia di casa, chiamandola a gran voce: «Angelica, ti cercano dall'ufficio».

Lei si alzò e si avviò lentamente lungo il viale. Rossana, l'impiegata amministrativa, quando la vide le andò incontro tendendole la stampata di una mail, mentre commentava: «Mr. Gangi fa storie sul prezzo d'acquisto di Falce di Luna».

Giacomo Gangi, che in azienda chiamavano «il Bastardo», da otto anni era l'importatore del vino Brugliani negli Stati Uniti. Per Angelica non era stato facile farsi accettare come cliente da quel commerciante affermato ed esperto, anche quando gli aveva mostrato il punteggio molto alto attribuito ai loro vini.

«Non sempre un punteggio alto garantisce un successo di vendita», aveva detto lui, e poi aveva parlato delle tasse d'importazione che erano onerosissime, del cambio svantaggioso euro-dollaro, dei costi di trasporto e di consegna, delle spese per la promozione pubblicitaria. Insomma, facendo leva sul desiderio di Angelica di affermarsi negli Stati Uniti, era riuscito a spuntare prezzi vantaggiosissimi per lui, che era un uomo ricchissimo, con uffici sulla Quarantacinquesima Strada e una lussuosa residenza nel New Jersey.

Leggendo la sua mail, il senso di vuoto svanì e Angelica recuperò immediatamente l'energia che le serviva per affrontare il problema.

Si chiuse nel suo ufficio, brontolando: «Questo bastardo mi ha messo un cappio al collo otto anni fa e da allora, ogni volta, tira sempre di più la corda».

Chiamò la segretaria.

«Cesarina, Mr. Giacomo Gangi è già stato avvertito della mia prossima visita a New York?»

«Stavo per farlo», rispose la donna.

«Molto bene, non dirgli niente. Invece spedisci subito una cassa di Falce di Luna a William Clifford. L'indirizzo non lo so. Trovamelo e cercami anche il suo numero di telefono. Poi lo chiami e me lo passi.»

«Hai intenzione di cambiare importatore?» si preoccupò Cesarina, sapendo che non era facile trovare un buon importatore negli Stati Uniti.

«Clifford è serio, l'ho visto in qualche fiera del vino e me ne hanno parlato bene. Tratta solo vini di pregio e rifornisce i ristoranti e le enoteche migliori della East Coast. Non so altro. Quindi trovami tutte le notizie possibili sul suo conto. Intanto io gli parlo e cerco di fissare un appuntamento.»

«Angelica, sei sicura di non fare un passo falso?»

Angelica aveva imparato a non prendere mai decisioni avventate. Da due anni meditava di lasciare Giacomo Gangi e, adesso, la sua mail l'aveva indotta a una risoluzione che, forse, non era definitiva, ma preludeva a una possibile chiusura del rapporto con lui. Gangi vendeva bene i vini Brugliani che non richiedevano spese di invecchiamento, però lasciava margini minimi di guadagno, sottolineando ogni volta di essere riuscito a imporre sul mercato americano il marchio Brugliani, che ormai era richiesto come quello di altre affermate aziende vinicole italiane, molto spesso guidate da donne intraprendenti.

Come tutte loro, Angelica aveva cercato uno sbocco internazionale per la sua produzione, proseguendo l'opera del padre che, per primo, aveva dato nuovo slancio al loro marchio.

Nel corso degli ultimi trent'anni, la politica dei Brugliani, come di tanti altri produttori, era stata quella di puntare sulla qualità più che sulla quantità del prodotto, nella certezza che i tempi lunghi per ottenere un vino eccellente li avrebbero ripagati degli onerosi investimenti.

Adesso che, a causa della crisi, c'erano segni evidenti di recessione in Italia, le esportazioni in tutto il mondo compensavano le perdite sul mercato nazionale e consolidavano all'estero l'immagine di grande professionalità del nostro Paese. In tutti i campi del settore agro-alimentare, il «made in Italy» era molto apprezzato e ricercato.

Angelica aveva assimilato questa filosofia quand'era ancora una ragazzina e suo padre la portava con sé quando andava per vigne a controllare il lavoro degli operai, quando ascoltava le opinioni dell'agronomo o si confrontava con l'enologo oppure discuteva con i cantinieri.

Tuttora Angelica controllava personalmente i complessi procedimenti della lavorazione dei vini: ne seguiva l'invecchiamento nelle monumentali botti in legno di Slavonia, assisteva al lavoro degli uomini che, quando le botti erano vuote, vi entravano con spazzole, soda e altri prodotti per lavarle e scrostarle dai sedimenti che si depositavano sul legno e che potevano contenere microbatteri dannosi per la qualità del vino. Lei stessa si era intrufolata nelle botti per osservare il lavoro di quegli specialisti che, arrampicati su una scala, iniziavano a scrostare l'interno a partire dalla sommità.

Il prezzo di una botte nuova, che può contenere cento ettolitri di vino, si aggira intorno ai ventimila euro. Per non parlare del costo delle bottiglie, che si acquistano in Francia dalle vetrerie di Saint-Gobain, dei tappi in sughero, e infine dei costi di imbottigliamento, della confezione e della distribuzione.

Angelica pensò che, per sostenere tutti questi costi, doveva ottenere un margine di guadagno molto più alto sul mercato americano. Quindi era tempo di lasciare Mr. Gangi e trovare un nuovo importatore con cui trattare condizioni migliori.

Ormai si era fatto tardi, gli uffici si erano svuotati, lei raccolse il materiale che Cesarina aveva deposto sulla sua scrivania e si avviò verso casa.

Avrebbe passato la sera a studiarlo per discutere con William Clifford, l'agente che voleva incontrare a New York.

Varcò l'ingresso e sentì la voce di Rosina che stava parlando al telefono: «La tua mamma è qui, te la passo subito», e sorridendo tese il ricevitore ad Angelica.

Subito dopo, la voce eccitata di Elisabetta le disse:

«Mammina, sono in macchina con i nonni e stiamo andando in albergo. Nonna ti vuole parlare. Aspetta che te la passo».

Cristina illustrò il loro programma, sempre uguale ogni anno. I suoi genitori e sua figlia si sarebbero fermati a Londra per alcuni giorni prima di prendere la via per Bristol e tornare al castello nella campagna del West Dorset. Poi Cristina Acerbi disse: «Tuo padre e io ci dicevamo che potresti venire da noi tornando dagli Stati Uniti. Per parlare tranquillamente e la piccola potrebbe rientrare in Italia con te».

Angelica ebbe così la certezza che Elisabetta aveva già spifferato ai nonni la notizia della sua separazione da Raffaello. Quindi, tagliò corto e replicò: «Ci avevo già pensato. Ne riparliamo nei prossimi giorni».

Poi salì nelle sue stanze a cambiarsi e, quando ridiscese, Rosina aveva già apparecchiato la tavola per due sul patio: stava per arrivare Ortensia, che si era autoinvitata per cena.

Angelica si versò in una flûte un assaggio di Falce di Luna e andò a gustarlo sul dondolo, davanti alla piscina, in attesa dell'amica che la raggiunse poco dopo.

«In città ho incontrato Raffaello e mi ha detto che lo hai lasciato», esordì Ortensia.

Angelica l'abbracciò e scoppiò a piangere.

6

«Mio marito mi tradisce, ho rischiato di morire per un incidente con la moto, i clienti non pagano, il mio agente americano mi strozza tirando sui costi, mia figlia è partita, insomma il mondo mi frana addosso», singhiozzò.

Ortensia le mise in mano un fazzoletto di carta e domandò, sorridendo: «Tutto qui?»

«Io faccio la dura, quella che affronta ogni ostacolo con il piglio della donna sicura di sé, ma sono piena di incertezze», si sfogò fra le lacrime. Poi guardò l'amica e aggiunse d'un fiato: «E mi divora l'invidia per le donne tranquille come te».

Ortensia l'abbracciò e replicò: «Ma tu sei forte e coraggiosa».

Rosina si materializzò accanto a loro con un piatto di stuzzichini. Guardò Angelica, che si asciugava le lacrime, scosse il capo e disse: «Per favore, Ortensia, cerca di aiutare questa testa matta che avrebbe tutto per essere felice e invece non le va mai bene niente. Se continua così, io faccio i bagagli e torno dalle suore, dove starò finalmente tranquilla», minacciò, poco convinta.

Posò davanti ad Angelica il piatto pieno di crostini invitanti e aggiunse sorridendo: «Mangia, piccolina».

Si era fatto buio. Le rondini, dopo un ultimo volo radente sull'acqua della piscina, tornavano ai nidi. Lungo la siepe, intorno al muro di cinta, brillavano le lucciole, la gatta rincorreva chissà quale animaletto che si muoveva nell'erba, dalla cucina di casa arrivava il profumo del risotto al parmigiano.

«Non ho fame», protestò Angelica come fosse una bambina.

«Lo vedi, com'è ridotta? È pelle e ossa e finirà per ammalarsi se continua così. Diglielo anche tu, che sei medico», si raccomandò Rosina, rivolgendosi all'amica.

Ortensia le fece cenno di lasciarle sole e la donna si allontanò protestando: «Il risotto è pronto e io lo metto in tavola. Se poi lo mangiate freddo, non sarà colpa mia».

«Rosina è una santa», commentò Ortensia.

«È una sorella maggiore e io invidio anche lei, per la sua indole semplice e concreta», osservò Angelica.

«Allora non facciamola arrabbiare e andiamo a tavola», decise Ortensia, prendendo sottobraccio l'amica.

«Era ora!» si rincuorò Rosina vedendole arrivare nel patio. E soggiunse: «La vostra cena è sul tavolo. Io vado in paese a respirare un po' di allegria con le mie amiche».

Angelica e Ortensia iniziarono a gustare il risotto in silenzio. La guardia giurata, che trascorreva la notte a perlustrare il borgo, passò a pochi metri da loro. Angelica lo invitò a bere un bicchiere di vino, ma l'uomo, come sempre, declinò l'offerta. Invece la informò d'aver notato due talpe che stavano scavando una galleria in fondo al giardino.

«So che lei non vuole che io le ammazzi, ma l'avverto che stanno mangiando i rizomi dei fiori. Stia attenta, signora, perché quelle figliano e vi ritrovate la proprietà invasa.»

«Che cosa si può fare?» domandò Angelica all'amica.

«Catturarle e trasferirle altrove», tagliò corto Ortensia.

«Per me, fate quello che volete. Io preferisco vedermela con un ladro piuttosto che con quelle bestiacce», brontolò la guardia allontanandosi.

Dopo aver mangiato, le due amiche sparecchiarono la tavola e si spostarono nel soggiorno. Angelica infilò nel lettore il CD del concerto numero due per pianoforte e orchestra di Rachmaninov, piazzò sul tavolino una ciotola di cioccolatini e si accoccolò sul divano, di fronte all'amica che le stava raccontando le prodezze dei suoi figli.

«Quando partite per le vacanze?» domandò Angelica.

«Ad agosto, come sempre, e come sempre andremo in montagna, perché mio marito non ama il mare. Ma luglio sarà fantastico, perché i miei suoceri si portano i bambini a Jesolo, così Guido e io avremo un po' di tempo per noi.»

«Tuo marito ti ha mai tradita?» domandò Angelica a bruciapelo.

«Sinceramente non lo so. E se fosse, non vorrei saperlo.»

«Preferisci nascondere la testa sotto la sabbia?»

«Sì, se si tratta di un'avventura senza significato», ammise Ortensia, placidamente.

«Non ci posso credere!» sbottò Angelica.

«Che cosa? Che lui mi abbia tradito o che io voglia ignorare il fatto?»

«L'uno e l'altro.»

«Amica mia, svegliati. In ospedale, le occasioni per i medici non mancano mai. Io so che mio marito mi ama e mi rispetta, che stiamo bene insieme, che abbiamo entrambi un bel rapporto con i nostri figli. Che altro vuoi dalla vita?»

«Ma se qualcuno ti venisse a dire che Guido ha un'amante, tu come reagiresti?»

«Penserei d'aver sposato un bugiardo, un vile che non ha il coraggio delle sue azioni e lo metterei alla porta.»

«È esattamente quello che ho fatto io con Raffaello.»

«Ma lui è innamorato dell'amante?»

«Raffaello è innamorato solo di se stesso e della sua carriera.»

«Ma quando vi siete sposati lui ti amava. Mentre non sono sicura che tu sia stata mai veramente cotta di lui. Dopo il fallimento della tua prima esperienza coniugale, desideravi una vita di coppia inquadrata nei ranghi, pensando così di dare un ordine alla tua esistenza e di fare felice la tua famiglia.»

«Sei ingiusta. Anch'io ho amato Raffaello», protestò. E proseguì: «All'inizio, lui era pieno di attenzioni, mi corteggiava come se fosse sempre il nostro primo giorno insieme».

«Ma dimmi, è mai riuscito a diventare amico dei tuoi fratelli? I Brugliani lo guardavano con l'aria di dirgli: 'Tu sei soltanto un ripiego per la nostra piccolina, che avrebbe meritato qualcuno migliore di te'. Sbaglio?»

«Pare che sia così, visto che lo ha ammesso anche Gaspare. Io non me ne sono mai accorta.»

«Per forza. Ti eri buttata nel lavoro a capofitto e avevi Elisabetta da allattare e coccolare. Mi stupisce che ti sia fermata a un solo figlio, perché hai l'istinto della mamma.»

«Ma tu, da che parte stai?»

«Dalla tua, ovviamente», garantì l'amica.

«Detto questo, aspetto il seguito, perché sento che hai altro da dirmi», la spronò Angelica.

«Sei tu la maestra dei colpi di scena. Vedremo che cosa combinerai», concluse Ortensia, che avrebbe anche voluto far notare ad Angelica che da tanto tempo non era particolarmente affettuosa con Raffaello. Ma preferì tacere.

«Te lo ripeto: vorrei tanto essere paciosa e tranquilla come te, amica mia», sospirò Angelica.

«Confidenza per confidenza, mi sarebbe sempre piaciuto essere come te, che sei un torrente di simpatia, effervescente come il *perlage* del tuo vino, sempre pronta a buttare il cuore oltre l'ostacolo e, ovviamente, a pagarne le conseguenze. Io non ho nemmeno la fantasia per immaginare un colpo di testa. Tu hai qualcosa di speciale, e quando parli, la gente ti ascolta e ti trova affascinante», spiegò Ortensia.

«Credo che ognuno di noi vorrebbe essere diverso da come è», concluse Angelica.

«E adesso è quasi mezzanotte e, se non mi affretto a rincasare, mio marito penserà che mi abbiano rapita.»

Angelica l'accompagnò alla macchina. Prima di salire sull'auto, Ortensia volle rassicurarla: «Stai tranquilla, sono sicura che tutto si risolverà nel migliore dei modi».

7

QUANDO affrontava lunghi voli da sola, Angelica allungava il suo sedile, inclinava lo schienale, si faceva dare un plaid dalla hostess e le chiedeva di essere svegliata con un caffè molto forte e zuccherato mezz'ora prima dell'atterraggio. Poi si infilava i tappi nelle orecchie e si addormentava.

Anche stavolta, quando l'aereo aprì il portellone per sbarcare i passeggeri, lei era tranquilla e riposata. Una limousine dell'hotel *Pierre* la condusse davanti all'ingresso dell'albergo sulla Quinta Avenue. Le diedero il solito appartamento al sedicesimo piano con vista su Central Park, una cameriera disfece i suoi bagagli e un valletto le servì in salotto uno spuntino freddo. Mentre spilluzzicava il cibo, telefonò prima a sua figlia in Inghilterra, poi a casa.

Ora aveva tutto il tempo per lavarsi e rilassarsi. La sera sarebbe andata a cena da William Clifford, il più rinomato importatore di vino italiano di pregio in territorio americano.

Se non avesse concluso con lui, avrebbe incontrato altri importatori, avendo deciso di chiudere definitivamente il rapporto con Giacomo Gangi.

In quel momento, bussarono alla porta del suo appartamento: era un valletto che le porgeva un gran fascio di rose scarlatte, accompagnate da un biglietto di Mr. Gangi che scriveva: «Sono qui sotto, al bar. Devo vederti».

Chiamò immediatamente il suo ufficio a Borgofranco e, sentendo la voce di Cesarina, le domandò: «Come ha fatto mister Bastardo a sapere che sono arrivata a New York?»

«Perché lo chiedi a me? Tu hai detto di ignorare le sue mail ed è quello che tutti abbiamo fatto», rispose piccata la segretaria.

«Va bene. Cercavo soltanto di capire da dove è partito il tam-tam in questo pettegolissimo mondo degli importatori. Solo che adesso lui è qui, in albergo, e io avrei preferito vederlo dopo aver concluso con l'altro.»

«Allora, che cosa farai?»

«Grandi sorrisi e niente altro, per ora», concluse Angelica.

Quindi scarabocchiò sul retro del biglietto di Gangi: «Ti raggiungo al bar alle sette». Poi si rivolse al valletto e gli disse: «Per piacere, consegni questo biglietto al signore che le ha dato i fiori per me».

Si concesse una lunga doccia, si ravviò i capelli con cura, fermando lo chignon sulla nuca con un paio di forcine di corallo e perle firmate da Gerardo Sacco. Indossò un abito molto aderente in crespo di seta nero che aveva una scollatura profonda sulla schiena e maniche lunghe strette fino ai polsi. Mise alle orecchie le boccole di diamanti che erano appartenute a nonna Violante, calzò scarpine di raso nere con il tacco alto, avvolse il collo con una lunga sciarpa di seta bianca, abbondò con il suo profumo preparato per lei da Sisley e scese al bar.

Mr. Giacomo Gangi sedeva davanti a un bicchiere di whiskey con ghiaccio e, vedendola, sollevò la sua mole imponente dalla poltroncina, spalancando le braccia. Lei si limitò a regalargli un sorriso radioso e gli tese la mano che lui tenne stretta, dopo averla baciata, mentre le diceva: «Cara Angelica, sei più splendente del sole. Gesù, come sono felice di vederti. Assettati e lasciati guardare. Tu sei un poco arrabbiata e per questo sei venuta a New York senza avvertirmi. Ma io ti canuscio troppo bene e sono venuto a dirti: parliamo», concluse, indicandole la poltroncina di fronte alla sua.

Angelica trovava molto pittoresco il suo linguaggio siculo-americano, ma l'avidità e il cinismo di quell'uomo ricco la infastidivano.

Non gli chiese da chi avesse saputo del suo arrivo e invece si limitò a rispondere: «Abbiamo parlato abbastanza, tu e io».

«Intanto dimmi se posso offrirti la solita *sparkling water*», si affrettò a proporre Giacomo, mentre faceva un cenno al cameriere. E proseguì: «Ora ti devo spiegare, così che tu capisca che ti voglio sempre bene e ti considero ormai il mio miglior cliente. Ti sembra possibile che io ti voglia scontentare? Tu sei Angelica

Brugliani, la pupilla dei miei occhi e santa Rosalia m'è testimone che dico il vero». Qui si fermò per portarsi una mano al cuore. Bevve un sorso di whiskey e aspettò che il cameriere servisse l'acqua frizzante per Angelica, poi proseguì: «Lo sai che anche il mercato americano è in recessione? Dal Vecchio Continente, voi continuate a vedere l'America come la terra di Bengodi, ma non è più così. Ora, Mr. Obama si sta giocando il tutto per tutto, è un bravo picciotto, ma ha idee strane. Lui adesso ha l'idea dell'equità sociale. Dice che i ricchi devono pagare più tasse per andare incontro ai bisogni dei poveri. Ma quando mai? Così, chi ha i soldi, ha paura di spenderli e di conseguenza il mercato dei prodotti d'eccellenza segna il passo. Rispetto all'anno passato, gli ordini dei miei clienti sono diminuiti del nove per cento. Ora tu mi proponi un nuovo vino fantastico a un prezzo stratosferico, e io ti dico: okay, te lo piazzo ovunque, ma devi farmelo costare meno, diciamo venti per cento in meno. Per questo insisto che dobbiamo parlare».

Angelica lo aveva ascoltato senza interloquire, osservando le goccioline di sudore che occhieggiavano sulla pelle perfettamente rasata di quel volto massiccio da contadino siciliano. Giacomo Gangi andava per i settant'anni portati male, perché era in sovrappeso, faticava a respirare a causa di un enfisema, era malato di diabete e aveva altri acciacchi che lo costringevano a ingurgitare pillole come caramelle. Ma la tenacia negli affari era la stessa dei suoi vent'anni, quando, da semplice commesso di un emporio di alimentari, aveva avuto l'idea di rivolgersi ai parenti rimasti in Sicilia per importare piccole quantità di vino sfuso, prodotto nel suo territorio d'origine, quello di Marsala, e venderlo agli amici del quartiere. Dal piccolo ufficio con magazzino a Little Italy era arrivato agli uffici di rappresentanza sulla Quarantacinquesima Strada, ed era diventato ricchissimo. Angelica lo guardava, osservava il grosso diamante che portava al mignolo, seguiva la sua gestualità, ascoltava il suo linguaggio pittoresco e si rendeva conto che tutto in lui era una ostentazione di ricchezza. Era ricco, ma non sarebbe mai stato un signore.

Ora gli disse: «Ricordo ancora quando arrivai da te, otto anni fa, ti feci assaggiare il nostro vino e ti chiesi se accettavi di distribuirlo sul mercato, dopo che altri importatori mi avevano chiuso la porta in faccia. Mi dicesti che facevo tenerezza, perché ero tanto giovane e ingenua e avevo un nome bellissimo che ti ricordava la Claudia Cardinale del *Gattopardo*. 'E il tuo Tancredi, dov'è?' mi domandasti. Non riuscivi a prendermi sul serio. Ma per un attimo, il tuo istinto paterno ebbe il sopravvento sul tuo cinismo. Il mio vino era eccellente e ti era piaciuto. Ne ordinasti una piccola quantità, chiedendomi una percentuale legittima. Da allora le cose sono cambiate. Il mio vino aveva successo, tu alzavi gli ordini e riducevi il mio margine di guadagno. La tua ultima mail è stata un insulto. Che cosa ti è successo, Giacomo? Se io accetto la tua richiesta, rientro soltanto nelle spese. Io lavoro per guadagnare, come te, come tutti. E non posso accettare le tue condizioni».

«Per questo ti dico che dobbiamo parlare. Io sono quello di sempre e ti voglio sempre bene. Il mercato è cambiato, invece. Diventa sempre più difficile, e per restare sulla piazza devo allettare i miei acquirenti, devo fare concessioni, devo raddoppiare le spese di rappresentanza. Ora tu mi offri questo Falce di Luna, che ha il colore delle stelle, un abboccato che ti manda in estasi, una confezione regale, un costo da capogiro. Come te lo piazzo? Devo promuoverlo, capisci? Parliamone», ripeté.

Angelica guardò l'ora sul suo Piaget da polso e disse: «Devo lasciarti. Chiamami mercoledì, soltanto se avrai una proposta meno offensiva». Si alzò, lo baciò su una guancia come fosse suo padre e volò via.

Alle sette e mezzo era davanti alla porta di casa di William Clifford. Suonò. Si aspettava che le aprisse il cinquantenne che aveva visto ritratto sul suo sito online. Invece si trovò di fronte un enorme mastino.

8

Angelica aveva già incontrato Mr. Clifford in occasione di qualche fiera americana organizzata dalla Wine & Spirit Company, una prestigiosa associazione di commercianti di vino che aveva clienti molto selezionati.

La sua famiglia possedeva vigneti a nord-est di San Francisco, nella Napa Valley, e produceva vino da una varietà d'uve a bacca bianca, di origine francese, soprattutto Chardonnay e Sauvignon Blanc, e una minima quantità di Cabernet Sauvignon a bacca nera. La California da oltre cinquant'anni era considerata il Mediterraneo del Nuovo Mondo. Come Angelica, anche lui era cresciuto tra i vigneti. A trent'anni si era staccato dalla famiglia, si era trasferito a New York e si era dedicato al commercio, sfruttando al meglio la sua conoscenza del settore e puntando su una vasta rete di amicizie con esponenti del settore vinicolo.

La famiglia, però, ignorava che la spinta decisiva gli era venuta da una travolgente love story con una donna della upper class, sposata a un magnate dell'edilizia, che viveva a Manhattan. La storia si era conclusa il giorno in cui il marito di lei li aveva trovati a letto insieme e, accecato dalla gelosia, aveva impugnato la pistola per uccidere gli amanti. Lei era riuscita a fuggire prima che sparasse e Clifford si era preso una pallottola nella gamba. Nessuno dei due aveva denunciato l'aggressore, lo scandalo era stato soffocato, ma la vicenda si era comunque risaputa. In ospedale, William aveva dichiarato di essersi ferito pulendo la sua pistola, felice di essersi salvato la vita riportando da quell'incidente soltanto una lieve zoppia.

Ma il potente costruttore, appresa la notizia della guarigione del ricco commerciante, gli aveva fatto sapere che un giorno lo avrebbe ucciso. Da allora William viveva protetto da guardie del corpo e si teneva in casa un mastino come cane da guardia.

Angelica conosceva tutta la storia, ma non sapeva che William convivesse con un animale feroce, che venne allontanato dal cameriere che l'accolse.

Entrò nell'appartamento all'ultimo piano di un grattacielo di Park Avenue, e venne scortata in un soggiorno con grandi divani bianchi, tavoli bassi e una enorme vetrata da cui si poteva ammirare la città.

«Il signore la raggiunge subito», disse il domestico. Le propose un drink che lei rifiutò e restò in piedi davanti alla vetrata per ammirare il tramonto del sole su Manhattan: uno spettacolo che la affascinava.

Prima di lasciare l'Italia, Angelica aveva telefonato a Clifford per chiedergli questo incontro e si era stupita quando lui l'aveva invitata a cena a casa sua, dicendole: «Non voglio mostrarle la mia collezione di farfalle, ma poiché so che lei non viene qui in vacanza, credo che a casa mia potremo parlare con tranquillità».

Nel salotto regnava un silenzio perfetto che comunicava una sensazione di tranquillità. Angelica avvertì un fruscio, si girò di scatto e incontrò gli occhi fosforescenti del mastino che la fissavano. Il cane era seduto sulle zampe posteriori, quelle anteriori tese, rigide, pronte a uno scatto in avanti.

Angelica si immobilizzò e trattenne il respiro, mentre il cuore accelerava i battiti.

Stettero lì a guardarsi per un istante che a lei sembrò un'eternità. Lentamente, il cane si avvicinò a lei che non muoveva un muscolo, le si accostò fiutandole le gambe, poi si girò e, con un breve agilissimo salto, si piazzò su un divano, vi si accoccolò e chiuse gli occhi. Angelica rimase in piedi senza muoversi e fu allora che, dalla soglia del soggiorno, venne una voce limpida e severa che ordinò: «Kira, lasciaci soli!»

Il cane scese mollemente dal divano, si accostò all'uomo che sorrideva ad Angelica e strusciando un fianco contro la sua gamba uscì placidamente dal soggiorno.

Lui, con passo impercettibilmente claudicante, si avvicinò all'ospite che gli tendeva la mano e, sfiorandole appena il dorso con le labbra, disse: «Signora Brugliani, benvenuta».

Lei era ancora senza fiato. Già altre volte aveva dovuto mettere in conto le stravaganze degli americani, soprattutto se appartenevano alla classe elevata, ma un cane feroce come comitato di accoglienza andava oltre la sua immaginazione.

«Lo fa di proposito per mettere gli ospiti a disagio?» domandò, ancora spaventata, puntando un dito nella direzione da cui era uscito il cane.

«Avrei dovuto avvertirla e mi dispiace di non averlo fatto. Kira è soltanto un bestione mansueto che fiuta l'indole degli sconosciuti. Lei gli ha trasmesso onde positive. Ma si accomodi, la prego. Tra poco andremo a tavola.»

«Lei ha bisogno di quella belva per sentirsi sicuro?» chiese sforzandosi di trattenere l'irritazione che stava subentrando alla paura.

«Ne ho avuto bisogno molti anni fa. Kira è la figlia di Sama, il mio primo mastino. Quando l'ho presa, era incinta. Sua figlia è nata in casa mia, non qui, negli Hamptons. Ho preso Sama, perché ero terrorizzato dal marito della mia ex amante che voleva uccidermi. Credo che chiunque lo sarebbe stato, dopo che il pazzo mi aveva scaricato addosso una raffica di proiettili. Per fortuna aveva una mira pessima ed è riuscito solo a trapassarmi una gamba», spiegò, mentre versava dell'acqua minerale in un grande bicchiere di cristallo. Glielo tese e, sfoderando un sorriso ammaliatore, rivelò: «Come vede, mi sono informato sui suoi gusti e so che non prende alcolici, così come lei si è informata su di me e conosce la mia storia».

«Per sommi capi», replicò Angelica, che finalmente iniziava a rilassarsi.

William le fece compagnia, sorseggiando acqua come lei, che ora prese a considerare quel cinquantenne che aveva l'impronta aristocratica della upper class americana.

Vestiva con disinvoltura un completo scuro che disegnava la figura longilinea e lo sparato bianco della camicia faceva risaltare un viso abbronzato e asciutto solcato da alcune rughe. Aveva mani dalle dita lunghe e forti che tamburellavano sul cuscino del divano, segno evidente di un certo nervosismo.

«Qualcosa la preoccupa?» chiese Angelica.

«Sì, la sua bellezza e la sua giovanissima età», rispose.

«È un complimento?» domandò.

«Sì e no. Ho scorso la sua biografia e conosco la sua età. Lei è ancora una ragazzina, ma ha molta esperienza. Questo significa che è sopra la media. Tutto in lei dice che non va sottovalutata.»

Angelica sorrise e disse: «Mi sembra un buon punto di partenza per iniziare a parlare d'affari».

Il domestico che le aveva aperto la porta si affacciò dalla soglia per annunciare che la cena era servita.

A differenza del soggiorno, la sala da pranzo era piccola, molto raccolta, e la tavola di cristallo era apparecchiata con cura. Mr. Clifford spostò un'accogliente poltroncina rivestita in pelle color avorio, perché lei potesse prendere posto.

Una cameriera di colore prelevò una bottiglia di Falce di Luna da un secchiello pieno di ghiaccio. Il padrone di casa sedette di fronte ad Angelica e fece cenno alla donna, che versò la bevanda dorata nei loro bicchieri. L'uomo alzò il suo in un accenno di brindisi, imitato da Angelica, ed entrambi gustarono il primo sorso.

«Questo vino è molto interessante», commentò William e spiegò: «Quando l'ho ricevuto, lo abbiamo assaggiato un po' tutti in ufficio. È sufficientemente secco, come tutti i brut, ma ha una nota di morbidezza assolutamente piacevole, che lo distingue da tutti gli altri. Gradirei molto sapere come siete arrivati a questo risultato».

Il domestico servì, da un grande piatto ovale, filetto di branzino sfumato al vino bianco, guarnito con patate e pomodorini cotti al forno.

Iniziarono a mangiare e, poco dopo, il padrone di casa disse: «Lei ha un contratto di ferro con Giacomo Gangi».

«Il ferro può arrugginirsi», rispose Angelica.

«È quello che è successo?» domandò William.

«Dipende da lei, Mr. Clifford», sorrise la donna.

9

Angelica scrutava di sottecchi quel signore che le ricordava gli uomini della dinastia Kennedy. Non era ricco quanto loro, ma probabilmente conosceva e frequentava i superstiti di quella grande famiglia.

«Ho detto a Mr. Gangi che stasera ci saremmo visti», la informò.

«Perché?» gli domandò, irritata da quella invasione di campo.

«Negli affari, la correttezza è fondamentale.»

«Mi sta impartendo una lezione di etica professionale? Sta cercando di mettermi in imbarazzo? So bene che cosa pensano gli americani di noi italiani. Allora sappia che solo con la correttezza e la professionalità io e la mia famiglia abbiamo costruito il successo della nostra azienda. E, già che sono in argomento, la informo che sono molti, in Italia, gli imprenditori che agiscono così, a dispetto del malaffare che, da troppi anni, inquina la nostra economia e impoverisce sempre di più il nostro Paese. Quindi, Mr. Clifford, non mi dia lezioni di deontologia.» Aveva abbandonato sul piatto le posate ed era sul punto di andarsene.

Invece fu lui che si alzò in piedi, chinò il capo, mentre un lieve rossore si diffondeva sul viso e sussurrò: «La prego di perdonarmi. Non intendevo riferirmi a lei, signora Brugliani, né agli altri produttori vinicoli italiani che conosco bene e dei quali ho sempre apprezzato la straordinaria correttezza. Mi scuso anche per aver informato Giacomo Gangi prima di parlare con lei e di sapere esattamente il motivo del nostro incontro».

«Non mi ha dato il tempo di spiegare», replicò lei, alzandosi a sua volta.

«Comunque, intendevo soltanto dire che, come sa, esistono alcune regole non scritte alle quali noi importatori ci atteniamo e una di queste è quella di non rubarci i clienti. Poiché lei è una cliente importante, ho ritenuto corretto, nei confronti di Gangi, informarlo del fatto che ci saremmo incontrati», sussurrò.

«Non pensava che avrei dovuto farlo io?» sibilò lei e si avviò per uscire dalla sala da pranzo.

In quel momento, silenzioso e placido, entrò nella stanza il mastino.

«E mi tolga di mezzo il suo cane!» gli ingiunse con severità.

Lui fece un gesto con la mano, la grossa Kira si girò su se stessa e, ancheggiando come una show girl, uscì.

«Non era questo il tipo di approccio che avevo in mente», disse William Clifford, desolato, e continuò raggiungendola: «La prego, Angelica, non se ne vada, le ho già chiesto scusa. Che altro posso fare perché lei dimentichi la mia goffaggine?»

«Mi accompagni all'uscita del suo appartamento», replicò irritata.

Allora il bel cinquantenne alzò leggermente la voce e domandò: «Lei è così perfetta da non aver mai commesso un errore?»

«Lei ne ha commessi due, Mr. Clifford: mettere in dubbio la mia correttezza e informare il mio agente del nostro incontro. Io, come tutti, infilo errori uno dopo l'altro e ho sbagliato anche adesso, pensando di incontrarla per esaminare la possibilità di sostituire Gangi con lei», gli passò accanto e uscì nel corridoio con passo deciso.

Le si parò davanti il mastino, che sollevò il labbro mostrando i denti affilati ed emise un ringhio minaccioso.

William in un attimo raggiunse Angelica, impietrita per la paura, e si mise davanti a lei mentre diceva con voce ferma: «Kira, fuori!»

L'animale si quietò immediatamente e si allontanò, mentre William si voltava verso Angelica.

«Sta bene? Kira è addestrata, ma rimane un animale aggressivo con un istinto formidabile nel captare le situazioni di tensione.»

Angelica, ancora terrorizzata, scoppiò in singhiozzi.

Allora lui l'abbracciò con dolcezza e le sussurrò: «È tutto passato...»

Lei balbettò tra le lacrime: «Voglio andarmene. Non ho mai avuto tanta paura in vita mia».

Lui la tenne stretta fra le braccia ripetendole: «È tutto passato... stai tranquilla...»

Quella notte, Angelica non tornò in albergo. Al mattino si svegliò in un grande letto matrimoniale. Indossava la giacca di un pigiama da uomo. Era sola e pensò: che cosa ho combinato! Risentì la voce di suo padre che diceva: «Sei una Acerbi, come tua madre».

Sgusciò fuori dal letto e si infilò in bagno. Si mise sotto la doccia e sperò che il getto d'acqua le schiarisse le idee. Doveva rivestirsi in fretta e fuggire da quella casa, da quello strano William Clifford che viveva con un mastino feroce, e si chiedeva com'era potuto accaderle di finire nel suo letto.

Indossò un accappatoio e cercò i suoi vestiti. Li trovò accuratamente ripiegati e stirati nello spogliatoio.

Uscì dalla stanza guardandosi intorno circospetta, nel timore di incappare di nuovo nella belva di casa. Era tutto silenzio. E anche lui, William, era sparito. La moquette che ricopriva il pavimento del corridoio soffocava il rumore dei passi. Si augurò di non incrociare nessuno e di trovare la porta d'uscita in quel labirinto di corridoi e disimpegni, sicuramente ideato da un architetto sadico per imprigionare gli ospiti.

«Buongiorno, Angelica», disse William comparendole davanti. Era a piedi nudi e indossava un paio di jeans e una camicia bianca.

«Dov'è il cane?» chiese lei, guardandosi intorno preoccupata.

«Siamo soli. I domestici e Kira sono partiti all'alba per la campagna. Ti ho preparato la colazione», spiegò, mentre la prendeva per mano e la conduceva in una stanza con le pareti e il soffitto affrescati che ricordavano un giardino rigoglioso sotto un cielo azzurro con qualche nuvoletta bianca. Alcune poltroncine di vimini stavano intorno al tavolo su cui era preparata una ricca colazione, che emanava un profumo invitante.

«Vuoi prendermi per la gola?» scherzò lei, sedendosi. William si accomodò di fronte a lei.

«Cerco di fare del mio meglio per conquistarti», replicò lui, riempiendole una tazza di caffè.

Angelica bevve un lungo sorso, poi si alzò e si accostò alla finestra per ammirare il panorama: tra tutte le città straniere che conosceva, New York era una delle più affascinanti.

Si girò lentamente verso il suo ospite, che la osservava con apprensione e tenerezza, e disse: «Mi sono bruciata la possibilità di lavorare con te. Il nostro rapporto finisce qui».

Lui le andò vicino e replicò: «Non pensarci neppure. Io imporrò e venderò al meglio tutti i tuoi vini, anche i meno pregiati, se lo vorrai».

Angelica sapeva che era un errore mescolare una storia di letto con un rapporto di lavoro e si limitò a sorridere. William proseguì: «Anch'io non confondo mai sesso e lavoro e sono confuso per quanto è accaduto tra noi la scorsa notte. Però è successo e ne sono felice, perché è stato meraviglioso».

«Lo è stato anche per me, ma non si ripeterà più. Non ho bisogno di un amante, ma di un bravo agente», precisò Angelica.

Lui la prese sottobraccio ed entrambi sedettero di nuovo a tavola per finire la colazione.

«Allora parliamo di affari», esordì lui, imburrando una fetta di pane tostato.

«Era questo l'argomento che avremmo dovuto affrontare ieri sera», osservò lei.

«Sei venuta a cercarmi perché Gangi ti chiede percentuali che non ti soddisfano. È così?»

«Come lo sai?»

«Me lo hai fatto capire tu quando mi hai chiesto un appuntamento.»

«Gangi è molto bravo, ma molto avido.»

«Io ti farò avere le mie proposte e starà a te valutarle. Sappi che ho in mente un lancio in grande stile sia per Falce di Luna, sia per il tuo brut», e aggiunse: «Quando scade il tuo contratto con Giacomo Gangi?»

«A fine agosto.»

«Allora a settembre lavoreremo insieme. Ti farò avere prestissimo una bozza di contratto.»

«Adesso devo andare. Puoi chiamarmi un taxi?»

«Sei un'ospite preziosa, ti riaccompagno io in albergo», decise l'uomo.

10

Angelica trascorse il secondo giorno a New York seguendo il fitto programma di appuntamenti per visitare le enoteche e i ristoranti che vendevano i suoi vini, dall'*Heights Chateau* a Brooklyn, a *La Morrell & Company* al *One Rockfeller Plaza*, a *Eataly*, al ristorante del *Four Seasons Hotel*. Raccolse i soliti lamenti dei proprietari e dei direttori dei locali e si rallegrò per gli elogi riservati ai suoi vini che qualcuno definì di gran lunga migliori di quelli francesi. Accettò un invito per il lunch alla *Locanda Verde*, uno dei ristoranti di Robert De Niro. Appesa su una parete, tra le foto che ritraevano vari personaggi famosi, c'era anche la sua mentre brindava con il famoso attore. Per il dinner fu ospite dell'*Eleven Madison Park*. A tutti parlò del nuovo vino di casa Brugliani e annunciò gli eventi che avrebbero accompagnato il lancio di Falce di Luna.

Quando rientrò in albergo, la sera, era esausta. Su un tavolino, nel salotto della sua suite, trovò in un vaso di cristallo un fascio di profumatissime rose color cipria accompagnate da un biglietto di William Clifford: «Cara Angelica, il nostro sarà un fruttuoso sodalizio di lavoro che mi impegno a mantenere tale per tutto il tempo che vorrai».

Era riuscita a non pensare alla notte precedente fino a quel momento. Ora si domandò perché si fosse abbandonata fra le braccia di William, uno sconosciuto incontrato da poche ore. Non aveva mai tradito Raffaello, anche se da qualche tempo non facevano più l'amore. Che cosa le era successo?

Non aveva sentito scoccare nessuna freccia di Cupido, eppure era finita nel letto di William con estrema naturalezza. Aveva, forse inconsciamente, voluto vendicarsi dei tradimenti di suo marito? Si rispose che non era il tipo di donna che reagisce così alle frustrazioni. Non lo aveva fatto per un capriccio, ma nemmeno perché William fosse irresistibile, anche se apparteneva al tipo di uomo aristocratico che le piaceva molto.

Come sosteneva suo padre, forse assomigliava davvero a sua madre e aveva ereditato da lei il lato trasgressivo della famiglia Acerbi.

In quel momento fu colta da un sospetto terrificante: e se avesse fatto l'amore con William per legarlo al business del suo vino?

Agguantò il cellulare e d'impulso digitò il numero di sua madre.

«Oddio, che cosa ti è successo?» rispose subito Cristina Acerbi, con la voce impastata di sonno.

«Sto bene, ho solo bisogno di parlare con te», rispose lei.

«Ma sono le tre del mattino», deplorò la donna.

«Da me sono soltanto le dieci di sera. E non più tardi di ventiquattro ore fa sono finita nel letto di un importatore americano con il quale avevo un incontro di lavoro», spiattellò.

«Davvero?» chiese sua madre incuriosita e domandò: «Ne valeva la pena?»

«Mamma, ti prego! Ti ho telefonato perché non è da me fare queste cose, lo sai», precisò Angelica.

«Oh sì che lo è. Tant'è che lo hai fatto.»

«Intendo dire che non ho rapporti con Raffaello ormai da mesi e questo William Clifford, che vive con un feroce mastino al trentesimo piano di un grattacielo in Park Avenue, è un bell'uomo. Ma non è questo il punto.»

«Allora, qual è il problema?»

«Ho bisogno di un agente per il nostro vino, non di un amante», spiegò sua figlia.

«Be', c'è stato un certo Machiavelli che ha codificato la teoria del fine che giustifica i mezzi. Sbaglio?»

«Però, non so...»

«Angelica, non darmi il tormento. Non hai sganciato la bomba atomica su Hiroshima, ti stai separando da tuo marito e hai fatto l'amore con un uomo che ti piace. Mettiti tranquilla e lasciami dormire.»

«Non riesco a mettermi tranquilla», strillò Angelica.

«Allora fatti una doccia e calmati. Avevi bisogno di un uomo e te lo sei preso. Avevi bisogno di un agente e te lo sei accaparrato. Avevi bisogno di sfogarti con me e lo hai fatto. Smettila di arrovellarti e lascia in pace anche me», concluse sua madre, con un tono che era un invito a chiudere la telefonata.

Lei finse di non aver capito, e insistette: «Credi davvero che non abbia fatto una cosa tanto orribile?»

«Non lo è stata», garantì sua madre.

«Mi manchi, mamma», confessò Angelica.

«Qualche volta, ma solo qualche volta, mi manchi anche tu», scherzò sua madre e proseguì: «Tornando dagli Stati Uniti prendi un volo per Londra e vieni da noi».

«Lo farò, perché ho voglia di riabbracciare anche la mia bambina e voglio confrontarmi con papà sul lavoro che sto facendo.»

«Ottimo. Così mi racconterai l'evoluzione della storia con questo agente. Come hai detto che si chiama?»

«William Clifford.»

«Ma non era un siculo-americano?»

«Quello è Giacomo Gangi, l'agente che voglio sostituire con Clifford.»

«E ti sei preso uno squinternato che vive con un mastino? La cosa mi diverte molto. Buona notte, tesoro», la liquidò velocemente.

Angelica paragonava sua madre a una leonessa che ha allevato i suoi cuccioli con amore, nutrendoli, coccolandoli, giocando con loro. Tuttavia, una volta cresciuti, se insistono per avere le sue attenzioni, dopo un po' li allontana con una zampata per fargli capire che devono sbrigarsela da soli.

Ma anche se si spazientiva con facilità, Cristina

l'ascoltava sempre e riusciva ogni volta a sdrammatizzare i suoi problemi.

Dormì profondamente e la svegliò il telefono. Era Giacomo Gangi.

«Ti sei dimenticata che oggi dovevamo vederci?» tuonò la sua voce, lacerando la pace in cui era immersa fino a un istante prima.

«Che ore sono?» chiese Angelica, assonnata.

«Le dieci sono passate da un pezzo e io sto qui, nella breakfast room, e ti aspetto.»

Dopo quel brutale risveglio, le sarebbe occorsa almeno un'ora per rendersi presentabile e glielo disse.

«Dov'è il problema? Ordino la colazione per due e la faccio portare nel tuo appartamento», propose lui, determinato a non lasciarsela sfuggire.

«Giacomo Gangi, ti avevo promesso che oggi ci saremmo parlati, ma non ti avevo fissato un appuntamento. Questa tua invadenza è irritante.»

«È un peccato che tu non voglia vedermi. Mi hai deluso, Angelica», replicò lui con voce falsamente flautata.

«Tu mi deludi da molti anni e non ha più senso incontrarci. La nostra collaborazione è finita.» Il suo terzo giorno a New York era iniziato male, perché non era così che voleva chiudere gli anni di collaborazione con Gangi in cui i vini Brugliani avevano conquistato uno spazio importante sul mercato americano, anche se con un guadagno esiguo.

A fine agosto il contratto che la legava a lui sarebbe scaduto. Rivolse un pensiero grato a suo padre che, otto anni prima, leggendo il contratto che la vincolava a Mr. Gangi, le aveva fatto inserire una clausola che prevedeva una disdetta di trenta giorni prima della scadenza.

Durante la giornata, tra un appuntamento e un altro, inviò una mail in ufficio a Cesarina.

«Fai spedire dal nostro legale la disdetta del contratto a Giacomo Gangi.»

«Hai concluso con Mr. Clifford? Bel colpo, Angelica. Che percentuale hai spuntato?» chiese la segretaria.

«Lo vedrai quando ti arriveranno i documenti», rispose velocemente.

Non voleva dirle che, al momento, aveva in mano soltanto un biglietto di accompagnamento a un fascio di rose color cipria.

Ora, a mezza voce, si domandò: «E se non si facesse più vivo?»

11

Il dubbio che William potesse svanire nel nulla la tormentò per tutta la giornata.

Tra un appuntamento e l'altro, controllava le mail in entrata sperando di riceverne una da Clifford, ma non arrivò niente. Pensava: ho venduto la pelle dell'orso prima di catturarlo.

Il pessimismo era una caratteristica ereditata da suo padre che tuttavia, come lei, non aveva mai smesso di porsi obbiettivi alti, e questa peculiarità le era sempre stata d'aiuto.

La sera del suo terzo giorno a New York, dopo aver lavorato intensamente, andò a dormire avendo deciso che, se Clifford non si fosse fatto sentire al più presto, avrebbe cercato un altro agente.

Quando si svegliò al mattino, ordinò la colazione in camera: era affamata e di ottimo umore.

Mentre gustava un croissant freschissimo, farcito con sciroppo d'acero, levò lo sguardo sul cielo sereno di quella città che amava, la sola in cui sarebbe potuta vivere se avesse dovuto lasciare Borgofranco.

Pensò al borgo come a un alveare in continua attività e accarezzò il pensiero che, tra una decina d'anni, la sua bambina l'avrebbe affiancata nel mestiere di famiglia, così difficile e così appagante. Avrebbe appoggiato la figlia con la sua esperienza, mentre si sarebbe dedicata a gestire una specie di locanda di lusso per ospiti selezionati, con camere bellissime e cene sfiziose servite nel giardino, in estate, e nel grande refettorio con affreschi del Quattrocento, d'inverno.

Per questa nuova attività a Borgofranco, aveva tante idee che andava perfezionando a mano a mano che, nei continui spostamenti in giro per il mondo, soggiornava in luoghi incantevoli.

Questi programmi per il futuro la appassionavano. Ora, in quella chiara mattina di luglio, mentre si preparava a lasciare New York per andare a Filadelfia, poi a Boston e poi ad Atlantic City a visitare i suoi clienti americani, Angelica si rese conto di non aver mai contemplato la presenza di Raffaello al suo fianco nella sua vita di lavoro.

Non gli aveva mai nemmeno parlato dei suoi progetti. In quel momento si chiese il perché e la sola risposta onesta che riuscì a darsi fu che suo marito era estraneo a questa realtà, come una biglia di vetro su un grappolo d'uva. Sia lui sia il suo primo marito erano molto diversi da lei, che aveva radici contadine profondamente legate alla terra.

Pensò che non erano sbagliati i suoi mariti, era sbagliata lei per loro, ed era molto difficile che incontrasse un uomo con cui condividere l'amore per la terra, per i vigneti, per il vino. Concluse che probabilmente sarebbe rimasta sola, anzi, avrebbe evitato in futuro altri coinvolgimenti sentimentali.

Prima di preparare i bagagli, aprì il suo tablet, cercò la casella della posta e trovò la mail che aspettava: «Cara Angelica, eccoti una bozza del nostro contratto di collaborazione per la vendita di tutti i tuoi vini e per il lancio di Falce di Luna. Le condizioni sono le stesse che la mia società applica a tutti i clienti. Se vuoi apportare correzioni, ti chiedo di comunicarle al più presto, così che tu possa ricevere il contratto da controfirmare in tempi brevi. A presto. William Clifford».

Angelica scorse attentamente le proposte, che erano decisamente vantaggiose.

Clifford era una persona di cui poteva fidarsi. Così, mentre era in viaggio per Filadelfia, spedì una mail in azienda, a Cesarina: «Ora che ho liquidato il Bastardo, fai esaminare la proposta che ti inoltro. L'ho letta con attenzione e le condizioni mi sembrano eccellenti. Tieni presente che il contratto con lui deve partire dal primo settembre di quest'anno».

La domenica sera concluse il suo giro americano. Da Atlantic City si imbarcò su un volo per Londra, dopo aver informato del suo arrivo Elisabetta e i suoi genitori. Pensò che si meritava un'intera settimana di vacanza con loro prima di affrontare, in agosto, una nuova trasferta in Cina, dove aveva gettato da alcuni anni basi solide per la diffusione dei suoi vini: la Cina era un mercato emergente che si stava rivelando molto interessante.

Come sempre, quando l'aereo ebbe raggiunto l'assetto di volo, allungò il sedile, reclinò lo schienale, si avvolse nel plaid e si rilassò in attesa del sonno.

Pensò a William Clifford e si chiese se poteva essere un uomo adatto a lei, accomunati com'erano dalle stesse radici legate alla terra e dall'amore per i vigneti. Nonostante ciò, e sebbene fosse stata piacevole l'intimità con lui, concluse che Clifford le interessava molto di più come agente dei vini Brugliani sul mercato americano che come eventuale compagno di vita. Era certa che l'avrebbe magnificamente affiancata nella promozione e avrebbe individuato i luoghi più suggestivi in cui presentarli a un pubblico selezionato. Le presentazioni che lei aveva organizzato in Italia avevano prodotto, nonostante la crisi, eccellenti risultati.

Erano state allestite nei giardini di ville bellissime, sugli spalti di alcuni castelli, nei saloni di residenze nobiliari, nei ristoranti più esclusivi per ospiti seduti a tavola. Tra una portata e l'altra, Angelica raccontava ogni vino con un accompagnamento musicale diverso, ed esordiva dicendo: «Dimenticate le parole roboanti che vanno tanto di moda per raccontare una cosa semplicissima: l'abboccato di un vino. Fidatevi solamente delle vostre sensazioni, di quello che vi diranno i vostri occhi osservandone il colore, il vostro olfatto annusandone l'aroma, il vostro gusto quando lo porterete alle labbra e lo assaggerete. Dimenticate le parole vuote di tanti imbonitori che vi suggeriscono accostamenti arditi e astrusi per definire un sapore. Ho sentito qualcuno assimilare il gusto di un vino, prodotto in prossimità di un corso d'acqua, ai sassi del fiume; dire di un altro che ha il gusto delle spezie d'Oriente o dei peschi in fiore. Voi assaggiatelo e abbandonatevi al piacere che proverete».

Pensando a tutto questo, Angelica si addormentò.

Venne svegliata da una hostess che le servì un caffè, dicendole: «Tra mezz'ora atterreremo a Londra».

Dopo averlo bevuto, raddrizzò la poltrona, si alzò in piedi, aprì la cappelliera per prendere la sua trousse da viaggio. Estraendola con un certo vigore, perché si era incastrata tra due borse, scivolò fuori anche il suo tablet. Cercò di afferrarlo al volo, ma non ci riuscì e cadde di spigolo sulla fronte del passeggero che sedeva dietro di lei.

L'uomo, che era ancora assopito, fu bruscamente svegliato e, mentre lo afferrava con una mano, si portava l'altra alla fronte colpita.

Angelica sussurrò un «mi dispiace» pieno di sgomento, mentre lui le porgeva il tablet e sibilava: «Non poteva fare un minimo d'attenzione?»

Sulla sua fronte, in prossimità della tempia, c'era un bozzo che si andava gonfiando.

«Mi dispiace», ripeté lei desolata, guardando quel viso che le sembrò familiare.

12

«Le faccio portare subito del ghiaccio», disse, premendo il campanello per chiamare un'assistente di volo. Pochi minuti dopo, mentre uno stewart si stava avvicinando con un bicchiere colmo di palline di ghiaccio, anche l'uomo infortunato la guardò con curiosità.

L'assistente versò il ghiaccio su un tovagliolo e glielo porse. Lui se lo appoggiò sulla fronte, continuando a scrutarla. Infine le chiese: «Ma noi, ci conosciamo?»

Angelica, che era in piedi e lo guardava, rispose: «È la stessa domanda che mi stavo facendo anch'io».

L'aereo aveva iniziato la discesa che precedeva l'atterraggio. L'altoparlante invitò i passeggeri a restare seduti con le cinture allacciate, lei sussurrò un nuovo «mi dispiace» e riprese posto sulla sua poltrona.

Sapeva che Elisabetta e i suoi genitori erano venuti a prenderla e già gustava la gioia di riabbracciarli, ma intanto non smetteva di domandarsi chi fosse l'uomo seduto dietro di lei.

Si girò, gli sorrise e, osservando il bozzo sulla fronte, domandò: «Fa ancora male?»

«Va meglio», rispose lui, senza guardarla, mentre infilava un plico di carte in una elegante borsa da lavoro.

Poi sbarcarono e si persero di vista. Lei superò i controlli doganali nell'area riservata ai passeggeri di prima classe e non dovette neppure mettersi in fila per ritirare i bagagli perché aveva con sé solo un trolley da cabina. Negli anni, aveva imparato a portare nei viaggi di lavoro il minimo indispensabile. Individuò subito, tra la folla venuta ad accogliere i passeggeri, i volti ridenti di sua figlia e dei genitori.

Elisabetta le saltò al collo e l'abbracciò, felice. Cristina Acerbi le diede un bacio sulla guancia, Giovanni Brugliani fece altrettanto prima di impadronirsi del suo trolley.

Uscirono all'aperto fendendo la folla, mentre Elisabetta, che le stava appiccicata, iniziò a subissarla di notizie sulla sua vacanza nel Dorset.

Il nonno interruppe il fiume di parole della nipote, per dire: «C'è un lungo pezzo di strada fino al parcheggio. Ve la sentite di seguirmi?»

«Caro, lascia il bagaglio a noi che ti aspetteremo qui mentre vai a prendere la macchina», replicò Cristina.

«Allora, mammina, ti stavo dicendo che ho conosciuto Elaine Parker, figlia di due amici di Edward. Ha esattamente la mia età e monta un pony bellissimo. Pensavo che, per Natale, tu e il papà potreste regalarmi un cavallo. Ti sembra una richiesta esagerata?» riprese Elisabetta, mentre il nonno si allontanava.

In quel momento, le porte scorrevoli da cui defluivano i passeggeri si aprirono e comparve l'uomo che Angelica aveva colpito.

Era un tipo alto, asciutto, indossava jeans classici, un giubbotto in nappa nera, come lo zaino che portava in spalla, in mano aveva la borsa da lavoro e, sulla fronte, era ben visibile il bozzo che lei gli aveva procurato. Si guardò intorno e incrociò il suo sguardo.

Lei abbandonò madre e figlia e mosse due passi verso di lui, mentre tentava di sorridergli e, in quell'istante, un lampo le illuminò la mente e ricordò: era l'uomo che l'aveva soccorsa dopo l'incidente.

Il sorriso si spense e lei confessò: «Sono desolata, ma temo di avere investito la sua auto con la mia moto il mese scorso. Ecco perché ci sembrava di conoscerci».

L'uomo la scrutò per un lungo istante senza parlare poi esclamò: «Adesso mi ricordo, lei è Angelica Brugliani e...» non poté proseguire perché un autista in divisa blu si accostò e disse: «Benvenuto Mr. D'Azaro. Vuole darmi il suo bagaglio?»

Lui gli consegnò borsa e zaino e, apprestandosi a seguirlo, si rivolse ad Angelica per dire: «Mi dispiace essere scortese, ma francamente mi auguro di non rivederla mai più. Sono certo che anche lei è d'accordo».

Angelica lo guardava con una espressione talmente infelice che, nel salutarla con un breve cenno della mano, lui non poté trattenere un sorriso.

Angelica vide l'autista aprirgli la portiera posteriore di una Bentley. L'auto si mosse lentamente immettendosi nella fila delle macchine che lasciavano l'aeroporto. Sua madre e sua figlia le rivolsero uno sguardo incuriosito.

«Possiamo sapere che cosa è successo?» domandò Cristina.

«Perché ti ha trattato così male quel gran figo?» la incalzò Elisabetta.

Angelica, mortificata, replicò: «È arrabbiato con me e ha ragione».

«Se illumini anche noi, forse riusciamo a capire», disse sua madre.

Lei raccontò tutto.

«Mamma, sei un vero disastro. Non ti si può lasciare sola, perché tu trovi subito il modo di combinare qualche guaio», scherzò Elisabetta.

«Certo che, nonostante il bozzo in fronte, è davvero un gran bel tipo», osservò Cristina.

«Nonna, impara a parlare! Non si dice bel tipo, ma gran figo», scherzò sua nipote.

Cristina sorrise e domandò a sua figlia: «Mi piace davvero quel gran figo. Che mestiere fa?»

«Non so niente di lui. Conosco solo il suo nome perché lo ha trasmesso la sua assicurazione. Si chiama Tancredi D'Azaro», rispose Angelica.

«Tancredi! È siciliano, senza ombra di dubbio. E tu sei Angelica», commentò Cristina.

«I due eroi dell'*Orlando Furioso*!» concluse Elisabetta.

«Vogliamo smetterla di dire idiozie? Forse intendevi i due personaggi del *Gattopardo*!» si spazientì lei.

«È arrivato il nonno», segnalò la ragazzina, dirigendosi verso la Mercedes che si era fermata davanti a loro.

Elisabetta sedette accanto a lui, Angelica e sua madre presero posto sui sedili posteriori.

«Sei sicura di non volerti fermare a Londra?» domandò suo padre.

«Abbiamo duecento chilometri prima di arrivare a Chipping Campden e io preferirei andare a casa perché sono stanca», rispose Angelica.

«Allora innestiamo il pilota automatico e schizziamo verso Burton House», replicò Giovanni Brugliani, allegramente.

«Cerca di dormire», le raccomandò sua madre.

Lei appoggiò la testa allo schienale, chiuse gli occhi e pensò al viso bellissimo di quell'uomo misterioso che non avrebbe mai più rivisto.

13

Quando arrivarono a destinazione, sir Edward li stava aspettando sulla porta di Burton House e accolse Angelica con affetto.

«Ben arrivata, mia cara», esclamò, scendendo i gradini per andarle incontro. Poi la strinse in un abbraccio e subito soggiunse: «Immagino che tu sia stanca per il lungo viaggio, ma tra dieci minuti sarà servito il pranzo, con mezz'ora d'anticipo rispetto alla nostra tabella di marcia, così potrai ritirarti a riposare».

Sir Edward era un importante avvocato e, in quel periodo, il suo studio nella City di Londra era chiuso per ferie. Poiché aveva una schiera nutrita di associati, da alcuni anni dedicava gran parte del suo tempo a studiare le opere di William Shakespeare: erano la sua passione, condivisa da Cristina Acerbi, che lo stava aiutando a completare un saggio sul grande drammaturgo e poeta inglese, nato e cresciuto a Stratford-upon-Avon, una località non lontana da Chipping Campden.

A tavola, Angelica conobbe una coppia di ospiti, Mr. e

Mrs. Wood, che lavoravano a Londra come sceneggiatori di una fortunata serie televisiva inglese sulla dinastia dei Tudor e sapevano di poter attingere materiale prezioso per il loro lavoro dalla biblioteca di sir Edward. Ma non appena venne servito un pasticcio di carne e verdura in pasta sfoglia, presero a parlare della situazione meteorologica, che era l'argomento preferito di tutti gli inglesi.

Angelica, seduta accanto a suo padre, riuscì ad aggiornarlo velocemente sull'acquisizione del nuovo agente americano.

«Stasera vorrei leggere quella bozza di contratto», le sussurrò lui e aggiunse: «Anche se ho la certezza che l'allieva abbia superato da un pezzo il suo maestro».

«L'allieva ha sempre bisogno del fiuto del suo amato maestro. Non dimenticarlo mai, papà.»

Lui portò alle labbra una mano di Angelica e la baciò con affetto. Poi aggiunse: «Mi sembra che tu stia sconvolgendo di nuovo la tua vita».

«Vedo che mamma ti ha informato», sospirò lei.

«Tua madre non ha mai avuto segreti per me».

Questa era un'affermazione che suo padre ripeteva spesso e Angelica sapeva che si riferiva al distacco di Cristina da Borgofranco. In seguito, c'era voluto tutto l'amore di suo marito per spartire la donna amata con il suo amante, entrambi soggiogati dal suo fascino e determinati a non rivaleggiare tra loro, pur di starle accanto.

«Nemmeno io intendo nasconderti qualcosa di me», disse lei e soggiunse: «Mio marito e io ci stiamo separando».

«In questi anni ho imparato a fidarmi di te e so che se ora hai deciso di lasciarlo avrai le tue ragioni per farlo», affermò Giovanni.

«Non stressare la mia bambina», intervenne sottovoce sua moglie, che aveva colto i sussurri tra lui e Angelica.

Il compassato sir Edward e i suoi ospiti erano impegnati in una cavillosa disquisizione sui rapporti tra Elisabetta, la regina vergine, e William Shakespeare, personaggio dall'incerta sessualità. Elisabetta, che si stava annoiando, trangugiò il dessert a base di frutta fresca e poi si rivolse a sua madre: «Elaine mi ha invitata a conoscere i suoi cugini che vivono a Hong Kong e si fermeranno qui per qualche giorno. Posso chiedere a Mr. Daniel di accompagnarmi da lei?»

Mr. Daniel era l'uomo tuttofare di Burton House. Seguiva il lavoro dei giardinieri e dei boscaioli che si prendevano cura dei quattro ettari di bosco che circondavano l'edificio. Si occupava della manutenzione degli impianti elettrici e idraulici dell'antica dimora, accompagnava la cuoca in città a fare la spesa, faceva da autista a sir Edward, che a differenza di Giovanni Brugliani detestava mettersi al volante della sua vecchia Rolls.

«Va bene», acconsentì Angelica e soggiunse: «Però torni per cena».

Poi si rivolse agli ospiti e disse: «Vi chiedo scusa se non rimango con voi per il caffè. Credo di aver bisogno di un po' di riposo».

Salì al secondo piano e si rifugiò nella sua stanza, chiamata la *Chinese Room* perché aveva pareti rivestite di seta color paglierino con disegni cinesi, di pagode, boschetti romantici, uccelli di palude. Tirò le tende, si sdraiò sul letto e l'avvolse l'essenza di lavanda con cui sua madre profumava la biancheria di casa. Si coprì il viso con un cuscino e ripensò a Tancredi. Ricordò che in ospedale, dopo l'incidente, suo fratello Gaspare le aveva detto: «L'uomo che guidava l'auto che hai tamponato voleva tue notizie».

Pensò che Tancredi D'Azaro aveva qualcosa di inusuale che la incuriosiva. Allora si alzò dal letto, recuperò il tablet e digitò il nome di Tancredi su Google. Quello che lesse la colmò di stupore.

Tancredi

1

TANCREDI scese dalla limousine davanti all'hotel *Baglioni*, di fronte ad Hyde Park. Il portiere gli andò incontro e lo salutò con un deferente: «Bentornato, Mr. D'Azaro». Poi prese dal bagagliaio la borsa e lo zaino e lo precedette nell'ingresso dell'albergo.

Il capoconcierge lo accolse con un sorriso cordiale.

«La sua suite è pronta. Ma non vedo gli altri ospiti», osservò.

«La mia squadra arriva con un volo da Roma nel pomeriggio e le domanderei di mandare un pulmino in aeroporto per portare in albergo i miei ragazzi e i loro bauli», disse Tancredi.

«Certamente signore. Intanto la faccio accompagnare nel suo appartamento», disse il capoconcierge. Poi si schiarì la voce e soggiunse: «Se posso permettermi, signore, ho letto sul *Guardian* la notizia del premio prestigioso che le è stato consegnato a Oslo e mi congratulo per il suo successo».

«La ringrazio molto», replicò Tancredi, sul punto

di seguire il valletto che lo avrebbe scortato verso il suo appartamento.

Nel soggiorno, su un grande tavolo ovale, trovò un trionfo di frutta fresca, una ciotola con biscotti e cioccolatini, una bottiglia di champagne francese dentro il secchiello del ghiaccio e un biglietto di benvenuto firmato dal direttore dell'albergo.

A Hampton Court, tre giorni dopo, si sarebbe tenuto un evento promozionale organizzato dalla più importante rete televisiva inglese, che aveva voluto fare le cose in grande affidando a Tancredi l'allestimento di un banchetto per trecento persone.

Ora entrò nella camera da letto, si spogliò e andò in bagno per farsi una doccia.

Dopo indossò un accappatoio di spugna e ordinò per telefono un piatto di roast-beef con contorno di verdure e del caffè americano. Mentre mangiava controllò sul suo tablet la posta in arrivo, rispose ad alcune mail, prenotò un massaggio ayurvedico al centro benessere dell'albergo, poi si distese sul letto, chiuse gli occhi e sperò di dormire fino a quando il massaggiatore lo avesse chiamato. Ma non riusciva a prendere sonno, perché il suo pensiero correva a quella strana donna che aveva incontrato in aereo: carina ma pericolosa, pensò. Il danno che gli aveva procurato, investendolo con la moto, era più grave della botta in fronte, quindi era meglio evitarla, anche se era affascinante e gli ricordava la baronessina Giulia Maria Nicastro di Leonforte, che aveva spalancato per lui, ragazzino, le porte del paradiso.

Era bella Giulia Maria, aveva capelli e occhi neri come la notte e la pelle bianca, le labbra rosse come ciliegie e i denti candidi.

Lui aveva sedici anni, lei diciotto e doveva sposare un ricco avvocato palermitano, Vincenzo Moncada, come aveva deciso suo padre il barone Nicastro.

Quando la vide salire all'altare e inginocchiarsi accanto a Vincenzo Moncada, davanti al Vescovo di Petralia Sottana, fuggì dalla chiesa, corse fino alla masseria di Roccabruna, trovò una lunga fune e ne fece un cappio. Si inoltrò nel bosco di faggi, legò un capo della fune a un ramo dell'albero, salì su un masso, si infilò il cappio intorno al collo, diede uno strappo e precipitò a terra perché il ramo non aveva retto il suo peso. Allora scoppiò in lacrime. Erano trascorsi quasi trent'anni da quel giorno terrificante e ancora, quando pensava a Giulia Maria, gli ribolliva il sangue.

Angelica le assomigliava: aveva un viso perfetto, i capelli raccolti sulla nuca in una crocchia morbida, gli occhi neri, grandi.

Tancredi fingeva di essere un cittadino del mondo che si sentiva a casa sua a New York come a Tokyo, a Melbourne come a Cape Town, a Washington come a Mosca, invece era e sarebbe stato sempre e solo un contadino siciliano nato a Petralia Sottana, la piccola città dai tetti rossi, nel cuore delle Madonie. Era e restava un madonita, caparbio e viscerale, filosofo e sognatore, orgoglioso e umile che sapeva trarre accordi struggenti da un *fiscaleddu* o da una ciaramella, e poteva cavalcare lo *sceccu* come un bracciante e un cavallo di razza come un milord. Dominava le sue pulsioni, ma quando si arrabbiava esplodeva come un vulcano in eruzione.

Dopo la baronessina Giulia Maria Nicastro di Leonforte, non si era più innamorato, pur avendo avuto tante donne. E adesso, a quarantadue anni, Angelica stava per aprire un piccolo varco nel suo cuore, ma lui l'avrebbe fermata, perché non voleva più soffrire per una donna come aveva sofferto quand'era un ragazzino.

Il cellulare prese a vibrare. Rispose subito.

«Ciao Elvira», la salutò.

«Ciao chef», disse lei.

«È tutto a posto?» domandò.

«Stiamo arrivando in albergo con tutte le carabattole e abbiamo anche il tuo bagaglio. Io e gli altri vogliamo sapere com'è andata a Washington.»

«Bene. Non avete letto i giornali?»

«Certo, ma volevamo sentire da te.»

«La First Lady, Michelle Obama, mi ha chiesto di allestirle un pranzo a settembre, alla Casa Bianca, per ottanta invitati», annunciò.

«Hai già pensato al tema? Giuseppe, che ti sente in viva voce, vuole sapere se sarà la nostra Sicilia.»

«Sarà la nostra terra, le Madonie. L'ho già spiegato a Mrs. Obama, la quale pensava che le Madonie fossero dolci esotici. Ma adesso dobbiamo concentrarci sul menu per il prossimo giovedì. Anzi, dovrete concentrarvi voi, perché stasera voglio godermi una pausa di riposo.»

Chiuse la comunicazione, si vestì velocemente e uscì. Avrebbe passato la serata con Paulette Stanley, l'accogliente amica londinese che l'aspettava.

2

Paulette Stanley, cronista mondana del *Sunday Mirror*, viveva a Notting Hill, il quartiere londinese in cui abitavano molti personaggi famosi del mondo dello spettacolo. Il giornale le pagava un lauto stipendio perché era una straordinaria cacciatrice di gossip piccanti.

Aveva quarant'anni, un'infinità di relazioni sociali che le garantivano sempre materiale fresco per i suoi scoop, e si concedeva qualche distrazione con alcuni dei suoi preziosi informatori.

Una decina d'anni prima, il suo caposervizio l'aveva mandata al Conference Center Queen Elizabeth II per carpire un'intervista a uno dei relatori, un misterioso chef italiano di origine siciliana. Era da poco stata assegnata al suo ristorante l'ambitissima terza stella della Guida Michelin e lui l'aveva rifiutata, restituendo le due già in suo possesso e dichiarando che non gli servivano i punteggi dei francesi, considerandoli inadatti a giudicare una cucina straordinaria, di gran lunga superiore alla loro, qual era la cucina italiana. Non concedeva interviste a nessuno e rifiutava di comparire in televisione, ma era invitato dai capi di governo di molti Paesi, da quando aveva sposato la campagna per combattere la fame nel mondo.

Paulette era entrata nella sala del convegno, cui partecipava anche il primo ministro britannico, e si era sorbita due tediose relazioni di grandi scienziati che mostravano grafici e tabelle statistiche incomprensibili. Poi era stata la volta di Tancredi. Si era subito imposto all'uditorio per la presenza fisica. Aveva poco più di trent'anni, era bello, parlava un inglese perfetto e con voce suadente aveva esordito dicendo: «Sono stato invitato a partecipare a questo consesso di studiosi per raccontarvi la cucina povera del Mediterraneo, che per secoli ha sfamato intere popolazioni, anche nei periodi di carestia, e che ancora sopravvive. Noi cuochi l'abbiamo riscoperta e nobilitata. Ma dopo aver ascoltato i due precedenti relatori, ho deciso che mi sentirei molto stupido se mi mettessi a disquisire sulla presenza o l'assenza della besciamella nelle lasagne al ragù, perché oggi, quello che conta davvero è che anche l'uomo più povero possa avere il grano per fare la pasta e la carne per fare il ragù. Ma non ce l'ha. Sarebbe ingiurioso cavillare sulla mantecatura di un risotto perché oggi, negli anni Duemila, ci sono intere popolazioni che non hanno una ciotola di riso».

Aveva afferrato i fogli del suo discorso, posati sul leggio, e li aveva fatti volare in aria. Nella sala gremita era sceso il silenzio. I relatori avevano fatto convergere su di lui sguardi attoniti. Tancredi D'Azaro aveva ripreso a parlare.

«Il buon Dio, nella sua infinita sapienza, ha dato

agli abitanti del pianeta la possibilità di sfamarsi con le risorse del luogo in cui vivono. L'uomo, nella sua infinita sete di guadagno, ha reso sterili le regioni più fertili, ha inquinato i mari così generosi di cibo, e l'aria di cui hanno bisogno gli animali e la vegetazione per vivere. Per sete di denaro, l'uomo ha abbattuto intere foreste e innalzato costruzioni di cemento.»

Aveva parlato per venti minuti illustrando progetti concreti per iniziare il recupero dei territori più contaminati, e aveva concluso, dicendo: «Fino a quando considereremo questi progetti come un'utopia, il mondo andrà sempre peggio. Dobbiamo credere nelle nostre risorse per modificare la realtà attuale, solo così riusciremo a salvare noi stessi e il nostro pianeta».

Il pubblico si era alzato in piedi e uno scroscio di applausi aveva salutato lo chef che si stava allontanando dopo che i membri del congresso, a uno a uno, erano andati a stringergli la mano.

A quel punto, la giornalista del *Mirror* era sgusciata fuori di corsa dalla sala per raggiungere i congressisti che lasciavano il palazzo.

Tancredi stava salendo su una limousine che lo aspettava, e lei lo aveva letteralmente bloccato mettendogli una mano sulla spalla.

«Mi concede un istante?» gli aveva domandato, mostrandogli le credenziali del suo giornale.

Lui le aveva sorriso: «Signorina Stanley, lei è molto graziosa, molto elegante e molto disinvolta. Se avessi tempo, le concederei molto di più di un istante».

«Quando possiamo vederci?» lo incalzò lei.

«Venga a trovarmi.»

«Dove?» gli aveva chiesto, prontamente.

«Lei naviga in rete? Indubbiamente sì. Cerchi l'indirizzo del mio ristorante. È una masseria in montagna, nel cuore della Sicilia. Mi scriva e le risponderò», aveva detto Tancredi mentre si sedeva in auto.

La limousine era partita e lei era rimasta lì, sul marciapiede, a guardare l'auto che si allontanava, pensando che quell'uomo bellissimo, intelligente, istrionico, doveva essere anche molto presuntuoso per credere che lei potesse andare fino in Sicilia per intervistarlo.

Poi era tornata al giornale, riferendo l'incontro al suo capo.

«È un grandissimo lavativo!» aveva affermato.

«Potrebbe anche essere un timido che reagisce così al suo imbarazzo», aveva obiettato il suo capo e aveva aggiunto: «Senti, Paulette, quell'uomo racchiude un mistero. Non ci sono interviste, non ci sono notizie sulla sua vita, è uno che sputa sulle stelle Michelin che qualunque chef si dannerebbe per avere. Sta a te scoprire che cosa c'è sotto. Quindi, andrai in Sicilia».

Paulette aveva scritto a Tancredi e lui aveva risposto poche ore dopo, dandole un appuntamento in Sicilia a Roccabruna, una masseria con ristorante e bed&breakfast, circondata da ettari di terreno coltivati a cereali e leguminose, boschi di faggi, lecci, querce e roverelle.

Da Londra, Paulette era arrivata direttamente a Palermo e aveva preso alloggio in un antico albergo ristrutturato in piazza Borsa. Aveva vagabondato per la bellissima città, aveva noleggiato un'auto e si era fatta indicare il percorso per arrivare a Petralia Sottana dal portiere che le aveva detto: «A Petralia ho una casa che era dei miei nonni. Io stesso ci sono nato».

«Conosce Tancredi D'Azaro?» aveva chiesto lei.

«E chi non lo conosce? Lui è un mito.»

«In che senso?»

«In tutti i sensi», aveva risposto. E non c'era stato modo di carpirgli altre informazioni.

Il mattino dopo, Paulette aveva lasciato Palermo e imboccato la statale che portava al massiccio delle Madonie.

Via via che procedeva verso la montagna, il paesaggio diventava sempre più suggestivo. La strada si snodava tra dolci declivi verdeggianti punteggiati di coloratissimi fiori di campo. Qua e là, in mezzo ai campi, sorgevano piccole, antiche costruzioni rurali. A mano a mano che la strada saliva, l'aria si faceva più frizzante e iniziavano i boschi.

A un certo punto, aveva visto profilarsi in cima a un monte un agglomerato di case con i tetti rossi e i muri scoscesi. Il navigatore indicava che quella era Petralia Sottana, mentre la masseria di Roccabruna era alla sua destra, su un pianoro.

Aveva fermato l'auto in uno spiazzo coperto di ghiaia davanti a un edificio antico, imponente, su cui campeggiava una scritta: «RISTORANTE E BED & BREAKFAST ROCCABRUNA».

Era scesa. Si era guardata intorno. Non c'era anima viva. Subito dopo, come evocato dal nulla, Tancredi D'Azaro le era venuto incontro.

«Benvenuta», le aveva detto.

«Bentrovato», aveva risposto lei.

Erano trascorsi dieci anni da quel giorno. Erano diventati amici.

Lei non aveva mai scritto una riga su di lui, perché la sua storia doveva continuare a essere un mistero.

Ora lui suonò alla porta di casa di Paulette che aprì e lo accolse con in mano un calice di vino rosso.

«Stavo assaggiando un Primitivo di Puglia. Me lo hai mandato tu. È ottimo.»

Lo baciò affettuosamente su una guancia e gli fece strada verso il salotto.

3

Lui si lasciò cadere di peso su una poltrona, mentre lei gli tendeva un bicchiere di vino.

«Com'è andata la tua trasferta americana?» gli domandò, sedendosi sul bracciolo della sua poltrona.

Lui gustò un sorso di vino e le cinse i fianchi avvertendo, attraverso il tessuto leggero della gonna, il calore del suo corpo.

«Benissimo», rispose.

«Come stai?» gli domandò ancora.

«Stanco», confessò.

Depose il bicchiere su un tavolino e attirò Paulette sulle sue ginocchia. La abbracciò e, tenendola stretta a sé, chiuse gli occhi.

Paulette gli passò le dita tra i capelli, con dolcezza.

Tancredi si staccò lentamente da lei e le sorrise: «Sono davvero molto stanco. Giovedì prossimo devo allestire un menu per trecento persone a Hampton Court», spiegò.

«Lo so. I produttori dell'ennesima serie televisiva sulle vicende dei Tudor presenteranno alla stampa alcune puntate e hanno deciso di fare le cose in grande, con un singolarissimo pranzo elaborato da Tancredi D'Azaro.»

«Ci sarai anche tu, per il tuo giornale?» s'informò Tancredi.

Lei annuì: «Sarà l'ultimo articolo che scriverò per il *Mirror*», spiegò e andò a sedersi sul divanetto, di fronte a lui.

Aspettò inutilmente che Tancredi le chiedesse ulteriori spiegazioni, rendendosi conto che lui la stava osservando senza vederla. Rispettò il suo silenzio. Lo vide riprendere in mano il calice del vino, osservarne controluce la trasparenza, berne un altro breve sorso.

Paulette non lo aveva mai conosciuto profondamente, perché Tancredi aveva sempre mantenuto una specie di muro impenetrabile tra loro. Tutto quello che sapeva di lui era la dolcezza con cui l'aveva sedotta, le mille piccole attenzioni che le dedicava a ogni loro incontro e, quando il loro rapporto affettivo si era concluso, lui aveva continuato a considerarla una cara amica.

Adesso lo guardò e le tornò in mente l'accoglienza che le aveva riservato in quel lontano giorno di giugno, quando lei era arrivata per la prima volta a Roccabruna, sicura di fare breccia nella sua riservatezza e indurlo a raccontarle la sua vita.

La masseria sembrava deserta. In realtà gli ospiti erano saliti a Petralia per assistere ai preparativi della festa in onore di san Calogero, il patrono della piccola città montana. Il ristorante era chiuso, perché apriva la sala ai clienti soltanto la sera. Tancredi aveva preso il bagaglio di Paulette e l'aveva guidata, attraverso un androne di quell'antico edificio, in un grande cortile inondato di sole, costellato da vasi di cotto con alberi di arance e di limoni, su cui si aprivano le portefinestre che conducevano alle suite degli ospiti. Regnava un silenzio quasi surreale.

«Sembra di entrare in un regno delle fiabe», aveva osservato lei, guardandosi intorno.

«Io sono il re di questo regno», aveva scherzato Tancredi e aveva aggiunto: «Questa, quand'ero ragazzo, era una delle tante masserie del barone Giuseppe Nicastro di Leonforte, signore di Petralia. Ora mi appartiene». Aveva aperto le imposte di una portafinestra e introdotto Paulette in una stanza immensa, con un salottino e un grande letto matrimoniale. «Questo sarà il tuo rifugio per tutto il tempo che starai qui», le disse.

Aveva posato il trolley di Paulette su uno sgabello di legno leggerissimo, spiegando: «Questo sgabello si chiama *firrizzo*. È fatto con il legno della ferla, una pianta spontanea che cresce in questi boschi».

«E tu, dove vivi?» gli aveva chiesto.

«Nell'ala opposta», aveva risposto brevemente. Poi aveva spalancato una porta che dava su una stanza da bagno con la vasca smaltata, sediette di midollino, un cassettone antico, asciugamani di lino con lunghe frange e un grande lavabo.

«Da noi, tra un'ora, si pranza. Ti lascio riposare, mentre vado in cucina a preparare qualcosa che ti racconti, meglio delle parole, la ricchezza di colori e di sapori, d'amore e di sensualità della mia Sicilia.»

Alla giornalista inglese era sembrato che potesse essere il preludio a un'intervista, scopo per il quale il suo giornale l'aveva spedita fin lì.

Se n'era andato e lei aveva seguito con lo sguardo la figura atletica di quell'uomo bellissimo e misterioso che si allontanava.

Il ristorante aveva i muri bianchi intervallati da arcate, le travature in legno, i tavoli separati l'uno dall'altro da quinte di legno coperte da piante rampicanti. Non c'era nessuno. Sul fondo della sala c'era un'ampia porta a due battenti. Paulette l'aprì e si trovò in un disimpegno con un lungo tavolo su cui erano impilati piatti e stoviglie. Una porta comunicava con la stanza accanto da cui provenivano brusii di voci e tintinnii di stoviglie.

Cautamente, Paulette schiuse la porta e vide una specie di immenso alveare in cui uomini e donne, giovani e anziani, con grandi grembiuli e copricapi candidi, pulivano carni e verdure, affettavano salumi, sbattevano intingoli, trituravano ingredienti. Dalle pentole e dalle padelle si alzava una nube di vapore. Dalle rastrelliere appese al muro pendevano forchettoni, mestoli, fruste, colini e una varietà di utensili strani. Tutti gli sguardi conversero su di lei che abbozzò un sorriso imbarazzato, mentre notava Tancredi, con addosso una casacca immacolata, che, avendo intinto un dito in una salsa, lo portava alle labbra per saggiarne il sapore.

I loro sguardi si incrociarono e lui le sorrise.

«Torna di là. Tra un momento ti servo il pranzo.»

Lei andò a sedere a un tavolo accanto a una finestra spalancata sul piazzale della masseria.

Tancredi portò due piatti che contenevano foglie di insalata verde disposte in modo da formare un fiore con al centro delle fogglioline rosso-cupo punteggiate di pinoli bianchi e uva sultanina, il tutto condito con una vinaigrette di olio, limone e chissà quali altri aromi campestri. Mise un piatto davanti a Paulette e tenne l'altro per sé sedendosi di fronte a lei.

«Sei venuta fin qui per sapere qualcosa di me. Quello che ti offro parlerà per me. La cucina siciliana è la più ricca di specialità e la più scenografica del nostro Paese. Poca carne, molta verdura e legumi con erbe aromatiche dei nostri prati.»

Paulette osservò il suo piatto e disse: «Questo cibo è così bello e profumato che, quasi, non oso toccarlo».

«Quello che mangiamo, prima di tutto deve appagare la vista, poi l'olfatto e, infine, il palato. Il cibo è come il sesso e va assaporato fino in fondo con autentica passione.»

«Tu fai molto sesso?» gli domandò a bruciapelo.

Lui rise e replicò: «Il giusto. Ma non lo farò con te che sei venuta qui per lavorare».

«Vorrei che mi raccontassi la tua vita», tentò Paulette.

«Quello è un patrimonio che appartiene solo a me. Noi siciliani, mia cara Paulette, siamo complicati e taciturni», spiegò.

Ora, nel soggiorno di quell'appartamento a Notting Hill, Tancredi era di nuovo di fronte a lei, silenzioso, ed era evidente che qualcosa lo tormentava.

Fu lei a rompere il silenzio rivelando: «In autunno mi sposo».

«Condoglianze», disse Tancredi, sorridendo.

«Ho quarant'anni, ho incontrato un uomo che mi ama, e sento il bisogno di avere una famiglia.» Fece una piccola pausa e aggiunse: «Vorrei invitarti alle nozze».

Tancredi si alzò, le andò vicino, la sollevò dal divano e la abbracciò con tenerezza.

«Spero che tu sia felice e ti farò un regalo che sia degno di te», le sussurrò.

«Che cosa hai in mente?»

«Il tuo banchetto di nozze.»

Paulette si strinse a lui piangendo.

«Lui, Auberon, è un uomo solido, affidabile. Lavora all'Università di Uppsala. È lì che andremo a vivere», raccontò, piano.

«Sei una brava ragazza, Paulette, e io ti voglio molto bene», disse Tancredi.

«Un giorno, mi racconterai la tua storia?» gli domandò lei sciogliendosi dalle sue braccia.

Lui le scoccò un bacio sulla fronte, poi le sorrise.

«Chissà!»

Quando se ne andò, Paulette si sedette sul divano, alzò il calice di vino e sussurrò: «Al mio bellissimo, inarrivabile Tancredi. Riuscirai mai a essere felice?»

Angelica

1

BURTON House non era soltanto una dimora molto bella e confortevole, era anche un luogo che, secondo Angelica, emanava onde positive e, le rare volte in cui vi soggiornava, si sentiva a proprio agio. Se soltanto ne avesse avuto il tempo, l'avrebbe frequentata con più assiduità.

Cristina Acerbi vi aveva apportato grandi migliorie, conservando l'impronta originaria settecentesca.

Aveva fatto rifare tutti i bagni, aveva eliminato le moquette polverose che coprivano i bellissimi pavimenti del Settecento e aveva fatto lavare le sete preziose, che rivestivano le pareti delle stanze.

Sir Edward stava raccontando ad Angelica: «Tua madre era qui da soli due giorni e già mi aveva sconvolto la vita in tutti i sensi. Per due anni questa casa è stata come un cantiere, tanto che erano più le notti che trascorrevo nel mio club a Londra, in totale solitudine, che quelle che passavo con lei in casa mia. A un certo punto avevo pensato di acquistare un appartamento a

Mayfair e lasciarla qui in balia di idraulici, elettricisti, serramentisti, piastrellisti, arredatori e della servitù sconvolta e immusonita. Pensa che avevo ritrovato l'appartamento in cui erano vissuti i miei nonni e che mio padre aveva venduto quando aveva deciso di tornare qui ad allevare pecore. Stavo per riacquistarlo, quando tua madre mi telefonò e mi disse: 'Ed, vieni a casa'. Le richieste di Cristina sono ineludibili. La mia casa era di nuovo la mia casa, non era cambiato niente ed era cambiato tutto. Perfino i domestici erano tornati a sorridere. A questo punto, pensi che lei fosse soddisfatta? Nemmeno un po'. Dopo un giorno ha cominciato a dire: 'Mio marito mi manca'. Se non ricordo male, all'epoca tu eri appena rientrata a Borgofranco dopo la morte del tuo primo marito. Comunque, lei volò in Italia, lasciandomi qui da solo. Quand'era con tuo padre, sentiva la mia mancanza. Quand'era con me, lui le mancava. Un giorno, non so come, lo ha convinto a venire qui a passare l'estate. Dopo un po' di anni, è iniziata la nostra convivenza a tre. Continuiamo a essere un po' gelosi l'uno dell'altro, ma tua madre riesce a regalare tanta serenità, sia a lui sia a me. È una donna fuori del comune. Se fossi uno studioso di psicologia del comportamento, scriverei un saggio per tessere l'elogio delle donne bigame, le sole che riescono ad avere mariti così impegnati nel disputarsi le loro grazie da diventare totalmente fedeli».

Erano soli, in un salotto riscaldato dalla fiamma vivace del camino che mitigava l'umidità della pioggia. Nonostante il tempo uggioso, i suoi genitori erano usciti con i Wood, la coppia ospite, per andare a visitare i resti di una chiesa cattolica distrutta da Enrico VIII. Sir Edward le aveva detto che Elisabetta era andata a fare una cavalcata nei boschi con Elaine e i suoi cugini. Allora si erano fatti servire un tè e avevano incominciato a chiacchierare. Più che altro parlava lui, grato di avere un'ascoltatrice attenta. Ora lei sorrise alle stravaganti considerazioni dell'insigne avvocato e dichiarò: «Questo vostro *ménage à trois* è un'invenzione di mia madre. Ne ha fatto un prototipo che funziona per voi ma, per fortuna, ha buttato lo stampo, perché non voglio neppure immaginare un letto abitato a turno da due mariti», osservò lei.

Il suo ospite sbottò in una risata fragorosa, si liberò della borsa del ghiaccio che fino ad allora aveva tenuto sul ginocchio dolente, si alzò in piedi e mosse alcuni passi al centro del salotto, poi disse: «La tua immaginazione va molto al di là della realtà. Siamo tre vecchi, Angelica, anche se tua madre non sarà mai vecchia. Ci piace vivere insieme, abbiamo tanti interessi che condividiamo e che danno un senso ai nostri giorni. Tutto qui. La nostra convivenza è assolutamente casta, lo è sempre stata, ma tua madre riesce a farci sentire ancora due giovani galletti che si azzuffano per un suo sorriso o per una sua carezza. Ti sembra poca cosa?»

«Tutt'altro, è moltissimo», esclamò Angelica.

La pioggia cessò ed era scesa la sera. Si era quietato anche il vento. Si sentì il fruscio di un'auto che si fermò davanti alla scalinata d'ingresso. I genitori di Angelica e i due ospiti erano tornati. Sir Edward la lasciò per andare ad accoglierli, lei rimase lì immersa nei suoi pensieri, fino a quando la porta si spalancò e sua figlia fece irruzione nella stanza. Era accaldata e felice.

«Elaine ha un cugino che è la fine del mondo. Sai, l'anno prossimo andrà a Oxford e così abiterà qui, mentre il resto della famiglia tornerà in India. Dice che vuole studiare oceanografia. Del resto, si sa, gli inglesi sono gente di mare. Lui si chiama Cedric. Dunque, Cedric dice che trascorrerà a Chipping le vacanze di Natale. Credi che potrei venire qui anch'io per le mie vacanze?» prese a dire sua figlia, lasciandosi poi cadere di peso su un divano.

«Io dico che dovresti fare una doccia, perché sei sudata. E dovresti anche darti una calmata, perché ti vedo troppo eccitata», replicò Angelica.

«È vero, lo sono. Ma Cedric è troppo forte. Mi ha raccontato cose incredibili sulla vita in India. Non pensi che, quando avrò finito il liceo, potrei fare l'università in Inghilterra?»

«E al povero Gianmarco non pensi?»

Per un istante sua figlia la guardò con l'aria di chiedere: Gianmarco chi? Poi sedette accanto a sua madre, posò la testa sul suo grembo, come faceva sempre quando era in cerca di coccole e rivelò: «Penso che gli orizzonti di Gianmarco siano un po' limitati. Con lui sto bene, ma non parla d'altro che di informatica. Non so. Tu cosa dici, mammina?»

«Dico che hai tanto insistito perché io venissi qui perché ti mancavo e io non ho fatto in tempo ad arrivare che tu avevi già tagliato la corda», scherzò Angelica.

«Certo che mi mancavi. Se tu non fossi qui, chi mi farebbe queste coccole?»

«E a me, chi me le fa le coccole?»

«Che c'entra? Tu sei grande e, comunque, toccherebbe a papà coccolarti. Ma tu l'hai messo fuori di casa.»

Angelica pensò che quello era il momento giusto per confessarle la verità.

«E se tuo padre preferisse coccolare altre donne?» ribatté semplicemente.

Elisabetta si rimise a sedere, allungò una mano e accarezzò i capelli di sua madre. Dopo un po' disse: «L'avevo sospettato, però lui ci vuole tanto bene».

«Anche noi gliene vogliamo. Giusto?»

«Però tu non vuoi che viva con noi.»

«Lui può venire a Borgofranco quando vuole e stare con te quanto vuole. È tutto, per ora», spiegò Angelica.

«Mi dispiace, mammina», disse sua figlia, abbracciandola.

«Dispiace tanto anche a me», sussurrò Angelica.

«Non vuoi dargli un'altra possibilità?» chiese Elisabetta.

«Non lo so... Ci devo pensare.»

Rimasero sul divano, abbracciate l'una all'altra. E fu così che le trovò Cristina, quando spalancò la porta per annunciare: «Abbiamo preso accordi con i Wood. Giovedì sera andremo tutti a Hampton Court. Siamo invitati ad assistere alla proiezione della prima puntata di una nuova saga dei Tudor e dopo ci sarà un pranzo di gala».

2

«La storia ci racconta che quell'assassino di mogli, corroso dalla sifilide, si era rintanato qui, mentre a Londra veniva decapitata Anna Bolena», raccontò Mrs. Wood, riferendosi al re Enrico VIII.

«E sua figlia, la grande Elisabetta, non era meno sanguinaria di lui», soggiunse Mr. Wood.

«Ma, sotto il suo regno, l'Inghilterra smise di fare le guerre. La grande Elisabetta era troppo occupata a sopprimere i nemici di palazzo, per litigare con le altre nazioni», disse Cristina.

Stavano entrando nella grande sala dei banchetti del castello di Hampton Court che, per l'occasione, era stata trasformata in sala di proiezione per un pubblico di trecento persone, in gran parte giornalisti, produttori e distributori di opere televisive e cinematografiche di tutto il mondo. La prima serie sui Tudor aveva riscosso grandi successi un po' ovunque e, per la seconda, i produttori si aspettavano risultati ancora migliori.

Angelica non amava questo genere di storie basate

solo in parte su dati storici, perché il resto era pura invenzione e veniva farcito con scene truculente che non le piacevano. Come tutti, comunque, seguì in silenzio la proiezione della prima puntata che entusiasmò sua figlia.

«Quando racconterò alle mie amiche di aver visto la prima puntata con un anno di anticipo rispetto alla programmazione della nostra televisione, mi subisseranno di domande», disse, tutta eccitata.

Poi il pubblico lasciò la sala per defluire verso i giardini del castello dove era stato allestito un cocktail, che avrebbe preceduto la cena di gala.

Elisabetta si unì alla nonna e a sir Edward, sollecitandoli con le sue curiosità sui fatti storicamente accertati e su quelli sicuramente inventati, mentre Angelica e suo padre si isolarono per discutere dei problemi dell'azienda.

«Papà, ti ricordi che, cinque anni fa, il Richiedei venne a proporci l'acquisto dei suoi tre ettari di vigne?» gli domandò.

«Ma ritirò la proposta subito dopo, perché il figlio sembrava interessato a conservare l'attività», rispose Brugliani.

«Si è rifatto vivo. Suo figlio è andato a lavorare altrove e lui è vecchio, stanco e non ce la fa più. I suoi terreni confinano con i nostri e ci privilegerebbe su altri possibili acquirenti. Vuole la nostra risposta per l'inizio della prossima vendemmia. Io gli direi di sì. Tu che ne pensi?»

«Siamo in un momento di recessione e tre ettari di vigneto in più significano circa duecentottanta quintali di uva, quindi altre ventitremila bottiglie da immettere in un mercato difficile. Mi preoccupa anche pensare a chi dirigerà l'azienda dopo di te. I tuoi fratelli e i loro figli hanno altri interessi. Vengono tutti a Borgofranco per la vendemmia e la vivono come un momento di grande euforia, ma se ne dimenticano subito dopo, anche perché sanno ben poco del nostro mestiere.»

«Papà, io ho in mente grandi cose e lo sai. Per il futuro, scommetto su Elisabetta. Lei ha succhiato il mestiere con il mio latte e manifesta un forte interesse per le dinamiche dell'azienda. È molto probabile che sia lei a continuare la tradizione di famiglia. Sono ottimista anche su una svolta di questa recessione. Intanto ho più di una ragione per credere in un'impennata delle vendite negli Stati Uniti. Tra un anno spero che avremo buoni risultati non soltanto lì, ma anche in Cina. Quello cinese è un mercato in espansione e, il mese prossimo, andrò a concludere una grossa fornitura. Insomma, io comprerei quelle vigne. Pensaci, papà», si raccomandò Angelica.

«Comperiamo», concluse lui, afferrando al volo un calice di rosé dal vassoio di una sorridente cameriera che faceva lo slalom tra gli invitati, porgendo vino e stuzzichini.

Angelica riuscì a farsi dare un bicchiere d'acqua minerale e si aprì un varco tra gli invitati per raggiungere, oltre una siepe di bosso, un altro giardino con fontane zampillanti. Non c'era nessuno. Sedette su una panchina sorseggiando la sua acqua minerale. Il brusio degli invitati arrivava attutito. Osservò gli zampilli dell'acqua che, illuminati dal sole radente del tramonto, mandavano bagliori iridescenti. Le sembrò di avvertire un fruscio di passi e qualcuno alle sue spalle esclamò: «Angelica, sei tu?»

«Ciao, Tancredi», rispose lei, senza voltarsi, perché aveva riconosciuto la voce.

«Posso avvicinarmi senza rischiare l'osso del collo?» scherzò.

«Se fossi in te, starei molto attento», rispose, sorridendo.

Tancredi le sedette accanto, emise un respiro di sollievo e disse, soddisfatto: «Finora è andato tutto bene».

«Che cosa ci fai qui?» gli domandò Angelica.

«Potrei farti la stessa domanda. Comunque, io ho lavorato per tutta la giornata. Adesso sono stanco, ho lasciato la cucina ai miei cuochi e sono uscito a fumare una sigaretta. Non avevo idea che il destino stesse complottando alle mie spalle per farmi incappare in un nuovo pericolo.»

«Ma quando mi hai visto, invece di allontanarti velocemente, ti sei fermato.»

«Amo il rischio», precisò Tancredi.

Risero entrambi. Lei notò il candore della sua giacca da cuoco e vide la brace della sigaretta che si consumava tra le sue dita.

«Che cosa mi offrirai, a cena? Arrivando in Inghilterra sono andata a leggere il tuo profilo su Google e so che sei una star internazionale della cucina.»

«Non mi piacciono i profili delle persone su Google, perché molto spesso sono inesatti e approssimativi.»

Angelica pensò che Internet non diceva che Tancredi aveva una bella voce e uno sguardo intelligente e ironico.

Posò il bicchiere ormai vuoto sulla panchina e disse: «Non mi hai ancora risposto. Che cosa mi darai da mangiare per cena?»

«I piatti della mia terra, riveduti e corretti dalla mia fantasia. Un buon piatto deve contenere un'idea, che può scaturire da un'emozione, da uno stato d'animo, da un'intuizione. Quello che assaggerai questa sera l'ho realizzato pensando a te, senza sapere che ti avrei incontrato.»

Così dicendo si avvicinò a lei e le prese la mano delicatamente.

Lei la ritrasse e disse: «Ti ringrazio, ma la mia vita è già molto problematica così com'è e non voglio altre complicazioni. Scusami...» sussurrò, alzandosi dalla panchina, e andò via.

3

«DOV'ERI finita?» domandò Giovanni Brugliani alla figlia e proseguì: «Eri sparita e ti stavo cercando. Tua madre sta battibeccando con i Wood per certe invenzioni storiche assolutamente strampalate e Edward le dà manforte. Tua figlia a questo punto non si diverte più e veste i panni della muta di Portici, io non conosco nessuno e mi stavo annoiando. Oltre la siepe ti ho vista parlare con una specie di cuoco... Chi è?» chiese il padre.

L'area riservata all'aperitivo si andava svuotando e loro, con gli altri ospiti, rientravano nel castello.

«Non è un cuoco, è uno chef, anzi, un grande chef. È il tizio che ho investito con la moto il mese scorso, che ho ritrovato in aereo arrivando a Londra e che ho rivisto qui, perché ha preparato la cena di gala di questa sera. Vuoi sapere altro?»

Il padre scosse il capo dubbioso, ma non insistette per sapere quello che sua figlia non voleva dirgli.

In prossimità dell'ingresso c'erano alcune ragazze vestite da hostess che chiedevano agli ospiti i loro nomi e consegnavano un cartoncino su cui era stampigliato il numero del tavolo assegnato. I Brugliani si ritrovarono seduti a una tavola rotonda, coperta da una tovaglia di broccato bianco e oro, nel salone con le volte affrescate dove, un'ora prima, si era svolta la proiezione del filmato sui Tudor.

Uno squadrone di camerieri era già schierato lungo il perimetro della sala per servire il pranzo.

Al tavolo dei Brugliani c'erano due sconosciuti che esibivano sul petto i cartellini di accredito della stampa. Erano rispettivamente Mr. John Furley, fotografo del *Mirror*, e Miss Paulette Stanley, giornalista della stessa testata. Mr. Furley era un trentenne barbuto, con una gran testa di capelli scuri e riccioluti, Miss Stanley era una radiosa giovane signora dall'eleganza sofisticata e lo sguardo indagatore della cronista a caccia di notizie.

Mrs. Wood tentò subito un approccio professionale, chiedendo alla giornalista la sua opinione sullo sceneggiato, ma Miss Stanley spiegò che era cronista mondana, e aggiunse: «Ecco, per esempio, il menu è scritto in italiano e la traduzione nella nostra lingua non chiarisce affatto quello che ci serviranno. Questa sarà un'annotazione per il mio articolo».

«Francamente nemmeno io capisco che cosa mangeremo», intervenne sir Edward.

«Mi aspettavo una cena in tema con lo sceneggiato: carne di montone allo spiedo, interiora d'agnello grigliate e così via», precisò Mr. Wood.

«Invece abbiamo: 'pani cunzatu', cioè cotto in forno di pietra alimentato a legna, condito con olio caldo, sale e origano. A seguire, insalata di arance della Conca d'Oro con sale al limone, caponata siciliana con miele delle Madonie e olive della Piana di Gioiosa, gateau di patate come lo faceva mia nonna...» prese a leggere Angelica.

«È tipico dello chef D'Azaro. È un italiano e lei dovrebbe conoscerlo. È considerato una stella di prima grandezza nel firmamento degli chef internazionali», spiegò Miss Stanley.

Giovanni guardò sua figlia e replicò: «Lo conosco di nome, ma non ho mai gustato i suoi piatti».

«Io lo conosco da una decina d'anni, sono stata anche ospite nella masseria di Mr. D'Azaro, in Sicilia. I suoi cibi sono una sinfonia di colori, aromi e sapori inimmaginabili», spiegò la giornalista.

«Quindi lo conosce bene», si lasciò sfuggire Angelica.

«Per essere sincera, Mr. D'Azaro è l'individuo più indecifrabile che mi sia mai capitato d'incontrare. Ha un eloquio catturante e racconta la storia delle civiltà attraverso il cibo, ma non racconta mai niente di sé. La sua vita è un mistero che nessuno è mai riuscito a penetrare», si accalorò la donna.

«Ma voi inglesi amate la riservatezza, quindi dovrebbe andarle bene così», replicò Angelica che aveva captato dalle parole della giornalista un coinvolgimento personale.

«Noi inglesi abbiamo il culto della privacy, ma i nostri giornali sono molto più pettegoli dei vostri, e il gossip è la mia specialità. Immagini la mia frustrazione e quella dei miei colleghi», sorrise Miss Stanley. Poi, con aria frivola, soggiunse: «Faccio un giro d'orizzonte nella sala». Si alzò, facendo cenno al fotografo di seguirla e si inoltrò con lui fra i tavoli, salutando alcuni ospiti con cui scambiò battute e risate, mentre in sala dilagavano le note di una tarantella siciliana e una squadra di camerieri in giacca nera e camicia immacolata prese a servire il primo piatto della cena.

«Uffa, che noia!» sussurrò Elisabetta.

Angelica la zittì con un'occhiataccia.

Cristina Acerbi intervenne in soccorso della nipote: «Ti capisco. Qui siamo tutti adulti, mentre tu avresti bisogno di stare con dei ragazzi. Stavo pensando che, domani, si potrebbe organizzare una merenda a Burton House per la tua amica Elaine e i suoi cugini, compreso quel Cedric che ti è tanto simpatico».

Il viso della ragazzina si illuminò.

Mentre i coniugi Wood esprimevano a sir Edward il disappunto per essere stati quasi ignorati dalla giornalista pettegola, Angelica rassicurò sua figlia.

«Io vi farò preparare degli snack, poi però avrò altro da fare con i nonni e zio Ed, e toccherà a te fare gli onori di casa», le disse.

«Non chiedo di meglio che essere trascurata da voi», confessò Elisabetta, mentre prendeva dalla tasca il suo cellulare. «Posso dirlo subito a Elaine?» domandò.

«Non mentre siamo a tavola», intervenne la nonna.

«Meglio che tu esca in giardino, anche perché questo cibo che a te non interessa va assaporato in silenzio», sussurrò Angelica.

«Non ho mai assaggiato qualcosa di così semplice e squisito», commentò Giovanni Brugliani.

Angelica capì, in quel momento, la differenza tra un cuoco e un artista. Accadeva la stessa cosa anche con il vino: la materia prima è uguale per tutti, saperla trasformare in una specialità è prerogativa di pochi.

Mr. John Furley, il fotografo, riprese posto alla loro tavola, mentre Mrs. Wood gli domandava se avesse perduto per strada Miss Stanley.

«Paulette è andata in cucina a parlare con lo chef, di cui è amica, e credo che voglia carpire qualche pettegolezzo di prima mano», spiegò il barbuto reporter.

«Quanto amica?» Angelica non riuscì a trattenersi dal domandare.

«Quanto basta perché lui allestisca il banchetto per le sue nozze. Questo sarà l'ultimo articolo che Paulette scriverà per il *Mirror*. Poi si trasferirà a Uppsala con il marito e io dovrò affiancare un'altra cronista che non è piacevole quanto lei.»

La giornalista ritornò al tavolo soltanto al momento del dolce, quando i camerieri entrarono nella sala dove le luci si spensero e nell'oscurità brillavano soltanto le fiamme dei candelieri posati sui tavoli.

Ogni cameriere reggeva un grande vassoio ovale contornato da lumini accesi che rischiaravano minuscole piante d'ulivo dal fogliame lucente e i rami contorti erano costellati da olivelle iridescenti. Ci furono alcuni istanti di silenzio stupefatto, poi scrosciarono gli applausi. Gli alberelli bonsai erano di cioccolato, le foglie e i frutti erano di pasta di mandorle e l'erba verdeggiante, su cui era posata la pianta, era realizzata con zucchero caramellato alla menta.

«Tancredi D'Azaro riesce a stupirmi ogni volta», sussurrò Paulette, mentre un cameriere deponeva quel minuscolo capolavoro al centro del loro tavolo.

Poi, nel momento in cui i commensali fotografavano la minuscola scultura con i cellulari, la giornalista abbassò ulteriormente la voce e sussurrò ad Angelica: «Lo chef mi ha dato qualcosa per lei».

Le posò sul grembo un biscotto tondo e soggiunse: «Le manda a dire di assaggiarlo quand'è sola». Poi le passò un cartoncino dicendo: «Questo è il mio biglietto da visita. Posso avere il suo?» Angelica glielo consegnò, quindi chiese il permesso di allontanarsi, con il pretesto di andare a cercare sua figlia.

Uscì dalla sala, mosse due passi verso il giardino e, alla luce di un lampione, aprì il pugno nel quale aveva stretto il biscotto. Lo spezzò e ne emerse un bigliettino su cui era scritto: «Non avere paura, Angelica, non fuggire da me». Ripiegò il foglietto e lo infilò nella scollatura dell'abito.

«Mammina, stai bene?» domandò Elisabetta comparendole accanto.

«Ero uscita a cercarti», mentì lei, sorridendole.

4

«Noi due dobbiamo parlare», disse Giovanni Brugliani alla figlia.

«Papà, è quasi mezzanotte», protestò lei.

«Durante il giorno non c'è il tempo per farlo e non riusciamo mai a stare un po' soli», replicò l'uomo, che indossava una vestaglia di seta, piazzandosi sulla poltrona davanti al divanetto su cui Angelica si era acciambellata.

Erano rientrati da poco a Burton House e Angelica si era rifugiata nella sua camera. Aveva ripescato nella scollatura il minuscolo foglietto con il messaggio di Tancredi, lo aveva riletto e lo aveva nascosto nella custodia dei gioielli. Era confusa e non aveva voglia di andare subito a letto. Così si era accoccolata sul divano per ripensare a quello strano uomo che era entrato nella sua vita come un ciclone.

Ora suo padre era seduto davanti a lei e sembrava deciso a non lasciarla.

Con un tono a mezza via tra l'esasperazione e la

rassegnazione, Angelica sospirò: «Papà, dimmi che cosa vuoi sapere».

Per qualche istante l'uomo osservò la sua bellissima «piccolina» con compiacimento, perché, dopo gli anni burrascosi dell'adolescenza, Angelica aveva agguantato le redini della sua esistenza con la tenacia dei Brugliani. Aveva dato nuova linfa alla loro azienda, ampliato il volume degli affari, prodotto nuove etichette prestigiose e trovato un equilibrio sentimentale con quel marito che ora la stava facendo soffrire, ma per anni aveva saputo regalarle serenità ed essere un padre amoroso per la piccola Elisabetta. Ora, però, Angelica stava per scompigliare le carte un'altra volta.

«Tua madre e tua figlia dicono e non dicono, tu taci e io mi sento un po' messo da parte», sospirò il padre a sua volta.

Angelica gli sorrise con dolcezza e si protese ad accarezzargli una mano.

«Caro papà!» sussurrò, osservando quell'uomo buono e severo che tanta parte aveva avuto nella sua formazione. Aveva trascorso la vita a lottare per portare avanti famiglia e azienda, dovendo anche fare i conti con una moglie che aveva sempre amato e che si era sempre sforzato di comprendere. L'aveva accettata anche quando si era messa con Edward. Aveva avuto sempre il buon senso di non tenere in alcun conto i pettegolezzi e le maldicenze del loro piccolo mondo provinciale e Angelica sapeva che, se c'era qualcuno che poteva capirla fino in fondo, questi era suo padre. Ora disse: «Esitavo a raccontarti qualcosa di me, per non preoccuparti.

Ormai dovresti sapere che riesco a cavarmela da sola, anche nelle situazioni più ingarbugliate».

«Stai divorziando da tuo marito. Non vedo niente di ingarbugliato», osservò l'uomo.

«Nel frattempo ho conosciuto un individuo singolare...»

«Ti riferisci al grande chef con cui ti ho visto parlare questa sera?» domandò Giovanni Brugliani.

«Sai, i tradimenti di mio marito hanno ferito il mio amor proprio. Sono delusa e umiliata, perché davo per scontato che Raffaello e io avremmo trascorso insieme la nostra esistenza. All'improvviso, la scorsa primavera, scopro che mio marito mi tradisce senza che io me ne fossi mai accorta. Può una moglie attenta non averne mai avuto sentore?»

Angelica si alzò dal divano, prese la bottiglia d'acqua della «buona notte» che i domestici mettevano ogni sera accanto al letto degli ospiti e riempì un bicchiere. Quindi domandò al padre: «Ne vuoi?»

Bevvero entrambi. Poi suo padre pescò sigarette e accendino dalla tasca della vestaglia e si guardò intorno alla ricerca di un portacenere.

Angelica gliene tese uno e disse, sorridendo: «Ti sei portato le sigarette, perché eri sicuro che avremmo parlato?»

«Ci speravo», rispose lui emettendo soddisfatto una boccata di fumo.

«Io invece mi sto rendendo conto che parlare con te mi aiuta a chiarire le idee.»

«Comincia allora dalla consapevolezza di non essere stata una moglie attenta. Tu hai detto che davi per scontato il tuo matrimonio. Io non avevo mai dato per scontato il mio con tua madre, eppure Cristina se ne è andata lo stesso. Ma lei è un'Acerbi, tu lo sei solo in parte.»

«Ho sposato Raffaello perché lo amavo. Quanto al mio lato Acerbi, qualche volta mi pesa, perché, senza ergermi a giudice dei miei genitori, finalmente riesco a confessarti con franchezza che questo vostro ménage io non l'ho mai capito.»

Tra padre e figlia scese il silenzio. Angelica si portò una mano alla nuca e prese a sfilare le forcine che imprigionavano la massa dei capelli setosi, lasciandoli piovere sulle spalle.

Suo padre spense la sigaretta, bevve un altro sorso d'acqua, scosse il capo e replicò: «Francamente non l'ho mai capito nemmeno io. Ma ho imparato a non giudicare una situazione o un individuo soltanto in base alle apparenze. Il nostro ménage, come lo chiami tu, è ideale per Edward e per me. Siamo così egoisti, come tutti gli innamorati, da considerarci felici di vivere pacificamente accanto alla stessa donna. Ci sono momenti in cui la nostra intesa a tre è assolutamente perfetta e tua madre ne è felice. Non penso che siano molte le donne della sua età che possono affermare di avere raggiunto la serenità. Lei è serena e non ha rimpianti, e sto bene anch'io», dichiarò Giovanni Brugliani.

Angelica si liberò delle scarpette eleganti e calzò un paio di pantofoline. Quindi tornò a sedersi sul divano.

«Comincio a chiedermi quale esempio la nostra famiglia stia dando a Elisabetta. Adesso sembra che non ci badi più di tanto, ma una nonna bigama, uno zio che ha mollato moglie e figli per mettersi con una sua allieva, una mamma divorziata, non sono esempi di comportamento lineari», ragionò a voce alta.

«Avresti preferito che avesse una nonna iraconda, uno zio con l'amante sotto il letto e una madre che tollera un marito infedele?» domandò Giovanni. E proseguì: «Guardati intorno e vedrai che la famiglia ideale non esiste. Se non altro, nella nostra c'è amore e armonia, laboriosità e sincerità. Nessuno di noi è un cattivo esempio per la tua bambina».

«Vorrei essere brava come te ad assolvermi. Invece brancolo nell'incertezza.»

«Per via di quello chef che ti spedisce i messaggini nascosti dentro il dolce? Pensavi che non me ne fossi accorto?» chiese il padre, e continuò: «Tu non lo sai, ma circa otto anni fa io ho cercato in tutti i modi di piazzare il nostro brut migliore nel suo ristorante. Non sono mai riuscito a incontrarlo. È una specie di primadonna che si è costruito intorno un alone di mistero».

«Io lo conosco appena e non intendo offrirgli il fianco per approfondire la conoscenza», garantì Angelica.

«Però lui ti intriga e tu sei ancora troppo giovane per chiudere con i sentimenti e l'amore.»

«Ti sbagli.»

«Peccato. Cibo e vino vanno da sempre a braccetto, quindi potrebbe essere il compagno ideale per te. Pensaci.»

«Papà, è l'una del mattino. Vorrei andare a riposare», disse sua figlia con uno sbadiglio.

Giovanni Brugliani si alzò dalla poltrona, si chinò a darle un bacio sulla fronte e, sorridendo, sussurrò: «Dormi bene, piccolina. La vita, per te, comincerà domani».

5

Raffaello Rovesti si era rifugiato nella quiete del ristorante *Michelangelo*, all'aeroporto di Linate, non solo per pranzare, ma anche per pensare in santa pace al suo futuro professionale e affettivo, mentre aspettava il volo da Londra che, da lì a due ore, avrebbe riportato in Italia Elisabetta e Angelica.

Sua figlia lo aveva chiamato il giorno prima per dargli le coordinate del loro volo, dicendogli: «Papà, dai nonni sono stata benissimo, come sempre, ma tu mi manchi e non vedo l'ora di andare in vacanza con te, noi due soli».

Si riferiva all'idea che lui aveva elaborato e proposto definendola: «a zonzo con papà».

Questo era accaduto un mese prima, mentre la accompagnava a prendere il volo per Londra. Le aveva detto: «Non posso pensare di passare le vacanze senza la mia bambina».

«Hai in mente qualcosa per noi due?» si era incuriosita lei.

«Vorrei dirti che non amo le mete esotiche che vanno tanto di moda. Devo anche confessarti che, per quanti viaggi io abbia fatto in giro per il mondo, non conosco per niente la nostra bella Italia. Non mi riferisco alle città d'arte, ma al territorio. Tu conosci le valli, i boschi, i corsi d'acqua, le montagne che stanno intorno a Borgofranco? Conosci le piccole chiese romaniche o longobarde, solo in parte recuperate, hai mai visitato le rovine di castelli e antichi borghi? Ho pensato a un paio di settimane alla scoperta della nostra regione. La notte potremmo dormire in qualche locanda, ma ci porteremo appresso anche un sacco a pelo perché non si sa mai», le aveva proposto.

Sua figlia lo aveva ascoltato con interesse e poi gli aveva risposto, felice: «Sarebbe una grande avventura, papà. Io e te da soli, a misurarci con le nostre forze. Sei grande! Solo a te poteva venire in mente un'idea tanto bella».

Poi, nelle settimane di lontananza dalla figlia, era successo qualcosa per cui aveva sperato che Elisabetta si fosse dimenticata di questo progetto.

Infatti, mentre assaggiava di malavoglia le tagliatelle ai funghi che gli erano state servite al tavolo, era assillato da un interrogativo: poteva rifiutare l'invito di Pippa Premoli?

Pochi giorni prima, la sua amante gli aveva sussurrato: «Tra qualche giorno mi prendo una pausa dal lavoro e mi ritiro nella nostra masseria in Puglia».

Raffaello sapeva che i Premoli, come molti altri imprenditori del nord, avevano acquistato di recente una grande masseria non lontana da Ostuni, l'avevano ristrutturata e ne avevano fatto una residenza estiva.

«Naturalmente sarà un riposo per modo di dire, perché verrà mezzo mondo a trovarmi. Hai tempo per stare con me laggiù?» aveva domandato, temendo di sentirsi opporre un rifiuto.

Pippa era diventata molto più docile da quando Raffaello lasciava che fosse lei a cercarlo.

Nell'ambiente modernissimo del *Michelangelo*, il frastuono degli aerei in partenza e in arrivo era attutito dalle vetrate insonorizzate. Il sottofondo morbido di una musica trasmessa dalla filodiffusione e i pochi commensali che chiacchieravano sommessamente, contribuivano a esaltare l'atmosfera ovattata, che favoriva la riflessione.

A un tavolo non lontano dal suo, Raffaello notò una signora relativamente giovane, elegantissima e molto bella, che sorseggiava del vino bianco e lo guardava di sottecchi. Quando i loro sguardi si incrociarono, lei accennò un sorriso.

In un altro momento avrebbe colto al volo quell'occasione per avvicinarla. Adesso, invece, si limitò a ricambiare un abbozzo di sorriso e ripiombò nei suoi pensieri.

Doveva deludere sua figlia o rischiare di perdere Pippa se non fosse andato con lei in Puglia?

Lui amava la sua bambina e oltretutto, due settimane da solo con lei erano un'occasione per conoscersi meglio e rendere ancora più forte il loro rapporto, specialmente adesso che Angelica voleva divorziare da lui.

Ma rifiutare l'invito di Pippa poteva anche precludere

gli interessanti incontri in Puglia con gli amici influenti dei Premoli.

Da tempo la crisi economica si rifletteva pesantemente anche sul mondo della carta stampata. Gli introiti della pubblicità, che avevano a lungo sostenuto riviste e quotidiani, diventavano sempre più magri. Tanti giornalisti rimanevano senza lavoro, tante testate chiudevano, tante languivano. Il suo piccolo quotidiano si barcamenava tra tagli di spese e altri espedienti per non soccombere, tanto che, prima che esplodesse la burrasca con sua moglie, Raffaello aveva incontrato gli editori e aveva proposto una riduzione del suo stipendio. Loro avevano accolto con sollievo quel gesto spontaneo e responsabile. Ma lui guadagnava ancora molto, troppo, dato il periodo di crisi.

Raffaello temeva che gli editori, prima o poi, decidessero di chiudere il quotidiano.

Da tempo non dormiva più sonni tranquilli. A volte gli accadeva di guardare con livore Tiziana Scaroni, la sua segretaria, attribuendole la responsabilità dei suoi guai. Ma subito si rendeva conto che l'anziana zitella non era responsabile del dissesto del Paese, né del fallimento del suo matrimonio causato dalle sue infedeltà.

«Perché l'ho fatto?» si domandò ora, quasi smarrito.

Guardò sul display del ristorante la tabella degli aerei in arrivo. Il volo da Londra aveva un ritardo di trenta minuti. Dunque, aveva ancora un'ora d'attesa. Pagò il conto del ristorante e scese al piano sottostante. Entrò in un emporio dove si vendevano camicie, profumi, libri e sigarette, in mezzo a una folla di viaggiatori. Non c'era niente che gli interessasse e allora andò a sedersi al bar. Mentre sorseggiava un caffè fece scorrere sul suo smartphone le mail arrivate. Rispose a qualcuna di queste, poi prese appunti per gli argomenti da approfondire durante la riunione serale con i collaboratori del giornale.

Controllò di nuovo il tabellone degli arrivi. Il ritardo del volo da Londra era salito a quaranta minuti.

Guardò sul cellulare le chiamate alle quali non aveva risposto. Tra queste c'era anche quella di Pippa con cui non desiderava parlare.

In quel momento, per la prima volta, sentì di avere una gran voglia di dirle: tra te e mia figlia, scelgo lei, perché mi preme più di te.

Si immaginò la sua bambina che usciva dalla porta scorrevole, tra i viaggiatori in arrivo, e si guardava intorno cercando il suo papà, che era lì, tra una selva di gente in attesa di riabbracciare amici e parenti. Gli sembrò di sentire le braccia ancora esili della sua Elisabetta intorno al proprio collo. C'era forse qualcosa di più appagante di quell'abbraccio?

Quando l'aereo atterrò, vide aprirsi le porte degli arrivi e comparire Angelica con Elisabetta. Allora si commosse, perché quelle due donne erano i suoi tesori. Una l'aveva persa. Non avrebbe commesso l'errore di perdere anche l'altra.

6

SULLA città ammantata del buio notturno era scesa una coltre d'afa che preludeva l'arrivo di un temporale.

Rincasando nella villa di città dei Brugliani, dopo la chiusura del giornale, Raffaello era incappato in Luigi, il cognato più giovane, che rientrava con Sabine da una cena a casa di amici.

«Come ti butta?» gli domandò Luigi.

«Normale», rispose Raffaello con aria laconica.

«Mia sorella mi ha raccontato che domani parti con Elisabetta per una bella vacanza», proseguì il cognato.

«Ti ha detto proprio questo? Una bella vacanza?» s'incuriosì lui.

«Già. Non è vero?»

Raffaello sorrise e replicò: «Spero che lo sia, tanto più che l'idea folle di percorrere a piedi il nostro territorio è partita da me. Sentivo il bisogno di confrontarmi con mia figlia e forse anche lei ha bisogno di confrontarsi con me».

«Io sono stanca e vado a dormire», intervenne Sabine, per niente interessata al discorso. Salì la scalinata e sparì.

«Come ti vanno le cose con quella ragazza?» domandò al cognato, alludendo alla sua giovane compagna.

«Da brava crucca, Sabine è una che va sempre per le spicce, quindi spero che non mi complichi la vita come faceva mia moglie, che io avevo soprannominato 'lotta continua', perché ogni mia parola sollevava un vespaio di polemiche.»

Luigi Brugliani era un uomo poco espansivo. Alla fine lui amava i suoi libri e la pace domestica, mentre la moglie era un'iperattiva che mal tollerava un marito sempre svagato.

«Io, invece, la vita me la sono complicata da solo, perché tua sorella non mi ha mai creato problemi.»

I due cognati si erano seduti sui gradini dell'ingresso. Luigi aveva offerto a Raffaello una sigaretta e ora erano lì a lanciare sbuffi di fumo nell'aria densa della notte.

«Mia sorella, che Dio la conservi, non te ne ha mai creati solo in apparenza, perché nella sostanza non è una creatura facile. Mi dispiace che le cose tra voi si siano guastate, ma non prendertela più di tanto, perché c'è di peggio, nella vita», ragionò Luigi. E soggiunse: «Domattina, Sabine e io andiamo in Austria, dai suoi parenti. Avrei voluto portare anche i miei ragazzi, ma quelli ormai sono cresciuti e hanno altre mete. Ti invidio un po' per il tuo viaggio con Elisabetta».

Spense la sigaretta, abbracciò il cognato ed entrò in casa.

Raffaello finì di fumare la sua sigaretta prima di decidersi a rientrare, e si domandava fino a quando avrebbe potuto usufruire dell'appartamento a Villa Brugliani.

Tiziana Scaroni, la segretaria del giornale, forse perché si sentiva in colpa, gli aveva segnalato un bilocale non lontano dalla redazione del giornale, dicendogli che era andata a visitarlo.

«È in un palazzo signorile e l'affitto, considerando che è arredato e che c'è una domestica che provvede a tenerlo pulito, è quasi irrisorio», gli aveva detto.

Lui era andato a vederlo e aveva parlato con il padrone di casa che lo avrebbe reso disponibile per ottobre. Fino ad allora, doveva far conto sull'ospitalità di sua moglie.

Era passata ormai la mezzanotte e Raffaello era molto stanco. Nel soggiorno, c'erano in bella vista gli acquisti effettuati il giorno prima con sua figlia: zaino capiente, sacco a pelo, scarponi e giacca a vento per le salite in quota.

Nel pomeriggio si erano accordati per partire alle sette del mattino successivo da Borgofranco.

Stava per addormentarsi, quando una vibrazione del cellulare gli segnalò l'arrivo di un messaggio. La tentazione di ignorarlo era forte, ma pensò che doveva essere una cosa importante se qualcuno cercava un contatto a tarda notte. Così riaccese la luce sul tavolino e lesse il mittente: Pippa. Il messaggio era: «Sei sveglio?» «Adesso sì», rispose irritato. Un istante dopo lei lo chiamò.

«Non riesco a prendere sonno, così sola nel mio letto», esordì l'amante.

Com'erano cambiate le cose tra loro! Poche settimane

prima sarebbe andato da lei. Adesso avvertì soltanto un fastidio profondo. Ogni volta che pensava a lei, sovrapponeva alla sua immagine quella di Angelica e si rendeva conto che per lui c'era un'unica donna desiderabile: sua moglie. Ma poiché l'aveva perduta, Pippa rappresentava la sua ancora di salvataggio per non restare da solo.

«Domani avrò una giornata pesante, la prima di questa strampalata vacanza con mia figlia e ho bisogno di dormire.»

«Vedi di far durare al minimo questa vacanza.»

«Non posso deludere Elisabetta. Sai come sono i ragazzi.»

«Ho abbastanza buon senso per non complicarmi l'esistenza con dei marmocchi egoisti», rispose lei, con disappunto.

«Abbi pazienza», tagliò corto Raffaello.

«Non ne ho, ma ho bisogno di averti qui e quindi aspetterò», concluse la donna e chiuse la comunicazione.

Lui emise un sospiro di sollievo, spense la luce, chiuse gli occhi e sperò di prendere sonno. Non ci riuscì. Non trovava la posizione giusta, il cuscino era troppo basso, l'aria climatizzata troppo fredda. Scattò in piedi, si diresse stancamente verso la cucina e preparò una camomilla. Il suo odore lo nauseò e la buttò nel lavello. Si preparò un caffè, quello americano che piaceva a sua moglie e che lui aveva sempre snobbato. Andò a sorseggiarlo sul balcone, fumando una sigaretta e guardando le stelle così lontane e luminose. Quel caffè dal colore ambrato aveva un profumo catturante e un gusto molto aromatico. Quante erano le piccole manie di Angelica che lui aveva sempre guardato con diffidenza? Perché, invece di badare al mio orto, sono andato a zappare in altri? si domandò. E infine: ma che razza d'uomo sono diventato? s'interrogò.

La telefonata notturna della sua amante aveva scavato un solco ancora più profondo fra loro.

Pippa mi è venuta a noia, pensò, come mi annoiavano le altre donne che mi piaceva sedurre per sentirmi sicuro di me.

E si rese conto che si stava disprezzando per aver tradito la fiducia che sua moglie aveva in lui. Ma, ancora di più, si disprezzava per aver elaborato la strategia di utilizzare Pippa nel caso non riuscisse a riconquistare Angelica.

Ma che razza d'uomo sono diventato? si ripeté. Che esempio sto dando a mia figlia? Quanto ad Angelica, lei si meritava davvero un marito migliore di me e adesso che l'ho perduta mi rendo conto di amarla ancora.

Finì di bere il caffè, lanciò nel vuoto la sigaretta e tornò a rifugiarsi nel letto.

Gli vennero in mente i suoi genitori. Quanto tempo era che non pensava a loro? Due persone umili che lo avevano cresciuto insegnandogli il rispetto per gli altri, l'importanza dell'onestà e la dignità del lavoro.

Si erano specchiati in lui quando, privandosi di tante piccole gratificazioni, avevano favorito la sua inclinazione allo studio e lui li aveva ricambiati con risultati eccellenti. Ma non pensavano certo che sarebbe diventato un uomo spregevole.

7

«Papà, sei stanco?» domandò Elisabetta.

«Neanche un po'. Stiamo camminando da due ore solamente e dobbiamo macinare ancora molta strada per arrivare fino a Sarezzo prima di sera», rispose Raffaello, precedendola sul sentiero che si snodava lungo l'argine del Mella.

«Secondo me sei stanco, ma non vuoi ammetterlo. Gli uomini sono fatti così: non vogliono mai apparire deboli di fronte a una donna», replicò sua figlia con l'aria di una che sa molte cose della vita.

«Brava, mi hai ferito nell'orgoglio e allora sai cosa ti dico? È vero, sono stanco e ho anche fame», disse lui lasciandosi cadere sul prato che fiancheggiava il sentiero.

Si liberò dello zaino, si deterse il sudore dal viso con un fazzoletto e appoggiò la schiena contro il tronco di un gelso, imitato dalla ragazza. Quindi le domandò: «Ti fa ancora male il piede, vero?»

«Uffa, mi hai scoperta. Tu sei come la mamma, sai sempre tutto», si lamentò.

«Levati la scarpa e fammi vedere», disse lui, pescando dallo zaino la bottiglia dell'acqua minerale.

«Un attimo, lasciami riprendere fiato.»

Erano in marcia da tre giorni e, la sera prima, fermandosi in un piccolo albergo per la notte, Elisabetta gli aveva mostrato la bolla di siero che si era formata sul tallone.

Erano andati in farmacia e una dottoressa aveva provveduto a medicare il piede, suggerendo di cambiare il tipo di calzatura.

«Il fatto è che mio padre mi costringe a marce sfiancanti, ben sapendo che non sono abituata a fare tanti chilometri a piedi», aveva detto assumendo il tono della vittima.

«Piccola impudente!» era sbottato Raffaello, ridendo divertito.

E aveva spiegato alla dottoressa: «Il primo giorno di marcia mi ha dato del rammollito, e in realtà lo ero, perché venivo da una notte insonne e ieri ha voluto strafare per dimostrarmi che una ragazzina può dare dei punti al suo papà. Questo povero tallone scorticato è la prova di quanto sia tignosa la mia bambina».

Le aveva imposto un paio di comode Nike e il mattino dopo aveva voluto controllare le condizioni del tallone.

«Credo che oggi non dovremmo metterci per strada», aveva ragionato Raffaello.

«Le Nike mi vanno benissimo, il tallone guarirà e io intendo proseguire, come da programma», aveva affermato Elisabetta.

Ora soffocò una smorfia di dolore, ma non voleva darla vinta al padre e dichiarò: «Non è il mio piede che mi fa male, sono gli insetti che stanno banchettando sulla mia pelle», insistette mentendo.

«Adesso hai due possibilità: ti rimangi la tua affermazione sugli uomini che non vogliono soccombere davanti a una donna, oppure mi vieni dietro fino a sera come da programma», minacciò Raffaello.

Con i lucciconi agli occhi, Elisabetta replicò: «Mi arrendo, papà. Credo proprio di non farcela a proseguire».

Lui la abbracciò, sorridendo.

«Sei tignosa come tua madre e io ti voglio tanto bene. Adesso ci mangiamo i panini al prosciutto e poi ti carico sulle spalle e ci fermiamo alla prima locanda che incontriamo.»

«Secondo Internet, c'è una locanda a tre chilometri. Credi di farcela a portare tua figlia e i nostri zaini?»

«Non lo so, ma dobbiamo provarci. Intanto ci riposiamo», decise Raffaello, che gongolava di felicità, perché mai come in quei pochi giorni aveva percepito con tanta intensità la vicinanza con la sua bambina.

La locanda *Tacconi* sorgeva accanto ai resti di una chiesa longobarda distrutta dai secoli e dalle razzie a ridosso di un bosco di faggi e castagni. Il gorgoglio di un torrente creava un'idea di frescura nel mezzogiorno assolato.

«Voi siete matti ad andare in giro con questo caldo», disse una donnina anziana che si era materializzata nella penombra dell'atrio, mentre Raffaello depositava la figlia su una panca di legno addossata al muro davanti al banco del ricevimento.

«E con il mio dolce peso sulle spalle», soggiunse Elisabetta con uno sguardo di gratitudine al padre.

«Avevamo in mente di arrivare fino a San Crispino entro sera, ma la mia bambina oggi non ce la fa», disse Raffaello, sedendole accanto, stremato.

«Vi porto due belle limonate fresche», offrì ammiccante la vecchina.

Sparì e ricomparve pochi minuti dopo con due bicchieri colmi d'acqua con succo di limone zuccherato. Poi si piazzò davanti a loro che bevevano e sbottò: «Qui vengono tanti matti che vanno in giro con quelle 'muntabai' che hanno le ruote come i carrarmati, e mi dicono che sono in vacanza. Ma due che in giorni così torridi scarpinano con il *caval* di san Francesco non li avevo ancora visti. Siete più matti degli altri», sentenziò con convinzione. Poi osservò Elisabetta, che si era levata una scarpa rivelando un piede incerottato, scosse il capo e soggiunse: «Questa signorina ha bisogno di un bel pediluvio con acqua e sale. Fa un po' male, ma guarisce le *sfiappole* meglio di tutte le pomate del farmacista. E poi due giorni di riposo».

Padre e figlia si guardarono ed Elisabetta annuì.

«Ha due camere per noi, per un paio di giorni?»

«Le avrei, ma stasera aspetto due coppie di crucchi. In questa zona, quando è estate, i barbari calano a valle come cavallette. Da loro non c'è la crisi che c'è da noi. Per forza, dico io, sparagnini come sono. Quando gli presenti il conto, ti spaccano il capello in quattro.

Certo che questa povera bambina non può andare in giro così. Potrei mandarvi a casa del sacrista. Lui ha un paio di stanze che affitta per l'estate e fa anche l'autista. Potrebbe portarvi da qualche parte.»

«A me piace qui», sussurrò Elisabetta al padre.

«Signora, non potrebbe mandare i crucchi a casa dal sacrestano e dare le loro stanze a noi?» chiese Raffaello.

«Ma quale signora! Io sono la Barbarina. Con i crucchi mi aggiusto io. Adesso venitemi dietro che vi porto nelle camere. Niente di che, per voi signori di città, ma qui è tutto pulito. La sera si mangia quello che c'è e stasera il convento passa minestrone di verdura e frittata con le erbe, fatta con le uova delle mie galline», annunciò precedendoli su per una scala di pietra. Infilarono poi un corridoio angusto su cui si affacciavano le porte delle camere.

Padre e figlia si ritrovarono poco dopo nel giardino della locanda, tra alberi di limoni che iniziavano a maturare, un vecchio olivastro dal tronco contorto, cespugli di oleandri e una piscina in miniatura.

«Com'è la tua stanza?» domandò Raffaello.

«Pulita, come ha detto la Barbarina», rispose Elisabetta, sedendo all'ombra dell'olivastro. E soggiunse: «Non è un albergo di lusso, ma mi piace. Hai acceso il tablet?»

Quella era l'ora in cui Angelica si collegava con loro dalla Cina, dov'era andata con Ye-Liu-Jie, una deliziosa assaggiatrice di vini, che lavorava in Italia ormai da tempo.

«Ovvio che sì», rispose il padre.

«Per favore, non diciamo niente alla mamma del mio piede.»

«Non vuoi che si preoccupi?»

«Non voglio che se la prenda con te.»

«Da quando sei diventata così protettiva con il tuo papà?»

«Da quando la mamma ce l'ha con te.»

«Ti voglio bene», disse lui, dandole una carezza.

Videro avanzare l'anziana albergatrice che, premurosa come una nonna d'altri tempi, annunciò: «Adesso arriva il mio assistente».

Si piazzò su una sedia di fronte a Elisabetta, e proseguì: «Che brutta roba diventare vecchi. Io vorrei fare di più, come quando avevo settant'anni. Invece, il mese passato ne ho fatti novantuno e non riesco a star dietro a tutto. Mi rodo il fegato a vedere come i giovani se la prendono comoda. Adesso ho detto a quel malnato del Danilo di portar fuori la conca con l'acqua calda, ma quello è un posapiano», brontolò, indicando un ragazzo che veniva lentamente verso di loro reggendo un grosso catino di plastica pieno di acqua fumante.

«Questo è l'ultimo dei miei pronipoti. È il figlio di mia nipote Valeria, che adesso sta in cucina a preparare la cena. Qui siamo tutti una famiglia e per tirare avanti facciamo tutto noi, perché se assumessimo del personale non staremmo dentro nelle spese», spiegò, avendo una gran voglia di raccontare.

Poi si rivolse al ragazzo: «Dai, giovanotto, posa qua la conca e portami il barattolo del sale grosso e una salvietta pulita», lo spronò. Infine si rivolse a Elisabetta: «Adesso, signorina, fammi vedere questa sfiappola».

La ragazza le mostrò il piede infortunato, dicendo: «Posso fare da sola».

«Cos'è? Non ti fidi? Guarda che io ho curato le ferite di sette figli, nove gatti lavativi, cinque cani bastardi e le piaghe di mezzo paese. Vuoi che non sia capace di curare il tuo piede?» la sfidò. Intanto versò nell'acqua una grossa manciata di sale e le ordinò: «Mettici dentro questo piedino delicato da signorina di città e non lamentarti perché senti il bruciore. Io, intanto, vado a prepararti una merendina di sostanza».

«Si sta meglio qui che al Grand Hotel», sussurrò Raffaello alla figlia, appena furono soli.

«Davvero», annuì lei. «In un grande albergo non sarei mai stata curata da una bisnonna novantenne. E poi sono contenta di stare con il mio papà», lo adulò e lui sorrise compiaciuto.

«Mi dispiace che le cose tra me e mamma si siano guastate», sussurrò, quasi parlando a se stessa. «Ma, senza la vostra rottura, noi due non saremmo qui insieme», tentò di consolarlo.

Lui non replicò. Si chinò a esaminare il tallone della figlia che domandò: «Credi che funzionerà il rimedio di Barbarina?»

«Capita che i vecchi sappiano più cose di noi. Fai il pediluvio e rilassati», le ordinò.

8

In quel giardinetto rustico, tenuto con cura, la calura d'agosto era mitigata da una brezza che scendeva dal monte Colombine. Nell'aria aleggiava il brusio frenetico degli insetti e il rumore dell'acqua che scorreva impetuosa nel torrente.

Raffaello, su una sedia a sdraio, il berretto calato sugli occhi, prendeva il sole del tardo pomeriggio e assaporava la pace del luogo, sorseggiando una birra ghiacciata. Elisabetta gustava pigramente un gelato alla frutta e intanto digitava messaggini sul cellulare.

«Quel povero telefonino non conosce tregua», osservò l'uomo.

Tra lui e sua figlia c'erano soltanto tre decenni di differenza, eppure gli sembrava che il mondo dei giovani fosse distante cent'anni dal suo.

«Dài, papà, non fare il criticone», replicò lei, continuando a scrivere.

Lui non fece commenti, ma si domandò che cosa avessero da raccontarsi i giovani con quella modalità isterica che escludeva non solo il contatto diretto, ma perfino il suono della voce.

«Ecco, adesso lo spengo», disse la ragazza. E soggiunse: «Comunque ci messaggiamo su WhatsApp e non spendiamo soldi».

«Chi sono i tuoi interlocutori?» si incuriosì.

«Compagni di scuola.»

«Solo?»

«E Gianmarco.»

«E poi?»

«Cedric.»

«Il figlio di Albione, quello che ti piace tanto?»

«Sai papà, avevo sempre creduto che Gianmarco sarebbe stato il mio ragazzo da qui all'eternità. Siamo cresciuti insieme, a momenti mi conosce meglio lui di quanto io conosca me stessa. Tant'è che mi ha scritto: 'Ti sento sul freddino. Cosa ti succede?' Eppure mi sono ben guardata dall'accennare a Cedric», raccontò Elisabetta. E proseguì: «Cedric ha un modo di guardarmi che mi manda fuori di testa. Ha uno sguardo magnetico, non so se mi spiego. Tieni presente che ha diciannove anni, ha girato mezzo mondo e sta per andare a Oxford. Ho detto a mamma che voglio iscrivermi al college di Oxford, per stargli vicino, ma mi ha guardato come se fossi matta».

«E lo sei. Potrei leggerti il futuro, se tu insistessi con questa follia. Lui conoscerebbe tante universitarie che lo intrigherebbero molto più di te, che sei ancora una ragazzina. Tu piomberesti nella disperazione, smetteresti di studiare e supplicheresti di tornare a casa. Credo che tua madre abbia ragione», disse Raffaello.

«Ma io come faccio a smettere di pensare a lui? È così bello! In questo sono come mamma, mi piacciono soltanto i ragazzi belli. Capita che quelli bruttini siano forse più intelligenti, ma io non li sopporto. Non faccio che pensare a lui. Ho tradito Gianmarco e non mi do pace.»

L'uomo sorrise, perché i turbamenti sentimentali di sua figlia gli ricordavano gli anni della sua adolescenza, quand'era molto popolare tra le compagne di scuola che lo consideravano tanto bello, e gareggiavano per avere i suoi favori. Era uno studente brillante ed era riuscito a sedurre anche la sua insegnante di scienze, materia nella quale non eccelleva, per avere un ottimo voto. Quel successo gli aveva fatto intuire la potenzialità del suo fascino sulle donne. Ma questo non poteva raccontarlo alla figlia, anche perché solo ora percepiva con chiarezza la meschinità di tanti suoi comportamenti.

«Vedi tu, se vuoi parlarne con la mamma, ma l'esperienza mi dice che dovresti tacere con Gianmarco, perché gli faresti inutilmente del male», consigliò.

Sentirono dei passi sulla ghiaia e videro Danilo portare un piatto di fichi.

«Ve li manda mia nonna Barbarina», disse rivolgendosi a una coppia di stranieri anziani, che prendevano il sole in costume da bagno sul bordo della piscina, poco lontano da loro. I due si profusero in una serie di *Danke, lieber Danilo*, e si immersero nella bagnarola, ridendo come ragazzini, spruzzandosi acqua addosso.

«Ecco la razza eletta di hitleriana memoria», sussurrò Raffaello alla figlia. E soggiunse: «Sto grondando di sudore e speravo di buttarmi in questa pozza, ma adesso ho deciso che andrò nella mia stanza a fare una doccia».

«Anch'io», disse Elisabetta.

Il *lieber Danilo* li raggiunse e annunciò: «La nonna è andata al vespro e mi ha detto di dirvi che si mangia alle sette e mezza». Poi soggiunse: «Volete anche voi dei fichi?»

«Grazie, no, stiamo per andare a fare una doccia», rispose Raffaello e rientrarono in albergo.

Elisabetta, appena fu sola nella sua camera, riattivò il cellulare e le arrivarono, da Gianmarco e dalle amiche, una serie di messaggi. Si affrettò a leggerli e a rispondere.

Scrisse al fidanzatino: «Il mio viaggio con papà sta andando benissimo. Tu divertiti con i tuoi amici. Ci rivediamo a Borgofranco, prima che inizi la scuola. Bacioni». Poi sussurrò a se stessa: «Mi sento tanto verminosa». Subito dopo mandò un lungo messaggio a Cedric che concluse con: «Temo che i miei non mi faranno fare il liceo a Oxford. Spero di rivederti la prossima estate. Nel frattempo, non guardare troppo le donnine che ti troverai intorno, perché io sono italiana, quindi sono gelosa, e non te lo perdonerei».

Pochi istanti e arrivò la risposta di Cedric: «Io invece sono inglese e non ammetto la gelosia». Non erano queste le parole che si aspettava. Spense il cellulare, sussurrando: «Stronzo!»

Alle sette e mezzo suo padre bussò alla porta per invitarla a scendere, e si ritrovarono in una saletta rustica, con sei tavoli apparecchiati. Gli ospiti dell'alberghetto erano già ai loro posti. Una ragazza passava di tavolo in tavolo distribuendo nei piatti mestoli di minestrone che spandeva nell'aria il profumo delle verdure, mentre Barbarina si accostava ai clienti per augurare buon appetito.

«Questa sera, in piazza, ci sarà il concerto della banda del paese», annunciò. E soggiunse: «Perché non venite anche voi? È una roba alla buona, fatta da gente di paese, per quei quattro gatti di turisti che passano da queste parti, ma poi si balla».

Raffaello rivolse lo sguardo interrogativo alla figlia che rispose: «Non ne ho tanta voglia».

Elisabetta era mortificata per la risposta del suo innamorato inglese, ma non voleva parlarne con il padre. Pensava che Gianmarco non avrebbe mai assunto quel tono scostante con lei. Veramente, il suo fidanzatino non era scostante con nessuno. Aveva una personalità lineare e schietta e, soprattutto, rispettava i sentimenti altrui, ragionò tra sé.

«Ti fa male il tallone?» si preoccupò Raffaello.

«Un po'», rispose laconica, come se il suo malumore dipendesse dal piede infortunato.

«Non basteranno due giorni perché si ricostruisca la pelle sull'abrasione. Forse dovremmo tornare a casa», suggerì lui.

«Papà, non esageriamo! A me piace stare qui.»

«Non mentire. In realtà, adesso, tu vorresti essere nel Dorset con quel tuo Cedric.»

«Uffa, papà! Perché non ti fai i fatti tuoi?» replicò lei, avvampando, quasi sul punto di piangere.

«Perché sei la mia bambina, alle prese con la sua prima pena d'amore», rispose Raffaello, sorridendo.

«Io non ho nessuna pena d'amore», mentì Elisabetta.

«Come vuoi. Ma ricorda che so come si comportano gli uomini, essendo uno di loro. Se quel Cedric provasse soltanto la metà dei sentimenti che tu hai per lui, avrebbe trovato il modo di raggiungerti in Italia prima dell'inizio dell'anno accademico. Ma non lo ha fatto e non lo farà. Con le ragazzine alle quali piacevo, io mi comportavo allo stesso modo.»

«Forse non sono abbastanza affascinante per lui», affermò Elisabetta tristemente.

«Tu sei bellissima, ma sei partita e lui adesso sta pensando ad altro.»

«Ti odio. Non dovresti dirmi queste cose», si rabbuiò sua figlia.

«È importante affrontare la realtà, e non bisogna averne paura. Anche perché, qualunque cosa accada, io sarò sempre pronto ad aiutarti», la tranquillizzò suo padre.

Elisabetta si rasserenò e gli sorrise: «Grazie, papà», e aggiunse: «Come erano i tuoi genitori? Non mi hai mai raccontato niente di loro. Dopotutto, io mi chiamo

Rovesti e non so niente dei miei nonni. Sono morti quando ero piccola e non me li ricordo».

Invece di andare ad assistere al concerto della banda del paese, dopo cena, padre e figlia si ritrovarono nel giardinetto della locanda e Raffaello le parlò a lungo di sé e della sua famiglia.

Raffaello

1

Il treno Wagon-Lit che da Monaco andava a Roma entrò sbuffando e fischiando nella stazione di Bolzano. Erano le dieci di sera. Sotto la pensilina Liberty, il vento gelido che scendeva dal Renon pungeva i visi di due giovani donne emerse dalla sala d'attesa della stazione, dove avevano sostato per oltre due ore, aspettando l'arrivo del lungo convoglio che, al passo del Brennero, era stato bloccato dalla neve.

Il facchino sospinse il carrello con i bagagli delle due viaggiatrici verso la vettura numero tre, da cui era sceso il capotreno. La giovane imbacuccata in una pelliccia di zibellino gli disse: «Mi aiuti a salire».

«Il suo biglietto?» domandò l'uomo, mentre il facchino stava caricando le valigie sul vagone.

«La mia assistente sta cercando i documenti di viaggio e io non ho nessuna intenzione di rimanere oltre in questo gelo», replicò stizzita.

«Ma lei... lei è... Lorena Saltini!» sussurrò il capotreno, sgranando gli occhi per la meraviglia.

Aiutò la diva a salire sul treno ignorando la sua assistente, che pagò il facchino, lasciandogli una mancia generosa, e li raggiunse.

«Gina, svelta! Voglio subito una tazza di tè per riscaldarmi», la sollecitò Lorena, che non si era ancora tolta i guanti e frugava nella borsetta alla ricerca di un fazzolettino.

«Vai nel tuo scompartimento e cerca di calmarti», le ordinò Gina, porgendo al capotreno la busta dell'agenzia di viaggi che conteneva i biglietti.

Intanto, osservava di sottecchi quel giovanotto dall'aria sveglia che controllava, obliterava e, infine, mentre il treno si rimetteva in moto sbuffando, le restituiva la busta, dicendo: «Signorina Miaselich, la sua cabina comunica con quella della signora Saltini. Se lo desiderano, possono ancora cenare in vettura ristorante. Se preferiscono, posso mandare un cameriere per il servizio in cabina. La prossima fermata sarà a Verona, ma ci arriveremo soltanto tra due ore. Durante la notte, per qualunque necessità, basta suonare il campanello e io verrò subito. A nome delle ferrovie chiedo scusa per il ritardo deplorevole. Buon viaggio, signore».

«Buon viaggio anche a lei, signor Emilio Rovesti», replicò Gina Miaselich, che aveva letto il nome del giovanotto sul cartellino appeso alla giacca.

Lui la guardò dritto negli occhi e le sorrise. Gina pensò: che bel ragazzo! Mentre lei entrava nella sua cabina, lui si allontanò lungo il corridoio, ma si girò a guardarla e tornò a sorriderle.

«Hai finito la manfrina con il tuo spasimante?» si

lamentò la diva, che si era tolta la pelliccia e cercava, nel mobiletto d'angolo, il pitale. Lo trovò e disse: «Chiudi la porta. Se non faccio pipì immediatamente, scoppio».

Gina non fece commenti, entrò nella cabina attigua, chiuse la porta, si liberò dei guanti, del cappello di pelo e del cappotto. Si lavò le mani nel lavabo, controllò allo specchio che i capelli fossero in ordine, poi, alzando la voce per farsi sentire, chiese a Lorena: «Quel tè famoso lo vuoi qui o preferisci prenderlo al ristorante?»

«Entra pure. Adesso voglio andare a letto. Dammi la camicia da notte e portami una camomilla», piagnucolò Lorena Saltini.

«Io vado a mangiare qualcosa. Ti mando un cameriere e la camicia te la trovi da sola», replicò Gina con fermezza.

La ragazza, di origine triestina, viveva da due anni con l'attrice capricciosa, facendole da segretaria, governante e madre, sebbene avesse cinque anni meno di lei. Aveva capito prestissimo che il solo modo per sopravvivere accanto a lei era imporsi con autorevolezza.

Gina entrò nel vagone ristorante dove erano rimasti pochi commensali. L'equipaggio della cucina era austriaco e infatti il menu offriva canederli con lo speck e cotoletta viennese. Ordinò entrambi.

«E da bere, che cosa le serviamo, signorina?» domandò il cameriere.

«Una birra chiara», rispose Gina.

«Ma quale birra? Io voglio champagne e lo vuoi anche tu», esordì l'attrice che era comparsa nella carrozza portando un'ondata di Chanel, il suo profumo preferito. Gli ospiti levarono su di lei sguardi increduli. Anche se non avevano visto nessuno dei suoi film, le sue immagini comparivano ormai da qualche anno sulle copertine di tutte le riviste.

«Smettila di dare spettacolo quando non sei sul set», sibilò Gina.

Lorena sedette al tavolo, di fronte a lei, distribuendo ai presenti sorrisi ammaliatori, e replicò in un sussurro: «Prestissimo finirò per licenziarti».

Quella era una minaccia che ripeteva come un ritornello da quando aveva assunto Gina come assistente e la risposta di Gina era sempre la stessa: «Sarà un sollievo, liberarmi di te».

Le due erano accomunate dall'umiltà delle origini. Gina era nata a Trieste ed essendo orfana di entrambi i genitori, era stata cresciuta dalle monache che le avevano insegnato il mestiere della sarta. A diciott'anni era arrivata a Roma dove era stata ospitata dalle consorelle delle monache triestine che le avevano trovato lavoro in una sartoria di costumi teatrali.

Lorena era nata in un paesino abruzzese, figlia del carbonaio e ultima di nove fratelli. Era arrivata prima a un concorso di bellezza della sua regione e da lì era iniziata la sua scalata al mondo del cinema. Scoperta, in tutti i sensi, da un produttore cinematografico, aveva sfoderato la sua astuzia di popolana e la tenacia contadina per imporsi come attrice, aveva avuto successo e prometteva di raggiungere traguardi ancora più importanti. Aveva imparato a vestirsi, a gestire, a parlare e sarebbe stata perfetta se avesse anche capito come si comporta una vera signora. Ma a quel traguardo non era ancora arrivata e riteneva che fare i capricci e darsi un tono fosse il massimo della raffinatezza.

Gina Miaselich era un po' il suo «grillo parlante». Minacciava di cacciarla, ma sapeva di non poter fare a meno di lei.

Gina, che aveva imparato le buone maniere dalle monache, la richiamò all'ordine con una semplice occhiata anche ora, mentre Lorena si portava rumorosamente alla bocca il cucchiaio con il brodo dei canederli. Le due avevano trascorso otto giorni sull'altopiano del Renon, sopra Bolzano, perché Lorena Saltini voleva imparare a sciare. Per ora era riuscita soltanto a fare un po' di sci di fondo, senza spaccarsi la schiena.

In quei giorni Lorena aveva anche letto puntigliosamente la sceneggiatura di un film sulle crociate, in cui avrebbe interpretato il ruolo di una principessa fatta prigioniera da una tribù guerriera del deserto. Gina, come sempre, l'aveva pazientemente aiutata a memorizzare le battute dei dialoghi. Ora andavano a Roma, perché da lì a poco sarebbero iniziate le riprese del film che sarebbe stato girato in Marocco.

Tornarono nei loro scompartimenti e Gina aiutò l'attrice a mettersi a letto, le somministrò il solito sonnifero, chiuse la porta di comunicazione con la sua cabina, dove si ritirò quando la vide addormentata. Poi si lasciò cadere stancamente sul letto, chiuse gli occhi e iniziò a rimuginare. Badare a Lorena non era il massimo delle sue aspirazioni, anche perché quel lavoro, peraltro ben pagato, non le garantiva un futuro.

Pensò, cullata dal dondolio del treno che procedeva lentamente nella notte, che lei stava vivendo la vita di Lorena, non la propria. Aveva sperato di diventare una buona costumista teatrale, ma l'attrice l'aveva fagocitata imponendole di dimenticare se stessa per dedicarsi totalmente a lei.

Si alzò, cercò nella borsetta il pacchetto delle sigarette e l'accendino e uscì nel corridoio per fumare. Il vagone era immerso nel silenzio sottolineato dal monotono sferragliare del convoglio. Vide in fondo al corridoio, accanto alla porta che dava accesso al vagone successivo, il capotreno seduto su uno strapuntino. Fumava anche lui e leggeva un libro. I due si guardarono e si sorrisero.

Lui si alzò, le andò incontro e disse: «Io passo la notte in piedi per lavoro. Ma lei?»

«Io di solito dormo poco e, quando sono stanca, dormo ancora meno», replicò.

«Le va un buon caffè?» le domandò.

«Solo se è appena fatto e ben zuccherato», rispose.

«Sta uscendo adesso dalla mia caffettiera», affermò lui.

Nacque così la storia d'amore tra Gina Miaselich, orfana triestina, ed Emilio Rovesti, ferroviere.

2

«ZIA Lorena! Zia Lorena!» gridava Raffaello, o meglio gli sembrava di gridare, perché dalla gola gli usciva soltanto aria, mentre correva affannato lungo il corridoio della villa sul lago, dove stava trascorrendo alcuni giorni di vacanza, ospite di Lorena Saltini, che lui chiamava zia.

Il piccolo Rovesti aveva otto anni ed era nato quando Gina, sua madre, era ormai prossima alla quarantina. Il legame tra sua madre e l'attrice non si era mai spezzato, anche se Gina aveva smesso di farle da assistente, segretaria e badante quando aveva sposato Emilio e, con lui, era andata a vivere nella palazzina dei ferrovieri in prossimità della stazione di Brescia.

Ogni anno, in estate, Gina prendeva con sé il suo bambino e raggiungeva l'attrice, ovunque fosse, per starle vicina, accudendola ancora come un tempo e Lorena si era affezionata al piccolo Raffaello che la chiamava zia e riceveva da lei coccole e regali. Quell'anno, pochi giorni dopo essere arrivati sul lago di Bracciano, dove la Saltini possedeva una villa ottocentesca, Gina era tornata a Brescia, perché Emilio, suo marito, era stato ricoverato d'urgenza in ospedale per un problema cardiaco.

«Tu corri da lui», le aveva detto Lorena. E aveva garantito: «Al piccolo badiamo noi, così avrai tutto il tempo per stare vicina al tuo Emilio».

Raffaello cominciava ad apprezzare quanto fosse gratificante stare con l'attrice che non gli dedicava molto tempo, ma aveva intorno una squadra di collaboratori, amici e domestici che lo coccolavano in mille modi: c'era chi lo accompagnava a pescare, chi gli insegnava a palleggiare con la racchetta da tennis, e chi lo istruiva per montare a cavallo. Infatti, nel parco della villa, c'erano una stalla e una scuderia con alcuni cavalli sonnolenti e un asino. Durante il giorno venivano fatti uscire all'aperto, dentro un recinto, e regalavano alla padrona di casa l'idea di essere una signora di campagna. Stelvio, il contadino che li accudiva, un giorno ne sellò uno e insegnò a Raffaello a montarlo. Poco dopo, Raffaello e il suo cavallo erano diventati amici.

Nella fattoria adiacente il parco della villa c'erano anche degli animali da cortile e quel mondo agreste lo affascinava. Così come era attratto da quella donna bellissima che era zia Lorena.

Quando lei lo abbracciava, Raffaello era avvolto dal suo profumo, accarezzava la seta dei suoi abiti, ascoltava la sua voce pastosa che lo chiamava «pasticcino mio», e si sentiva in paradiso. Quando parlava di lei ai bambini che vivevano nel caseggiato dei ferrovieri, a

Brescia, e raccontava che l'attrice fotografata su tanti giornali era sua zia, questi lo guardavano con ammirazione, invidia e rispetto, e lui, con fierezza, mostrava le foto che lo ritraevano con lei e con la mamma sullo sfondo della villa al lago.

Il fatto che papà fosse in ospedale non lo angustiava, anche perché Gina aveva telefonato in villa per dire che Emilio stava meglio.

«Significa che verrai presto da noi?» le aveva chiesto lui.

«No, rimarrai qualche giorno in più con la zia, così io posso dedicarmi a papà. Sarà lei a riaccompagnarti a casa», aveva detto la mamma.

A quel punto il cuore del ragazzino si era allargato nella gioia di avere soltanto per sé la donna per la quale nutriva una passione travolgente.

Quando tra compagni di scuola giocavano a dirsi i nomi delle loro innamorate, lui taceva.

«Non hai una morosa?» gli chiedevano increduli.

«No», rispondeva con ritrosia, perché l'eletta del suo cuore era una donna, non una bambina, ed era inarrivabile per chiunque, ma non per lui, che l'amava con tutto se stesso e ne era ricambiato. In villa gli capitava di vederla amoreggiare con alcuni corteggiatori e provava fitte lancinanti di gelosia. Ma poi lei tornava sempre da lui e lo abbracciava, lo sbaciucchiava, gli sorrideva e gli diceva che era il «grande amore» della sua vita, e allora lui sfiorava le vette più alte della felicità.

Quella sera, come accadeva spesso, l'attrice aveva ospiti in villa ma, come sempre, quando era andato a letto nella cameretta sullo stesso piano in cui c'era la stanza di Lorena, lei era passata da lui per augurargli la buona notte.

«Sogni d'oro, pasticcino mio, mio piccolo cavaliere senza macchia e senza paura», gli aveva sussurrato, mentre gli accarezzava il viso, gli arruffava i capelli e seminava piccoli baci sugli occhi, sul naso, sulle guance.

Poi era tornata dai suoi ospiti, lasciandogli il suo profumo delizioso. Lui aveva guardato il faccione luminoso della luna di là dalla finestra e gli era sembrato che gli sorridesse. Allora avrebbe voluto chiederle: perché non posso vivere sempre con zia Lorena? Perché devo tornare a lanciare sassi con gli amici a ridosso della massicciata della ferrovia, invece di stare sempre qui, in questo posto meraviglioso? Poi pensò che la sua vita era altrove, che aveva un papà e una mamma che amava e che lo amavano moltissimo.

A casa con i genitori, dopo aver fatto i compiti, sua madre gli permetteva di vedere in tv i cartoni animati di Gig Robot d'Acciaio, il suo eroe, capace di imprese impossibili.

A lui sarebbe bastata un po' della sua forza per realizzare l'impresa di unire zia Lorena alla sua famiglia e vivere tutti felici lì, in riva al lago. Poi, lui sarebbe diventato grande come gli uomini che corteggiavano la zia, ma sarebbe diventato ancora più bello e importante di loro e Lorena si sarebbe innamorata di lui, lo avrebbe sposato e non si sarebbero lasciati mai più.

Aveva finito per addormentarsi. Era stato svegliato in piena notte da una specie di frullo d'ali sul viso. Aveva spalancato gli occhi e nell'oscurità appena attenuata dalla luce delle stelle aveva visto una creatura mostruosa che gli svolazzava intorno.

In preda al terrore, con il cuore che batteva all'impazzata, scese dal letto, uscì dalla sua cameretta e si mise a correre nel corridoio immenso, con i finestroni aperti sul giardino da cui entrava il chiarore dei lampioni che lo illuminavano.

Raffaello correva e i suoi piedini nudi sulla passatoia di lana non facevano rumore, individuò la camera di zia Lorena dallo spiraglio di luce che filtrava da sotto la porta che spalancò. E vide qualcosa di orribile.

La zia era nuda sul grande letto e si dimenava sotto il peso di un uomo nudo quanto lei, che sibilava parole in una lingua straniera. La luce delle abat-jour esaltava i corpi che luccicavano di sudore.

Raffaello urlò con tutto il fiato che aveva, la zia e l'uomo si voltarono esterrefatti verso di lui che, in quello stesso istante, saltò sul letto e prese a pugni la schiena di quell'energumeno, un attore americano molto famoso che aveva interpretato un film con Lorena quando lei era andata a Hollywood. L'attrice cercò di coprirsi con le lenzuola mentre l'americano immobilizzò Raffaello, lo sollevò e lo depose sul pavimento e, infine, gli disse, ridendo: «Che ci fai tu, qui?»

«*Shut up!*» ordinò Lorena, che nel frattempo aveva indossato una vestaglia. E, sempre rivolta all'americano, infilò una serie di parole in inglese che il ragazzino non capì, ma intuì che lo stava sgridando moltissimo.

Poi si rivolse a Raffaello e gli disse: «Pasticcino mio, adesso andiamo nella tua camera».

Lo prese in braccio e il bambino le bisbigliò all'orecchio: «Lui ti stava uccidendo!»

«E tu, amore mio, mi hai salvata», gli sussurrò lei mentre uscivano dalla stanza.

3

Ma quando Lorena varcò la porta della cameretta, Raffaello si aggrappò disperatamente al suo collo.

«No, qui no!» urlò, e soggiunse terrorizzato coprendosi gli occhi per non vedere: «C'è un mostro terribile che mi vuole mangiare».

«Allora, lo affrontiamo insieme», rispose Lorena che accese la luce e vide, aggrappato al lampadario centrale della camera, un piccolo pipistrello che se ne stava immobile ed era più spaventato del bambino.

«Non è un mostro. Stai tranquillo e apri gli occhi», gli disse Lorena e proseguì: «È solo un pipistrello che vorrebbe trovare la strada per uscire dalla stanza e volare lontano».

Aggrappandosi ancora di più al collo della donna, il ragazzino aprì gli occhi e seguì con lo sguardo il dito che l'attrice puntava verso l'alto.

«Quello lì è un pipistrello?» domandò.

«Già, in campagna ce ne sono tanti. Dormono di giorno e vanno a caccia d'insetti durante la notte. Il poverino è entrato dalla tua finestra e adesso ha tanta paura, ma noi lo aiuteremo ad andarsene.»

«Fallo tu», sussurrò il bambino.

Lorena posò a terra Raffaello, agguantò un cuscino e lo scagliò verso l'animale che si mise a volare nella stanza fino a quando imboccò la finestra aperta e volò via.

«Adesso chiudiamo le imposte, così nessun altro pipistrello verrà a svegliarti», disse zia Lorena.

Quando lo mise a letto Raffaello tremava e aveva il viso bagnato di sudore.

«Ma tu hai la febbre alta», si allarmò, appoggiando una mano sulla sua fronte. Vennero svegliati i domestici e chiamato il medico del paese.

Lorena piangeva perché era sicura che Raffaello, oltre a essersi spaventato per il pipistrello, era rimasto traumatizzato per aver sorpreso la zia amatissima mentre faceva l'amore. Immaginò le conseguenze sulla psiche di quel piccolo uomo che stava diventando grande, e si disprezzò per non aver saputo avere cura di lui.

Il ragazzino guarì in pochi giorni e sembrò che non avesse alcun ricordo di quella tragica notte, ma il suo atteggiamento era cambiato. Divenne silenzioso, era spesso immusonito e un giorno disse alla zia che voleva tornare a casa.

L'anno seguente, quando sua madre progettava una nuova vacanza da trascorrere insieme con l'amica, lui disse: «I miei compagni di scuola vanno in colonia, al mare. Vorrei andarci anch'io».

Gina aveva intuito, seppure vagamente, che doveva

essere accaduto qualcosa a suo figlio quando lei lo aveva lasciato a Bracciano per correre dal marito. Aveva cautamente indagato: «Quando sei rimasto solo con la zia avete litigato?»

Raffaello l'aveva guardata senza capire e aveva detto: «La zia è così affettuosa! Con lei io ci sto bene».

Però non voleva più tornare a Bracciano.

In prossimità del Natale, Lorena aveva fatto visita ai Rovesti per offrire, come faceva spesso, una messe di regali.

«Abbracciala per me. Io non potrò farlo, perché ho gli allenamenti in piscina», aveva detto il ragazzino alla mamma.

Non la rivide mai più. Qualche anno dopo Lorena Saltini perse la vita mentre, a bordo di un piccolo velivolo, sorvolava le Maldive durante una vacanza. L'aereo precipitò in mare. In casa Rovesti tutto continuò come sempre. Gina mise in cornice una fotografia in bianco e nero che la ritraeva accanto alla diva e la espose con le altre sulla credenza della sala da pranzo. Erano entrambe giovani e belle e sorridevano alla vita.

Gina raccontò a Raffaello il mondo del cinema, quando aveva conosciuto grandi attori, attrici brillanti e stelline affamate di successo. «Quello è un ambiente strano, fatto di gente che non vive la propria vita, ma quella dei personaggi che interpreta. Sembrano tutti amici, si fanno un sacco di feste, si dicono: "tesoro ti amo", e poi, appena uno si gira, riceve una coltellata. Le amicizie vere non esistono. Una volta, un attore che aveva girato un film con zia Lorena mi disse: 'Quando un'attrice cade in disgrazia, io sono più felice di quando un mio film ha successo'. Però, in quegli anni, forse perché ero giovane, mi divertivo a seguire zia Lorena. Dopo sono maturata e ho capito che la felicità, almeno per me, era altrove. Io volevo un marito e una famiglia.»

«Però gli attori sono ricchi e famosi, mentre noi siamo poveri», aveva obiettato lui.

«Noi sappiamo dare al denaro il valore che ha, proprio perché ne abbiamo poco. Ma tu che sei uno scolaro brillante, avrai un futuro luminoso che sarà il frutto del tuo talento e della tua fatica», concluse Gina.

Più che con passione, Raffaello studiava con accanimento, perché aveva capito che per imporsi tra i suoi compagni di scuola, che venivano da famiglie della buona borghesia, doveva essere il primo a scuola e il primo in tutto.

Aveva anche capito che essere bello, come lo era lui, era importante per avere successo. Così curava la sua persona con un'attenzione quasi maniacale. I suoi genitori lo osservavano e sorridevano, risparmiando soldo su soldo per offrirgli il meglio.

Raffaello era molto ambizioso e sognava di diventare ricco. Da quando era stato ospite di zia Lorena, desiderava una grande casa, domestici e belle automobili. Per il momento si accontentava del motorino di seconda mano che suo padre gli aveva regalato quando aveva superato brillantemente la maturità. Tra le compagne di studi che stravedevano per lui, aveva scelto Silvana, figlia di un primario ospedaliero, che lo adorava. Lui credeva di amarla tanto che ebbe con lei il suo primo rapporto sessuale.

Con il pretesto di preparare gli esami di maturità, lei lo aveva invitato a casa sua per il fine settimana.

«I miei sono a un congresso medico a Berlino, la domestica ha chiesto due giorni di permesso per andare al paese, il frigo è pieno, l'aria condizionata funziona perfettamente, io ti aspetto», gli aveva detto al telefono. Raffaello prese i libri, inforcò la bicicletta e partì come un razzo per raggiungerla.

Quando Silvana gli aprì la porta di casa, con un gesto plateale fece scivolare dalle spalle la vestaglia di seta di sua madre, rimanendo completamente nuda.

Raffaello la sollevò tra le braccia, andarono nella stanza di Silvana, la depose sul letto e si abbracciarono. C'era un grande specchio, sulla parete di fianco al letto e Raffaello vide riflessa la loro immagine. Gli sembrò che il cuore si fermasse, si rivide bambino, sulla soglia della camera da letto di zia Lorena che lottava con l'americano.

«Mi sento male», sussurrò e poi, raggomitolandosi su se stesso, prese a singhiozzare.

4

Quando un ragazzo mostra le proprie debolezze, diventa irresistibile. Se prima Silvana era innamorata di Raffaello, ora lo adorava, perché il suo dolore aveva risvegliato in lei la vocazione della crocerossina che alberga nel cuore di tutte le donne.

Il suo bellissimo compagno di scuola, singhiozzando come un bambino, ripeteva: «Io li ho visti, li ho visti».

Silvana non riuscì a farsi dire di che cosa stesse parlando, ma fu dolcissima con lui e, quando la crisi passò, lo trascinò al cinema a vedere un film esilarante. E poi tornarono a casa e si fece aiutare da lui a preparare una cena innaffiata da una bottiglia di prezioso Amarone della Valpolicella, sottratto dalla riserva di suo padre. E dopo, resi ancora più euforici dal vino che non erano abituati a bere, ballarono e risero e, infine, si addormentarono esausti sul divano del salotto di casa.

Al mattino entrarono insieme nella vasca da bagno, che era così grande da contenerli entrambi e, quasi senza rendersene conto, arrivarono a compiere il primo grande passo della loro vita amorosa. E fu bellissimo.

La loro storia finì dopo pochi mesi, quando Silvana fu costretta a seguire la famiglia che si trasferiva a Siena. Lei si iscrisse alla Normale di Pisa e Raffaello alla Bocconi di Milano. Contemporaneamente trovò lavoro in uno studio di commercialisti e non ebbe il tempo per rimpiangere la sua prima ragazza e neppure per intessere una nuova storia. Ma piaceva molto alle donne e l'attrazione che queste provavano per lui gli facilitò la vita. Era anche abbastanza accorto da evitare le ragazze in cerca di marito, prediligendo le donne sposate che non gli creavano complicazioni.

Aveva scelto la facoltà di Economia, perché non comportava l'obbligo della frequenza e gli risparmiava i trasferimenti quotidiani sui treni dei pendolari, ma anche perché aveva un obiettivo preciso: diventare giornalista economico. Studiava, lavorava nello studio professionale e, inoltre, aveva iniziato a scrivere pezzi per un giornalino del settore, rivelando un'eccellente capacità di analisi.

Dopo la laurea, conseguita a pieni voti con la lode, e dopo una parentesi in altri giornali locali, gli era stata offerta la possibilità di collaborare alla pagina economica di *Fatti e Opinioni*, il quotidiano cittadino, e dopo un paio di anni era stato promosso caporedattore della pagina economica. Lo stipendio non era esaltante, ma si divertiva molto perché veniva mandato a spese del giornale ai convegni più interessanti, conosceva gente, intrecciava relazioni, veniva ricevuto nei salotti delle famiglie più importanti della città. Conosceva un po' tutti e tutti lo conoscevano. Di lui dicevano: «Gran bravo ragazzo, ambizioso quanto basta. Farà strada».

Una sera venne invitato in casa di Amalia Favaretto per una cena in onore di un noto economista accompagnato dall'editore del suo ultimo saggio, in cui spiegava che il benessere del Paese aveva iniziato a declinare dagli anni Novanta e profetizzava la catastrofe, se le forze politiche e imprenditoriali non si fossero coalizzate per ripulire un sistema ormai endemico di corruzione e connivenze a tutti i livelli.

Raffaello, che aveva letto attentamente il saggio, aveva sperato di potergli porre qualche domanda sull'argomento, che lo interessava moltissimo. Ma l'insigne professore sembrava annoiato, spilluzzicava il cibo e ogni tanto guardava l'orologio, mentre dava risposte distratte alle domande degli ospiti. Poi vide Giovanni Brugliani e sembrò rianimarsi.

«Caro amico», lo salutò affettuosamente.

«Caro professore», rispose Brugliani.

I due si conoscevano da tempo e si stimavano reciprocamente.

«Ho letto il suo ultimo saggio», proseguì il viticultore e soggiunse: «Siamo davvero messi tanto male?»

«Se penso a quanto potrebbe accadere da qui a un decennio, direi che siamo messi benissimo in questo momento», rispose lo studioso.

«Io credo che il nostro Paese potrebbe evitare il peggio se tutti gli imprenditori investissero sulla qualità, invece di rincorrere i mercati asiatici, che puntano sulla quantità sempre scadente. Noi produttori della zona abbiamo deciso che il modo migliore per consolidare il mercato nazionale e quello estero sia di sacrificare una parte del guadagno per ottimizzare il prodotto. Tra una decina d'anni daremo del filo da torcere ai francesi», asserì Giovanni Brugliani.

«Amico mio, con me lei sfonda una porta aperta, ma vada a far capire queste strategie a quel branco di incompetenti che siedono in parlamento.»

Raffaello ascoltava la loro conversazione e si ripromise di impostare su questo tema il pezzo d'apertura della pagina economica del suo giornale.

Poi venne distratto dalla padrona di casa che, prendendolo sottobraccio, lo allontanò dai due dicendogli: «Caro Rovesti, venga nel gineceo, perché le signore hanno bisogno di lustrarsi la vista con un bel giovanotto».

Alcune signore chiacchieravano in un salotto rococò, sorseggiando ottimo champagne italiano della Franciacorta e gustando minuscole delizie al cioccolato.

Molte di loro tenevano in mano il saggio dell'illustre ospite offerto da Amalia Favaretto, che ne aveva acquistato alcune decine di copie. Aspettavano il momento opportuno per chiedere un autografo all'autore il quale sapeva che poche di loro lo avrebbero letto e, fra queste, non c'era la padrona di casa.

Il cicisbeo di turno, un antiquario ricchissimo e di consolidata professionalità, intratteneva un paio di queste signore su un dipinto attribuibile al Guercino, scovato in un mercatino dell'antiquariato e che ora era nelle mani di un insigne esperto d'arte che lo stava analizzando per certificarne l'autenticità. Mentre le ospiti ascoltavano rapite il suo racconto, lui accarezzava distrattamente il braccio muscoloso dell'amichetto di turno.

Il chirurgo estetico, che aveva uno studio ben avviato in città, stava descrivendo a un'attempata ospite come le avrebbe ringiovanito il décolleté con una serie di «punturine rivitalizzanti».

Un architetto di giardini mostrava dal suo computer portatile le foto di sgargianti piante da fiore, nuovissime nel nostro Paese, da interrare per una rigogliosa fioritura invernale.

«Guardate un po' chi vi ho portato», trillò Amalia Favaretto entrando nel salotto con Raffaello.

Lui sapeva che quelle donne, apparentemente frivole, in realtà potenti, erano in grado di demolire un personaggio se lo avessero voluto. Così rivolse un sorriso accattivante a ognuna di loro. Poi, il suo sguardo incrociò quello di una ragazza acqua e sapone, seduta in disparte, che sollevò gli occhi dalle pagine del libro dell'illustre economista. Mentre le signore invitavano Raffaello a sedere al loro fianco, la ragazza abbassò di nuovo lo sguardo sul saggio e riprese a leggere, ignorandolo.

A un certo punto, approfittando dell'arrivo di un nuovo ospite, Raffaello sussurrò alla padrona di casa: «Chi è quella ragazza laggiù?»

«Caro, lei non conosce la piccola Angelica, figlia di Giovanni Brugliani?» si stupì Amalia.

«Dovrei?»

«Deve! Ora gliela presento», decise e sussurrò: «Non ha ancora vent'anni, ma ha fatto parlare molto di sé. Ha già avuto un marito. Ora è vedova, per fortuna. La sua è tra le famiglie illustri della zona. I Brugliani hanno una storia di due secoli sul nostro territorio».

Mentre il giornalista e Amalia si dirigevano verso la ragazza, questa chiuse il libro che stava leggendo e si alzò sul punto di lasciare la stanza.

«Angelica, cara, voglio farti conoscere il dottor Rovesti che cura la pagina economica del nostro quotidiano», annunciò Amalia.

La ragazza aveva l'aria di andare di fretta. Infatti sorrise distrattamente e replicò: «Che bravo! Complimenti. Le chiedo scusa, ma devo dare subito la pastiglietta per la pressione al mio papà». E sgusciò via.

5

Raffaello, che avrebbe voluto seguire la ragazza, venne bloccato da Melissa, la sua amante, che gli lanciò uno sguardo feroce di rimprovero. La storia tra i due era di dominio pubblico e la sapeva anche il marito. Un tempo, Melissa era stata la segretaria del commendator Roberto Speroni, detto «il Popi», perché così lo chiamavano da bambino. Per lei, il Popi aveva divorziato dalla moglie e si era inimicato i figli quando aveva deciso di sposarla.

La moglie si era dignitosamente ritirata nella sua casa di Milano; i figli, che lavoravano con lui, avevano abbozzato, covando livore e raccogliendo prove dei tradimenti della matrigna. Raffaello Rovesti, infatti, era soltanto l'ultimo di una serie di amanti della focosa ex segretaria e, quando avevano scodellato sulla scrivania del padre la prova dei tradimenti, il commendatore aveva scosso il capo e aveva sorriso, dicendo: «Non mi raccontate niente che io non sappia. Melissa mi dice tutto». Poi, pazientemente, aveva spiegato ai due increduli figli: «Se, oltre che ai miei soldi, foste interessati anche a me, sapreste che le mie numerose trasferte in Svizzera non erano viaggi di svago, ma di salute, sapreste che ho avuto un tumore dal quale, per fortuna, sono guarito rimanendo però completamente impotente. Ho tentato molte volte di parlarvi dei miei problemi, ma voi avevate sempre altre priorità e non mi siete stati a sentire».

Ora Raffaello le rivolse uno sguardo spazientito e le sussurrò: «Sei gelosa di una che non conosco?»

Lei non rispose. Lui ne approfittò per scambiare battute con alcune delle signore presenti e poi sgusciò via dal salotto in cerca di Angelica. La trovò che parlava con il professore di Economia e la sentì dire: «Tra le distese dei nostri vigneti che, per dare frutti sani, hanno bisogno di terreni incontaminati e aria salubre, spuntano orribili capannoni industriali dove si producono oggetti in plastica, si lavorano materiali che contengono sostanze tossiche ed emettono fumi inquinanti. Papà mi raccontava dell'afflusso di manodopera verso queste piccole industrie negli anni Sessanta, quando i contadini lasciavano la terra e si improvvisavano operai, disperdendo una sapienza antica e molto importante nel nostro territorio. Mi raccontava che, a un certo punto, la nostra gente si vergognava della propria estrazione contadina, mentre si inorgogliva di appartenere alla classe operaia o impiegatizia. Ora, leggendo la sua analisi e condividendo le sue previsioni pessimistiche, mi domando se i governi di un tempo abbiano fatto una scelta giusta favorendo l'industria a scapito dell'agricoltura. Del resto, l'abbandono delle campagne, con le inevitabili conseguenze disastrose sul dissesto idrogeologico, è un fenomeno che va avanti da oltre sessant'anni. E, sempre riferendomi alle sue previsioni sulla produttività italiana che sta infilandosi nel 'tunnel della morte', per usare una sua definizione, mi chiedo se siamo ancora in tempo per invertire la rotta. Sa, professore, noi donne che lavoriamo nel settore abbiamo un'associazione che si chiama Le Donne del Vino e tentiamo di mettere in campo nuove strategie».

Raffaello la ascoltava rapito, mentre ammirava il suo profilo delicato in contrasto con la forza che sprigionava dalle sue parole.

«Avevo visto bene: quella sciacquetta ti piace», sibilò Melissa, che era comparsa all'improvviso alle sue spalle, facendolo sussultare.

«Sei solo gelosa», replicò lui irritato, allontanandosi per cercare Amalia Favaretto e salutarla.

Scese in strada e si avviò a piedi verso casa.

Era novembre inoltrato e il freddo della notte gli pungeva il viso. La città deserta, con le strade spazzate dal vento gelido, gli piaceva. Era contento di aver lasciato il palazzo Favaretto con i suoi saloni sontuosi, per rifugiarsi nel tepore famigliare del modesto appartamento in cui viveva con i suoi genitori. Sapeva che avrebbe trovato sua madre ancora sveglia, a guardare la televisione nel tinello, mentre lo aspettava, pronta a offrirgli una tazza di latte caldo e cacao, prima di augurargli la buona notte e ritirarsi nella sua camera, dove dormiva da sola quando papà faceva i turni di notte sui treni.

Il suono dei suoi passi accompagnava i pensieri che rincorrevano il viso di Angelica, una fanciulla in fiore, come l'avrebbe definita un grande scrittore francese, e quello di Melissa, una trentenne desiderabile che, però, si stava dimostrando possessiva, sebbene gli avesse fatto credere di non volere legami sentimentali, perché amava suo marito, tanto più vecchio di lei, ma che le aveva regalato quello di cui aveva bisogno: agiatezza e protezione.

Melissa gli stava venendo a noia, mentre Angelica era il tipo di ragazza con cui avrebbe voluto avere una storia seria. Ma una Brugliani non si sarebbe mai legata a uno come lui che non aveva ancora raggiunto una posizione sicura in una piccola città che divideva i suoi abitanti in due categorie: quelli che contano e quelli che non contano niente. Raffaello aspirava a far parte del primo gruppo quindi doveva evitare passi falsi, soprattutto adesso che incominciava a godere di un certo prestigio.

Al momento, il ruolo che gli garantiva maggiori possibilità di successo era quello dello scapolo brillante, corteggiato dalle signore più in vista, come Melissa Speroni che, sposando il ricco industriale, aveva fatto dimenticare le sue origini modestissime. Proseguendo il suo cammino solitario verso casa, con il suono dei suoi passi sul selciato gelido a fargli compagnia, ripensò ad Angelica Brugliani, al suo sguardo intenso, al suo eloquio pacato e riflessivo e si domandò se anche lei lo avesse osservato con qualche interesse. Si disse subito che non era il caso di crearsi illusioni perché era irraggiungibile. Eppure, quel sogno gli piaceva, constatò, rendendosi conto che, all'improvviso, gli era venuta una gran voglia di innamorarsi.

Dopo la passione infantile per zia Lorena, non si era più abbandonato a un sentimento intenso e coinvolgente. Allora ripensò a Melissa con un senso di fastidio.

«Non la reggo più. È ora di chiudere questa storia», sussurrò, mentre varcava l'androne del suo caseggiato.

«Hai la faccia stanca. Adesso ti scaldo una bella tazza di latte e cacao», lo accolse sua madre, mentre lo aiutava a togliersi il cappotto.

Raffaello la seguì in cucina. Sedette sullo sgabello accanto alla finestra, scostò una tendina di pizzo bianco per osservare in lontananza la sagoma buia della massicciata ferroviaria. Vide sfrecciare un lungo convoglio diretto a est. Chissà se suo padre era su quel treno.

«Sei taciturno, questa sera», osservò Gina, tendendogli una scodella fumante.

Raffaello la afferrò e bevve un sorso di cioccolata calda, soprattutto per compiacere la mamma che, con quel gesto che si ripeteva identico dagli anni dell'infanzia, voleva augurargli la buonanotte con amore.

«Mamma, tu conosci un po' tutti, in città. Che cosa sai di Angelica Brugliani?» le domandò.

«Quello che sanno tutti», rispose Gina.

«Cioè?»

«È stata molto chiacchierata, perché pare fosse una ragazzina ingestibile. Poi è scappata di casa per sposare uno spiantato e la gente diceva, riferendosi al padre: 'Pover'uomo! Prima la moglie, adesso la figlia'. Perché anche la madre di Angelica, anni fa, era scappata. Comunque Angelica è ricomparsa in città, dopo un anno, ed era vedova. Io non l'ho mai vista, ma dicono che sia bella e molto riservata», rivelò.

«È più che bella, è una vera signora», disse Raffaello.

«L'hai vista dai Favaretto?» s'incuriosì Gina.

Lui annuì. Posò un bacio sulla fronte della madre e si ritirò nella sua stanza. Si coricò e, mentre si addormentava, ripensò a quella strana ragazza che gli aveva fatto desiderare di innamorarsi.

6

«HAI litigato con il gatto?» gli domandò suo padre, incrociandolo nell'androne del caseggiato. «Hai i capelli arruffati e la faccia di uno che è molto incavolato», constatò.

«Ho dormito poco e male. Adesso vado in palestra e dopo sono al giornale», disse Raffaello, addolcendo l'espressione del viso, mentre si sistemava meglio sulla spalla la sacca in cui erano stipate scarpe e tuta da ginnastica, accappatoio e lozione da bagno. Poi soggiunse: «Ma neanche tu hai dormito bene». L'uomo aveva il viso stanco, il colletto della camicia stazzonato e la barba lunga.

«Non ho dormito affatto. Ieri sera ho finito il mio turno al Brennero e sono andato al dormitorio dei ferrovieri, ma era così sporco e maleodorante che non ho chiuso occhio. Ho preso il primo treno alle cinque di stamattina e adesso sono qui, stanco e pieno di sonno.»

«È inutile dirti che potevi andare in albergo e farti una sana dormita, perché conosco già la risposta: l'albergo costa. Ma quando la smetterete, tu e la mamma, di risparmiare pensando a me? Papà, io sono cresciuto e ormai sono autosufficiente. In futuro me la caverò anche meglio, quindi non dovete più sacrificarvi per me. Non lo capite che mi mettete in imbarazzo?» protestò.

L'uomo sorrise, scosse il capo e, senza rispondere, prese a salire le scale di casa. Lui uscì dal caseggiato e si avviò a piedi verso il centro per raggiungere il *Gymnasium*, la palestra migliore della città, che offriva ai soci l'assistenza di personale addestrato, corsi di varie discipline, una piscina olimpionica, saune e massaggi, un centro estetico, un bar e un ristorante. I costi di iscrizione alla palestra erano molto elevati e Raffaello non l'avrebbe mai frequentata se, in quanto giornalista, non avesse avuto l'accesso gratuito. La categoria dei giornalisti godeva di molte facilitazioni e, come tutti i suoi colleghi, Raffaello le accettava, non senza un lieve disagio, perché avrebbe preferito pagare e si diceva che, se mai avesse raggiunto una stabilità economica adeguata, avrebbe rifiutato quello e altri trattamenti di favore.

«Dottore, oggi batte la fiacca», osservò il suo allenatore che lo spronava a fare gli esercizi per gli addominali.

«Non sarei dovuto venire, stamattina. Invece sono qui e faccio quello che posso», si giustificò. Poi si alzò in piedi e soggiunse: «Anzi no, per oggi smetto. Scendo in piscina, mi faccio un paio di vasche e dopo vado al giornale».

«Se vuole, le preparo un bel beverone, una bomba

che la rimette in pista velocemente», propose il giovane trainer.

«Grazie, ma i beveroni li lascio a voi palestrati», rispose avviandosi verso il sotterraneo.

Mentre nuotava con ampie bracciate, rimuginava sulla sua situazione con Melissa. Era stata la sua telefonata notturna a impedirgli di dormire come avrebbe voluto.

La sua amante si era convinta che lui avesse corteggiato la piccola Brugliani e gli aveva telefonato per abbandonarsi a un fiume di lacrime e recriminazioni.

«Perché non ammetti che ti sei stancato di me e hai posato gli occhi su quella matta di Angelica?» si era lamentata.

«Melissa, smettila di tormentarmi. Lo sapevamo fin dall'inizio che la nostra storia sarebbe durata poco.»

«Allora ammetti di esserti innamorato di Angelica.»

«Ma se nemmeno la conosco! La Favaretto me l'ha presentata. Punto. L'hai visto anche tu.»

«Io ho visto come la guardavi e come lei guardava te.»

«Per favore, non costringermi a chiudere la comunicazione. Sono stanco e vorrei dormire.»

«Se ci fosse lei al telefono, ti passerebbe subito la voglia di dormire.»

«Smettila di provocare! Nell'altra stanza c'è mia madre e non voglio disturbarla. Salutiamoci da persone civili.»

«Ecco, adesso hai la scusa della mamma per non confessare la verità. Mi ero offerta di regalarti un appartamento e tu lo hai rifiutato, perché vuoi evitare che io possa piombarti in casa a controllare.»

«Ho rifiutato l'appartamento e tutti gli altri regali pazzeschi che ti ostini a offrirmi perché non mi interessano. E adesso scusami, ma riattacco il telefono.» E così fece.

Trascorse il resto della notte a maledire se stesso per essersi lasciato invischiare da una donna che ormai non gli sembrava più così bella e neppure desiderabile.

Aveva creduto, o meglio, lei gli aveva fatto credere, di essere soltanto uno dei tanti compagni di letto che non turbavano il legame con il marito impotente, il quale accettava le legittime trasgressioni di una moglie giovane e vitale. Raffaello non era mai stato innamorato di Melissa e la notte precedente, per la prima volta, aveva iniziato a detestarla. Ora sperava di non rivederla più.

Si issò sul bordo della piscina per riprendere fiato. Cominciava a sentirsi meglio. Si guardò intorno e, sul bordo opposto, vide la figura esile di una ragazza in costume olimpionico, i capelli racchiusi dentro una cuffia blu, che scivolò elegantemente nell'acqua e si mise a nuotare. Quando arrivò in fondo alla vasca, fece una capriola e invertì la direzione. Salì dalla scaletta d'acciaio, si levò la cuffia e liberò una lunga treccia di un bel castano dorato. Allora Raffaello la riconobbe. Lo riconobbe anche lei e gli sorrise.

«Ciao», disse. Si infilò le ciabattine di plastica e afferrò l'accappatoio che era appoggiato su una panca accanto a quello di Raffaello.

«Ciao», la salutò lui.

Erano soli nella luce azzurrata del seminterrato e, per un breve istante, si scambiarono sguardi imbarazzati, entrambi alla ricerca di qualcosa di intelligente da dire o da fare.

«Stavo pensando di rivestirmi e fare colazione qui, al bar», disse infine Raffaello.

«Avevo in mente la stessa cosa», rispose Angelica.

Un quarto d'ora dopo erano seduti con altra gente a un tavolino del bar a mangiare una brioche farcita con marmellata e a bere un cappuccino dalla schiuma densa.

«Credevo che avessi una piscina, a casa tua», disse lui.

«In ottobre la svuotano, la coprono e io vengo qui, di tanto in tanto», spiegò.

«Io ci vengo spesso, perché poi passo il resto della giornata alla scrivania.»

«Qualche volta leggo i tuoi articoli», lo informò.

«Tento di spiegare agli altri cose che nemmeno io capisco fino in fondo», minimizzò con un sorriso.

Lei rise, divertita. Pensò ai molti giornalisti di provincia che si davano un gran tono per compensare la scarsa considerazione in cui erano tenuti e apprezzò l'umiltà di Raffaello.

Si portò alle labbra il cappuccino e lo sorbì lentamente, mentre lui osservava la sua gestualità elegante. Depose la tazza e lui commentò: «Hai due fantastici baffetti bianchi sul labbro».

Angelica si pulì con la punta delle dita. Poi disse: «Bene, ci vediamo», si alzò dal tavolo e si avviò verso gli spogliatoi.

«Ci vediamo», rispose lui, alzandosi a sua volta.

Quando arrivò in ufficio e sedette alla scrivania per scrivere un pezzo sul saggio economico del professore incontrato in casa Favaretto, squillò il telefono.

«Caro amico», esordì una voce che Raffaello conosceva bene, «noi due dobbiamo vederci.»

«Perché?» chiese il giornalista, inquieto.

«Caro, il motivo lei lo conosce bene. La mia povera Melissa è in un mare di disperazione», disse Roberto Speroni.

7

«COMMENDATOR Speroni, si dà il caso che io debba lavorare per vivere e non ho tempo da perdere», rispose gelido Raffaello.

«Lo trovi, per piacere», lo pregò l'interlocutore e chiuse la comunicazione.

Il giornalista chiamò Tiziana Scaroni, la segretaria del direttore, che faceva da filtro anche per le sue telefonate.

«Per le prossime due ore non mi passi nessuna comunicazione, nemmeno se chiamasse mia madre», le disse.

«Vuole un caffè, dottore?» domandò la donna con voce soave.

«Grazie. Doppio, per favore.» La calma della solerte impiegata gli fu di conforto.

Raffaello aveva elaborato e messo a punto negli anni una straordinaria capacità di concentrazione che escludeva il resto del mondo. Così dimenticò Melissa, suo marito, la stanchezza e redasse un pezzo brillante sul futuro dell'economia italiana. Due ore dopo lo aveva finito. Lo stampò e lo mise sul tavolo del direttore, con un appunto: «Ho un impegno e tornerò nel pomeriggio. Dimmi se il pezzo va bene».

Era di pessimo umore. Tiziana se ne accorse e si incuriosì.

«Posso esserle utile?» gli domandò con sollecitudine.

Lui, che aveva preso la direzione delle toilette, replicò seccato: «Non credo, vede bene dove sto andando».

Lo detestava quando riceveva questo tipo di risposte, ma in generale lo amava, perché, oltre a essere un gran bel ragazzo, sapeva anche essere gentile come nessun altro. Adesso si preoccupò perché non lo aveva mai visto tanto irritato.

Il cielo era coperto da nuvole cariche di pioggia, lui rialzò il bavero del cappotto, schivò la scala che gli operai comunali stavano usando per montare le luminarie natalizie, fermò un taxi al volo e gli diede l'indirizzo degli uffici della ditta Speroni, dove il marito della sua amante lo stava aspettando.

Era arrabbiato con se stesso per non aver capito che Melissa era una donna dall'equilibrio fragile e, quindi, era potenzialmente pericolosa.

Trovò Roberto Speroni nel suo ufficio, seduto dietro una enorme scrivania.

«Si accomodi», lo accolse senza muoversi.

«Mi spieghi perché mi ha fatto venire», gli ingiunse Raffaello, bloccandosi al centro della stanza.

Il commendator Speroni si alzò, lo raggiunse e lo invitò a sedersi su una poltrona di pelle in un angolo adibito a salotto, mentre si accomodava su un divanetto di fronte a lui. Infine confessò: «Io mi smarrisco davanti alle lacrime della mia Melissa».

«Questo è un problema suo. Che cosa vuole da me?» replicò il giornalista.

«Comprensione per una moglie che amo e che mi ama, a dispetto delle apparenze», spiegò l'industriale.

Raffaello scosse il capo sconsolato.

«Lei si rende conto di quello che mi sta dicendo?» gli domandò.

«Perfettamente. Lei conosce benissimo il rapporto che abbiamo mia moglie e io a seguito della mia malattia.»

Raffaello emise un sospiro rassegnato e lo guardò negli occhi con pietà e incredulità.

«Quella povera ragazza è davvero disperata. Perché non le dà il tempo di stancarsi di lei?» proseguì Roberto Speroni.

«Io sono stato soltanto un'avventura di passaggio per sua moglie e la nostra storia è finita», rispose deciso.

«Giovanotto, guardi che, se mia moglie commettesse un gesto insano, la responsabilità ricadrebbe su di lei», lo minacciò.

A quel punto, Raffaello esplose.

«Non si rende conto che Melissa ha bisogno soltanto di lei? Una coppia può amarsi ed essere felice anche in assenza di una vita erotica. L'intelligenza, la tenerezza, la lealtà, la condivisione di un progetto di vita sono molto più importanti. Sua moglie è migliore di quanto lei pensi ed è innamorata di lei. È davvero assurdo che debba essere io a spiegarglielo. Ritrovi la sua dignità e si comporti da uomo chiedendo a Melissa di occuparsi solo di lei e di nessun altro uomo. Sua moglie potrebbe essergliene molto grata, perché la vita che sta facendo non la rende felice, anzi, la umilia. E con questo la saluto», concluse Raffaello alzandosi e avviandosi verso l'uscita dello studio.

«Un momento!» lo richiamò Speroni che lo aveva ascoltato senza fiatare. Raggiunse Raffaello e, tendendogli la mano, gli sussurrò: «Grazie, lei è un galantuomo».

8

«Ciao, Angelica.»

Lei lo guardò perplessa per un brevissimo istante, poi il suo viso si illuminò e rispose: «Ciao Raffaello, giusto?»

«Hai buona memoria», disse lui, con l'aria di prenderla in giro.

Era una mattina di aprile e lui era stato in palestra. Prima di raggiungere il giornale, si era fermato al bar *Giuliani* per farsi preparare un vassoio di pasticcini e praline di cioccolato da portare alla mamma per il suo compleanno. Mentre li sceglieva a uno a uno, aveva visto nello specchio, appeso alla parete che aveva di fronte, una bella ragazza, con una giacca di panno turchese e i lunghi capelli castano-dorati raccolti in una grossa treccia, seduta a un tavolo. Era sola, non aveva l'aria di aspettare qualcuno e stava bevendo un cappuccino. L'aveva raggiunta per salutarla.

«Pulisciti il labbro», le disse.

Lei ci passò la punta delle dita.

«Perché sorridi?» gli domandò.

«Mi fa piacere rivederti. Come stai?»

«Bene. Oggi lascio la città e torno tra le vigne. Così mi sono concessa questa mattinata di pausa. Ho passato l'inverno tra qui e Borgofranco, andando in giro per i vigneti con il nostro enologo e studiando con lui, che è un maestro sapiente e paziente. Le viti non ti concedono mai un vero riposo.»

Ecco perché non l'aveva più vista in palestra, si disse lui che aveva sperato di incontrarla.

«Vuoi diventare una vignaiola?» le domandò.

«Lo sono già. Vignaioli si nasce. Qualcuno lo diventa, ma in generale chi produce vino ha alle spalle più generazioni di produttori, perché questo mestiere non è solo una scienza, è anche una tradizione che si tramanda di padre in figlio», rispose lei, con entusiasmo.

«Non hai fratelli che possano aiutarti?» s'incuriosì.

«Ne ho due e sono tanto più grandi di me. Ma Luigi si è consacrato all'università e ha una cattedra a Trieste, Gaspare è medico e lavora nel nostro ospedale, io sto imparando da papà a mandare avanti l'azienda di famiglia. Tu, invece, fai il giornalista economico e sei in procinto di diventare vicedirettore del nostro quotidiano. Lo so, perché poche sere fa ero a cena con papà in casa dei tuoi editori che ce ne hanno parlato e hanno espresso un giudizio molto lusinghiero su di te. Che cosa fai? Perché arrossisci?»

«Dottore, i pasticcini per la sua mamma», annunciò la commessa tendendogli il pacchetto.

Lui lo afferrò dicendo: «Segni sul mio conto, per piacere». Poi si rivolse ad Angelica: «Non sapevo della promozione e sono un po' in imbarazzo per averlo saputo da te», replicò, senza nascondere una nota di irritazione.

Angelica si alzò dal tavolo e sussurrò: «Scusami, sono stata indiscreta a parlarti del tuo lavoro», poi lo guardò con serietà e aggiunse: «Ti confesso che sono tornata in piscina più volte, nei mesi passati, sperando di incontrarti». Si girò e corse via.

Raffaello rimase lì, impietrito, da quella brevissima confessione che gli aveva spalancato le porte del paradiso.

Quando si decise a uscire dal bar, lei era già sparita.

«Sono un cretino, un grande cretino», borbottava ancora quando entrò in redazione, facendo oscillare in una mano la sacca della palestra e nell'altra il pacchettino dei dolci che aveva scelto per sua madre.

«Dottore, si sente bene?» gli domandò Tiziana.

Lui allora rise di gusto e replicò: «Non sono mai stato meglio».

«Sa, quand'ero giovane come lei, capitava anche a me di sentire l'aria della primavera», disse la segretaria, guardandolo con una tenerezza quasi materna.

«Signorina Scaroni, oggi sono felice», le confessò sorridendo.

«E io sono felice per lei e le auguro vivamente che la vita le sorrida sempre. Adesso le porto il caffè.»

«Niente caffè, stamattina. Invece vada a prendere due bicchieri, uno per me e uno per lei», le ordinò afferrando una bottiglia di Franciacorta dei Fratelli Berlucchi che aveva sulla scrivania.

«L'avevo comperata per la mia mamma, perché oggi è il suo compleanno, ma ho voglia di stapparla con lei, deliziosa vestale dei segreti di tutta la redazione.»

Adesso fu la zitella cinquantenne ad arrossire.

«Dottore, lei mi manda in confusione», dichiarò. E soggiunse: «Niente bollicine per sua madre?»

«Si sbrighi a portare i bicchieri. Non voglio che gli altri ci vedano fare bisboccia.»

La donna uscì volando dalla stanza e, poco dopo, mentre brindavano, gli domandò: «Posso sapere la ragione di questo brindisi?»

«Sono innamorato, cara Tiziana», disse lui abbracciando quella creatura segaligna e sollevandola da terra, mentre lei scalciava e, ridendo, cinguettava: «Ma non faccia così, dottore. Chissà cosa potrebbero pensare gli altri, se ci vedessero».

Lui la rimise a terra e, tappando ermeticamente la bottiglia, gliela porse con un sorriso.

«Questa sera se la porti a casa per bere con sua madre quello che rimane.»

La donna avrebbe voluto chiedergli chi fosse la donna fortunata, ma non osò spingersi a tanto. L'avrebbe comunque saputo, prima o poi. E subito dopo si domandò perché il suo giornalista preferito era entrato in redazione dandosi del cretino. Avrebbe scoperto anche questo, a suo tempo. Per ora era felice anche lei, perché quella sera avrebbe avuto una bella novità da raccontare alla mamma.

Dopo pranzo, Raffaello andò a Borgofranco, da Angelica. Varcò in auto l'androne imponente che si apriva nel muro di cinta del borgo e fu sul viale coperto di ghiaia che costeggiava i primi edifici. Fermò l'auto, scese e si guardò intorno.

Il sole del pomeriggio rischiarava il verde ancora tenero dei rampicanti sui muri delle costruzioni. Un gatto prendeva il sole allungato al centro del viale, un bassotto petulante gli si fece incontro abbaiando e dimenando la coda. Da una porticina a due battenti, con la scritta UFFICI, si profilò Angelica. Indossava un paio di jeans stinti, scarpe da ginnastica e un maglioncino blu. La lunga treccia arrotolata sulla nuca era fermata da una matita. Si accostò a Raffaello e gli sorrise.

Lui la prese tra le braccia e le disse: «Sono innamorato di te».

9

Dalla finestra del suo ufficio, Giovanni Brugliani vide la sua piccolina tra le braccia del giornalista.

Rosina si accostò a lui, porgendogli la tazzina di caffè appena fatto.

«Vedi anche tu quello che vedo io?» le domandò l'uomo.

«Chi è?» indagò la governante.

«Un giornalista di belle speranze.»

«E anche di bell'aspetto», commentò lei.

«Mah!» fu il commento laconico del padrone.

«Se mi permette, è molto meglio questo del marito defunto», osservò Rosina.

«Forse», brontolò Giovanni Brugliani. Si allontanò dalla finestra e tornò a sedere dietro la scrivania. Assaporò lentamente il caffè e tese alla donna la tazzina vuota.

«Che cosa non la convince?» domandò lei, tornando a occhieggiare dalla finestra. Vide i due giovani sorridere e avviarsi, stretti l'uno all'altra, verso casa.

«La mia piccolina aveva giurato di non volerne più sapere di uomini.»

«Ma che cosa pretende? Non ha ancora vent'anni e non penso che lei si auguri che faccia la zitella a vita, come me.»

«Io non mi auguro niente. Spero solo che, se questo è l'inizio di una storia, duri poco. Angelica sta impegnandosi molto nel lavoro e ha ottime qualità per sostituirmi alla guida dell'azienda. Avrei preferito che non avesse altre distrazioni, almeno per qualche anno ancora.»

«Sa cosa le dico? Io sono contenta se ha un innamorato affidabile e quel ragazzo si presenta bene. Mica come l'altro, che mi faceva accapponare la pelle. Come ha detto che si chiama?»

«Non l'ho detto. Si chiama Rovesti. Il nome non me lo ricordo. Scrive sulla pagina economica del nostro giornale e dice anche cose di buon senso. Qualche volta viene invitato dalla Favaretto, dai Cremonesi, dai Mentasti. Poche sere fa ero a cena con Angelica dagli editori del giornale, che hanno parlato bene di lui. Avrei dovuto capire che c'era qualcosa tra i due, perché ho visto mia figlia arrossire quando hanno fatto il suo nome», raccontò.

Rosina rimise sul vassoio la tazzina vuota del caffè, mentre Giovanni rispondeva al telefono. Coprì il ricevitore e le sussurrò: «Vai a casa a vedere che cosa stanno combinando quei due».

Li trovò nella sala da pranzo che, sulla base del ritrovamento di alcune sbiadite planimetrie di datazione incerta, doveva essere stata il refettorio dei monaci.

Lungo le pareti erano allineati disegni a inchiostro che riproducevano il borgo attraverso i secoli, così come se lo era immaginato il primo Brugliani che, all'inizio dell'Ottocento, aveva acquistato il monastero con i terreni che lo attorniavano.

«Qui pranziamo soltanto a Natale, quando si riuniscono tutti i Brugliani. Per l'occasione arrivano anche i parenti che vivono negli Stati Uniti ormai da settant'anni. E poi abbiamo alcuni cugini trapiantati in Austria e nel sud della Francia. Quando siamo tutti insieme, siamo una tribù. C'era stato un tempo in cui detestavo queste rimpatriate, ma lo scorso Natale, quand'eravamo tutti qui intorno a questa lunga tavola, addobbata per le feste, ho apprezzato pienamente la gioia di far parte di questa grande famiglia. Nel nostro borgo, il Natale ha una magia che non si può descrivere», raccontò Angelica.

«I Natali in casa Rovesti sono tutt'altra cosa. Siamo in tre, mamma, papà e io. Non abbiamo parenti vicini e di quelli lontani abbiamo perso il ricordo. Mia madre è triestina ed è cresciuta in orfanotrofio, papà era figlio unico, come me, ed è un ferroviere. Pensa che fino a poco tempo fa ho viaggiato gratis su tutti i treni del nostro Paese. Io vivo ancora con la mia famiglia. Potrei comperarmi un appartamento solo se vendessi quello che posseggo a Roma, in via Margutta. Ho preferito affittarlo, almeno per il momento», raccontò Raffaello.

«Hai un appartamento in via Margutta? Ma è il massimo della vita!» si stupì Angelica.

«È un lascito testamentario di Lorena Saltini, che

è stata amica di mia madre e che io chiamavo zia», spiegò lui.

«La Saltini attrice famosa?» domandò lei.

«Proprio lei. A mia madre ha lasciato alcuni gioielli custoditi in banca e a me la casa romana.»

Rosina, attraverso la porta socchiusa li aveva ascoltati. Si disse che i due stavano imparando a conoscersi e sorrise, perché Raffaello le piaceva e si augurava che l'inizio di quella storia avesse un seguito, a dispetto dello scetticismo di quel brontolone di Giovanni Brugliani.

Raffaello andò via e Angelica tornò in ufficio con aria sognante. Sedette al suo tavolo, nell'ufficio che divideva con le altre impiegate, e riprese a lavorare.

C'era molta posta da smaltire e chiese lumi a Cesarina, la segretaria che era costantemente aggiornata su tutto, e sapeva essere prodiga di spiegazioni ai molti interrogativi della piccola Brugliani.

A un certo punto, quando ormai gli uffici stavano per chiudere, Giovanni raggiunse sua figlia e annunciò: «Mi ha chiamato un operaio. Pare che nella vigna della Vedova qualcuno abbia sradicato le rose e le abbia calpestate». Cesarina e le altre impiegate si fecero il segno della croce e la decana delle segretarie sussurrò: «Brutto segno».

Da decenni, all'inizio di ogni filare, i contadini interravano una pianta di rose e la accudivano con una cura quasi maniacale, non perché amassero i fiori, ma perché in caso di attacco dei parassiti dell'uva, la rosa era la prima a mostrarne i segni, ammalandosi. Nel tempo, la ricerca legata alle colture aveva messo a punto metodi scientifici più attendibili per segnalare l'attacco dei parassiti ma la rosa continuava ad avere una sua valenza scaramantica: estirparne la pianta era un insulto al vitigno e a chi lo possedeva.

L'uomo si rivolse a sua figlia e le disse: «Andiamo a vedere».

Trovarono alcuni operai che confabulavano esaminando le piante distrutte. L'operaio più anziano, un contadino del luogo, gli si fece incontro e disse: «Meglio se non vi accostate».

Angelica e suo padre gli rivolsero uno sguardo perplesso.

«Le hanno distrutte, sradicate e riempito il terreno con i loro escrementi», spiegò l'uomo.

«Padrone, la merda porta fortuna», gridò un operaio extracomunitario che stava accanto al primo filare.

«È stato uno sfregio, dottore. E io credo anche di sapere chi è stato», disse il contadino.

«Ma io non voglio saperlo. Ci è andata bene che non hanno divelto i pali. Fai ripulire tutto e, domattina, vieni giù in serra a prendere altre piante. Mi raccomando, non fate stupidaggini, perché non voglio innescare sfregi peggiori.»

Giovanni Brugliani alludeva a un branco di ragazzotti del luogo che, qualche tempo prima, avevano tentato, nottetempo, di fare irruzione nel borgo, scavalcando il muro di cinta. Erano scattati gli allarmi, la guardia giurata era stata raggiunta dai rinforzi, uno dei ragazzi si era rotto una gamba precipitando dal muro, era seguita una denuncia che Giovanni Brugliani si era affrettato a ritirare, quando aveva individuato il colpevole per non mettere nei guai i genitori del ragazzo che erano brave persone. Erano stati proprio loro a chiedere al Brugliani di assumere il figlio come operaio, dopo che la fabbrica in cui lavorava aveva chiuso i battenti. Il Brugliani non si aspettava che fosse un tipo turbolento, che si ubriacava e attaccava briga con gli operai polacchi, accusandoli di venire nel nostro Paese per rubare il lavoro agli italiani. Alla fine aveva dovuto licenziarlo.

«La prossima volta potrebbero fare di peggio», disse il vecchio contadino.

«Non lo faranno», tagliò corto il padrone. Poi si rivolse alla figlia: «Andiamo all'osteria. Stasera ho voglia di un bel piatto di polenta con il brasato».

10

«Quand'ero bambina, la mamma faceva una marmellata, che mi piaceva tanto, con i petali della rosa gallica», disse Angelica, quando furono a tavola.

«Quella rosa l'avevo piantata io quand'è nato Gaspare. Quando sei nata tu, avevo messo la rosa canina nella vigna dell'Angelo», spiegò Giovanni.

«In serra abbiamo delle rose uguali a quelle che hanno distrutto. Lo so, perché sono io a curarle», volle rassicurare suo padre. Poi gli domandò: «Se sai chi è stato a fare questo sfregio disgustoso, perché non sporgi una denuncia?»

«Perché io sono un signore e il vandalo è un poveraccio. A meno che lui e i suoi amici non tentino di accoltellarti, mai rifarsi sui deboli. Inoltre rischi di innescare altre vendette», le spiegò suo padre.

«Inutile chiederti chi sia, perché non me lo diresti, ma se i dispetti proseguissero?»

«Non accadrà. Fidati di tuo padre», tagliò corto Giovanni Brugliani.

Faustina, un nome che contraddiceva la mole dell'ostessa, mise sul tavolo due piatti di polenta fumante coperta con il sugo di un sapido brasato al barolo.

«Se me lo permettete, vi offro un Pinot bello rotondo della mia vigna. So bene che non è all'altezza del tuo vino, caro Giovanni, ma è fatto con amore», ci tenne a dire Faustina.

«Quante bottiglie ne fai?» domandò l'uomo, mentre lei versava il vino nei loro bicchieri.

«La vendemmia passata è stata buona e ne abbiamo ricavato novecento bottiglie, quanto basta per noi e per i pochi amici che, come te, a ogni morte di Papa mi onorano della loro presenza. Quello che servo di solito ai clienti dell'osteria, lo sai molto bene, è roba corrente. Assaggialo e dimmi come ti sembra, senza fare troppi complimenti.»

Stette lì ad aspettare, con le mani sui fianchi, il giudizio di Giovanni Brugliani, che era un vecchio amico d'infanzia.

«Facciamolo prima sentire alla mia bambina», disse lui.

Angelica sorrise al padre, poi rigirò il vino nel bicchiere e lo accostò al naso. Commentò: «Avverto un lievissimo profumo di viola e una nota, più prolungata, di muschio». Quindi ne gustò un sorso ed emise la sua sentenza: «Ha la struttura del vino nuovo, tuttavia il sapore persiste. Alla fine mi rimane in bocca un sottilissimo piacere».

Faustina allargò le labbra in una bella risata.

«Ragazzina, tu hai un futuro come imbonitrice. Sei

la degna figlia di tuo padre. Perché non mi dici se fa schifo oppure ti piace?»

«Faustina, è buono per essere un vino fatto in casa. È schietto come te», disse Angelica.

«Sei contenta del verdetto?» domandò Giovanni all'ostessa.

«Mangiate il mio brasato, perché su quello mi ci gioco l'onore. E adesso vi porto la minerale, tanto so che voi preferite pasteggiare con l'acqua, come i carcerati, piuttosto che con il vino», sbuffò la donna e se ne andò, lasciandoli soli nella piccola sala da pranzo, separata dall'osteria da una porta robusta di legno.

«Allora, ragazzina, hai qualcosa da dirmi?» domandò Giovanni alla figlia.

«A che proposito?»

«Un argomento a caso, scegli tu. Magari su quel giornalista che si intrufola nei letti delle donne sposate.»

«Allora è inutile parlarne, visto che tieni in mano l'ascia di guerra.»

«Mi arrendo, ma vorrei sapere.»

«Raffaello mi piace e mi dispiace che mi piaccia, perché credevo d'essere vaccinata per sempre contro il fascino maschile. Ho preso atto della mia debolezza nel momento in cui l'ho incontrato e comunque non ho fatto niente di compromettente», confessò emozionata.

«Compromettente?»

«Voglio dire che l'ho rivisto per caso da *Giuliani*, in città, e dopo lui è venuto a trovarmi. Ma questo lo sai, perché ci spiavi dalla finestra del tuo ufficio. Credevi che non me ne fossi accorta? Abbiamo chiacchierato per un po', scoprendo di avere tanti gusti in comune. Io credo che sia una persona affidabile», spiegò.

«Va bene, ho capito. E adesso, cosa succede?»

«Papà, sei spietato. Dammi il tempo di riflettere.»

«Ha ragione Faustina: il suo brasato con polenta è perfetto», sorrise Giovanni, tanto per allentare la tensione. E soggiunse: «Deciditi a rispondere al cellulare, perché lo sento vibrare da troppo tempo».

«Sai benissimo che è lui che mi cerca e sai anche che gli parlerò solo quando sarò da sola. È finito l'interrogatorio?»

Suo padre emise un sospiro rassegnato e più tardi, quando erano già a casa e lei gli stava augurando la buona notte, lui si limitò a dirle: «Spero tanto che tu faccia la scelta giusta».

Poco tempo dopo, nella cappella di Borgofranco addobbata a festa, Angelica e Raffaello si sposarono. A unirli in matrimonio fu un monaco, affermato biblista e buon amico di Luigi Brugliani. Nella sua omelia, che incantò tutti i presenti, disse agli sposi: «Il matrimonio è un sacramento e, come tale, va continuamente alimentato con la fede nella reciproca sincerità. Verranno giorni in cui avrete voglia di darvi delle padellate sulla testa. Fatelo onestamente e soprattutto parlatevi sempre a cuore aperto. Ma se capitasse che questo vostro amore svanisca, ditevelo con onestà, sapendo che l'amore eterno è soltanto quello di Dio per noi».

Non ci fu nessun viaggio di nozze, perché non ne avevano sentito il bisogno. Quello che contava era poter condurre insieme la vita di sempre, lui lavorando al giornale, lei in azienda e ritrovarsi la sera per stare insieme e amarsi, discutere ed elaborare progetti per il futuro.

Poco dopo, Angelica era incinta e in una mattina di marzo nacque Elisabetta, che diventò il fulcro delle attenzioni di tutta la famiglia.

Angelica, che non aveva mai smesso di lavorare fino al momento in cui erano iniziate le doglie e Raffaello l'aveva portata di corsa in ospedale, tornò a occupare la sua postazione in ufficio una settimana dopo il parto.

Rosina le consegnava la piccola Elisabetta che lei allattava e ninnava, parlando al telefono o discutendo di lavoro. Giovanni la vezzeggiava quando piangeva, chiamandola con i nomignoli più strani e quando non c'era nessuno intorno, le sussurrava: «Ricorda che tu sei una Brugliani e, se non avrai fratelli, questa azienda dovrà essere guidata da te».

Quando la figlia venne svezzata, Angelica riprese a viaggiare con suo padre, sapendo che la sua bambina rimaneva in buone mani, accudita da Rosina, ma anche dai genitori di Raffaello che non erano molto in forma, ma dimenticavano i loro malanni per correre a Borgofranco ogni volta che c'era bisogno di loro.

Il nonno paterno, che aveva problemi di cuore fin da quando Raffaello era bambino, morì quando Elisabetta aveva due anni. La moglie gli sopravvisse di poco. Se ne andò quando Elisabetta aveva quattro anni, lasciando a lei, in eredità, i gioielli ricevuti da Lorena Saltini. Quello fu un periodo molto difficile per Raffaello. Fino a quel momento non si era reso conto di quanto i suoi genitori fossero stati importanti per lui. All'improvviso si era sentito solo, fragile, smarrito. Aveva una moglie che amava, una bambina bellissima che adorava, un lavoro che lo gratificava, ma lui era solo, insicuro e annaspava alla ricerca di un appiglio, mentre realizzava che Angelica veleggiava sicura nell'impresa di famiglia, totalmente concentrata sulle cure per Elisabetta e il severo apprendistato nel business del vino, senza accorgersi del suo bisogno di attenzioni.

Fu allora che iniziò a tradire sua moglie.

Oggi

1

«PAPÀ, i tuoi tradimenti non li voglio sapere», dichiarò Elisabetta che aveva ascoltato con avidità il lungo racconto di Raffaello.

«Né io ho intenzione di raccontarteli, tanto più che le zanzare mi stanno divorando», replicò lui, muovendo le mani per allontanare gli insetti molesti.

Il piccolo giardino della locanda era illuminato da lampade inserite a filo d'erba, la luna piena splendeva nel cielo e una stella cadente disegnò nella notte una lunga scia d'argento che subito scomparve. I cespugli di rose innaffiate al tramonto diffondevano nell'aria immobile un profumo intenso. Da lontano arrivavano le note di una romanza famosa de *Il Trovatore* e Raffaello prese a canticchiare, seguendo la musica: «D'amor sull'ali rosee, vanne, sospir dolente».

«Che roba è?» domandò la ragazza.

«Un'aria che cantava spesso tua nonna, lei amava la musica lirica e ha coltivato per tutta la vita il sogno di poter ascoltare un'opera alla Scala di Milano, senza mai riuscire a realizzarlo. Io, che non ho orecchio per la musica e non so neanche ballare, avevo imparato da lei tanti pezzi d'opera, ma quando mia madre mi sentiva canticchiare si tappava le orecchie e mi diceva: 'Bambino, smettila, perché sei stonato come una campana'.»

«È vero! Una volta, quand'ero piccola, hai tentato di fare un duetto con la mamma e volendo imitare Celentano hai intonato: *Chi non lavora, non fa l'amore*. Lei è scoppiata a ridere, tu ci sei rimasto male e le hai detto: 'Non è vero che stono. Dentro di me, sono meglio di Pavarotti', e mamma disse: 'Ecco, continua a sentirti Pavarotti, ma dentro di te'. Ridevate, sembravate felici e lo ero anch'io. E ho continuato a esserlo fino a pochi mesi fa, quando è scoppiata la bomba.»

«Elisabetta, devo farti un grande annuncio: tuo padre è un cretino!» confessò Raffaello.

Elisabetta tacque per un attimo e poi disse: «Credo che tu ti sia comportato come se lo fossi, ma non lo sei».

«Grazie, mio piccolo tesoro.»

«Penso che dovresti mettercela tutta per ricucire la storia con la mamma perché io non voglio perdervi. Ma stai attento perché la mamma sostiene che ha chiuso con te.»

«E io adesso so di non avere mai smesso di amarla. Ho dovuto creare un guaio grosso per rendermene conto», ammise.

Elisabetta si abbandonò a un incontenibile sbadiglio.

«Papà, sono stanca. Vado a dormire e, se ti riesce, dormi anche tu.»

«Buona notte, piccolina. Ti voglio bene», disse lui, abbracciandola.

«Te ne voglio anch'io», rispose lei, e gli schioccò un bacio sonoro sulla guancia.

Il mattino seguente, mentre facevano colazione in giardino, la vecchia Barbarina passava di tavolo in tavolo per offrire agli ospiti una crostata di albicocche appena sfornata. Arrivò un messaggino sul cellulare di Elisabetta.

La ragazza immaginò che fosse Cedric che le augurava il buongiorno e le dava notizie di sé, giustificando la freddezza dei giorni precedenti. Aprì il messaggio e non poté trattenere la sua delusione: «È solo mamma».

«Cosa scrive?» s'incuriosì Raffaello.

Elisabetta lesse: «È andato tutto meglio del previsto. Torno in Italia domani. Come va la tua vacanza con papà?»

Lei guardò suo padre e gli domandò: «Glielo dico che ci siamo fermati per il mio piede scalcagnato?»

«Vedi tu.»

«Preferisco restare sul vago, altrimenti si preoccupa, tanto più che il tallone sta guarendo.»

Barbarina li raggiunse e disse: «Abbiamo delle biciclette da prestarvi. Ci sono delle belle gite da fare qui intorno. Non vorrete stare rintanati tutto il giorno».

Elisabetta guardò suo padre e propose: «Che ne diresti se tornassimo a Borgofranco?»

«Sei disposta a sopportare le frecciatine di Rosina e di mamma, quando vedranno che la nostra lunga avventura si è conclusa dopo quattro giorni?»

«Mamma non tira mai frecciatine, dovresti saperlo. E Rosina sarà felice di riabbracciarmi.»

«Quindi, niente gita in bicicletta?»

Elisabetta sembrava perplessa. Poi ci ripensò.

«Forse è meglio se aspettiamo ancora un paio di giorni, tanto per non perdere la faccia, che ne dici? E poi, io sto bene con te.»

Suo padre la abbracciò, felice. Barbarina sorrise e li accompagnò a prendere le biciclette.

Trascorsero la mattina a pedalare lungo i viottoli tra le piantagioni di mais, costeggiarono aziende agricole dove si allevavano mucche da latte, polli e maiali. Si fermarono in un'osteria a mangiare pane e formaggio. Visitarono un paio di chiese d'epoca medievale, ammirando, in quella di San Filastro, alcuni affreschi del Quattrocento ben restaurati. Si addentrarono in un piccolo cimitero di campagna a leggere i nomi sulle tombe dei defunti, a osservarne le fotografie, a decifrare la data di nascita e di morte. Sorrisero quando lessero su una lapide in pietra di Sarnico una scritta che risaliva agli inizi del Novecento e che diceva: «Qui riposano le ossa di una madre che, nella vita, non ha riposato mai».

«Come Barbarina che, anziana com'è, continua a occuparsi di tutto e di tutti», ragionò Elisabetta.

«Mi chiedo da dove le venga tutta la sua energia», osservò Raffaello e aggiunse: «Io devo confessarti che sono stanchissimo».

«Sono stanca anch'io», ammise Elisabetta.

Rientrarono alla locanda e, dopo cena, ripresero il loro posto in giardino.

«Io mi farei volentieri una birra, prima di andare a letto», disse Raffaello.

«Vado a chiedere che te la portino», si offrì sua figlia, e andò all'interno della locanda.

Alla reception non c'era nessuno. La cucina era deserta. La saletta da pranzo era già stata ripulita e allestita per la colazione del mattino. Elisabetta si domandò dove fossero finiti i padroni. Poi vide una porta socchiusa, l'aprì piano e si affacciò su un piccolo salotto rischiarato da una lampada a stelo. Sentì un odore che conosceva per averlo già sentito altre volte. In un angolo, mollemente adagiata su una poltrona accogliente, Barbarina aveva gli occhi socchiusi e fumava con aria beata.

La ragazza osservò la scena esterrefatta poi corse fuori e annunciò a suo padre: «La vecchia Barbarina si sta facendo una canna!»

«Che cosa stai dicendo?» reagì Raffaello, incredulo.

«Vieni a vedere, se non ci credi», sussurrò Elisabetta, divertita.

2

ERANO le undici di sera. Nella sua camera, Elisabetta aveva disattivato il cellulare e attivato il suo lettore e-book per scegliere un titolo tra quelli acquistati per l'estate.

Era da sempre una forte lettrice, avendo ereditato, soprattutto da suo padre, la passione per i romanzi e distingueva i libri tra: quelli da leggere di giorno e quelli da leggere di sera, quand'era ormai a letto e sentiva il bisogno di storie che l'accompagnassero dolcemente verso il sonno.

Tra i titoli che stava scorrendo, e che erano stati indicati dalla insegnante di lettere, scelse *Diceria dell'untore* di Bufalino. Lo aprì e si apprestava a iniziarne la lettura, quando sentì bussare alla porta. Era suo padre che la guardò con severità.

«Cos'è successo?» domandò Elisabetta.

«Noi due dobbiamo parlare», annunciò lui. Era ancora completamente vestito, afferrò una sedia e si sedette accanto al letto della figlia.

«Papà, mi dici cosa vuoi?» si allarmò la ragazza.

«Come hai fatto a riconoscere l'odore del fumo? Mi riferisco a Barbarina che si faceva una canna.»

«Papà, ma in che mondo vivi?» quasi si scandalizzò lei.

«Voglio saperlo da te in che mondo vivi tu», replicò lui, preoccupato.

«Lo sai benissimo qual è il mondo in cui vivo e adesso vuoi sapere se io fumo l'erba. La risposta è no, anche se più d'una volta mi è stata offerta. E sai perché l'ho rifiutata? Perché ne ho paura. E sai perché ho paura delle droghe? Perché voglio avere sempre il controllo di me stessa. Sono stata chiara?»

«Non del tutto. Se non hai mai fumato, come hai fatto a riconoscerne l'odore?»

«Esattamente come lo hai riconosciuto tu che, ne sono certa, non ti sei mai fatto uno spinello. Io vado in una scuola statale e il fumo va alla grande e tutti, insegnanti compresi, lo sanno anche se fingono di non saperlo.»

«Perché non me ne hai mai parlato? Mamma lo sa?»

«Io non ti capisco. Le dipendenze dalle droghe, come dall'alcol, dalle sigarette, dallo shopping, dal body-building e così via, fanno parte della nostra società, che ti piaccia o no. Tu sei un giornalista e non conosci la società in cui vivi? Se ti guardi intorno, la droga la trovi anche in paesi minuscoli come quello in cui siamo adesso. Barbarina ne è la prova. Sono grata alla mia famiglia che, pur senza dirmelo, mi ha insegnato a stare attenta a quello che faccio e ad andare per la mia strada. Mi scelgo gli amici che voglio e ti posso assicurare che non si drogano e sono persone per bene. Nel mio liceo, i ragazzi e le ragazze che sbarellano molto spesso seguono l'esempio dei loro genitori che hanno abiti griffati, auto sportive e consumano alcol e droghe.»

Raffaello si alzò, si chinò su sua figlia e la strinse tra le braccia.

«Ti voglio bene», le sussurrò. «Che cosa ho fatto per meritarmi una figlia come te?» le domandò.

«Mi hai voluto bene. Intendo dire che sei un buon padre. Ma come marito della mamma, sei una frana», concluse Elisabetta, desolata.

«Pensi che riuscirò a riprendermela?»

«Non lo so», rispose Elisabetta con sincerità.

Le tornò in mente quell'uomo bello e strano che la mamma aveva incontrato a Londra. Non volle parlarne con suo padre e si limitò a scuotere il capo e a ripetere: «Non lo so davvero».

Suo padre le diede una carezza e sussurrò: «Capita che noi adulti riusciamo a combinare asinate più grosse di quelle dei nostri figli».

Sua figlia non fece commenti. Avrebbe tanto voluto che papà tornasse a vivere con la mamma, ma se così non fosse stato, lei aveva comunque la certezza di essere amata da entrambi e questo le bastava.

«Papà, è quasi mezzanotte. Vuoi lasciar dormire la tua bambina?»

«Okay», rispose e stava per uscire dalla camera quando sbottò in una sana risata.

«Ho detto qualcosa di buffo?» domandò Elisabetta.

«Pensavo alla vecchia Barbarina che si fa di canne!»

«Era da fotografare mentre ci guardava con l'aria trasognata e cercava di spiegare: 'Questa medicina per il male alle gambe è più efficace di quella che mi dà il dottore. Me la procura mio nipote'. Sono sicura che lei non sa che si tratta di droga», disse Elisabetta, divertita.

«Barbarina è un'anziana sveglia come un grillo e ha deciso che, arrivata alla sua età, dopo una vita di fatiche e sacrifici, una parentesi serale di evasione le tocca di diritto. Chissà se quando avrò la sua età e sarò pieno di dolori mi offrirai la stessa cura.»

Elisabetta afferrò il cuscino del suo letto e, ridendo, lo scagliò addosso al padre che lo schivò, lo raccolse e glielo rilanciò, poi sgusciò fuori dalla stanza evitando di un soffio una seconda cuscinata.

3

«FACCIAMO una sorpresa alla mamma», si erano detti padre e figlia il mattino seguente, dopo aver deciso di chiedere un passaggio a Borgofranco al sagrestano che faceva anche servizio di taxi. Dopo aver stipato nel bagagliaio di una Mercedes decrepita zaini e sacchi a pelo, l'anziana Barbarina volle abbracciarli e augurargli un buon ritorno con l'offerta di una crostata fresca e altre golosità che aveva preparato per loro.

«Se il buon Dio mi mantiene in vita, la prossima estate vi aspetto di nuovo.»

Quando furono in macchina, Raffaello disse: «L'anno prossimo ci attrezzeremo meglio per la nostra vacanza e un paio di notti alla locanda *Tacconi* sono garantite».

«Sempre che, nel frattempo, Barbarina non sia stata spedita in una comunità di recupero per tossicodipendenti», sussurrò Elisabetta all'orecchio di Raffaello, sorridendo.

Era Ferragosto e a mezzogiorno, sotto un sole impietoso, varcarono le mura del borgo che riposava silente in cima al pianoro, nell'abbraccio amorevole delle vigne cariche di grappoli che promettevano una ricca vendemmia. Incrociarono un paio di operai che uscivano dagli uffici diretti verso i campi. Scaricarono i bagagli e, mentre il sagrestano-taxista lasciava il borgo, entrarono in casa. Deposero gli zaini nell'ingresso, ai piedi dello scalone che portava al piano superiore e si inoltrarono nel soggiorno. Dalle portefinestra aperte sul patio venivano voci e risate.

«C'è gente in piscina», disse Elisabetta.

«Pare che se la stiano spassando», si rabbuiò Raffaello, che si era immaginato un'accoglienza diversa per il loro ritorno a sorpresa, convinto di trovare Angelica stanca, sola e triste per la loro assenza.

«Cerca di capire chi c'è, ma non farti vedere», chiese alla figlia, mentre pescava una bottiglia d'acqua fredda dal mobile-bar. Elisabetta uscì sul patio e, da dietro una siepe di oleandri, spiò la zona della piscina. Sui lettini, protetti dall'ombrellone, vide Margot, la moglie dell'avvocato Raimondo Agosti e la *sommelière* cinese Ye-Liu-Jie, che tutti chiamavano semplicemente Ye, tornata con la mamma dalla trasferta in Cina. In piedi, sul bordo della vasca, c'era un bell'uomo biondo, di mezza età in costume da bagno. Raimondo Agosti e Angelica nuotavano in piscina in sincronia.

Allora tornò nel soggiorno e ordinò a suo padre: «Seguimi».

L'uomo mise una mano sulla spalla della figlia e uscì con lei. Quello che Raffaello vide, non gli piacque. Mentre Raimondo, sbuffando e spostando metri cubi d'acqua come una balena, continuava a nuotare imperterrito, Angelica aveva raggiunto il bordo della piscina e tendeva una mano al biondo atletico di mezza età che la afferrò per aiutarla a uscire dalla vasca. Subito dopo le posò un telo di spugna sulle spalle, frizionandole la schiena.

Angelica sorrideva ma non appena vide Raffaello con Elisabetta il suo viso si illuminò di gioia e andò incontro a sua figlia. La abbracciò, tenendola stretta a sé.

«Che bella sorpresa. Sono felice di vederti, bambina mia», esclamò. Poi salutò Raffaello.

«Che cosa ci fa qui, tutta questa gente?» domandò sottovoce lui e soggiunse: «Chi è quel fusto che mi guarda come se fossi un marziano?»

«Geloso?» lo interrogò lei, con fare malizioso.

«Ma papà, è un vecchietto!» si intromise Elisabetta.

«Tu non capisci niente di uomini. Tua madre, invece, se ne intende parecchio», replicò lui.

Angelica non si preoccupò di ribattere e, invece, gli presentò William Clifford.

«Il nostro nuovo agente per gli Stati Uniti», disse, mentre Elisabetta si lasciava abbracciare da Margot Agosti e dalla esile Ye.

«Il padre di mia figlia», soggiunse, mentre i due si stringevano la mano. «E ora scusatemi, ma voglio parlare con la mia bambina», concluse, infilandosi un accappatoio.

Raimondo, intanto, continuava a nuotare, ignaro di quello che succedeva a bordo piscina.

«Ti aspettavo di ritorno dopo Ferragosto. Che cos'è successo?» domandò Angelica a Elisabetta, mentre si avviava con lei verso casa.

«Tallonite acuta», confessò Elisabetta, mostrandole il piede infortunato.

Sua madre si chinò a esaminare l'escoriazione ed emise la sua sentenza: «Ti ci vorranno giorni prima che si ricostruisca la pelle. Occorrono pediluvi d'acqua salata mattina e sera, calzerai solo infradito e, forse, da qui a una settimana, l'epidermide si sarà ricostruita. Andiamo nella tua camera, così chiacchieriamo un po'».

«Non mi aspettavo di trovare tutta questa gente in casa», confessò la ragazza, mentre immergeva il piede in un catino pieno di acqua tiepida e salata.

Erano nella stanza da bagno e Angelica si era seduta sul bordo della vasca.

«Nemmeno io», disse. E spiegò: «Ye l'ho invitata io, perché sarebbe stata sola a Milano. Gli altri mi sono piovuti addosso come cavallette. Se ne andranno prestissimo».

«Anche l'americano che ha fatto ingelosire papà?»

«Sorvoliamo. Mi domando piuttosto come lui abbia potuto lasciarti ridurre in questo stato», deplorò Angelica.

«Papà non c'entra affatto, casomai mi ha accudita al meglio e, già che siamo in argomento, devo dirti che con lui sono stata benissimo. Papà è una gran brava persona e io gli voglio molto bene.»

«Vorresti dire che con me non stai altrettanto bene?»

«Mammina, questo è fuori discussione. Intendo che sei molto dura con lui», la rimproverò.

«Elisabetta, parliamo d'altro. Il rapporto con tuo padre è finito e non voglio tornarci sopra», tagliò corto.

Si accostò alla figlia e le sollevò il piede avvolgendolo in una spugna morbida per asciugarlo.

Elisabetta osservò lo sguardo determinato della sua mamma e fece un raffronto con quello solare e un po' infantile del suo papà. Secondo lei sembravano fatti per integrarsi, ma, forse, si sbagliava.

In quel momento suonò un cellulare. Elisabetta recuperò il telefonino e Angelica lesse sul display luminoso il nome di chi chiamava: Pippa.

Si alzò di scatto e incenerì la figlia con lo sguardo.

«Non solamente tuo padre, ma anche tu, adesso, te la intendi con lei?» strillò.

«Mi dispiace, mammina, ma... questo è il cellulare di papà. Non capisco come ce l'abbia io. Allora lui ha il mio!» constatò Elisabetta.

Angelica strinse a sé la sua bambina, mentre le sussurrava: «Scusami, piccola mia. Scusami, ti prego». Elisabetta aveva gli occhi lucidi di pianto, e prese a strillare: «Ecco, lo vedi come sei? Subito pronta a emettere sentenze senza fermarti un istante a ragionare! Se vuoi saperla tutta, papà ti ama ancora moltissimo e io sono furibonda con tutti e due, perché non voglio essere messa in mezzo alle vostre liti squallide», urlò mentre si scioglieva dall'abbraccio di sua madre.

In quel groviglio di braccia, urla e pianti, Raffaello, comparso sulla soglia della stanza da bagno, con in mano il cellulare della figlia, rimase lì, frastornato e confuso, mentre sussurrava: «Posso sapere che cosa sta succedendo?»

4

Era scesa la sera e Raffaello misurava a lunghi passi il perimetro esterno della villa dei Brugliani, tenendo in una mano il cellulare incollato all'orecchio e nell'altra una sigaretta che si consumava senza che la fumasse e, intanto, ascoltava il torrente di recriminazioni di Pippa Premoli.

Dopo la scenata di Elisabetta, che aveva finito per incolpare sia lui sia Angelica della propria infelicità, aveva lasciato Borgofranco, senza salutare nessuno, e si era rifugiato lì, determinato a riflettere in pace sulla conclusione catastrofica di una breve vacanza felice con sua figlia.

Fortunatamente, i cognati erano partiti con le famiglie e nella villa erano rimasti soltanto i custodi, ai quali aveva detto di non aver bisogno di niente e di non voler essere disturbato. Ma non aveva potuto impartire lo stesso ordine a Pippa che lo chiamava in continuazione dalla masseria nel Salento per sollecitare la sua presenza.

«Ti ho detto che la mia bambina è in crisi e non sono dell'umore più adatto per venire da te», le aveva spiegato, avendo ancora nella mente il pianto di Elisabetta che, dopo una apparente imperturbabilità per il divorzio dei genitori, aveva riversato su entrambi il suo dolore.

«Eravamo felici, eravamo una bella famiglia, e voi due avete rovinato tutto. Perché?» strillava piangendo come una fontana, mentre lui e Angelica la guardavano senza sapere come calmarla.

«Io ho già i miei problemi e voi due, che dovreste aiutarmi a risolverli, siete più incasinati di me», strillò, guardandoli sdegnata.

Angelica e Raffaello si erano scambiati sguardi smarriti, incapaci di capire che cosa avesse scatenato quella furia improvvisa, finendo entrambi per sentirsi colpevoli.

Allora Angelica aveva tentato di reagire con un sussulto di autorevolezza materna e aveva detto alla figlia, con tono severo: «Come ti permetti di ergerti a giudice delle nostre decisioni? Ti abbiamo cresciuta con amore e ti abbiamo dato tutto quello che ritenevamo di doverti dare. Vorresti che fingessimo un'armonia che non c'è più? È questo che vorresti?»

Raffaello, si era precipitato ad abbracciare la figlia, dicendo ad Angelica: «Perché la rimproveri così duramente? Chiama un medico, piuttosto. Non vedi che la bambina sta male?»

Elisabetta si era liberata dal suo abbraccio ed era corsa a rintanarsi nella sua stanza, chiudendo la porta a chiave. Loro due avevano bussato, supplicato per farsi aprire.

«Andate via e lasciatemi in pace», aveva urlato la ragazzina da dietro la porta.

Richiamati dalle grida, Raimondo e sua moglie Margot erano saliti al primo piano e avevano chiesto se potevano essere d'aiuto.

«Dove sono gli altri?» aveva domandato Angelica, al culmine dello smarrimento.

«La cinese e l'americano si sono rifugiati nelle loro stanze», li aveva informati e aveva aggiunto: «Provo io a parlare con vostra figlia».

Aveva bussato alla porta di Elisabetta, dicendole: «Sono zio Raimondo, apri la porta».

L'avvocato di famiglia era riuscito a entrare nella stanza. Angelica, Raffaello e Margot erano scesi nel soggiorno.

Nessuno dei tre fiatava, aspettando il seguito. Dopo oltre un'ora, finalmente avevano sentito i passi dell'amico che scendeva le scale. Era entrato in soggiorno e aveva detto: «Angelica, dammi un whiskey con tanto ghiaccio, per favore».

Si era lasciato cadere di peso su una poltrona e aveva emesso un lungo sospiro. Angelica si era affrettata a servirlo. Raffaello aveva domandato: «Devi tenerci ancora a lungo sulle spine?»

«Non so come dirvelo, ma la piccolina è nei guai», si era deciso a dire.

«Oddio! Che cosa le è successo?» aveva sussurrato Raffaello, sbiancando.

«In Inghilterra ha fatto la frittata e adesso ha paura di essere incinta», rivelò l'uomo.

Angelica e suo marito si guardarono e, contemporaneamente, sbottarono: «Quel Cedric!»

«Già, è proprio quello il nome che mi ha detto», annuì Raimondo.

Raffaello ricordò i momenti di tristezza di sua figlia, quando gli aveva parlato di lui e Angelica ripensò a quando le aveva chiesto di trasferirsi in Inghilterra per proseguire gli studi.

L'avvocato prese a raccontare: «A quanto ho capito, è accaduto nel corso di una festicciola tra ragazzi a Burton House. Pare che voi adulti aveste tagliato la corda per lasciarli liberi di divertirsi. Lei era cotta al punto giusto per questo Cedric. Sono andati nella sua camera e lì è accaduto il fattaccio. Lui, dopo, ha iniziato a prendere le distanze e lei si stava quasi rassegnando alla delusione, quando ha fatto due conti e ha capito di essere in ritardo sul suo ciclo. Non sapeva come dirvelo, anche perché avete già i vostri problemi di cui occuparvi».

C'era stato un lungo silenzio, poi Angelica era sbottata: «Così, alla fine, sarebbe colpa nostra!»

«La mia bambina stuprata da uno stoccafisso inglese!» si era infuriato Raffaello.

«Calmatevi tutte e due, per favore», era intervenuto d'autorità Raimondo.

«Mi aveva promesso di parlarmene, se mai fosse stata sul punto di farlo», aveva sussurrato Angelica. E aveva soggiunto: «Io le avevo promesso che l'avrei portata dal ginecologo, perché le prescrivesse la pillola. Alla sua età, è questo che fece mia madre con me».

«Ma brava! Come se due che stanno per scopare pianificassero la cosa», aveva ironizzato Raffaello.

«E già, ha parlato l'esperto», non si era trattenuta dal dire Angelica.

«Adesso smettetela di litigare, perché c'è una ragazzina che ha bisogno di voi», era intervenuto Raimondo.

«Ma siamo davvero sicuri che sia incinta?» aveva domandato Margot.

«Già!» aveva replicato Angelica, con un filo di speranza. «Ma è così spaventata e inesperta che non avrà nemmeno pensato di farsi un test», aveva ragionato.

Gli Agosti si fiondarono in paese sperando di trovare una farmacia aperta per acquistare un test di gravidanza. Angelica e suo marito si ritrovarono da soli in soggiorno, a meditare su quel nuovo dramma che superava di gran lunga le loro beghe personali.

«Mi dispiace», aveva detto Raffaello.

«Lo so», aveva annuito lei, desolata.

Adesso la casa era immersa nel silenzio. I due ospiti si erano isolati nella foresteria e Rosina, che aveva sentito le urla e i pianti, si era barricata in cucina.

«Dovresti andare da lei», aveva suggerito Raffaello.

«Aspetto che i due tornino con il test», era stata la decisione di Angelica.

«Io, per ora, mi levo di mezzo e vado in città. Ti prego di chiamarmi appena si sarà chiarita la situazione», aveva deciso il marito.

Ma invece della telefonata della moglie era arrivata quella furente di Pippa Premoli, che ora gli stava dicendo: «Trovo deplorevole che tu mi abbia lasciato sola. Raffaello, ascolta, io non sono mai stata mollata da nessuno e non sarai tu il primo a farlo. Quindi, sai cosa ti dico? Spero di non doverti incontrare mai più».

Lei chiuse la comunicazione e lui respirò di sollievo. Finalmente quella relazione troppo impegnativa si era conclusa. Tutte le sue storie precedenti non erano mai finite male, anche Melissa Speroni, la moglie dell'anziano e ricco industriale, incontrandolo qualche tempo dopo essere stata abbandonata, gli aveva sorriso e lo aveva salutato con affetto. Ma nessuna delle sue amanti era viziata come Pippa. Poi arrivò la telefonata tanto attesa.

«Nostra figlia sta bene. Non è incinta», gli disse Angelica.

Raffaello si abbandonò esausto sul letto e poco dopo si addormentò. Il giorno dopo, decise di pianificare il suo futuro di giornalista e di padre. Gli servivano soldi. Quindi avrebbe messo in vendita l'appartamento romano di via Margutta.

5

SUPERATA la paura di una gravidanza indesiderata, Elisabetta si rese conto di aver oltrepassato i limiti della decenza quando, in preda al panico, si era scagliata contro i suoi genitori con una veemenza che non le era abituale, e voleva scusarsi con loro.

Era il tramonto e Angelica insieme alla figlia percorreva le vigne, in cui erano cresciute, a bordo di una vecchia utilitaria.

Madre e figlia amavano quella distesa infinita di piante cariche di frutti che la terra generosamente elargiva.

«Andiamo nella vigna dell'Angelo?» propose la ragazza, «vorrei parlarti.»

«Mi sembra un buon posto per ragionare con calma», acconsentì Angelica.

Ogni vigna aveva un nome: c'era quella dei Due Camini, quella della Fontana, quella della Vedova e quella dell'Angelo. L'origine di questi nomi si perdeva nel tempo e solo di alcuni si conservava il ricordo, solitamente ammantato da eventi arcani che erano diventati leggenda.

Madre e figlia amavano la vigna dell'Angelo, quella dello Chardonnay, perché sostenevano che lì, più intensamente che nelle altre, si sentiva il profumo della terra, delle viti, dell'uva. Sulla cima della collina c'era una minuscola cappella votiva che nel 1600, durante un'epidemia di peste, era stata imbiancata con la calce viva, il disinfettante dell'epoca. I Brugliani l'avevano fatta restaurare ed erano affiorate le parti di un affresco che rappresentava un Angelo, da cui la vigna aveva tratto il nome. Dall'erosione della calce si erano salvati: un'ala bianca, un profilo femminile circondato da un'aureola e due mani ben modellate, congiunte in preghiera.

Angelica fermò l'auto sul bordo di un viottolo e si addentrarono tra i filari di viti che emanavano ancora il calore del sole. Raggiunsero la cappella e sedettero sul gradino di pietra per ammirare l'orizzonte che si andava oscurando.

«Ti chiedo scusa e chiederò scusa anche a papà, per come mi sono comportata», esordì la ragazza.

«Non credere che basti dire: scusa mamma, scusa papà, perché questa storia venga cancellata», puntualizzò sua madre.

«Che altro potrei fare?» domandò Elisabetta, ricominciando a piangere. E proseguì: «Devo prendermi a frustate? Devo suicidarmi? Dimmi che cosa vuoi che faccia!»

«Non inscenare un inutile spettacolo isterico. Quello che devi fare è riflettere sulle ragioni che ti hanno spinto tra le braccia di quello stoccafisso inglese, come lo ha definito tuo padre. Perché con lui e non con Gianmarco, per esempio? E poi, perché tacere quando sai benissimo, da sempre, che a me puoi dire tutto?» la interrogò Angelica, con severità.

All'improvviso calò il buio e si accesero i lampioni disseminati lungo i viottoli tra le coltivazioni.

«Gianmarco lo conosco da sempre, stiamo insieme da innamorati, ma anche da grandi amici. Cedric è stato un'avventura in cui mi sono lasciata coinvolgere profondamente, senza rendermi conto che per lui ero soltanto una nuova conquista da segnare al suo attivo. Del resto io gli avevo fatto credere di essere un'italiana disinibita e senza complessi, invece di dirgli che ero molto spaventata. E comunque, dopo che abbiamo fatto l'amore, devo dirti che non ero felicissima. Mi era rimasto un po' di amaro in bocca. Mi ero detta: è tutto qua l'amore di cui si favoleggia? Comunque mi aspettavo di ricevere da lui poesie d'amore e fasci di fiori. Che scema! Niente di tutto ciò. Intanto, stavo male perché non trovavo le parole per confessare il fatto a te e a papà. Poi stavo male perché pensavo che avrei dovuto lasciare Gianmarco. Continuavo a sorridere e ad apparire quella di sempre, sforzandomi di cancellare quell'esperienza. Stamattina, mentre tornavamo a Borgofranco e papà sonnecchiava, ho avuto come un mancamento: una vampa di calore che saliva dallo stomaco alla testa. Mi sono domandata: Oddio, che cosa mi succede? E infine la folgorazione: ero in ritardo di tre giorni con le mestruazioni. È stato allora che ho cominciato a tremare di paura. E tremo ancora, se penso a quando racconterò di Cedric a Gianmarco. Lo conosco e so che sarà un giudice molto più spietato di te e di papà.»

Elisabetta si rifugiò singhiozzando tra le braccia di sua madre, che le accarezzò i capelli, sussurrandole: «Diventare adulti non è facile. Quindi adesso piangi, ma poi devi guardare avanti, come quando sei sul tuo motorino: tieni d'occhio lo specchietto retrovisore, ma osserva bene la strada che devi percorrere, perché se guardi solo indietro, vai a sbattere contro un ostacolo e ti fai male».

«E con Gianmarco, come la metto?» domandò la ragazzina, asciugandosi le lacrime.

«Non lo so. Quello è un problema solamente tuo e non posso risolverlo per te. Anche questo significa crescere, piccola mia.»

Sentirono il rumore di un'auto che saliva il pendio. L'auto si fermò e ne scesero due uomini che si addentrarono nella vigna muniti di torce. Erano gli addetti alla sicurezza notturna.

«Serve qualcosa signora?» domandarono, avendola riconosciuta.

«È tutto a posto, grazie. C'è movimento nei vigneti?» s'informò Angelica.

«Una coppietta d'innamorati ai Due Camini», rispose una guardia.

«Lasciamo che si amino in pace», replicò lei.

I due uomini tornarono alla loro auto, dopo aver salutato madre e figlia.

«È stato doloroso anche per te diventare adulta?» le domandò sua figlia.

Sua madre avrebbe voluto dirle che non era tanto sicura di essere davvero cresciuta, e invece disse: «Non si finisce mai di crescere e di imparare. I dispiaceri e le gioie fanno parte della vita di ognuno di noi e dobbiamo accettarli».

«È vero che, quando avevo un anno, per la prima volta mi sono alzata in piedi e ho camminato in questa vigna?»

«Eri buffissima. Giravi intorno alla cappella e non volevi fermarti più. Poi sei caduta, ti sei rialzata e hai ripreso a camminare barcollando e ridendo», raccontò Angelica.

«E tu, cosa facevi?»

«Ti lasciavo cadere e rialzare e riprovare. È così che si impara.»

«Gianmarco e io ci siamo baciati proprio qui sotto l'Angelo, la prima volta. Eravamo felici e tremebondi. Volevamo imitare i divi del cinema e non sapevamo come fare.»

«Sono sfinita, Elisabetta. Torniamo a casa.»

«Che cosa farò da qui alla fine del mese, quando Gianmarco tornerà dalla sua vacanza?»

«Rifletterai.»

Gli Agosti erano in giardino, Rosina stava servendo la cena. Elisabetta disse ad Angelica: «Io salgo nella mia stanza. Ho bisogno di telefonare a papà e non sono dell'umore migliore per stare con gli amici».

«Salti il pasto?» chiese Angelica.

«No», rispose lei, correndo su per le scale.

Quella sera, quando gli ospiti si congedarono, Rosina le annunciò: «Guarda che la piccola ha fatto una scorpacciata di pastasciutta in cucina». E soggiunse: «Le sono venute le mestruazioni».

Angelica andò nella camera della figlia che era rintanata nel letto, il cellulare incollato all'orecchio. Vide sua madre e le tese l'apparecchio: «Papà ti vuole parlare».

Raffaello le disse che sarebbe andato a Roma per qualche giorno e avrebbe voluto portare Elisabetta con sé.

«Sempre che tu sia d'accordo», precisò.

Angelica accolse quella proposta come una benedizione, perché aveva bisogno di tranquillità.

6

Gli uffici avrebbero riaperto i battenti soltanto il lunedì successivo, ma nel frattempo Angelica non aveva smesso di lavorare. L'aiutava Cesarina, che non avrebbe saputo che cosa fare, se fosse stata costretta a prendersi le ferie. Per lei l'azienda era tutta la sua vita.

Angelica smaltiva la posta che, nonostante il periodo estivo, non smetteva di arrivare. Di tanto in tanto prendevano una pausa e chiacchieravano a ruota libera.

«Sarebbe importante se questo nuovo agente americano partecipasse alla nostra vendemmia», osservò Cesarina a un certo punto.

Angelica le sorrise.

«Anch'io l'avevo pensato. Ma lui domani riparte per visitare gli altri clienti. Comunque ha trascorso la mattinata con l'enologo che gli ha mostrato le nostre uve.»

«Vorrei che fosse una vendemmia bella come quella di tanti anni fa, quand'eri tornata a casa in lacrime dopo l'esilio in Romagna. E, a proposito di lacrime, come sta la tua piccolina?»

«Lunedì va a Roma con suo padre. Pare che Raffaello abbia qualcosa da fare laggiù e non si è voluto separare da nostra figlia.»

«O forse è la piccola che non è mai stata così attaccata a lui, anche se i due sono sempre andati d'accordo», ragionò Cesarina.

«Capirai, da sempre io sono la mamma amorevole ma severa e lui è il padre indulgente che gliele perdona tutte», puntualizzò Angelica.

«Ritornando al lavoro, stamani, prima che tu arrivassi, ho fatto un po' di conti con le fatture insolute. Fino a quando possiamo sopportare i clienti che non pagano? Considera che, nel frattempo, scrivono per nuovi ordinativi», disse Cesarina.

I clienti insolventi erano un grosso problema. Gli agenti, che alla fine erano i diretti responsabili, scrivevano e telefonavano per chiedere proroghe. Ma Angelica, che era a capo dell'azienda, ogni fine anno doveva far quadrare i conti e quindi li minacciava: «Scegliete: o pagano loro o pagate voi». Quella era la parte più ingrata del suo mestiere e le capitava di perdere qualche cliente. Diceva spesso: «Un cliente fai fatica a guadagnarlo e lo perdi in un attimo».

Con quelli che pagavano regolarmente, era prodiga di omaggi e di cortesie. Pensò che avrebbe dovuto dedicare più tempo a loro.

«L'istinto mi dice che da quest'anno, sul mercato americano, riusciremo a trarre qualche soddisfazione», rivelò a Cesarina.

«Ti riferisci a William Clifford? Lo sai che mi sembra

uno serio? Mi dà molto più affidamento di Mr. Gangi», commentò la segretaria.

«Eccolo che arriva», disse Angelica che, dalla finestra, lo aveva visto entrare nel borgo accompagnato dall'enologo e da Ye.

«Pensi che ci sia del tenero tra quei due?» domandò Cesarina in un sussurro.

Angelica sorrise e rispose: «E se ci facessimo i fatti nostri?»

«Comunque, è un gran bel tipo, un vero signore.»

«Già. E, come a mio marito, gli piacciono le donne.»

«Povera moglie!» esclamò Cesarina.

«Ma lui non è sposato, e quando comincerà a sentire il peso degli anni tornerà in California a farsi coccolare dalla sua famiglia.»

«E magari sposerà una sciacquetta di vent'anni che aspetterà che lui schiatti per ereditare.»

«Cesarina! Tu ti stai facendo un film tutto tuo. Vogliamo smettere di spettegolare?» propose Angelica, sorridendo, e accese il computer. Guardò la posta in arrivo e lesse una mail che veniva dalla masseria di Roccabruna a Petralia Sottana. Era un ordine d'acquisto di trecento bottiglie di brut millesimato del 2008 e centocinquanta di rosé, con pagamento online alla consegna della merce. L'ordine era firmato da Tancredi D'Azaro.

Spense il computer, salutò Cesarina e uscì dall'ufficio.

Era sorpresa e sconcertata. Era evidente che Tancredi stava tentando un nuovo approccio.

Sul viale incontrò alcuni operai che caricavano su un

furgone gli attrezzi per andare a lavorare nelle vigne. Vide anche William Clifford che si esibì in un buffo inchino, dicendole: «Buongiorno, mia piccola signora del vino. Come stai oggi?»

«Molto bene, grazie», rispose Angelica.

Due giorni prima, quando l'agente era arrivato a Borgofranco, Angelica era un po' preoccupata, perché temeva che quello che era accaduto tra loro a New York, influisse sul loro rapporto di lavoro. Invece, l'americano aveva dimostrato di essere interessato solo ed esclusivamente alla vendita dei vini Brugliani, rivelandosi un interlocutore molto attento e più che mai determinato a mantenere le promesse fatte. Lei lo aveva guidato nella visita al borgo e alle cantine, mentre gli raccontava la storia dei Brugliani e quella del ramo materno degli Acerbi, che comprendeva il ramo nobile della bisnonna Violante.

«L'anno prossimo, se ti fermerai qui più a lungo, ti porterò a visitare la Villa della Torre, a Fumane di Valpolicella. Ora appartiene a un'altra signora del vino, Marilisa Allegrini, che produce un Amarone prezioso.»

«Lo conosco. Negli Stati Uniti il suo Amarone è famoso quasi quanto il Chianti e il Lambrusco che era stato importato dai militari americani che in Italia si erano presi sbronze memorabili con quel vinello fresco e spumeggiante», aveva spiegato William.

«Ti farò conoscere Marilisa, che sta trasformando Villa della Torre in un gioiello di rappresentanza e, di tanto in tanto, organizza feste spettacolari. Poi ti farò incontrare Pia Donata Berlucchi, altra straordinaria signora del vino. Lei vive e lavora a Borgonato, un luogo in tutto simile al nostro. Lei e altri produttori delle Corti Franche hanno sfidato gli spumanti francesi e in alcuni decenni hanno fatto dei loro vini il fiore all'occhiello della nostra produzione vinicola. Il suo brut millesimato, come il Freccianera, è un mito, e il suo satin è squisito», si era entusiasmata Angelica.

L'agente americano leggeva negli occhi la passione di Angelica per un mestiere che le dava gioia e l'aveva assecondata, spronandola a seguitare il suo racconto.

«Un giorno ti porterò a conoscere una donna piemontese, Mariuccia Borio. Lei gestisce da sola una piccola azienda a Costigliole d'Asti e produce una Barbera eccezionale nella sua tenuta di Cascina Castlet. Sai, la nostra associazione di donne italiane del vino favorisce gli incontri e ci incoraggia a fare sempre meglio. A differenza degli uomini, che sono costantemente in competizione tra loro, noi donne sappiamo solidarizzare e imparare le une dalle altre.»

Mr. Clifford le aveva sorriso e poi le aveva chiesto: «Che cosa prevedi di straordinario per il futuro?»

«Mi concentrerò su alcune idee per il lancio sul mercato americano di Falce di Luna e te le proporrò. Tu mi dirai che cosa ne pensi.»

«E tu mi dirai da dove ti viene questa capacità rara di motivare le persone che lavorano con te. Credo davvero che, insieme, tracceremo un ottimo percorso per il tuo vino.»

Erano queste le parole che Angelica voleva sentirsi

ripetere, mentre si avviavano verso la piscina dove la dolce Ye, aspettandoli, nuotava tutta sola.

Angelica li lasciò e tornò a casa per parlare con Elisabetta. Soltanto la sera, quando l'americano e la cinese andarono via, si concentrò su Tancredi e sulla sua richiesta di una fornitura di vino. Lo chef si era palesato di nuovo. E si sorprese a sorridere.

7

«Ti prometto che in dicembre, quando tornerai a stare in città, io me ne andrò. Ma se fino ad allora potessi continuare a stare in casa, mi eviteresti il problema del trasloco, in un momento in cui sto pianificando qualcosa di molto importante per il mio lavoro», disse Raffaello.

Erano sotto una pensilina della stazione in attesa della FrecciaArgento che avrebbe portato a Roma lui e Elisabetta.

«Va bene», acconsentì Angelica e proseguì: «Ma quello che adesso mi preme sapere è quando mi riporti nostra figlia».

«Non prima di una settimana, perché voglio mettere in vendita l'appartamento di via Margutta e devo imballare e far portare via, oltre i mobili, tutto quello che c'è.»

Angelica osservò la loro figlia che si era allontanata per digitare messaggi e leggere le risposte sul cellulare. Dubitò che, dato il periodo di crisi, Raffaello riuscisse a vendere a un prezzo conveniente il grande appartamento romano ereditato dalla famosa Lorena Saltini, ma non fece commenti, dicendosi che, dopotutto, non erano affari suoi. Così come non la riguardava la ragione per cui il marito evidentemente avesse bisogno di soldi.

«Ti ricordo che, stando alle previsioni dell'agronomo, il ventotto di questo mese iniziamo la vendemmia con lo Chardonnay. Elisabetta non può perderla. Inoltre, il venti riapre lo studio del mio ginecologo e devo farle fare una visita e una serie di esami, perché è arrivato il momento di prendere la pillola. Regolati di conseguenza», gli disse.

«Promesso», rispose lui e soggiunse: «Nel frattempo, tu cosa farai?»

«Non mi annoierò, se è questo che vuoi sapere.»

L'altoparlante annunciò la partenza del treno diretto a Roma. Angelica abbracciò sua figlia e baciò Raffaello su una guancia.

«Mammina, ti suona il cellulare», l'avvertì Elisabetta.

«Lo sento e lo ignoro. Devo tenerti stretta stretta, perché non ti vedrò per parecchi giorni... e mi mancherai», replicò.

«Mammina stai tranquilla, perché non farò più asinate e, a proposito, al mio ritorno confesserò tutto a Gianmarco e, comunque lui reagisca, per me sarà una grande liberazione. Ho capito che dire la verità mi fa stare bene.»

«Dobbiamo sbrigarci. Il treno sta per partire», intervenne Raffaello, prendendo la figlia per mano.

«Grazie di tutto», fece in tempo a dirle Elisabetta, mentre saliva sulla carrozza.

«Chiama quando arrivate», si raccomandò sua madre.

Il treno prese a muoversi e Angelica uscì dalla stazione. Raggiunse la sua auto e, soltanto quando sedette al posto di guida e avviò il motore per azionare l'aria condizionata, si decise a rispondere al telefono che continuava a squillare.

«Che cosa c'è di tanto urgente?» domandò, avendo letto il numero telefonico del suo ufficio.

«C'è quel tizio che avevi investito con la moto. Dice di avere scritto in azienda per una fornitura di vino, ma io non ho mai ricevuto questa richiesta», spiegò.

«Io sì», sospirò Angelica. «È arrivata sul mio indirizzo personale di posta. Che cosa vuole?»

«Se vedessi il tipo, saresti meno tagliente. È una persona deliziosa.»

«Con un tempismo eccezionale», sussurrò Angelica, chiudendo la comunicazione, mentre considerava che quell'uomo singolare si era presentato nel momento in cui era rimasta sola a Borgofranco. Avviò l'auto, ma invece di prendere la strada per Borgofranco, andò in città e si infilò nel cancello di casa Brugliani.

Alla custode, che era corsa ad accoglierla, disse che doveva cercare qualcosa che Raffaello aveva dimenticato di farle avere.

In realtà, voleva ritardare il rientro a casa, perché temeva l'incontro con Tancredi.

Fece nervosamente il giro delle stanze, trovando tutto meticolosamente pulito e ordinato. Il caos era nello studio dove il tavolo e la scrivania erano sommersi da brossure pubblicitarie sui vini, sui ristoranti, sui migliori bed&breakfast e locande di tutto il Paese. Infine, davanti alla scrivania, campeggiava un cavalletto che sosteneva un enorme foglio bianco riempito di numeri e parole scritti con un pennarello. In cima al foglio Angelica lesse una scritta a stampatello: COSTI DI AVVIAMENTO E COSTI DI GESTIONE.

«E questo che cosa significa?» si domandò sottovoce.

Ricordò le parole di suo marito mentre aspettavano il treno: sto pianificando qualcosa di molto importante per il mio lavoro. Ora andava a Roma per mettere in vendita l'unico bene immobile che possedeva. Che cosa aveva in mente suo marito, si domandò.

Uscì dallo studio quasi in punta di piedi, come se avesse violato la sua intimità. Andò in cucina, prese dal frigorifero una bottiglia d'acqua gelida e la bevve a lunghi sorsi. Sentì, in quel momento, che una grande pace la stava avvolgendo, dopo lunghi mesi di tensione. Chiamò la sua segretaria in ufficio. Le rispose un operaio.

«Cesarina sta facendo il giro delle vigne con un visitatore», la informò.

Allora la cercò subito sul cellulare.

«Dove sei?» domandò.

«In questo momento sto arrivando alla vigna dell'Angelo con il maestro Tancredi D'Azaro», rispose la donna.

«Molto bene. Intrattienilo e digli che sto arrivando.»

Venti minuti dopo fermò l'auto sulla stradina che si snodava tra le coltivazioni e si inoltrò nella vigna.

Cesarina se ne era andata e aveva lasciato Tancredi

che sedeva sul gradino di pietra della cappella. Vide avanzare una figuretta esile che indossava un abito bianco di cotone, il passo lento e armonioso. Si alzò per accoglierla.

«Ciao», disse sorridendogli.

«Ciao», rispose lui, guardandola con dolcezza.

Lei avvertì un lampo di felicità mentre sedeva ai piedi della piccola cappella, imitata da Tancredi.

«Come hai avuto la mia mail personale?» gli domandò.

«Dal biglietto da visita che mi ha dato una mia amica, durante la cena a Hampton Court.» Alludeva a Paulette Stanley.

Angelica annuì senza replicare.

Stettero lì, seduti fianco a fianco, lasciando vagare lo sguardo sulla distesa delle viti.

«Perché hai voluto che ti aspettassi qui?»

«Questo non è un posto qualunque. Osserva gli acini di queste piante. È con questa uva che, ogni anno, iniziamo la vendemmia. È la vigna dell'Angelo e io la amo più di tutte. Questo posto è magico», sussurrò.

Il sole era al suo culmine e scaldava la pelle. Nell'aria immobile il ronzio degli insetti che volavano tra il fogliame e il rumore dei piccoli getti d'acqua che irroravano il terreno creavano il sottofondo perfetto per sottolineare la pace del mezzogiorno agostano.

Angelica chiuse gli occhi per un attimo e si sentì in perfetta sintonia con l'uomo che le era accanto.

Si alzò e gli disse: «Vieni. Andiamo a casa».

Tancredi le regalò un sorriso luminoso e la seguì.

8

ERANO seduti sul dondolo nel lato in ombra davanti alla piscina. Appena rientrati, Rosina li aveva messi a tavola e aveva servito un'insalata fresca di riso e un tortino di uova, zucchine dell'orto e formaggio del casaro. Come dolce aveva preparato fichi dolcissimi, appena colti, con un gelato di yogurt fatto da lei. Poi aveva domandato: «Il signore si ferma anche per la cena?»

«Il maestro, almeno per questa notte, dormirà qui», aveva risposto Angelica, senza consultarlo. Quindi aveva soggiunto: «Fagli preparare la camera blu nella foresteria».

«Grazie», aveva detto Tancredi sorridendole, felice.

Ora sorseggiavano il caffè. Angelica osservò la foglia di un platano che si era staccata da un ramo e scendeva ondeggiando nell'aria fino a posarsi dolcemente sul pelo dell'acqua. E pensò che anche lei aveva la sensazione di essersi librata nell'aria e di essersi posata su un mare di serenità. Sentirono un'auto percorrere il viale accompagnata dall'abbaiare festoso dei cani.

Cesarina era tornata in ufficio a lavorare. Angelica la chiamò con il cellulare per dirle: «Il maestro D'Azaro è nostro ospite. Non passarmi telefonate, a meno che non si tratti di Elisabetta».

Poi si rivolse allo chef e gli domandò: «Mi dici perché hai ordinato il mio vino?»

«Perché l'ho assaggiato in un ristorante romano, di ritorno da Londra, e l'ho apprezzato», rispose sorseggiando il caffè offerto da Rosina.

Tacquero per alcuni istanti, poi lei disse: «Ti confesso che la tua presenza mi comunica un senso di pace e di tranquillità».

Tancredi prese tra le sue una mano di Angelica, se la accostò al viso e vi posò sopra la guancia, replicando: «Teniamoceli stretti questi momenti, perché sono preziosi».

Il dondolo oscillava dolcemente, cullandoli.

«Perché il destino ci ha fatti incontrare?» gli chiese in un soffio.

«Ti cito una frase di Monod, un filosofo che ha elaborato idee illuminanti: 'Il destino viene scritto nel momento in cui si compie, mai prima'.»

«E allora?» gli domandò, pensando che non aveva mai letto né Monod, né sant'Agostino, né i tanti altri filosofi che forse le avrebbero offerto la chiave per capire meglio se stessa e il mondo.

«Scopriremo il nostro destino giorno dopo giorno. Non essere impaziente», la esortò Tancredi.

Si alzò dal dondolo.

Angelica lo osservò in controluce. Il chiarore del primo pomeriggio disegnò i contorni di una figura maschile e di un viso perfetto. Potrebbe essere un angelo, pensò.

Si alzò anche lei e lo guidò verso l'interno della casa, mentre gli domandava: «Perché hai fatto il cuoco?»

«Chiederesti a un musicista perché fa musica o a un sarto perché cuce i vestiti?» scherzò Tancredi. E soggiunse: «Tu perché fai la vignaiola?»

«Forse perché questo mestiere era nel mio DNA», rispose.

«Mi dicevi che i tuoi fratelli hanno sviluppato altri interessi, eppure hanno il tuo stesso DNA.»

«Produco vino perché mi piace.»

«Vuoi dire che ti piace il sapore del vino? Io ti ho vista bere soltanto acqua.»

«Hai capito benissimo quello che intendo dire. Perché voi siciliani siete così complicati?» si lamentò.

Tancredi le rispose con una bella risata, mentre si sedeva su una poltrona del soggiorno.

«Intanto non hai risposto alla mia domanda», insistette lei, prendendo dal secchiello del ghiaccio, posato su un tavolino, una bottiglia di Falce di Luna. L'aprì e ne versò due dita in una flûte che gli tese.

Tancredi osservò in controluce le bollicine minuscole che salivano dal fondo del bicchiere. Poi annusò il vino e, infine, ne gustò un sorso. Dopo un breve istante, commentò: «Ha un sapore superbo».

«Sfidare gli champagne francesi è, da sempre, il nostro obiettivo. Non mi riferisco soltanto a me, ma a tutti i vinificatori della zona», spiegò con orgoglio. Quindi proseguì: «E non hai ancora visto il packaging e non sai il prezzo di vendita! Ma non c'è altro modo per rientrare nelle spese di cinque anni di lavoro, perché tanti ce ne sono voluti per mettere a punto questo nuovo vino», si entusiasmò.

«Quando parli del tuo lavoro, diventi ancora più luminosa. Ora hai la risposta alla domanda che mi avevi fatto. Io cucino perché mi piace trasformare gli alimenti che la natura ci offre in qualcosa di superbo, di ineguagliabile. Dopo di che chiedimi come sono arrivato a questo.»

«Come sei arrivato a questo?» domandò Angelica, facendogli il verso.

«La risposta sarebbe lunga e complessa. Dovrei raccontarti la storia delle mie origini, della mia isola, dei siciliani, dei contrasti che da sempre li caratterizzano tra crudeltà e generosità, tra esplosioni di gioia e punte profonde di dolore, tra buia ignoranza e raffinato sapere; dei conflitti tra la voglia di progresso e il bisogno estenuante di abbandonarsi alla pigrizia. Su di me hanno creato una leggenda, solo perché non ho mai voluto raccontare la mia storia a nessuno. Forse potrei raccontarla a te, perché tu e io siamo uguali. Le nostre due vite sono legate alla terra, al sole, al cielo, al corso delle stagioni e a molto altro ancora.»

Angelica sperò che niente e nessuno venisse a interromperli, invece, il suo cellulare prese a vibrare.

«Non ti muovere, per favore. Torno subito», si raccomandò mentre usciva dal soggiorno per rispondere alla figlia che le annunciava di essere arrivata a Roma.

«Siete già in albergo?»

«Mi hanno assegnato una minuscola suite all'*Hotel Piranesi*, con un bel terrazzino sul lato interno che è molto silenzioso e posso chiacchierare con papà che ha la terrazza confinante con la mia. Tu mammina, stai bene?»

«Mai stata meglio.»

«Hai un tono...»

«Quale tono?»

«Non so, sei strana.»

Angelica pensò: accidenti a mia figlia e alle sue lunghissime antenne. E invece disse: «Piccola mia, io sono quella di sempre. Ora che cosa fate tu e tuo padre?»

«Andiamo a mettere in vendita la casa di via Margutta e, stasera, ceniamo da *Babette*, un piccolo ristorante che è in fondo alla via. Papà dice che lì si mangia molto bene. E tu cosa farai?»

«Quello che faccio sempre: lavorerò. Chiamami prima di andare a dormire», si raccomandò Angelica, salutando sua figlia.

Trasse un lungo respiro e ritornò in soggiorno.

«Eccomi», annunciò. E si guardò intorno perplessa: Tancredi era sparito.

9

Non lo trovò in giardino e neppure in piscina. Tornò in casa e lo cercò nelle altre stanze finché sentì un cicaleccio venire dalla cucina. Aprì la porta e trovò Tancredi che, nei panni del maestro, stava spiegando a Rosina come si fa un concassé di pomodori e le sue mani, dalle dita lunghe e affusolate, si muovevano agili mentre affettava con un grosso coltello un pomodoro che ridusse in tanti minuscoli cubetti.

«No, Rosina, niente aglio, ammazza tutti i sapori e anche le persone che si avvicinano a chi lo ha mangiato», le stava dicendo.

«E la cipolla? Quella possiamo metterla?»

«Assolutamente no. Useremo menta, basilico e timo.»

Angelica sorrise e domandò: «Vi disturbo?»

Tancredi levò su di lei uno sguardo sorridente, mentre la domestica commentava: «Ecco la padrona di casa, che è brava in tutto, ma in cucina è una frana».

«Perché tu mi cacci via ogni volta che oso invadere il tuo regno», reagì lei.

Con un unico gesto, lo chef raccolse i cubetti di pomodoro sulla lama del coltello e li fece cadere dentro una ciotola, poi si sciacquò le mani nel lavello e disse a Rosina: «Ora, mia preziosa assistente, le lascio completare la preparazione dei panini imbottiti. Mi raccomando, la mozzarella va scolata bene, altrimenti il siero ammoscerà il pane. E attenta a non esagerare con l'olio», concluse.

Poi, prese Angelica sottobraccio e uscirono dalla cucina mentre le diceva: «Torniamo nella vigna dell'Angelo. Ho pensato a una specie di happy hour per noi due soli. Rosina ci porterà panini imbottiti e vino. Tra non molto verrà l'ora un po' malinconica del tramonto che favorisce le confidenze. Chissà che non riesca a raccontarti la mia storia».

Le aprì la portiera di un fuoristrada, che aveva noleggiato all'aeroporto per venire fin lì, e la fece sedere accanto al posto di guida.

Nel vigneto trovarono l'enologo che confabulava con due operai. Li vide arrivare e congedò gli uomini che stavano controllando il timer dell'irrigazione.

Angelica gli presentò lo chef. L'enologo lo conosceva di fama e, dopo averlo salutato, gli confessò che si era molto divertito, qualche anno prima, quando aveva letto sui giornali che aveva restituito le tre stelle assegnate dalla Michelin al suo ristorante di Roccabruna.

«È davvero un onore, maestro, poterle stringere la mano», concluse.

«La ringrazio», rispose brevemente Tancredi e aggiunse: «Mi piace questa vigna».

«Stavo proprio per venire a dire ad Angelica che non ho mai visto grappoli di Chardonnay così belli e perfetti come quelli di quest'anno. Ci daranno un vino eccezionale.»

«La vigna dell'Angelo mi ha sempre dato grandi soddisfazioni. Forse perché sente che l'amo più delle altre», disse Angelica.

«Allora, fin da ora prenoto mille bottiglie del vino che farete», decise Tancredi.

A quel punto l'enologo fece un mezzo inchino, salutò e se ne andò.

Angelica e il suo ospite sedettero sul gradino di pietra della cappella. Dal paese arrivarono i rintocchi delle campane che annunciavano i Vespri.

«Dove eravamo rimasti?» le domandò Tancredi.

«A te che dovevi aspettarmi nel soggiorno di casa e invece ti sei rifugiato in cucina a tagliare pomodori», lo informò, sorridendo.

«Volevo insegnare a Rosina a preparare panini come Dio comanda.»

«Non deve essere facile, per te, mangiare quello che capita.»

«Non è vero, quando vado in giro mangio quello che trovo, compreso il cibo da strada. Ma l'unico modo per non dimenticare le nostre radici è la cucina di casa. Io non mangio niente che mia madre non avrebbe mangiato e poiché eravamo poverissimi e i vegetali erano il nutrimento principale, io continuo a preferirli alle carni. Le verdure hanno bisogno di più tempo della carne per essere presentate in tavola, ma sono più sane e spalancano le porte alla creatività. Perché vedi, Angelica, cucinare è come sognare a occhi aperti ed era il solo modo che avevo da ragazzino per fare qualcosa che mi rendesse felice.»

Tacque un attimo e poi continuò: «Hai presente tutte quelle rubriche che vedi in tv fatte da cuochi, chef, casalinghe con la passione per la cucina? Ecco, più la gente guarda gli altri cucinare e meno cucina. Oggi, una persona dedica una media di ventisette minuti al giorno per preparare pranzo e cena. Questo significa che riscalda cibi già pronti. Per cucinare davvero ci vuole tempo. Proprio per questo, negli anni Settanta il femminismo diceva: 'Liberiamo le donne dai fornelli'. Un principio sacrosanto, che avrebbe dovuto proseguire con: 'Mettiamo gli uomini ai fornelli e insegniamo ai figli il piacere di stare in cucina'. E doveva concludersi con: 'Basta cibi pronti che siano solo da scaldare'. Ma questo andrebbe contro gli interessi delle aziende che con questi prodotti hanno costruito fortune colossali. Io sono vissuto in una cucina immensa, dove i fuochi erano accesi dall'alba al tramonto e dove le donne parlavano, cantavano, facevano baruffe e sognavano, piangevano e ridevano e intanto cucinavano. Ho imparato dalle donne ad affinare l'olfatto annusando gli aromi delle erbe e a capire se un cibo era sapido soltanto con il fiuto. Le donne e la cucina mi hanno salvato, perché senza questi due straordinari elementi io sarei potuto diventare un criminale, tanta era la rabbia che mi bruciava dentro. Tu conosci la Sicilia?»

«Sono stata a Palermo, a Messina, a Catania, ho visto le chiese e i castelli normanni, le spiagge e il mare incantevoli.»

«Dimentica tutto questo e pensa alla Sicilia più nascosta, più vera, alle catene montuose di questa isola unica al mondo. Mi riferisco al Parco Nazionale delle Madonie dove, quando ero bambino, sopravvivevano ancora i grandi feudi, e i latifondisti che ormai andavano alla deriva, ma continuavano ad aggrapparsi ai loro privilegi, favoriti in questo dall'ossequio atavico dei contadini. Io sono nato lì, a Petralia Sottana e mia madre era bella come la Madonna.»

Tancredi

1

GAETANO D'Azaro, detto Tanu, legò il mulo all'anello di ferro che sporgeva dal muro di cinta ed entrò nello spiazzo prospiciente la masseria di Roccabruna.

Teneva stretta, nella sua mano callosa, quella piccola di Tancredi, il figlio di otto anni, che aveva un'aria smarrita e le guance bagnate di lacrime. Nannina, la domestica più anziana, gli andò incontro.

«Che volete?» domandò.

«Parlare con il signor barone», rispose Tanu.

«Il signor barone non può dare udienza al primo villano che si presenta alla porta», dichiarò la donna con voce aspra.

«Cosa da uomini è», aggiunse il contadino, senza scomporsi.

«Aspettate qui», ordinò Nannina, scomparendo nell'androne del palazzo.

Padre e figlio sedettero su una panca di pietra.

Tancredi alzò lo sguardo alle finestre dell'edificio e in una di queste vide il volto bellissimo di una ragazzina.

Mesi prima, durante l'inverno, Tancredi si era ammalato. La febbre lo divorava e la gola era così gonfia e dolente che quasi faticava a respirare. Suo padre lo aveva caricato sul mulo e lo aveva portato nello studio del dottor Nardone, il medico di Petralia.

Il dottore, che aveva un carattere irascibile, ma era uomo generoso, prima aveva urlato contro Tanu: «Aspettavi che il bambino morisse per portarmelo?»

Poi aveva sentenziato: «Tuo figlio ha quaranta di febbre, due tonsille gonfie da fare paura, deve subito prendere gli antibiotici e non puoi riportarlo nella tua casa umida e gelata. Il nostro ospedale è pieno, perché con i malanni che ci tormentano in inverno sono arrivati pazienti da tutti gli Stati Uniti. Quindi...»

Con Stati Uniti, il dottor Nardone voleva dire che in ospedale c'erano malati di tutte le frazioni e i paesi del circondario.

«Quindi?» domandò Tanu.

«Lo terrò a casa mia fino a quando sarà guarito. Vieni a riprenderlo tra una settimana», disse. E poiché il contadino lo guardava interdetto, urlò: «Cavati dai coglioni! Non vedi che ho lo studio pieno di gente?»

Il dottor Stefano Nardone aveva una moglie ancora più stizzosa e generosa di lui. Avevano sette figli e, per una settimana, Tancredi fu l'ottavo.

Era stato messo nel letto con il più piccolo dei Nardone, Stefanino, detto Faninu. Anche lui aveva la tonsillite, ma era ormai sfebbrato e i fratelli più grandi, tornando da scuola, facevano gruppo nella stanza per giocare con i malatini.

La sorella più grande di Faninu, Elvira, si presentava sempre con la sua bambola bellissima, che aveva i capelli neri e ricci, un incarnato diafano, le guance rosate e occhi grandi e scuri come il carbone. Era vestita con un abito bianco tutto trine e balze arricciate e, se le si schiacciava il petto, diceva «mamma».

Tancredi era affascinato da quella bambola che si chiamava Elvira come la bambina. Gli piacevano le lunghe ciglia scure, le labbra color delle fragole, e la sua voce arcana quando diceva «mamma».

«Posso prendere in braccio la tua Elvira?» osò domandarle un giorno.

«I maschi non giocano con la bambola», osservò perplessa la ragazzina.

Tancredi non voleva giocarci, ma soltanto tenerla tra le mani, come se fosse stata sua. Non ci era riuscito.

Ora, mentre con suo padre sedeva sullo spiazzo davanti all'imponente palazzo bianco della masseria, gli sembrò che la bambola Elvira, che gli era stata negata, avesse preso vita e fosse lì, nel vano di una finestra, una mano tesa a tenere scostata la tenda di lino candido.

Il piccolo Tancredi si passò il dorso di una mano per asciugare le guance bagnate di lacrime, senza staccare lo sguardo da quel viso meraviglioso, incorniciato da una massa di riccioli neri.

A un certo punto, la ragazzina alzò l'altra mano facendola oscillare dolcemente in segno di saluto.

Tanu D'Azaro, seguendo lo sguardo del figlio, vide la scena e quando Tancredi gli domandò: «Chi è?» lui rispose: «Si chiama Giulia Maria. È la figlia del barone».

La ragazzina lasciò cadere il lembo della tenda che si chiuse come un sipario e l'uomo aggiunse: «La baronessina ha dieci anni. È qui per l'estate, altrimenti sta in continente, in un collegio svizzero per i figli dei signori, perché sua madre, donna Sabedda, non la può accudire».

«Perché?» chiese il bambino.

«È malata di nervi e poi è forestiera. È inglese.»

«Che cosa significa malata di nervi?»

«Che non ci sta con la testa», rispose Tanu.

In quel momento Nannina spalancò il portone di casa e urlò con voce stridula: «Potete passare».

«Andiamo via», sussurrò Tancredi.

«Non costringermi a portarti a calci davanti al barone», minacciò suo padre.

Nannina li guidò verso il cortile della masseria che si apriva su un giardino rigoglioso. Qua e là si ergevano alcune querce secolari con il fogliame cupo che si stagliava contro un cielo di cristallo in cui, lenta e maestosa, volteggiava un'aquila reale che seguiva una preda. Un rettile o una volpe, pensò Tancredi, osservandola. Un domestico rastrellava la ghiaia del viale. Dall'interno della casa, proveniva il canto di voci femminili gioiose che gli ricordò Perla, la sua mamma, quando lavava i panni alla fontana con le altre donne e cantava con loro.

Allora gli occhi del bambino si riempirono di lacrime. Tanu se ne accorse, ma fece finta di non vedere.

«Aspettate qua», disse ancora Nannina, prima di lasciarli soli. Tancredi ricordò l'ultima carezza che gli aveva dato sua madre.

Era stato soltanto pochi giorni prima e già gli sembrava passato tanto tempo. Era andato a trovarla all'ospedale di Petralia.

Da più di un mese andava da lei quasi ogni giorno e, prima di varcare la soglia dell'edificio, leggeva la scritta riportata in cima alla facciata: OSPEDALE PAOLO ALLIATA.

«Paolo Alliata, barone di Polizzi e di altri feudi, era un signore generoso. Questo ospedale lo ha fatto costruire lui, perché le persone malate come me potessero essere curate e guarire», gli aveva spiegato sua madre. Era stato il dottor Nardone a imporre al padre di portarla lì.

«Non sta così male», aveva obiettato suo padre.

«Tu sei una bestia, anzi no, perché le bestie sono più intelligenti di te. Non capisci che tua moglie sta morendo?»

Invece, sua madre, aveva detto a Tancredi che sarebbe guarita e lui, ogni volta che andava in ospedale, sperava di trovarla alzata, vestita, sul punto di uscire. Sperava che lo prendesse per mano e, sorridendo, gli dicesse: «Sono pronta, andiamo a casa».

Era bella la sua mamma, ma lì, in quell'ospedale che doveva guarirla, Perla diventava ogni giorno più debole, più magra, più pallida. Le altre malate guardavano con occhi pietosi la madre e il suo bambino e sussurravano: «*Puviriddi*».

Una voce baritonale, ferma e autorevole, chiese: «Che cosa posso fare per voi?»

Padre e figlio si girarono di scatto. Tanu D'Azaro si levò la coppola, Tancredi sgranò gli occhi su una specie di gigante dai capelli corvini che si andavano tingendo d'argento. Era a torso nudo, indossava un paio di bermuda e calzava ciabatte di gomma. Intorno al collo aveva un telo di spugna bianca che scendeva sul torace muscoloso ricoperto di peluria scura. Con una cocca della spugna si asciugava i capelli che stillavano acqua.

Era il barone Giuseppe Maria Nicastro Piccolomini, signore di Leonforte e di numerosi altri feudi.

Tanu chinò il capo e disse: «Avant'ieri mia moglie morì. Ieri l'abbiamo riconsegnata alla terra. Io sono rimasto solo e non posso provvedere a crescere questo figlio. Sono venuto a chiedere a voscenza se volesse accoglierlo».

2

TANU D'Azaro aveva esternato la sua supplica a capo chino, ma non c'era servilismo nella sua voce. In quel momento, Tancredi pensò che il padre sembrava sicuro di ricevere una risposta positiva. Un cameriere uscì dalla casa con passi affrettati per portare al barone un accappatoio.

In paese si raccontava che, molti anni prima, il padre di don Peppino, questo il nomignolo con cui il barone era chiamato dagli intimi, avesse fatto costruire una piscina nel sottosuolo della masseria, perché le donne di casa potessero fare il bagno e nuotare. Si diceva che fosse tutta marmi e specchi, ma nessuno, tranne la servitù, l'aveva mai vista. Si diceva che l'acqua fosse riscaldata da un impianto termico molto sofisticato. Questo era accaduto nel 1908 quando, a Petralia, era stata impiantata la prima centrale idroelettrica.

Il padre e il nonno di don Peppino spendevano a piene mani, avevano arricchito le chiese di opere d'arte e andavano a Londra a farsi fare abiti e scarpe.

Dall'Inghilterra si erano fatti mandare una Rolls-Royce scintillante e dall'America arrivavano cantanti di colore per animare le feste nel palazzo di Palermo. Nelle loro casse il denaro sgorgava come da una fonte miracolosa ed era rappresentato dalle decime che i contadini dei loro feudi consegnavano puntualmente, sfiancandosi di lavoro. Ma quando un *puviriddu* gli chiedeva d'accogliere un figlio o una figlia, loro li accoglievano e li mettevano a ingrossare la fila di domestici che vivevano nei loro palazzi. Quando un *puviriddu* prendeva moglie, loro gli regalavano la camera da letto, e quando moriva gli pagavano una lapide al cimitero.

Poi, nel dopoguerra, c'erano stati gli scioperi dei contadini. Tanti erano stati ridotti al silenzio dai «sovrastanti» armati di *scupetta*, ma la loro morte aveva segnato la fine del latifondo.

I baroni avevano perso terre, palazzi e denaro, ma non la loro autorevolezza. I contadini li trattavano ancora con quel rispetto che ora Tanu D'Azaro mostrava al barone Giuseppe Nicastro, mentre lo osservava infilarsi un accappatoio che sembrava morbido come velluto di seta, per asciugare quel corpo statuario.

«Mi dispiace e vi porgo le mie condoglianze», disse ora. Poi soggiunse: «La baronessa e io stavamo facendo un po' di allenamento in piscina, quando Nannina è venuta a dirmi che mi volevate parlare».

«Sono mortificato, ma non potevo sapere», si scusò Tanu.

«La colazione è stata servita nello studio», annunciò il cameriere.

«Allora seguimi», ordinò il barone al contadino. Poi guardò Tancredi e disse: «Vieni anche tu».

A Tancredi sembrò di varcare la soglia di un luogo sacro. Non aveva mai messo piede, prima d'allora, in una stanza così ricca d'arredi, così piena di libri, così profumata di cera, di lavanda e di altri aromi sconosciuti più catturanti del profumo dell'incenso, che sentiva nelle chiese, del fieno che asciugava al sole, dei boschi, quando accompagnava suo padre a raccogliere la manna.

Il barone sedette davanti a un tavolino tondo, posto sotto la finestra, a lato di una scrivania imponente, coperto da una tovaglia candida su cui c'erano caraffe di varia grandezza in porcellana decorata, posate d'argento lucente, scodelline che contenevano burro, marmellate di frutta, miele e fette di pane caldo, sfornato da poco.

«Sedetevi», disse il barone, indicando un divano ricoperto di seta azzurra.

Padre e figlio ubbidirono.

«Come morì tua moglie?» domandò l'uomo, mentre versava da una caraffa del caffè fumante dentro una grande tazza.

«Un tumore le ha divorato le viscere», rispose Tanu.

«Soffrì?» domandò ancora il barone.

Tancredi ascoltava il tintinnio del cucchiaino che rigirava lo zucchero dentro la tazzina.

«Non si lamentava. Non si è mai lamentata», replicò Tanu, tristemente.

«Quanti figli hai?» s'informò.

«Questo solo, eccellenza.»

Il barone addentò una fetta di pane imburrata e spalmata di miele. Poi guardò Tancredi e disse: «Ne vuoi?»

Tancredi avvampò e non rispose. Non voleva accettare niente dal barone, nemmeno d'essere accolto sotto il suo tetto.

«La lingua ti mangiasti?» chiese l'uomo, sorridendo. Aveva denti bianchissimi e un bel sorriso.

«Voscenza lo scusasse. È selvatico», intervenne Tanu.

«Assomiglia a suo padre», commentò il barone. E soggiunse: «Che classe fa?»

Tancredi aveva finito la terza elementare. A scuola era molto bravo e gli piaceva studiare. Così riferì il padre.

L'uscio della stanza si schiuse e Tancredi intravide la ragazzina vestita di bianco che lo aveva salutato dalla finestra. Era più grande di lui e sotto il corpetto dell'abito si indovinava già un accenno del seno.

«Vieni, Giulia Maria, vieni a conoscere Tancredi. Ha due anni meno di te e, come te, anche a lui piace studiare.»

La ragazzina entrò, si accostò al padre che le porgeva una guancia e lo baciò. Poi prese una fetta di pane e marmellata e la offrì al ragazzino.

«Assaggia», gli disse. «La marmellata di susine l'ho fatta io e devi dirmi se ti piace.»

Tancredi pensò che il mondo stesse per crollargli addosso. Quella ragazza così bella, più grande di lui, prima lo aveva salutato dalla finestra e ora gli chiedeva il suo giudizio su una marmellata che aveva fatto con le sue mani dalle dita sottili, profumate come l'aria che dalla punta di Piano Battaglia scendeva tra i boschi raccogliendo le essenze dei fiori.

Di sottecchi lanciò un'occhiata fugace alle proprie mani con le unghie sporche e pensò che, se avesse accettato il cibo che la baronessina gli offriva, lei le avrebbe viste. Tuttavia capì che doveva rispondere e lo fece in un perfetto italiano: «Grazie, signorina. So già che mi piacerà moltissimo, ma ora non posso accettare. Sono triste per la morte di mia madre e non riesco a mangiare».

Mai avrebbe pensato di tenere un discorso tanto lungo davanti a una ragazzina così importante e si stupì di se stesso.

«Tuo figlio non solo ha la lingua, ma sa usarla bene», si compiacque il barone Giuseppe Nicastro, rivolgendosi a Tanu. E soggiunse: «Lo prendo in casa, da subito. Tu puoi andare».

Senza dar tempo al contadino di replicare, Giulia Maria prese una mano di Tancredi e lo invitò a seguirla, dicendo: «Ora ti faccio conoscere le donne di casa».

Il ragazzino liberò la mano da quella di Giulia Maria perché il contatto lo aveva emozionato al punto da sembrargli che il cuore gli esplodesse nel petto, inoltre avrebbe voluto restare ancora un momento con suo padre prima di lasciarlo. Così si girò verso di lui e lo fissò negli occhi, senza parlare.

«Vai», disse il contadino, dolcemente. «Era questo che volevamo.»

«Che volevi tu», sussurrò Tancredi, tristemente.

«Avrebbe fatto piacere anche a tua madre», aggiunse Tanu e, facendosi un segno di croce, disse: «Me ne parlò sul letto di morte».

Tanu D'Azaro non mentiva e di questo Tancredi era sicuro. Si domandò perché la mamma non ne avesse fatto parola con lui, che era il diretto interessato, oltre che con suo padre.

Forse altri poveri come lui sarebbero stati felici di entrare nella casa del barone, ma lui non lo era. Il suo orgoglio gli suggeriva che era meglio cenare con una fetta di *pani cunzatu*, per il quale non doveva ringraziare nessuno, se non suo padre, e gli diceva che era meglio dormire su un materasso imbottito di paglia, nella sua stamberga, piuttosto che dover ringraziare il barone per tutto quello che riceveva.

Tanu dovette capire tutto questo, perché a quel punto gli diede una carezza e gli confessò: «Io qui da solo, senza tua madre e senza te, non ci posso stare. Me ne vado in Germania dai miei fratelli che hanno un lavoro per me. Tu avrai una vita migliore della mia».

Il barone e sua figlia ascoltarono i loro sussurri, senza intervenire. Giulia Maria si avvicinò a Tancredi, gli mise una mano sulla spalla, e lo rassicurò: «Qui ti troverai bene e io, che faccio la prima media, ti insegnerò molte cose».

3

Donna Sabedda, che in realtà si chiamava Elizabeth, era magra come un filo d'erba, bionda come una spiga di grano e pallida come la luna. Si nutriva di insalata condita con lo yogurt di pecora e frutta affogata nello Sherry. Si esprimeva in un italiano stentato e con il marito e la figlia parlava soltanto in inglese.

Tancredi ascoltava affascinato i dialoghi tra madre e figlia e poi chiedeva a Giulia Maria: «Che cosa vi siete dette?»

Qualche volta la ragazza glielo riferiva, altre volte diceva: «È cosa che non ti riguarda».

L'aria si era fatta più fresca rispetto a due settimane prima, quando Tancredi era stato accolto nella masseria, e già si vedevano le primissime brume dell'autunno.

Dopo pochi giorni, a Petralia si sarebbe festeggiato il raccolto con l'antica danza della cordella, tipica delle Madonie. Ragazzi e ragazze, nei costumi tipici della regione, ballavano intorno a un palo intrecciando dei nastri colorati chiamati *i curdeddi*, che poi scioglievano danzando in senso inverso, al ritmo di una tarantella.

In quella occasione, i Nicastro lasciavano la masseria di Roccabruna dove sarebbero tornati soltanto l'anno successivo e salivano per qualche giorno a Petralia nel loro palazzo in via Umberto, per poi raggiungere la residenza di famiglia, a Palermo. Quindi avrebbero accompagnato Giulia Maria in Svizzera, nel suo collegio, e poi si sarebbero trasferiti a Londra.

Gran parte della servitù seguiva i loro spostamenti, il resto rimaneva a Roccabruna e a Palermo, tranne il cameriere personale del barone e la cameriera di donna Elizabeth che li scortavano ovunque. Il patrimonio della famiglia Nicastro non era più quello di un tempo, ma don Peppino sembrava non accorgersene e continuava a vivere con larghezza, ricorrendo di tanto in tanto alla vendita di un feudo, per rimpolpare le casse languenti.

A Tancredi era stato detto che avrebbe trascorso l'inverno nel palazzo di Petralia con Nannina e altri quattro domestici che avevano il compito di arieggiare le stanze e, di tanto in tanto, di ripulirle in attesa della Pasqua, quando il barone sarebbe tornato per il rito dell'incontro tra la Madonna e Gesù dopo la Resurrezione. La festa si chiamava *U 'Ncountru* e nessun Nicastro era mai mancato a quella processione solenne che partiva dalla Chiesa Madre, si snodava per le strade del paese fino a raggiungere le statue di Cristo e della Vergine davanti al Collegio di Santa Maria, tra un frastuono di mortaretti e di bande musicali.

Tancredi avrebbe ripreso la scuola e, a palazzo, doveva rendersi utile alle donne che stavano in cucina.

Anche adesso uscì dalla cucina di Roccabruna con un secchio colmo di scarti dei cibi che avrebbe vuotato nel contenitore apposito e sarebbe servito da mangime per le bestie. Alzò lo sguardo alla terrazza e vide Giulia Maria che leggeva un libro e la baronessa, seduta davanti a un cavalletto, che dipingeva.

La ragazza lo notò, gli sorrise e gli fece cenno di aspettarla. Scese la scala e lo raggiunse. Mentre lui si avviava verso una recinzione di oleandri, lei lo seguì e raccontò: «Mamma mi ha detto che la scorsa notte non ha dormito per colpa di un rettile e una farfalla che stavano sul tetto e facevano l'amore».

«Mi prendi in giro?» domandò lui.

«È lei che prende in giro se stessa, perché deve aver sentito papà che si intratteneva nottetempo con una femmina», spiattellò la ragazzina, che era molto sveglia e parlava con disinvoltura degli svaghi paterni.

«Io queste cose non le voglio sapere.»

«Nemmeno lei le vuole sapere e così le camuffa da sogni o visioni e le racconta a papà che non si scompone mai.»

Tancredi svuotò i rifiuti nel bidone, lei gli strappò di mano il secchio e prese a correre verso il fondo del giardino. Lui la rincorse, la acciuffò. Sentì il profumo della sua pelle, avvertì il battito del suo cuore, vide il viso accaldato per la corsa e desiderò abbracciarla.

Invece, si riappropriò del secchio e volò via, verso il rifugio sicuro della cucina, il solo luogo di tutta la masseria in cui si sentiva al sicuro, in cui dimenticava il dolore per la perdita della madre e la fuga del padre, in cui riusciva a rendersi utile. Giulia Maria era il suo incubo e la sua gioia. Al mattino faceva i compiti delle vacanze con lei che gli insegnava davvero quello che la maestra non aveva ancora spiegato. Gli impartiva anche i rudimenti della lingua inglese. Gli aveva regalato una grammatica e lo spronava a memorizzare tanti vocaboli e la loro pronuncia. Tancredi studiava con gioia e imparava velocemente. La sera, quando era a letto, nella camera che divideva con la vecchia Nannina, mentre lei recitava i «pateravegloria» del rosario, lui ripeteva i vocaboli inglesi.

Lei, di tanto in tanto, lo zittiva, dicendogli: «Il rosario con me devi recitare, tanto villano sei e villano rimarrai, anche se impari la lingua di donna Sabedda».

Lui rideva e diceva: «Se mi ascolti, impari anche tu. Non ti piacerebbe recitare l'Avemaria in inglese?»

«Mai. La Madonna non capisce quelle parole strambe.»

Al mattino il barone si levava di buon'ora e, a volte solo, a volte con sua moglie, scendeva in piscina a fare un po' di vasche. Poi era Tancredi a porgergli il telo di spugna per asciugarsi, mentre donna Sabedda continuava imperterrita a nuotare.

Una mattina, mentre lui gli porgeva l'accappatoio, don Peppino lo afferrò per il braccio e lo fece cadere nella piscina. Tancredi, che non sapeva nuotare, si spaventò e prese ad annaspare e a ingoiare acqua. Sentì la risata del barone e poi la sua mano forte che lo sosteneva.

«Devi imparare a nuotare, ragazzino», lo ammonì.

«Ho paura!» strillò lui.

«Un uomo non ha mai paura. Se non ti distendi sul pelo dell'acqua ti mollo un cazzotto e quando sarai svenuto galleggerai, perché nell'acqua, i nostri corpi sono come foglie. Tu pensa d'essere una foglia e vedrai che galleggerai.»

La baronessa continuava a nuotare come se nulla di quanto accadeva la riguardasse.

Quel giorno Tancredi imparò a nuotare. Di tanto in tanto, il barone lo scrutava con attenzione e, dopo, gli sorrideva benevolmente. Un giorno gli chiese: «Com'era tua madre?»

«Bella», rispose lui in un sussurro.

«Questo lo so. Voglio sapere com'era con te.»

Tancredi ci pensò per qualche istante e replicò: «Era la mia mamma. Era buona e io le volevo bene».

«Ma che ti diceva?»

«Mi raccontava tante storie dei tempi lontani, di quando la luna bacia il sole e allora il giorno diventa notte.»

«E che altro ancora?»

«Che altro volete sapere?»

«Niente», rispose lui, scuotendo il capo. Poi gli tese una lettera.

«Tuo padre ti ha scritto.»

Tancredi lacerò la busta che veniva da Stoccarda e

decifrò a stento la grafia incerta del padre che scriveva: «Io sto bene e così spero di te. I tuoi zii mi hanno accolto nella loro casa e domani comincerò a lavorare con loro che hanno una trattoria dove si cucina all'italiana. Quando potrò, ti manderò qualche soldo. Ti abbraccio».

4

Nel palazzo di Petralia, la cucina, la lavanderia e le stanze della servitù erano nel seminterrato del palazzo, con le finestre che si aprivano sul cortile interno e un ingresso sul vicolo adiacente la via principale. Tancredi viveva in quelle stanze con i domestici del barone.

Nascondeva la tristezza e il senso di abbandono per la mancanza dei suoi genitori. L'istinto gli diceva che non avrebbe mai più rivisto suo padre dal quale, in prossimità del Natale, aveva ricevuto una seconda lettera accompagnata, come promesso, da un po' di denaro. «Questi sono marchi tedeschi che mi dicono essere moneta forte. Io li ho sudati, tu conservali per ogni evenienza. Buon Natale, figlio», aveva concluso.

Quel denaro non gli scaldò il cuore. Non era in grado di valutarlo, ma era comunque un segno dell'affetto di suo padre per lui e così nascose i marchi sotto una mattonella dell'impiantito della camera da letto che, anche a Petralia, divideva con la vecchia Nannina.

Intanto continuava a essere uno scolaro diligente,

animato dal desiderio di imparare. Quando tornava a palazzo, trovava sempre una scodella di minestra calda, un pezzo di pane fragrante e di cacio saporito. Poi sedeva in un angolo della cucina, che era vasta il doppio rispetto a quella della masseria di Roccabruna, e faceva i compiti, riscaldandosi al calore di una grande stufa sulla quale Rosaria, la cuoca, preparava il cibo per tutti.

Accanto a lui sedeva sempre Nannina che lavorava all'uncinetto e confezionava centrini bellissimi che riproducevano i fiori del sambuco, una pianta tipica del luogo. Li regalava alla parrocchia per contribuire alla pesca benefica.

Rocco e Pino, i due uomini di fatica, giocavano a carte. Rosaria, la cuoca, e sua figlia Bonaria, cucinavano e trascorrevano la giornata ai fornelli.

Prima di arrivare in casa Nicastro, Tancredi non sapeva che cosa fosse una vera cucina e ora aveva scoperto che era una specie di laboratorio da alchimista.

Era affascinato dalla gamma infinita di pentole, tegami, padelle e contenitori di ogni forma e dimensione, e poi di coltelli, mestoli, forchettoni, frullatori, colini, sbattitori, tritacarne, frustini e tanti altri oggetti misteriosi di cui non aveva ancora scoperto l'uso. Era tutto uno scintillio di rame, ottone, argento. Lo affascinava la ricchezza delle dispense che traboccavano di sacchi pieni di farine e legumi essiccati e olle colme di strutto, vasi di conserve, salumi che stagionavano con il trascorrere del tempo. Tancredi annusava gli aromi penetranti ora dolci, ora aspri, ora pungenti, ora delicati. Osservava la gestualità di Rosaria e Bonaria che, per diverse ore al giorno, setacciavano, sminuzzavano, impastavano, soffriggevano, tagliuzzavano, affettavano, rimestavano, scolavano, pressavano e irroravano alimenti che, manipolati da loro e cucinati sul fuoco, si trasformavano in arrosti, timballi, sughi, creme, torte salate e dolci e alla fine, quando impiattavano, ogni cibo era una piccola opera d'arte.

Finiva velocemente i compiti di scuola e si intrufolava tra le due donne che gli chiedevano di mondare il riso o i legumi, di sbucciare le carote, le mele, le patate, di abbrustolire le castagne e quindi liberarle dal guscio perché loro potessero poi glassarle o farne marmellate.

Si beava di quelle incombenze che lo distoglievano dal dolore per la mancanza della sua famiglia e dal disagio di vivere in una casa che non era sua.

A scadenze regolari, da Palermo arrivava Corrado, l'autista del barone, che riempiva il baule dell'auto di conserve e altre prelibatezze per la mensa dei padroni. Dopo ogni infornata di cibi che prendevano la via di Palermo, la cucina riposava per qualche giorno e allora, al riparo dal freddo, i domestici oziavano nel tepore di quella grande stanza accogliente, raccontando storie dei tempi andati, sussurrando pettegolezzi della vita di paese, giocando a carte. Lui si rintanava sotto il lungo tavolo, fingendo che quello spazio ridotto fosse una stanza tutta per sé, e leggeva i fumetti di Linus e Corto Maltese che il barone gli faceva recapitare da Palermo insieme con il *Corriere dei Piccoli*.

Quando Rosaria e Bonaria si accostavano al tavolo per preparare la cena, lui osservava le loro gonne svolazzanti, le gambe pesanti di Rosaria e quelle esili di Bonaria, protette da calzettoni di lana.

Qualche volta, finiva per addormentarsi sotto quel tavolo, e allora, Bonaria lo recuperava, lo prendeva in braccio, lo portava nella camera di Nannina, lo infilava nel letto, vestito com'era, levandogli solo le scarpe. Lui si svegliava, ma non apriva gli occhi. Aspettava che la giovane gli accarezzasse i capelli e, così facendo, si chinava su di lui, sprigionando il profumo del suo petto, del quale si beava e dal quale traeva qualche intima inquietudine più acuta di quella che provava accanto a Giulia Maria, alla quale pensava spesso con desiderio.

Quando, con i genitori, la ragazzina aveva lasciato la masseria di Roccabruna, Tancredi aveva pianto in solitudine, il petto squassato dai singhiozzi, come quando era morta la sua mamma. La vecchia Nannina una notte si era svegliata sentendolo singhiozzare. Allora si era alzata, si era accostata al suo letto e gli aveva dato da bere un bicchiere d'acqua.

«Calmati», gli aveva detto, dolcemente. «Hai fatto un brutto sogno?»

«Sì, ho fatto un brutto sogno», aveva mentito lui. «Ma adesso sto bene», l'aveva poi rassicurata.

La vecchia era tornata a infilarsi sotto la sua trapunta, borbottando: «Quella di noi poveretti è una vita infame. Dimenticati da tutti».

«Che cosa borbotti?» aveva domandato Tancredi.

«Niente. Adesso dormi.» E aveva spento la luce.

Il ragazzino si era addormentato ma, nei giorni seguenti, le parole di quella vecchia arcigna, che con lui riusciva a essere affettuosa, erano tornate a martellargli nella testa.

Lui non era stato dimenticato da sua madre e neppure da suo padre che era emigrato in Germania e gli mandava dei soldi.

Poi si era convinto che Nannina parlasse per sé, perché gli aveva detto di essere cresciuta in orfanotrofio e che il barone buonanima, il padre di don Peppino, l'aveva presa in casa come servetta, quando aveva dieci anni, su raccomandazione delle monache che ne avevano decantato l'intelligenza e la rettitudine. Nannina non sapeva chi fossero i suoi genitori, perché era stata lasciata alla ruota del convento quand'era in fasce. Non si era mai sposata e si vantava di non aver mai conosciuto un uomo.

«Sono nata disgraziata, non voglio morire disperata», diceva. E spiegava: «Gli uomini sono un brutto scherzo che Dio si è divertito a fare contro le donne. Tutti infami sono!»

«Anche san Calogero?» aveva scherzato Tancredi.

«I santi sono esclusi. Quelli ci soccorrono dal paradiso.»

Ora mancavano due giorni a Natale e l'autista del barone, venuto a Petralia per fare incetta di squisitezze da servire alla tavola in casa Nicastro, portò un pacco per Tancredi.

«È il dono di Natale di don Peppino per te», gli disse, consegnandoglielo.

Il barone gli aveva mandato un cappotto, un paio

di guanti e uno di scarpe, due maglioni di lana e una scorta di fumetti.

«Vai subito a scrivere un biglietto di ringraziamento per lui», gli suggerì Nannina.

L'autista ripartì con la letterina scritta da Tancredi, che era consapevole di avere ricevuto capi d'abbigliamento molto costosi, e non era sicuro di volerli indossare, per non suscitare l'invidia dei suoi compagni di scuola.

Il pomeriggio della Vigilia, mentre sui fuochi sobbollivano i cibi per la festa, lui si rintanò sotto il tavolo a leggere le avventure di Corto Maltese e intanto ascoltava il cicaleccio delle donne che di tanto in tanto abbassavano il tono della voce e percepì una frase sibillina: «Invecchia e si ricorda del suo amore impossibile», disse Rosaria.

«E chi lo sa? Comunque non sono fatti nostri», commentò Bonaria.

Il ragazzino mise fuori la testa da sotto il tavolo e domandò: «Chi è l'amore impossibile?»

«Visto che hai tempo da perdere per ascoltare quello che non ti riguarda, esci da lì sotto e passa a una a una queste lenticchie. Bada che non ci siano sassolini, perché potrebbero spezzarti un dente quando le mangerai.»

5

CI furono altri inverni e altre estati. Tancredi era ormai un adolescente sano, forte e ombroso come un cavallo selvatico. Bastava che qualcuno gli rivolgesse uno sguardo storto o una parola inappropriata, per oscurare l'umore e precipitarlo in una crisi di mutismo.

Ora aveva finito la quinta ginnasio con voti eccellenti e non sapeva che cosa avrebbe fatto in autunno, come non sapeva quale fosse il suo ruolo in casa Nicastro. Non era un servo, anche se viveva con i domestici perché qualche volta, quando il barone era solo a Petralia o a Roccabruna, lo invitava a consumare i pasti alla sua tavola. Lui accettava con riluttanza quegli inviti e ci voleva tutta la pazienza dell'uomo per indurlo a dire qualche parola.

Gli capitava, a volte, di svegliarsi nel cuore della notte in preda a un'inquietudine quasi dolorosa. Allora sgusciava fuori dal letto e si rifugiava in cucina, perché l'atmosfera di quella grande stanza gli dava un senso di sicurezza.

Durante un inverno, nel cuore della notte, Nannina s'era svegliata e, non vedendolo, lo aveva cercato un po' ovunque. Finalmente lo aveva trovato davanti ai fornelli, mentre soffriggeva cuori di sedano e, sul lungo tavolo, aveva visto allineati piccoli contenitori colmi degli ingredienti che servivano per quello che Tancredi stava cucinando.

«Sono le tre del mattino? Che cosa stai facendo?» gli aveva chiesto, frastornata.

«La caponata di Natale», aveva risposto lui.

Lo aveva osservato muoversi con grazia mentre in una grande padella di rame faceva saltare il sedano, che prima aveva lessato e, con una gestualità elegante, andava aggiungendo olive, capperi e uva sultanina. E intanto, in un'altra padella, preparava un ristretto con aceto, zucchero, mandorle tostate e macinate e pangrattato.

Qualche tempo prima, in un pomeriggio di festa, erano andati tutti in chiesa. Tancredi era rimasto a casa da solo e, quando erano tornati, lui aveva cucinato per tutti le pappardelle al sugo di lepre.

Rosaria aveva sentenziato: «Sono migliori di quelle che faccio io. Non vorrai mica rubarmi il lavoro».

«Il lavoro no, ma il mestiere sì», aveva detto lui e, sorridendo, aveva aggiunto: «Fai un mestiere molto bello e, dopo anni che ti osservo e mondo cereali, sminuzzo verdure e pelo patate, mi è venuta voglia di cucinare».

«Questi sono mestieri di donne», aveva detto Rocco.

«Come sei ignorante. A Palermo il barone ha un cuoco in cucina», aveva replicato Bonaria.

«Vero, ma è un mezzo uomo», aveva sottolineato il giovane Pino.

«Sai che cos'è meglio di un uomo vivo? Un uomo morto e voi due sarete presto cadaveri se non la smettere di burlarvi del ragazzino», aveva strillato Nannina, puntando contro Rocco e Pino il suo coltello.

La notte in cui la vecchia domestica aveva sorpreso Tancredi alle prese con la caponata di Natale, si era conclusa con loro due che si erano messi a banchettare. Poi avevano ripulito tutto, ma avevano lasciato un assaggio per Bonaria che il giorno dopo aveva emesso la sua sentenza: «Tancredi farà il cuoco».

Ora era estate e il barone, tornato alla masseria, aveva colto a pretesto il pasto del mezzogiorno per sottoporre il ragazzo a una specie di interrogatorio.

«È arrivato il momento di iscriverti al liceo», cominciò a dire don Peppino.

«Con il vostro permesso, don Peppino, io raggiungerei mio padre e gli zii a Stoccarda. La loro trattoria va bene e io lavorerei volentieri con loro», replicò il ragazzo.

L'uomo lo guardò benevolmente.

«Ti trovi così male in casa mia?» domandò.

«Mi avete trattato come un figlio. Vi devo eterna gratitudine.»

«Ti sei fatto grande», constatò il barone. E proseguì: «Tra poco ti spunterà la barba, stai cambiando la voce, sei quasi alto come me. Ma torniamo ai tuoi studi.

Eravamo rimasti che te ne vuoi andare a Stoccarda a fare lo sguattero nella bettola dei tuoi parenti. Non è cosa!» affermò don Peppino.

«Ho approfittato anche troppo della vostra benevolenza», disse Tancredi.

«Non è questo il punto. Ora ti devi trasferire a Palermo e proseguire la scuola. Le donne di qui mi dicono che vuoi fare il cuoco. È escluso. Vorresti finire nella casa di qualche nuovo arricchito che ti esibirebbe per dire ai suoi ospiti che anche lui ha un *munsù*, cresciuto dal barone Giuseppe Maria Nicastro Piccolomini di Leonforte? È questo che vorresti? Le finanze dei Nicastro fanno schifo, ma ce n'è ancora abbastanza per farti arrivare a una laurea. Tu diventerai avvocato, o professore, o quel cavolo che vuoi tu, ma avrai una laurea. Altrimenti, che senso avrà avuto la tua presenza in casa mia?»

Tancredi abbassò lo sguardo sul piatto e sussurrò: «Come vi sembra questo pasticcio di anellini in crosta?»

«Buono! Rosaria migliora con gli anni.»

«L'ho cucinato io.»

«Se invece di andare a caccia di femmine, come ho sempre fatto io, ti piace perdere tempo tra i fornelli, nessuno te lo vieta. Ma intanto continuerai gli studi», tagliò corto il barone, con un tono che avrebbe messo in soggezione anche il Padreterno. Subito dopo gli bastò un cenno per comunicare a Tancredi che la conversazione era finita.

Don Peppino gli aveva proibito di fare quello che più gli piaceva: dedicarsi ai fornelli. Tancredi era disperato, trattenne a stento le lacrime e corse fuori dalla stanza.

Corse a perdifiato verso le scuderie, sellò Tornado, il cavallo della baronessa, e pungolandolo con i talloni, si allontanò come una scheggia verso la campagna e il bosco. Scese a rompicollo verso il laghetto dentro cui confluiva l'acqua fresca che sgorgava da una sorgente a monte, legò l'animale stremato al tronco di una quercia, si spogliò e si tuffò nell'acqua che era così gelida da paralizzargli le membra. Allora schizzò fuori tremando e si espose al sole di giugno, asciugandosi con la camicia.

Un istante dopo, il barone Nicastro, in sella al suo bellissimo baio, gli si parò davanti. Gli sollevò il viso con la punta del frustino e gli disse sorridendo: «Veniamo a un compromesso».

6

«Noi siciliani siamo una razza fiera, ma i madoniti come te uniscono alla fierezza un orgoglio straripante. E allora stai a sentire che cosa ti propongo», disse il barone smontando da cavallo e coprendo le spalle del ragazzo con la sua giacca.

Tancredi batteva i denti, mentre si chinava a raccogliere i suoi slip, perché si vergognava di mostrarsi nudo.

Don Peppino rise e commentò: «Hai un arnese niente male lì sotto. Farai felici tante femmine».

Tancredi non replicò, arrossì e si affrettò a infilare anche i pantaloni di fustagno sulle gambe ancora bagnate. Poi indossò la camicia e restituì la giacca al barone dicendogli: «Grazie. Mi perdoni. L'ascolto».

Sedettero su un masso in mezzo al prato. L'erba ondeggiava mossa dall'aria del primo pomeriggio.

Il barone lasciò vagare lo sguardo sulla distesa d'erba punteggiata da fiori bianchi, rossi, gialli che nascevano spontanei e pensò che nessun pittore, per quanto straordinario, sarebbe mai riuscito a trasferire su una tela un'armonia così perfetta.

La prossima estate avrebbe compiuto cinquant'anni e si disse che una parte importante della sua vita era ormai compiuta. Osservò Tancredi e gli sembrò di rivedere se stesso alla sua età. Era caparbio e orgoglioso come lui, perché, come lui, era un madonita, e apparteneva a quella razza di gente fiera, ombrosa e cocciuta più dei muli, che da sempre abita tra quei monti e in quelle vallate aspre. Lui, che voleva insegnare come si vive a quel piccolo uomo senza famiglia, aveva creduto che i blasoni, i feudi e i palazzi, le femmine, i viaggi, gli agi e il rispetto che ancora gli veniva tributato, dessero un senso alla sua vita.

In quel momento, mentre osservava quel bellissimo ragazzo che aveva la vita davanti a sé, si rese conto di essere un uomo solo, senza amore. Suo padre lo aveva amato? Forse. Ma lui non se n'era mai accorto. Elizabeth lo amava? Chi lo sa! Gli aveva dato una figlia e dopo gli aveva chiuso la porta della sua camera da letto. E la sua bellissima Giulia Maria? «Ti odio», gli aveva urlato quando l'aveva promessa in sposa all'avvocato Vincenzo Moncada, parlamentare democristiano, ricco, influente, che avrebbe rimpinguato il patrimonio della famiglia Nicastro che lui aveva dissipato. E i suoi servi, e tutte le persone che aveva beneficato, lo amavano? Lo rispettavano e lo temevano, piuttosto.

Pescò una sigaretta dalla tasca della giacca, la accese, ne aspirò avidamente il fumo e tornò a guardare con aria pensosa Tancredi, il figlio che avrebbe voluto avere. Era proprio sicuro che quello che voleva per lui fosse il meglio?

«Veniamo a un compromesso», gli propose infine, e proseguì: «Continuerai gli studi a Palermo, ma ti permetterò di frequentare, durante l'estate, una grande cucina, quella dell'hotel *Ritz* a Londra».

«In Inghilterra?»

«Sissignore. A Londra, in Inghilterra.»

«Dovrei andare fin lassù?»

«Non volevi andare a fare lo sguattero a Stoccarda? Anche Stoccarda è lontana.»

«A Stoccarda ho i miei parenti, a Londra non ho nessuno», replicò spaventato, pensando che non conosceva neppure la lingua, sebbene Giulia Maria gli avesse insegnato qualche parola nelle estati che avevano trascorso insieme nella masseria di Roccabruna. Con lei aveva imparato i testi di alcune canzoni, qualche modo di dire, ma poiché non si vedevano da qualche anno, aveva dimenticato tutto. Giulia Maria era andata in America, in rare occasioni era tornata in Sicilia, ma si era fermata a Palermo. Lui l'aveva detestata per questo, anche se lei, di tanto in tanto, gli aveva scritto brevi lettere accludendovi, ogni volta, un fiorellino essiccato o una fotografia, firmando con l'impronta del rossetto delle sue labbra.

Le aveva nascoste sotto la mattonella della sua stanza, con i marchi tedeschi che suo padre continuava a mandargli. E aveva consumato l'impronta del suo rossetto, ogni volta che la lontananza da lei gli straziava il cuore.

Tancredi le rispondeva con messaggi altrettanto brevi perché non osava dirle che era innamorato di lei. Però, durante l'inverno, con gli auguri di Natale, le aveva mandato una sua foto scattata a scuola, durante una partita di pallone, e lei gli aveva scritto: «Stai diventando bellissimo. Sono sicura che le tue amichette ti fanno il filo, ma bada a te, perché ne sono gelosa».

Gli era piaciuta tantissimo quella risposta, ma non aveva osato dirle che, anche lui, era geloso. Tanto, a che gli sarebbe servito? Qualche volta si diceva che sarebbe stato meglio se se la fosse strappata dal cuore, perché la baronessina non era pane per i suoi denti. Allora si guardava intorno, tra le amichette del paese che stravedevano per lui. Nessuna di loro, nemmeno quella più graziosa, reggeva il confronto.

«A Londra non sarai da solo. Conosco personalmente il direttore del *Ritz* e oggi, se sei d'accordo, gli telefonerò e gli dirò chi sei e che cosa vuoi fare. Lui, ne sono certo, troverà il modo di inserirti tra i giovani apprendisti. Così guadagnerai anche qualche sterlina e vedrai se il mestiere di cuoco è come te lo immagini. E se sarà così, tornerai a Londra ogni estate e se, alla fine del liceo, sarai ancora del parere che il tuo mestiere debba essere quello, invece di iscriverti all'università, affronterai la lunga trafila che ti consentirà di guadagnarti, alla fine, una o più stelle della *Guida Michelin*. Perché forse non lo sai, ma le stelle sono l'equivalente di una laurea, e l'attuale chef del *Ritz* ha tre stelle, il punteggio massimo cui si può arrivare.»

Tancredi ascoltò attentamente quelle parole. Per quanto ne sapeva, mettersi ai fornelli e preparare piatti squisiti non era tanto difficile, né complicato. A lui era bastato osservare Rosaria e sua figlia per cucinare piatti buonissimi. Tre mesi ogni estate, per tre anni, tanti quanti erano gli anni del liceo classico, non sarebbero bastati a fare di lui un cuoco? Avrebbe dovuto anche affrontare una lunga trafila per conquistarsi le stelle Michelin che equivalevano a una laurea. Ci voleva una laurea per cucinare timballi, cassate, frittate, caponate o cannoli? «Credo di non capire», disse infine, perplesso.

«Ma capirai quando entrerai in una vera cucina, che non è come quella di casa nostra. Sicuramente non è nemmeno come quella della trattoria dei tuoi parenti a Stoccarda. Io ne ho visitate parecchie, nei miei giri per il mondo, e ti assicuro che le cucine più prestigiose sono laboratori immensi dove lavorano decine di persone, ognuna delle quali ha un compito specifico: ci sono gli addetti alle verdure, alle salse, alle carni, alle paste, ai dolci e così via. È un esercito al comando di un signore al quale tutti devono obbedienza assoluta: lo chef. Hai mai visto un concerto in televisione? C'è un gran numero di musicisti che suonano vari strumenti e c'è un signore che li dirige perché conosce la partitura di ogni strumento: pianoforte, violino, fagotto, tromba, contrabbasso, batteria eccetera.»

«È vero! Il cibo è come la musica», ragionò Tancredi.

Poi soggiunse: «E io potrei entrare in una cucina così grande?»

«Dammi il tempo di informarmi e chiedere.»

«Se la risposta fosse sì, potrei partire subito?»

«Non prima dell'inizio di luglio. Tra poco arriveranno donna Elizabeth e nostra figlia Giulia Maria che sta per sposarsi», annunciò il barone.

7

Fu come se gli fosse caduto addosso il cielo e lo schiacciasse impedendogli di respirare. Annaspò in cerca d'aria e vide il barone che lo guardava con apprensione.

«Che cosa ti succede? Sei pallido come un cadavere», si allarmò don Peppino.

Tancredi si ripiegò su se stesso e vomitò.

Il barone aspettò che superasse la crisi e poi lo aiutò a montare sul suo cavallo, salì dietro di lui, agguantò anche le redini di Tornado e tornarono alla masseria.

«Adesso sto bene», balbettò Tancredi.

Non era vero, continuava a tremare. Il barone disse al cameriere che gli era venuto incontro: «Il ragazzo ha fatto il bagno nel laghetto gelato e si è sentito male. Mettilo a letto e chiama il dottor Nardone».

Tancredi aveva la febbre alta. Il medico diagnosticò una congestione e gli somministrò i farmaci del caso, poi, prendendo un caffè con il barone, sentenziò: «Tancredi si rimetterà in un paio di giorni».

Le donne di casa fecero a turno per curarlo, rimboccargli le coperte, somministrargli le medicine, misurargli la temperatura, nutrirlo con succhi di frutta centrifugata.

Il giorno seguente era sfebbrato e dormiva quando una mano fresca e profumata gli accarezzò il viso e una voce dolce gli sussurrò: «Come sei bello».

«Mammuzza», sussurrò credendo di aver sognato la sua mamma. Aprì gli occhi e vide Giulia Maria china su di lui.

«Ciao, Tancredi», disse lei, sorridendogli.

«Che ci fai, qui?» sussurrò lui, confuso, ancora sospeso tra il sogno e la realtà.

«Ieri sera papà mi ha chiamata per dirmi che stavi male. Ho lasciato Palermo all'alba per venire da te», rispose lei.

Il ragazzo si mise a sedere sul letto.

Quella bellissima donna, che gli sedeva accanto e lo guardava con amore, stava per sposarsi e non gli aveva detto niente. Tancredi la odiò con tutto se stesso.

«Come ti senti?» gli domandò lei, accostando uno sgabello al suo letto e sedendogli accanto.

«Bene», rispose Tancredi, con tono severo.

«È tutto quello che hai da dirmi?» domandò, mortificata.

«Tu non hai niente da dirmi?»

Lei lo guardò per un attimo senza rispondere, poi chinò il capo e sussurrò: «Sto per sposare Vincenzo Moncada, così ha deciso mio padre. I Nicastro hanno bisogno di queste nozze». Tacque e gli occhi le si riempirono di lacrime. Poi proseguì: «I Nicastro hanno bisogno di conservare le proprietà superstiti, i Moncada sono molto ricchi e pagheranno i debiti di papà e avranno in cambio una baronessa in famiglia», spiegò piangendo.

«Ma chi ti crede? Queste cose accadevano in passato», reagì Tancredi.

«Come vedi, niente è cambiato perché questo, oggi, è il mio destino», disse lei, con amarezza.

«Lo ami?» le chiese.

«Io amo te, Tancredi», rispose Giulia Maria, con un filo di voce.

«Non è vero e anche se lo fosse non avremmo mai potuto stare insieme», affermò Tancredi, disperato.

Giulia Maria tacque. Scostò lo sgabello dal letto, si alzò e, quando era ormai sulla porta per andarsene, disse: «Per i Nicastro, l'ubbidienza al padre è assoluta. Mio padre ubbidì al nonno e sposò mia madre anche se amava un'altra donna. Sarei comunque venuta a salutarti prima delle nozze. Intanto abbiamo qualche giorno solo per noi due», concluse e scappò via.

Tancredi si presentò in cucina lavato e vestito. Si sentiva molto debole e gli girava la testa, era disperato perché Giulia Maria si sposava e scoppiava di felicità perché lei gli aveva detto che lo amava.

«Ecco qui il morto resuscitato», trillò Rosaria, vedendolo comparire.

«Un giorno di febbre e sei cresciuto di un'altra spanna», osservò Bonaria, mettendogli davanti una scodella colma di latte e biscotti.

«Mangia, figlio mio. Mangia che ti devi nutrire», disse Nannina.

Dopo che ebbe vuotato la scodella, si sentì rinfrancato.

Allora uscì e andò nelle scuderie. Giulia Maria era lì e stava sellando il suo cavallo.

«Dove vai?» le chiese Tancredi.

«Nel bosco», rispose.

«Vengo con te», disse. Poi pensò che avrebbe dovuto andare a salutare don Peppino e soggiunse: «Con il permesso del barone».

«Papà è salito a Petralia per parlare con il parroco del mio matrimonio.»

Montò sul cavallo, lo spronò e insieme uscirono dalle scuderie.

Procedettero affiancati inoltrandosi nel bosco, sulle pendici di Pizzo Carbonara, dove nascevano l'astragalo e la viola. Arrivarono sul bordo di una radura, smontarono lasciando liberi gli animali di pascolare e sedettero nell'erba, uno di fronte all'altra, guardandosi negli occhi, senza parlare.

Una biscia timida sgusciò fuori da un sasso. Il ragazzo la sollevò sulla punta del frustino e la lanciò lontano. «Mi hai detto che tuo padre era innamorato di un'altra donna?»

«Proprio così», annuì lei.

«Chi era?»

«Una contadina del luogo, bellissima, intelligente e dolce. Quando mio nonno seppe che voleva sposarla organizzò il matrimonio con mia madre, la figlia di sir

Thomas Dalton che possedeva un palazzo a Londra, un castello con molti ettari di terreno intorno nelle Highlands e una vasta tenuta nel Norfolk. Informò mio padre della sua decisione e lo mandò in Inghilterra a conoscere la futura sposa. Me lo ha raccontato la nonna in gran segreto», concluse Giulia Maria.

«E la bella contadina che fine ha fatto?»

«Dopo qualche anno ha sposato un contadino e hanno avuto un figlio. Lei si chiamava Perla e il figlio sei tu.»

8

«ADESSO capisci perché mio padre ha accettato di occuparsi di te», spiegò Giulia Maria e aggiunse: «La passione giovanile per tua madre gli è rimasta nel cuore. Quando tua madre morì, tuo padre ti affidò a lui perché avresti avuto una vita migliore e non si è sbagliato, perché il barone ha grandi progetti per te, che gli ricordi il suo primo, impossibile amore».

«Assomiglia alla nostra storia», sussurrò Tancredi e affondò il viso tra i capelli della ragazza. Poi l'abbracciò facendo aderire il suo corpo a quello di lei, con passione.

La ragazza si strappò dolcemente dalla sua stretta, sussurrando smarrita: «Andiamo a casa, ti prego». Si alzò e rimontò a cavallo seguita da Tancredi.

Scesero lentamente verso Roccabruna. Lei, di tanto in tanto, sogguardava il viso bello e pensoso di Tancredi, chiuso in un mutismo ostinato e ricordava il bambino con le guance bagnate di lacrime che aveva visto dalla finestra della sua stanza, quando con suo padre aspettava di essere ricevuto dal barone. Gli aveva voluto bene da subito, perché le era sembrato triste e solo come lo era lei. Giulia Maria, infatti, ricordava con nostalgia gli anni in cui trascorreva le vacanze in Inghilterra, con i Dalton e la tribù dei suoi cuginetti, o in Sicilia, sulla spiaggia di Mondello, dove convergevano i vari rami della famiglia Nicastro e anche lì c'erano tanti cugini chiassosi con i quali si divertiva moltissimo.

Poi il nonno era morto, la nonna si era ritirata nel suo palazzo a Ortigia, suo padre aveva deciso di tornare sulle Madonie lontano da tutti perché nessuno voleva passare l'estate in montagna. Aveva visto Tancredi e aveva deciso che lui sarebbe stato l'amico a cui volere bene.

Quando rientrarono alla masseria, sentirono la voce stridula di Nannina che chiamava Tancredi.

«Che fu?» domandò il ragazzo, smontando da cavallo.

«Visto che ieri eri morto e oggi te ne vai a zonzo per la campagna, renditi utile, perché in cucina c'è bisogno di te.»

Il barone era tornato da Petralia annunciando che il parroco, il sindaco, un paio di assessori comunali, il medico e il farmacista, il comandante dei carabinieri e il direttore della banca, sarebbero arrivati lì nel pomeriggio con le loro mogli e si sarebbero fermati a cena. Dunque, occorreva darsi da fare per preparare rinfreschi e mettere insieme una cena che doveva essere squisita e abbondante. Tancredi accolse l'ordine di Nannina come una benedizione, perché cucinare lo avrebbe aiutato a stemperare le tensioni e placare il dolore. Mentre affettava carote, soffriggeva piselli, montava le chiare dell'uovo e friggeva cannoli, assimilava le rivelazioni sconvolgenti di Giulia Maria sull'amore impossibile tra sua madre e il barone. Cucinava, spadellava e impiattava e in tutto questo riversava la sua infelicità. E quello che ne venne fuori, con l'aiuto di Rosaria e delle altre donne, fu una cena che era un trionfo di colori accesi, sapori forti, profumi inebrianti.

I camerieri che avevano servito la cena tornarono in cucina e riferirono che gli ospiti continuavano a lodare i cibi che mangiavano.

«Insomma, hanno gradito tutto», si compiacque Rosaria.

«E ancora ne vogliono. I signori chiedono altre cassatelle di sant'Agata e le signore cannoli di ricotta», disse Saverio, il cameriere del barone.

Scese la notte, gli ospiti ringraziarono, salutarono, risalirono sulle loro auto e presero la via del paese. In cucina le donne ripulirono i fuochi, i piani di lavoro, il pavimento. Due rumorose lavastoviglie marciavano a pieno ritmo lavando piatti e bicchieri. Tancredi uscì per andare a dormire nella sua stanza.

Mentre attraversava il giardino, gli si parò davanti il barone. «Quella di questa sera non era la solita cena di Rosaria», gli disse.

«Non è andata bene, don Peppino?» domandò il ragazzo che era stanchissimo e non vedeva l'ora di riposare.

«Hai cucinato tu?» domandò l'uomo.

«Ho dato una mano», rispose lui, quasi scusandosi.

Don Peppino si accese una sigaretta e sospirò.

«E io che pensavo di fare di te un avvocato o un professore», osservò scuotendo il capo. E soggiunse: «Tu hai nelle vene il fuoco di queste montagne, di noi madoniti. Noi siamo l'incrocio delle civiltà più antiche che approdarono su quest'isola meravigliosa, a partire dai fenici, dai greci, dai cartaginesi, poi gli arabi e dopo i normanni, e in seguito gli spagnoli e i francesi. I più tignosi di tutti questi lasciarono le coste e si inoltrarono nell'interno, salirono questi monti, si mescolarono tra loro. Il mare ha un po' annacquato quelli rimasti lungo le coste, ma qui, per secoli, questa razza si è conservata intatta. Gente caparbia, dispettosa, vendicativa, ma capace di dolcezze sublimi, di slanci clamorosi, di amori torbidi e celestiali, di fantasie inarrivabili. Io credo che tu sia nato artista, ma invece della passione per la pittura, la scultura, la poesia, la letteratura, tu hai quella per la cucina, che le riassume tutte. E io che volevo fare di te un avvocato o un professore!» ripeté.

«Allora posso andare in Germania, da mio padre?» domandò Tancredi, che non vedeva l'ora di scappare lontano da lì per strapparsi dal cuore l'amore per Giulia Maria.

«Ieri, quando stavi male, ho parlato con il direttore del *Ritz*, a Londra. Poco fa mi ha richiamato lui. Partirai dopo le nozze di mia figlia che ti vuole qui, con noi. Al *Ritz*, lo chef è un italiano famoso, Andrea Barbero. Pare che il ragazzo addetto alla pulizia delle verdure si sia tagliato malamente una mano e prima di due mesi non possa riprendere il lavoro. Barbero ti aspetta», gli comunicò.

«Perché proprio a Londra?»

«Perché andrai anche a scuola di inglese. Devi imparare la lingua che ormai si parla in ogni parte del mondo.» E aggiunse: «Non ho finito. L'istruzione è fondamentale e tu dovrai davvero frequentare il liceo, quello classico, imparerai il latino e il greco. Tu ora cucini seguendo l'istinto che ti ha regalato il buon Dio. Ma l'istinto non ti porterà da nessuna parte, se non è guidato dalla cultura. Questa è la differenza tra un bravo cuoco e un grande chef. Per espatriare ti serve un passaporto e il consenso di tuo padre. Ho già allertato il comandante della polizia del paese e telefonerò a tuo padre perché ci spedisca velocemente una dichiarazione scritta. Dopo sarai pronto a spiccare il volo. In agosto riaccompagnerò donna Elizabeth a Londra e verrò a controllare quello che stai combinando. E adesso fila a dormire, figliolo», concluse il barone.

9

SAVERIO, il domestico del barone, bussò alla porta della camera di Nannina, che si era ritirata dopopranzo per la siesta e si era addormentata.

«Che fu?» domandò la vecchia domestica.

«Donna Sabedda arrivò e reclama Concetta che oggi si è recata a Polizzi, dai suoi parenti», annunciò l'uomo.

«Gesù, Giuseppe, sant'Anna e Maria! E adesso chi si salva dalla furia della matta? Il barone devi avvertire», disse la donna, alzandosi dal letto.

«È sceso a Enna con l'amministratore e questa notte dormirà nel feudo di Gangi», spiegò Saverio.

«Vai a svegliare Bonaria e dille che si presenti a donna Sabedda», ordinò, mentre si ravviava i capelli, guardandosi nello specchio che era sopra il vecchio comò.

«Non è venuta sola. Con lei ci sono due inglesi che vogliono andare a visitare le rovine del castello di Sperlinga, ma intanto reclamano il tè. Insomma, Nannina, datti da fare», tagliò corto Saverio, sul punto di andarsene.

«La baronessina lo sa che è arrivata sua madre?» s'informò la donna.

«Lei è andata per boschi a cavallo e Tancredi l'ha accompagnata», la informò il cameriere.

Nannina spalancò gli scuri della finestra per far entrare nella stanza la luce piena del pomeriggio, si accostò di nuovo al comò dove campeggiava una statuetta in plastica della Vergine, si fece un segno di croce e mormorò: «Madonna santa, butta giù un occhio, su quei due scriteriati che stanno sempre insieme».

Sospirò, si rassettò l'abito e uscì dalla camera. Era una giornata di una bellezza rara, un giorno di quelli in cui sembra che cielo e terra si uniscano per glorificare la natura in tutto il suo splendore.

I due giovani, mantenendo i cavalli al passo, avevano attraversato il bosco ed erano arrivati al laghetto, osservandone la superficie appena increspata da una brezza leggera.

«Ti va di fare il bagno?» domandò lei, mentre smontavano a terra. Si appoggiò con la schiena al tronco di un vecchio faggio per liberare i piedi da un paio di Nike consunte. Tancredi guardò il viso di Giulia Maria, la sua pelle di porcellana trasparente che, in quei giorni, si era colorata di rosa, gli occhi grandi, fondi, scuri, che brillavano.

«Oggi l'acqua è calda», gli disse, avviandosi lentamente verso la riva del lago.

Lui immaginò i loro corpi nudi immersi nell'acqua a intessere, nuotando, una danza d'amore. E pensò che, dopo, sarebbe stato terribile vederla inginocchiata all'altare accanto all'uomo che l'avrebbe avuta per sempre, mentre lui, per sempre, sarebbe rimasto senza di lei.

Scosse il capo e disse alla ragazza: «Bagnati tu, se vuoi. Io non ti seguo» e si sedette sul prato al riparo di un albero.

«Peggio per te», gridò lei, liberandosi dei jeans e della maglietta.

Sembrò a Tancredi che i raggi del sole confluissero tutti su quel bellissimo corpo di donna per illuminarlo, oscurando il resto del mondo per meglio esaltarne la perfezione assoluta.

La vide muovere pochi passi incerti nell'acqua e poi sparire. La sua testa riemerse dall'acqua e lei prese a nuotare con bracciate lente e cadenzate fino alla riva opposta. Uscì dal lago e urlò: «Vieni a prendermi».

Lui non riusciva a muoversi, la guardava ed era come paralizzato, combattuto com'era fra il desiderio di raggiungerla e il dolore perché non avrebbe mai potuto averla.

Giulia Maria si ributtò nel laghetto e, come se fosse inseguita da un mostro marino, riguadagnò velocemente la riva.

«Tancredi, vieni. Aiutami ad asciugarmi», strillò, battendo i denti per il freddo.

Allora lui la raggiunse, si tolse la camicia e gliela mise addosso per scaldarla. Si rialzò e soggiunse: «Torno a casa. Ho bisogno di stare da solo». Montò a cavallo e sparì nel bosco.

Nei giorni che seguirono, Tancredi evitò di incontrare la baronessina, trascorrendo il suo tempo in cucina o a Petralia, dove incontrava alcuni compagni di scuola. Molti di loro lavoravano nei campi con i genitori, pochi si dedicavano ai compiti delle vacanze in vista dell'autunno, quando avrebbero ripreso la scuola. Lui faceva i compiti con loro e taceva sul suo futuro.

Uno dei suoi amici, in gran segreto, gli mostrò una rivista pornografica. Era il figlio del barbiere.

«Guarda che roba, Tancredi!» gli disse.

Lui osservò la fotografia di una donna nuda in una posa oscena e avvampò, scagliando lontano il giornale.

«Queste porcherie non mi interessano», affermò.

«Uhe! Niente niente sei uno dell'altra sponda?» domandò meravigliato il suo compagno.

«Tu sei uno stronzo!» replicò Tancredi e tornò di volata alla masseria a bordo del motorino che il barone gli aveva regalato per la promozione.

Era furibondo, perché la donna della fotografia umiliava l'amore che era un sentimento divino.

«Il barone ti cercò», gli disse il contadino che stava ripulendo i cespugli fioriti del giardino.

Tancredi lo trovò nello studio, intento a discutere di finanze con l'amministratore.

«Ti volevo consegnare il tuo passaporto», gli disse. E soggiunse: «Ho già prenotato il tuo aereo per Londra. Il biglietto lo troverai a Palermo, dove verrai con noi dopo le nozze di mia figlia».

«Vi ringrazio», disse Tancredi e sgusciò via, temendo di incontrare Giulia Maria.

Si rintanò nella sua stanza a sfogliare il passaporto che riportava i dati anagrafici e la sua fotografia. Lesse anche la firma di suo padre in fondo al foglio del consenso all'espatrio, e desiderò di essere già lontano da quelle montagne, dalla Sicilia, dall'amore insensato per la baronessina Giulia Maria Nicastro di Leonforte che andava sposa a Vincenzo Moncada, senza amore, ma per obbedienza.

10

«Oh Gesù! Che fu?» domandò la vecchia Nannina che era tornata presto alla masseria di Roccabruna ed era entrata nella sua stanza per levarsi quelle scarpe strette da cerimonia e infilarsi le solite ciabatte tanto comode. Tancredi era nel suo letto e aveva la testa fasciata alla meglio con garze e cerotti.

«Niente. Sono caduto», rispose lui.

«E come hai fatto?» indagò, infilandosi gli occhiali e sedendo al suo fianco, in pizzo al letto, dove lui era sdraiato indossando ancora l'abito della festa.

«Caddi», brontolò Tancredi. Il grosso ramo di un faggio al quale aveva tentato di impiccarsi, per porre fine al suo dolore, si era spezzato sotto il suo peso e gli era caduto sulla testa. La vecchia gli prese una mano tra le sue e la accarezzò, parlandogli con dolcezza.

«Ti abbiamo cercato tutti e tu eri sparito. Un momento eri in chiesa con noi e un momento dopo non c'eri più. Dov'eri andato? Come cadesti, figliuzzo bello?»

«Nannina, smettila con questa lagna! Ho un gran

mal di testa e voglio stare tranquillo», sussurrò lui, indispettito.

Aveva capito quanto insano fosse stato il suo bisogno di annullarsi di fronte a un evento ineluttabile qual era il matrimonio di Giulia Maria. Che lei lo volesse o no, il barone aveva operato per lei una scelta saggia, accasandola con un uomo ricco che le avrebbe assicurato un'esistenza che le si confaceva. Pensando a se stesso si era domandato che genere di vita sarebbe stato in grado di assicurarle, se avessero deciso di stare insieme. Pane e miseria, si era detto, nella migliore delle ipotesi, cioè se il barone non lo avesse ammazzato prima. E don Peppino avrebbe avuto tutte le ragioni per uccidere un infame che tradiva la fiducia di chi lo aveva accolto, vestito, nutrito e aveva pianificato per lui un futuro meraviglioso. Se voleva davvero diventare un uomo degno di questo nome, doveva imparare a ragionare con la testa.

«Ti perdesti una cerimonia bellissima. Avessi visto... piangevano tutti, ma più di tutti, piangeva la baronessina. Tre volte il vescovo dovette chiederle se voleva sposare Vincenzo Moncada, perché lei singhiozzava e non rispondeva. Alla fine pare che abbia detto sì, anche se noi non l'abbiamo sentito», raccontò Nannina.

«Si vede che non era tanto contenta di prendere marito», osservò Tancredi.

«Ma che dici? La sua era un'emozione che, ringraziando il Signore, io non ho mai provato, perché non presi marito e questa fu una benedizione del cielo. Chi ti curò dopo la caduta, figlio mio?» domandò sollecita, osservando il suo pallore.

«Il porcaro e sua moglie. Almeno credo, perché ero svenuto. Lui e sua moglie, comunque, mi medicarono e dopo lui mi riportò alla masseria con la sua Ape. Adesso sai tutto. Vattene e lasciami dormire.»

Nannina andò via, chiedendosi perché mai Tancredi, che sedeva in chiesa nel banco dietro al suo, a un certo punto si fosse dileguato e si fosse fracassato la testa. Pensò che non avesse retto l'emozione di quella grande cerimonia, sebbene l'istinto le dicesse che doveva essere accaduto dell'altro. Decise poi che fosse meglio non indagare oltre e andò in cucina a scaldare del brodo di carne per farglielo bere, perché era troppo pallido e aveva bisogno di sostentamento. Tra poco tutti i domestici sarebbero rientrati alla masseria, mentre parenti e amici avrebbero lasciato Petralia alla volta di Palermo per andare al ricevimento di nozze e poi accompagnare gli sposi all'aeroporto dove si sarebbero imbarcati per andare su un'isola lontana di cui non ricordava il nome, ma dove il mare, le palme, la natura e i pesci, erano abbastanza simili a quelli della loro Sicilia, come aveva spiegato Saverio, il cameriere del barone, che aveva visto le fotografie di quel luogo esotico.

«Perché mai andare tanto lontano per ritrovare qualcosa che è già qui, a portata di mano?» aveva chiesto Nannina, senza ottenere una risposta.

Nannina tornò nella camera con la tazza di brodo caldo per Tancredi che aveva gli occhi chiusi e respirava tranquillo. Forse dormiva, forse voleva soltanto essere lasciato in pace. Conoscendo il suo carattere selvatico, la vecchia non lo disturbò. La mattina seguente, il barone tornò alla masseria, lo fece chiamare e gli disse di fare il suo bagaglio subito, perché il suo volo partiva nel pomeriggio per Londra e lì avrebbe trovato qualcuno del *Ritz* che lo avrebbe condotto a destinazione.

Mentre Tancredi era già in macchina, con Corrado che lo avrebbe accompagnato a Punta Raisi, don Peppino lo raggiunse e gli disse: «Ti ho raccomandato io. Non farmi sfigurare e tieni sotto controllo i tuoi impulsi».

Tancredi sorrise, promise, calzò la coppola che nascondeva in parte la fasciatura, meno vistosa di quella improvvisata dal suo soccorritore, e partì.

Mentre l'auto percorreva la strada tortuosa che scendeva dalla montagna e si snodava lungo le pendici del massiccio montuoso delle Madonie, respirò l'aria fine e tiepida della sua terra che in quel periodo era al culmine dello splendore, e sentì che sarebbe trascorso molto tempo prima di poter ritrovare quei luoghi dalla bellezza incomparabile.

Sentì nel petto uno strappo simile a quello che aveva avvertito quando era morta sua madre e quando suo padre lo aveva lasciato a Roccabruna. La sua vita stava di nuovo cambiando ed ebbe paura, si sentì smarrito e solo.

Aveva soltanto sedici anni e andava incontro a una realtà nuova. Al *Ritz* non avrebbe conosciuto la ragazzina bella come una bambola che lo aveva accolto a Roccabruna e lo aveva fatto sentire meno solo.

Ripensò a lei che, in quel momento, era già sbarcata su un'isola tropicale e si sarebbe ritrovata tra le braccia di quell'odioso Vincenzo Moncada che, se voleva essere obiettivo, era un gran bell'uomo, aveva il portamento di un vero signore e, ai piedi dell'altare, aveva accolto Giulia Maria con un sorriso che irradiava gentilezza. Pensò che la ragazza che diceva di amarlo, alla fine si sarebbe innamorata del marito e lo avrebbe dimenticato. Lui andava verso un mondo sconosciuto, popolato da persone che parlavano una lingua incomprensibile, che certamente non avrebbero avuto la pazienza dei domestici del barone e non si sarebbero preoccupati di sapere se stava bene o stava male, se era triste o felice. Gli avrebbero soltanto chiesto di lavorare al meglio e non sarebbero stati teneri di fronte ai suoi errori, non gli sarebbero stati né ostili, né amichevoli, ma soltanto indifferenti e dipendeva da lui farsi accettare. Non era mai salito su un aereo prima d'allora e ne aveva terrore. Ma si dominò e controllò le sue emozioni. Si disse che, poiché tutti i passeggeri erano tranquilli, anche lui lo doveva essere. Sapeva che, una volta atterrato a Londra, all'uscita dalla dogana, avrebbe trovato qualcuno che inalberava un cartello con scritto il suo nome. Si sarebbe presentato e lasciato guidare. Non era necessario conoscere l'inglese per seguire queste indicazioni.

Dal cielo vide una parte della sua isola, le coste frastagliate, i promontori, il mare e le imbarcazioni che sembravano puntini minuscoli che, muovendosi, lasciavano una scia bianca nell'acqua. Poi l'aereo salì e lui si aggrappò con le mani ai braccioli della poltrona, temendo di precipitare. Invece, a un certo punto del viaggio, quando l'aereo volava tra matasse di nuvole bianche, sorrise e smise di avere paura.

Tornò a sorridere quando, in aeroporto, vide un ometto anziano con un cartello con la scritta: Mr. Tancredi D'Azaro. Gli andò incontro e disse: «Tancredi sono io».

«E allora seguimi, paesano, perché ti porto al *Ritz*. Io sono Carmelo, l'autista dei vip e degli sguatteri come te.»

11

Carmelo era un gran chiacchierone. Gli disse che era nato a Nicosia e viveva in Inghilterra da quarant'anni. Aveva sposato un'inglese e non sarebbe mai più tornato in quell'isola *fetusa*, dove i suoi morivano di fame. Adesso aveva sessant'anni, una bella casa e tre figli che andavano al college, fra cinque anni sarebbe andato in pensione e si sarebbe ritirato nel suo cottage, nel Dorset, con la moglie, il cane e tre gatti. Gli disse che in Sicilia, «un povero Cristo doveva farsi un mazzo per campare a stento. Qui ti fanno il culo se non lavori, ma se fai il tuo dovere, hai il pane, il companatico e anche il superfluo. Diventi un signore, insomma».

Passarono con l'auto davanti all'ingresso illuminato del *Ritz* e Carmelo gli disse, rallentando: «Guardalo bene, perché da qui tu non entrerai mai. Il tuo accesso sarà quello della porta di servizio, nel vicolo dietro l'albergo. Devi presentarti a Mr. Sam Prescott, che è il direttore del personale. Davanti a lui ti leverai la coppola, dirai il tuo nome e lui, che mastica un poco di italiano, ti darà istruzioni».

Tancredi assimilava informazioni e taceva. Tacque anche davanti a quella strana figura che era Mr. Prescott, un tipo secco e allampanato, con grandi basettoni che sfioravano il mento e gli ricordò un personaggio del teatro dei pupi.

In un italiano approssimativo, l'uomo gli chiese il passaporto e lesse i suoi dati, scrisse alcuni appunti su un cartoncino che poi infilò dentro uno schedario, convocò con l'interfono Miss Morrison, un'impiegata anziana dall'aspetto severo e lo affidò a lei che scrutò Tancredi da dietro un paio di occhialini che portava in punta di naso e gli sorrise, dicendo alcune cose in inglese che lui non capì. Parlò brevemente con il suo capo, tornò a sorridere e gli fece cenno di seguirla. Lo precedette lungo un dedalo di passaggi stretti, disadorni, intrisi di uno sgradevole odore di muffa ed entrarono in una stanza dove c'erano alti scaffali stipati di indumenti ripiegati. La donna parlò con un uomo che stava dietro un bancone. L'uomo lo squadrò da capo a piedi e, senza parlare, prelevò da un ripiano una marsina bianca, un paio di pantaloni di fustagno a quadri bianchi e neri, un paio di zoccoli con la tomaia di pelle nera, un grembiule bianco. Tutto sapeva di varechina. Quella sarebbe stata la sua divisa da lavoro.

Tancredi era stanco, frastornato e aveva soltanto voglia di scappare. Pensò che la sua terra era un angolo di paradiso e lui adesso era in una specie di anticamera dell'inferno, attorniato da strani personaggi che lo osservavano come se fosse soltanto un oggetto. Si disse che don Peppino gli aveva giocato un pessimo scherzo. Si passò una mano sulla giacca, all'altezza del petto, dove custodiva il denaro che suo padre gli aveva mandato negli anni e quello che il barone gli aveva consegnato «per ogni evenienza». Ce n'era abbastanza per tornare in aeroporto, acquistare un biglietto e fare ritorno alla masseria. La somma che aveva con sé gli diede un senso di sicurezza.

Vide la cucina soltanto il giorno dopo, alle sei del mattino, quando un giovane indiano, suo compagno di stanza, lo svegliò e, a gesti, lo indusse a lavarsi, vestirsi e presentarsi sul lavoro. Allora capì che cos'era una grande cucina: una specie di formicaio immenso, dove uomini di tutte le età, di razze diverse, di rango differente, si muovevano tra lavelli, fornelli, tavolacci, in un effluvio di odori dei cibi, con un ritmo che sembrava perfetto. Lui fu messo davanti a un piccolo banco su cui troneggiava un cesto colmo di teste d'aglio.

«Devi dividere questi *cloves of garlic* e sbucciarli tutti», gli ordinò un ragazzo. Era un napoletano dall'aria sveglia. Si chiamava Ciro, aveva vent'anni ed era addetto al taglio della cacciagione. Gli spiegò che lì dentro ognuno aveva un compito e tutti, alla fine, dovevano rendere conto allo chef, un torinese che si chiamava Andrea Barbero, che guadagnava uno stipendio enorme. Era tra i venti maestri di cucina più famosi nel mondo.

Nei giorni seguenti, Tancredi si rese conto che lo chef, lì dentro, era una specie di divinità.

«Prima viene Dio e dopo viene Mr. Barbero», gli spiegò Ciro. Quando lo chef parlava, tutti facevano silenzio. Era capace di reprimende ferocissime contro uno o più collaboratori, quando riteneva che avessero commesso uno sbaglio. Era anche prodigo di pacche incoraggianti di fronte a un lavoro ben fatto.

Tancredi seppe che viveva in un bellissimo appartamento, pagato dal *Ritz*, non lontano dal suo luogo di lavoro, con la moglie violinista, che insegnava in una scuola di musica.

Dopo due settimane trascorse a mondare verdure, lavarle accuratamente e presentarle dentro grandi contenitori ai banchi degli addetti al taglio, Mr. Barbero gli rivolse la parola per la prima volta.

«Vai a scuola d'inglese?» gli domandò.

«Tutte le sere, chef. Per cinque giorni la settimana», rispose Tancredi scattando sull'attenti.

«Ho notato che sei veloce e scrupoloso nel presentare gli ortaggi. Da domani puoi imparare a tagliarli. Guarda come fanno i tuoi compagni e impara da loro. Osserva soprattutto il cinese, perché è un maestro del taglio», disse. Gli diede una pacca sulla spalla e lo piantò in asso per aggredire qualcuno che stava facendo bruciare una salsa.

Quello fu il primo complimento che ricevette. Arrossì per l'emozione e giurò a se stesso che avrebbe imparato tutto quello che poteva dal cinese che lavorava su un altro bancone, non parlava mai e sorrideva ancora meno.

La sera, armato di quaderno e grammatica, andava a lezione di inglese in una piccola scuola a tre isolati dal *Ritz*, dove insegnavano due sorelle cinquantenni le quali raccoglievano alunni tra i giovani lavoratori di quel quartiere prestigioso, che venivano da varie parti del mondo. Erano soprattutto commessi di negozi e camerieri degli alberghi.

Tenevano lezione in classi di cinque o sei persone, ogni lezione durava due ore e gli orari variavano a seconda delle esigenze dei lavoratori. Tancredi frequentava il turno pomeridiano dalle tre alle cinque e si impose subito in quel gruppo ristretto per la capacità mnemonica e la prontezza dell'apprendimento.

«Tu dove lavori?» gli domandò una sua compagna di corso.

«Nella cucina del *Ritz*», disse lui, quasi con fierezza. «E tu?» si informò.

«Da *Cashmere Only*», rispose lei, con il suo buffo accento francese. Si chiamava Linette Vincent, veniva da una cittadina di provincia della Francia, era arrivata a Londra in primavera ed era stata assunta perché era molto bella e aveva una grazia particolare nel trattare con i clienti del negozio.

«Qual è il tuo turno di riposo?» volle sapere.

«Il lunedì pomeriggio», disse Tancredi.

«Fantastico! Anch'io riposo di lunedì. Allora dobbiamo vederci.»

«Perché?» domandò lui, un po' spiazzato. Il pomeriggio del lunedì era il momento in cui riusciva finalmente a dormire fino all'alba del giorno dopo.

«Perché fuori dalla tua cucina e dal mio negozio c'è Londra, c'è la vita e ci siamo noi», gli disse sorridendo.

Lui era a Londra da un mese e non aveva ancora visto la città. Conosceva a malapena le strade del quartiere, poiché aveva un solo obiettivo, quello di imparare l'inglese e un mestiere.

Linette abitava all'ultimo piano di un palazzo in Oxford Street, in una mansarda un po' malandata, per la quale pagava tuttavia un affitto cospicuo che divideva con una giovane cubana, commessa in una profumeria in Jermyn Street, e attualmente in ferie. Il lunedì successivo uscirono insieme e finirono per fare una vendemmia di pasticcini con il tè all'ultimo piano nella Tea Room dei grandi magazzini *Fortnum & Mason*.

Lei gli raccontò qualcosa di sé, lui non raccontò niente di sé. Fecero un po' di spesa nel reparto alimentari e dopo lei disse: «Te la sentiresti di preparare una cena per due, a casa mia?»

Tancredi accolse quell'invito inatteso con entusiasmo. Da quando era arrivato a Londra non aveva più cucinato e moriva dalla voglia di preparare qualcosa che aveva visto fare nella cucina dello chef Barbero. Linette gli accarezzava la nuca, mentre lui cucinava, dicendogli che lui era molto più sexy di Alain Delon, il suo idolo, e molto più giovane, per fortuna.

Mangiarono guardandosi negli occhi e pescando il cibo dallo stesso piatto. Finirono a letto insieme e Tancredi, che non aveva mai fatto l'amore con una donna prima d'allora, si mosse a istinto e, alla fine, quell'esercizio gli piacque così tanto che lo ripeté più volte, nel corso della notte.

Quando si presentò al lavoro, era distrutto.

«Dove sei stato stanotte?» gli domandò Ciro.

«A sfiorare le stelle», rispose lui.

12

In una tarda mattinata di fine agosto, Tancredi si stava esercitando a intagliare, con la punta affilata di un minuscolo coltello, un pomodoro, per ricavarne una specie di rosa. La verdura e la frutta, sapientemente manipolate, da un intagliatore esperto, servivano a guarnire i piatti di portata. Era un lavoro che richiedeva pazienza, abilità e fantasia, ma anche velocità di esecuzione. La velocità si acquisiva con un lungo esercizio. Tancredi vi si stava applicando con passione.

Suonò un telefono, qualcuno rispose e poi urlò: «D'Azaro in direzione».

Il ragazzo ebbe un sussulto, il coltellino affilato subì uno scarto e si tagliò un polpastrello.

Quando Mr. Sam Prescott convocava qualcuno nel suo ufficio c'era in ballo una promozione o un licenziamento. Lui pensò che lo avrebbero cacciato prima che scadesse il suo contratto di lavoro estivo. Andò negli spogliatoi, lavò le mani, si tolse il grembiule, cambiò gli zoccoli con le scarpe, si assicurò che la marsina bianca fosse senza macchie e uscì con il cuore in gola. Bussò alla porta del direttore ed entrò nel suo ufficio.

Placidamente seduto davanti alla scrivania di Mr. Prescott, c'era il barone Giuseppe Nicastro che gli sorrideva.

«Ti avevo detto che ti avrei tenuto d'occhio», gli disse, invitandolo con un gesto a sedersi nella poltrona accanto alla sua.

Prima di farlo, Tancredi rivolse uno sguardo interrogativo all'uomo dalle lunghe basette che, a sua volta, sorrise e annuì.

«Come state, don Peppino?» domandò Tancredi.

«Voglio sapere come stai tu», domandò il barone.

«Sto bene», rispose in un soffio.

«Hai la giornata libera. Puoi andare a cambiarti», gli ordinò il basettone.

«Ti aspetto tra mezz'ora davanti all'ingresso dell'albergo», aggiunse il barone.

Dopo mezz'ora, il ragazzo spuntò dall'angolo del vicolo e andò incontro all'uomo che lo aspettava accanto a una limousine. Il guardaportone dell'albergo spalancò la portiera posteriore per far salire il barone che fece cenno a Tancredi di sedersi accanto a lui. Al volante c'era Carmelo, l'autista che lo aveva accolto all'aeroporto, ma finse di non riconoscerlo.

L'auto partì.

«Ho visto che l'orlo dei tuoi pantaloni s'è accorciato e la giacca ti va stretta. Sei cresciuto ancora, in questi due mesi. Bisognerà rifarti il guardaroba», disse don Peppino.

«Pensavo di comperare un vestito nuovo ai grandi magazzini, prima di tornare a Palermo», replicò il ragazzo.

«E invece andiamo ora, da *Marks & Spencer*. Tra un paio di settimane inizia la scuola e devi avere qualcosa di decente da indossare.»

«Vorrei farlo con il mio denaro.»

«Hai ancora dei soldi?»

«Tutti quelli che mi avete dato voi e mio padre e anche quello che ho guadagnato qui.»

«Conservali per ogni evenienza.»

«D'accordo», annuì mentre cercava un modo per avere notizie di Giulia Maria.

«Speravo che l'esperienza in una grande cucina e la disciplina dura che la governa ti scoraggiassero e chiedessi di tornare a casa prima del tempo. Invece sembra che tu sia determinato a imparare questo strano mestiere. Mr. Prescott mi ha detto cose buone sul tuo conto. Quanto alla lingua, ti ho sentito parlare con lui e mi sembra che te la stai cavando benissimo.»

«Grazie, don Peppino. Mi piace imparare cose nuove.»

Nel reparto uomo del grande magazzino, fu il barone a scegliere alcuni capi per il ragazzo e lo rifornì anche di biancheria nuova.

«Don Peppino, con tutto il rispetto, mi sembra che stiate esagerando», si incupì Tancredi quando venne trascinato nel reparto sportivo e dotato di due divise da tennis e una racchetta costosissima.

«Dovrai giocare a tennis, non per diventare un professionista, ma perché è uno sport bellissimo e un ragazzo come te deve saperlo praticare», gli disse.

Poi sedettero al ristorante del grande magazzino a consumare il pranzo.

«Qualche tempo fa sono già stato in un'altra sala da tè, con una ragazza», raccontò Tancredi.

«Bella?» si illuminò il barone.

«Notevole», rispose lui, pensando a Giulia Maria, che per lui rappresentava la bellezza assoluta.

«Quanti anni ha?»

«Venti. Io credevo che ne avesse diciotto. Lei pensava che anch'io avessi diciott'anni.»

Tancredi aveva tenuto per sé la sua storia con Linette e ora si domandò perché mai si fosse aperto con don Peppino. Arrossì, chinò lo sguardo sullo storione che stava gustando e si affrettò a dire: «È cosa da niente».

Il barone gli rivolse un sorriso malizioso e insistette: «Facesti o non facesti?»

«Feci», sussurrò lui.

Allora il barone sorrise compiaciuto e constatò: «Sei diventato uomo, figliolo. Spero che tu l'abbia resa felice. Perché vedi, la donna che ti porti a letto va rispettata in tutti i sensi, prima di tutto perché è femmina, poi perché si dona a te e infine per il piacere che ti regala. Prendesti qualche precauzione?»

«La prese lei. Io neanche lo sapevo.»

Don Peppino rise di gusto.

«Le mandasti dei fiori?»

«Glieli portai. E ancora gliene porto.»

«Sei un vero signore siciliano. Bravo, così si fa. Glielo hai detto che questa storia finisce a breve?»

«Se vuole sapere se ne sono innamorato, la risposta è no. Però la francesina mi piace e la considero un'amica. Se l'anno prossimo tornerò e lei sarà ancora qui, spero di rivederla.»

Trascorsero un pomeriggio da turisti a passeggiare per Hyde Park, parlando un po' di tutto, come fossero veramente padre e figlio, ma il barone non parlava né della moglie né della figlia. Noleggiarono due sedie a sdraio e vi si distesero, davanti al laghetto, sotto un sole già autunnale.

«Domattina torno in Italia», disse l'uomo. E soggiunse: «Mi fermo a Roma, da mia figlia».

«Mi state dicendo che la baronessina vive a Roma?»

«I Moncada hanno casa in piazza Farnese. Spero che lei sia felice», sussurrò.

Tancredi trattenne il respiro.

«Ne dubitate?»

«Giulia Maria è stata sempre una brava figlia. A differenza di donna Elizabeth, ha un carattere lineare. Ma quando l'ho riabbracciata, di ritorno dal viaggio di nozze, mi sembrava un po' spenta. Per questo voglio andare a trovarla.»

Tancredi, che ancora se la portava nel cuore, avvertì una stretta dolorosa al petto. L'amava così tanto che avrebbe voluto saperla felice. Ora scopriva che non era così.

«Non vorrei che si ammalasse come sua madre. Le malattie nervose sono difficili da curare. Mia moglie non guarirà mai, anzi, con il passare degli anni, diventa sempre più balzana. Adesso vuole andare in India, da un santone che dona la serenità, almeno questo dice lei. Io credo che la serenità la trovi dentro te stesso. Chissà!» concluse con voce amara.

Il ragazzo percepì una profonda tristezza nel breve sfogo del barone. In quel momento avrebbe voluto mettere le ali e volare da Giulia Maria, stringerla tra le braccia, piangere con lei su quel loro destino infame che li teneva separati.

«Spero che mia figlia sia così apatica perché è incinta», concluse il barone, con un sospiro.

Tancredi accolse quell'annuncio come una stilettata al cuore.

13

L'IMPATTO con la scuola di Palermo, con un ambiente scolastico tanto diverso da quello di Petralia, gli procurò qualche disagio. Vedeva i suoi coetanei per quello che erano: ragazzi preoccupati di studiare, ma soprattutto di giocare e divertirsi, sapendo che tutto gli era dovuto. Consideravano lo studio come un dovere tedioso. Qualche volta prendevano di mira le compagne più ingenue o più bruttine, per inscenare scherzi stupidi, a volte crudeli, ai loro danni. Facevano a gara per ingraziarsi le più carine e dopo non vedevano l'ora di raccontare a tutti d'aver toccato il seno di una, d'aver infilato la mano sotto la gonna di un'altra.

Tancredi, che era il più adulto della classe, era anche il più silenzioso. Osservava tutto e taceva sempre. Non familiarizzava con nessuno, ma era sempre pronto ad aiutare chi gli chiedeva un favore. Tutti sapevano che viveva a Palazzo Nicastro, che era figlio di un contadino emigrato all'estero, che era cresciuto in montagna, che il barone lo proteggeva.

Considerando la sua bellezza aristocratica, qualcuno insinuava che fosse il figlio bastardo di don Giuseppe Nicastro. Valutando la forza, la tranquilla consapevolezza e la serietà dei suoi atteggiamenti, nessuno osava scalfire la corazza invisibile che sembrava portarsi addosso. Perfino gli insegnanti sembravano intimiditi di fronte a lui che era l'allievo migliore.

Le compagne lo adoravano in silenzio e lui aveva sempre una parola o un sorriso gentile per loro. Una di queste, Elvira, un giorno trovò il coraggio di affrontarlo. Era accaduto che, durante una partita di pallavolo, nel campo della scuola, Tancredi cadesse slogandosi il polso sinistro. Allora andò a sedersi a bordo-campo, prelevò dalla sua sacca il testo di letteratura latina e si mise a studiare.

Elvira, espulsa dall'insegnante per aver spintonato malamente una compagna, andò a sedersi accanto a lui e lo osservò per alcuni minuti. Poi si decise a dirgli: «Verresti a studiare a casa mia, qualche pomeriggio?»

Tancredi la guardò, le sorrise e replicò: «Sei davvero gentile. Ti ringrazio per l'invito, ma non posso accettare».

«Perché non puoi?»

«Io studio e faccio i compiti soltanto la sera.»

«Di sera si fa altro, non si studia, di solito», obiettò lei.

«Ho preso quest'abitudine durante l'estate, quando frequentavo un corso d'inglese», rispose senza addentrarsi in altre spiegazioni.

«E di giorno, che cosa fai dopo la scuola?» insistette, decisa a smantellare quel muro di silenzio.

«Faccio altro», fu la sua risposta laconica.

«Perché sei così misterioso?»

Lui la guardò un po' smarrito, poi sorrise e rivelò: «Aiuto lo chef di don Nicastro. Cucinare mi piace tantissimo e, da lui, imparo molto».

Il cuoco del barone era un piemontese come lo chef del *Ritz* e quando aveva saputo che Tancredi aveva trascorso due mesi nella sua cucina a tagliare la frutta e la verdura, era stato lui stesso a chiedergli se voleva imparare altro.

A differenza della cucina del *Ritz*, dove c'era un addetto per ogni compito, qui il cuoco si occupava degli antipasti, dei primi, dei secondi e dei dolci.

«Un cuoco deve sapere fare tutto, che abbia degli aiutanti oppure no, come nel mio caso, che ho soltanto questo Totò», gli aveva spiegato il *monsù* alludendo al suo aiuto chef.

Tancredi ricordava come il maestro Andrea Barbero controllava il lavoro di tutti gli addetti alla cucina. Osservava chi sfilettava un pesce, chi tirava la pasta, chi emulsionava una salsa, chi montava una spuma, chi soffriggeva, chi mantecava e non era tenero con nessuno. Trovava sempre qualcosa che andava corretto, migliorato. Criticava persino la postura davanti ai fornelli, o i movimenti del polso quando qualcuno montava gli albumi o la maionese.

Aveva ancora nelle orecchie il suo vocione baritonale quando diceva: «Tieni dritte quelle spalle, o non ce la farai ad arrivare a sera. Che cos'hai al posto del polso, una stecca di legno? Usa il polso con leggerezza, come se dovessi accarezzare le ali di una farfalla. Questa sfoglia non è abbastanza sottile. Alzala e guardala in controluce, dov'è la trasparenza? Stai lessando troppo quello storione. Vuoi servire un pesce o una poltiglia?»

La replica dei collaboratori era sempre un rispettoso: «Sì, chef. Mi scusi, chef», perché credevano fino in fondo nel valore del loro capo ed erano consapevoli che ogni piatto doveva essere perfetto per uscire dalla cucina. Quando non lo era, veniva rifatto.

Il *monsù* del barone era molto più accomodante, ma sapeva riconoscere la passione e il talento di un cuoco.

Aveva subito preso Tancredi sotto la sua ala. Nei giorni di vacanza dalla scuola, lo portava con sé alla Vucciria e gli insegnava a distinguere il pesce fresco da quello «rinfrescato», come diceva lui, a scegliere le verdure migliori al tatto e sentendone l'odore, a valutare il pregio di una carne dal colore e dalla morbidezza.

Tancredi ascoltava e imparava. Ma, soprattutto, era felice. Così com'era felice di studiare. Quando aveva assimilato una lezione, gli pareva che valesse la pena di approfondirla. Allora andava nello studio di don Peppino, che era una stanza enorme, foderata di volumi dal pavimento al soffitto, e cercava un testo per ampliare la sua conoscenza. Leggeva avidamente le biografie dei personaggi che animavano i testi di storia, quelle degli esploratori che arricchivano i programmi aridi della geografia e quelle degli scrittori e poeti di cui doveva mandare a memoria brani o versi.

Aveva bisogno di sentire dentro di sé le loro vite per capire il significato delle loro opere, così come aveva bisogno di accarezzare un cespo di lattuga o di sedano, un taglio di carne o la forma di un pesce, prima di capire come tagliarli o cucinarli.

La domenica, don Peppino lo portava con sé al tennis club. Gli aveva trovato un allenatore e Tancredi si era immediatamente appassionato a questo sport, tanto che, ultimamente, a lezione finita, il barone disputava una partita con lui. Tancredi aveva sempre la peggio, ma non demordeva.

«Una volta o l'altra, devo riuscire a farvi secco, don Peppino», gli diceva.

«Non ce la farai mai, se non migliorerai il tuo rovescio», martellava l'uomo che continuava a vedere in lui il figlio maschio che la moglie non gli aveva dato.

Dentro di sé, il nobiluomo coltivava il progetto di adottarlo, ma non osava ancora parlargliene. Aspettava con pazienza il momento opportuno per esternare questo suo desiderio.

Venne la Pasqua e don Peppino si preparò a partire per andare a Roma.

«Non tornerò fino a quando mia figlia non avrà partorito. Ormai è questione di giorni», annunciò a Tancredi. Poi gli propose: «Perché non mi accompagni?»

Quella era l'ultima cosa che il ragazzo avrebbe voluto fare. Non riusciva a pensare a Giulia Maria senza provare lo strazio della gelosia.

«Solo se lei me lo ordina, altrimenti ho molto da fare», rispose scontroso.

Il barone era partito da due giorni soltanto, quando a palazzo arrivò una sua telefonata.

Stavano tutti pranzando nel tinello e andò lui a rispondere.

Quasi stentò a riconoscere la voce del barone, mentre gli diceva: «Figliolo, la disgrazia più grande mi colpì».

Il ragazzo si sentì raggelare. Non disse niente e aspettò.

Dopo qualche istante di silenzio, scoppiando in un pianto dirotto, l'uomo disse: «Mia figlia è morta dando alla luce mia nipote».

Sembrò a Tancredi che il mondo gli crollasse addosso.

14

Posò il ricevitore, guardò gli altri con aria smarrita e disse: «Vado a Roma. Subito. Bruno, accompagnami all'aeroporto».

«Che fu?» chiese l'autista.

«Giulia Maria non c'è più», annunciò con voce appena percettibile.

Arrivò a Roma al tramonto. Scese dal taxi davanti alla clinica in cui la donna dei suoi sogni era stata ricoverata il giorno prima. Ieri era viva, pensò Tancredi, e gli sembrava impossibile che ventiquattro ore dopo avesse smesso di vivere.

«Sono venuto a salutare la baronessa Nicastro», disse a un uomo in divisa che sedeva dietro il bancone del ricevimento.

L'uomo consultò un registro e poi lo guardò perplesso.

«Giulia Maria Nicastro è deceduta», annunciò con un'espressione impassibile.

«Per questo voglio salutarla», precisò lui.

«Nel corridoio a sinistra prenda l'ascensore e scenda al seminterrato. Troverà una freccia con l'indicazione della camera mortuaria», spiegò l'altro succintamente.

Nel seminterrato lesse due indicazioni: cappella e camera mortuaria. Schiuse una pesante porta a vetri che immetteva nella seconda. Al centro di una stanza gelida, rischiarata da una potente luce al neon, c'era un lettino e su questo era disteso il corpo senza vita di Giulia Maria, vestita con un abito bianco che la copriva dal collo alla punta dei piedi calzati da un paio di ballerine d'argento. Le mani erano congiunte sul grembo a reggere una rosa scarlatta.

Tancredi si avvicinò a lei camminando in punta di piedi, come se temesse di svegliarla, perché, osservandola, gli sembrò che stesse dormendo.

Accarezzò con dita lievi i capelli scuri che si inanellavano intorno al viso diafano e sereno. All'improvviso dal petto gli sgorgò un singhiozzo e pianse disperatamente.

Qualcuno alle sue spalle disse: «Vieni qui, figliolo. Lasciati abbracciare».

Tancredi si voltò. Il barone Giuseppe Nicastro, straziato dal dolore, allargava le braccia per accogliere il ragazzo che si strinse a lui, singhiozzando.

«Sapevo che le volevi bene, e lei ne voleva a te», sussurrò don Peppino e aggiunse: «Adesso mi sei ancora più caro, perché mi rimane ben poco di mia figlia, poiché la sua bambina l'ha raggiunta in cielo poche ore dopo la nascita».

Tancredi tornò a Palermo con l'ultimo volo della sera. Si chiuse nella sua stanza e ne uscì soltanto dopo che le spoglie di Giulia Maria e di sua figlia furono deposte al cimitero, nella cappella dei Nicastro di Leonforte.

Solo allora seppe che donna Elizabeth, che era in India da tempo, non era venuta ad accompagnare sua figlia all'ultima dimora. Aveva detto al marito che le spoglie mortali di Giulia Maria non contavano perché la sua anima si sarebbe presto reincarnata in una nuova creatura e lei sarebbe rimasta in India a meditare, pregare, bruciare incensi per accompagnarla nel suo nuovo corpo.

Tancredi si prese tutto il tempo per elaborare il suo lutto in solitudine e poi tornò a scuola e al suo lavoro in cucina. Il barone vendette un altro feudo e partì per gli Stati Uniti con due amici. Ufficialmente il suo doveva essere un viaggio di lavoro, poiché accarezzava l'idea di acquisire per l'Italia la rappresentanza di una nota marca americana di automobili. In realtà aveva bisogno di dimenticare il suo dolore.

Quando tornò era ormai estate e disse a Tancredi: «Ti annuncio con gioia che mia moglie ha chiesto il divorzio. Vuole farsi monaca buddista. Buon pro le faccia».

Il ragazzo non fece commenti. Donna Sabedda era stata sempre un'entità astratta, anche quando era presente, e l'aveva sempre percepita come un oggetto estraneo.

Era una calda mattina di fine giugno e si preparava a uscire, quando incontrò il barone nel vestibolo del palazzo. Sembrava sereno.

«Hai già fatto colazione, figliolo?» gli domandò.

«Sì, grazie, don Peppino», rispose lui, osservando la figura imponente e aristocratica di quel bell'uomo che aveva superato i cinquant'anni e notò molti fili bianchi tra i capelli corvini.

«Non hai ancora finito la scuola?»

«Da tre giorni. Stamani vado a vedere i tabelloni.»

«Temi di non essere stato promosso?»

«Non esattamente. Voglio vedere la media dei voti.»

«I tabelloni non spariranno se ci vai tra mezz'ora. Quindi dammi il tempo di fare colazione e ti accompagnerò io a scuola», decise il barone. Gli sorrise, gli diede un buffetto sul naso e soggiunse: «Voglio godermi il piacere di leggere la scritta 'promosso' accanto al tuo nome».

Mentre, da Palazzo Nicastro, si avviavano a piedi verso la scuola, facendo lo slalom tra le auto parcheggiate sui marciapiedi, il nobiluomo ritornò ai ricordi di quand'era ragazzo e qualche volta gli sarebbe piaciuto che suo padre lo accompagnasse a leggere con lui i voti di fine anno. A volte dubitava perfino che suo padre sapesse che frequentava una scuola. Don Gioacchino Nicastro diventava una presenza incombente solo quando voleva muovergli un rimprovero o esercitare la sua autorità di padre. Guardò il giovane, che ormai era alto quanto lui, e camminava al suo fianco con il passo lungo e cadenzato.

Lo spiazzo davanti al liceo brulicava di studenti, alcuni soli, altri accompagnati dai parenti, alcuni esultanti, altri molto mesti. «Ehi, D'Azaro! Sei l'unico di tutta la classe ad avere tutti dieci», gli disse una compagna, incrociandolo nell'atrio.

«È uno scherzo», commentò lui, incredulo. Invece sul tabellone, alla lettera D, lesse il suo nome, D'Azaro Tancredi, e una fila di dieci in ogni materia.

«Bravissimo», lo lodò don Peppino, mettendogli una mano sulla spalla.

Per Tancredi quel risultato era quasi eccessivo perché per lui studiare, come lavorare, era un piacere e le sue origini contadine gli avevano insegnato che i risultati che si apprezzano di più sono quelli che si ottengono con fatica e sacrificio.

«Se tua madre fosse qui, sarebbe fiera di te», disse ancora il barone.

«Mia madre, don Peppino, è sempre con me.»

Il barone aggiunse tristemente: «Anche la nostra piccola Giulia Maria sarebbe fiera di te. Ormai non ho che lei nel mio cuore». Poi riprese il tono autorevole di sempre e disse: «Oggi dobbiamo festeggiare. Ti porto all'hotel *Villa Igiea*».

Mentre assaporavano un piatto di linguine con il pesto di pistacchio sulla terrazza di quell'antica villa sul mare che era diventata un grande albergo, Tancredi annunciò: «Con il vostro permesso, domenica prossima partirei per Stoccarda. Papà mi ha mandato il biglietto aereo».

«Mi sembra giusto. Non vi vedete da anni. Dubito che ti riconoscerà, cresciuto come sei», osservò l'uomo.

«Papà si è risposato con una tedesca e hanno un

figlio di due anni», gli rivelò il ragazzo. Poi soggiunse: «Voglio andare a conoscere questo fratellastro».

«È un desiderio legittimo. E dopo?»

«Dopo, don Peppino, lo sapete, Mr. Sam Prescott mi riprende, con un contratto estivo, nella cucina dello chef Barbero.»

«Questo significa che non ti vedrò fino a settembre. Quindi, tanto vale entrare subito in argomento. È un progetto che accarezzo da tempo e mi sembra che sia arrivato il momento di parlartene.»

«Vi ascolto, don Peppino», disse Tancredi con un po' di apprensione, perché non sapeva che cosa avesse in mente il barone.

«Vorrei adottarti, se sei d'accordo», gli propose il barone.

«Perché mai vorrebbe adottare un contadino come me che ha già un padre?»

«Perché hai smesso di essere un contadino il giorno in cui sei entrato nella masseria di Roccabruna, perché tuo padre ha ormai una famiglia nuova e soprattutto perché non ho eredi, essendo morta la mia unica figlia e la sua bambina con lei. Quindi alla mia morte il ramo dei Nicastro di Leonforte si estinguerebbe se non ti adottassi. E tu, ormai ne sono certo, sarai un Nicastro a pieno titolo.»

Oggi

1

«GRAZIE per avermi raccontato quello che non avevi detto a nessuno», sussurrò Angelica, commossa.

Tancredi le prese una mano e la baciò delicatamente. Sentirono il motore rumoroso della vecchia utilitaria salire il sentiero che portava in cima alla vigna e, poco dopo, Rosina li raggiunse con un grande canestro.

Tancredi la liberò del peso. Posò il canestro per terra ed estrasse una bottiglia fasciata da un contenitore termico.

«Spero di aver eseguito a puntino le sue istruzioni, chef», disse Rosina, scambiando con Angelica un sorriso scherzoso.

«Vuole unirsi a noi, gentile signora?» chiese Tancredi, stando al gioco.

«Grazie, ma ho già un impegno con gli stracci e i detersivi della cucina», replicò Rosina, accennò un buffo inchino e si allontanò. Prima di salire in macchina gridò: «Se più tardi aveste bisogno di me, sappiate che non ci sono, perché vado in paese a godermi una serata di libertà con i miei amici».

«Ti voglio bene», urlò a sua volta Angelica, ridendo.

Tancredi sollevò il tovagliolo candido che copriva il cesto e scoprì alcuni panini imbottiti ancora caldi e fragranti. Ne prese uno, lo spezzò in due e ne tese metà ad Angelica.

«Sono ancora emozionata. Non credo di riuscire a mangiare», si scusò lei.

«Io non ho mai parlato tanto a lungo con una donna, come ho fatto oggi con te. Nemmeno io ho fame. Però ho sete e allora beviamo le tue bollicine squisite alla salute di questa vigna incantata», propose lui. Riempì due bicchieri di Falce di Luna e ne diede uno ad Angelica.

«Aspetta, prima voglio brindare al barone di Nicastro», disse lei, sfiorando con il suo bicchiere quello di Tancredi.

«Da alcuni anni il mio patrigno sta facendo compagnia a sua figlia e a sua nipote. A volte mi piace pensare che con loro ci sia mia madre e tutti insieme, dal cielo, facciano compagnia a me», disse con un sorriso. Il profumo dell'uva quasi matura si diffondeva nelle vigne.

«Perché nascondi a tutti la tua bellissima storia?» chiese Angelica.

«La racconto ogni volta che cucino un piatto per i miei ospiti. Chi sa andare oltre le apparenze, la indovina.»

Angelica allora addentò un panino con la mozzarella e il concassé di pomodoro e poi disse: «Questo mi dice le tue origini contadine. E se ripenso alla caponata di melanzane che hai preparato per la cena a Hampton

Court, ritrovo le emozioni più profonde della tua passione per la baronessina.»

«Mentre se io gusto un sorso di questo vino, percepisco la tua grazia spumeggiante, il tuo bisogno di armonia, l'eleganza di una donna di classe e una punta lieve di amarezza, subito pronta a stemperarsi nel sorriso. Questo vino superbo sei tu, Angelica. La luce del tuo sguardo mi ricorda quello di Giulia Maria, la ragazza meravigliosa che ho amato, e che non avevo più ritrovato prima di incontrare te.»

Scese la sera. Angelica e Tancredi ritornarono a Borgofranco. La casa era deserta, ma in cucina era pronta una cena fredda.

«Ti va di mangiare?» domandò lei.

«Mi va di ascoltarti», rispose lui, circondandole le spalle con un braccio e guidandola verso il patio, «raccontami la tua storia».

Sedettero sul dondolo, davanti alla piscina. «Quando ero una ragazzina, questo borgo mi andava stretto, volevo altro, ma non sapevo che cosa. Mi sentivo prigioniera della cinta muraria di Borgofranco come una principessa delle fiabe segregata nel castello da un mostro cattivo. Il mostro cattivo, naturalmente, era mio padre che aveva pianificato il mio futuro fin da quando ero in fasce, decidendo di caricarmi sulle spalle il peso di questa azienda. I miei fratelli, più grandi di me, hanno scelto altre strade e il mio papà non li aveva ostacolati, mentre io avevo mani e piedi legati al lavoro delle vigne. Mi sembrava un'ingiustizia imperdonabile. Così, alla prima occasione, ho preso il volo. Mi sono sposata allo scoccare del diciottesimo compleanno. Andrea, il mio primo marito, era un alcolista, scriveva versi che mi sembravano sublimi ed effettivamente lo erano poiché alcune delle sue poesie oggi compaiono sui testi scolastici di mia figlia. Non è stato facile vivere con lui, anche se a distanza di anni devo riconoscere che è stata un'esperienza molto importante per me. È morto quando ho compiuto diciannove anni e a quel punto ho capito che mio padre aveva ragione: la terra era la mia vita e il mio futuro. Poi ho incontrato Raffaello, ci siamo innamorati, sposati ed è nata la mia amatissima Elisabetta che ha la mia stessa passione per la terra e per i vigneti.»

«Vieni qui», disse Tancredi attirandola a sé.

«Mi piace il tuo profumo», sussurrò lei, sorridendo.

«E a me piace il tuo», replicò lui, e si chinò per baciarle il collo.

Tancredi rafforzò la presa del braccio intorno a lei e accostò le labbra a quelle di Angelica mentre lei pensava che quello, forse, era davvero l'uomo della sua vita. Bello, colto, intelligente e complicato, pensò, mentre le loro labbra si stavano schiudendo in un bacio tenerissimo. In quel momento squillò il telefono di casa. Lei ebbe un sussulto.

«Ignoralo», sussurrò Tancredi.

Angelica si sciolse dalle sue braccia e si precipitò nel soggiorno per rispondere.

«Mammina, finalmente!» disse la voce argentina di Elisabetta.

«Perché, finalmente?»

«Ti cerco da un'ora sul cellulare che suona a vuoto.»

Lei prese dalla tasca dell'abito il cellulare, lo esaminò e si rese conto che era silenziato.

«Scusami, piccolina. Senza volerlo ho eliminato la suoneria. A Roma è tutto a posto?»

«Tutto bene, stai tranquilla. Buona notte, mammina. Papà mi ha detto di salutarti.»

«E tu lo hai fatto. Grazie.»

Angelica depose il ricevitore. Tancredi, che era entrato nel soggiorno, si accostò a lei, le accarezzò il viso e le sorrise, dicendo: «È finito il momento magico».

«Tornerà», garantì lei.

«Ne sei davvero sicura?»

«Non lo so», sussurrò lei.

2

Sedettero al tavolo della cucina e presero a spilluzzicare prosciutto crudo e fichi, guardandosi negli occhi.

«Perché hai raccontato proprio a me la tua storia?» gli domandò Angelica e si affrettò a precisare: «Voglio il motivo vero, quindi non addentrarti in argomentazioni fumose che non spiegano niente».

Tancredi sorrise divertito. «Potrei forse dimenticare che sei una settentrionale con i piedi ben ancorati al suolo? Quindi ti dirò la verità. Tre mesi fa, quando ti ho soccorso dopo l'incidente e ti ho tolto il casco, mi è sembrato che avessi il viso bagnato di lacrime. Per un istante, al tuo viso si è sovrapposto quello di Giulia Maria quando piangendo mi disse che mi amava. È stato solo per un istante, ma è bastato perché, da quella sera, il pensiero corresse a te più spesso di quanto avrei voluto. Poi c'è stato il secondo incontro, o meglio scontro, sull'aereo. A quel punto ero davvero sconvolto. E infine, pochi giorni dopo, ti ho rivista a Hampton Court. Allora mi sono detto che tutto questo doveva pur significare qualcosa, che il destino mi stava ripetutamente mandando un segnale inequivocabile per dirmi che tutta la strada che avevo fatto per arrivare fino a te forse aveva uno scopo preciso. E ho cominciato a volerti bene e a desiderarti, sensazioni che non provavo più da tanto tempo e che non riuscivo a controllare.»

Angelica lo interruppe per confessare: «Anch'io detesto non avere il controllo delle mie emozioni e da qualche parte, nel mio cervello, c'è una spia rossa che pulsa forsennatamente e mi avverte che sto per infilare una strada pericolosa».

Tancredi si alzò, depose il suo piatto nel lavandino, quindi si accostò a lei, le versò un bicchiere di acqua fresca e le disse: «Bevi e rilassati. Sei un fascio di nervi».

Era vero. Angelica reclinò il capo e lo appoggiò sul petto di Tancredi che era in piedi, davanti a lei.

Allora lui posò le mani sul suo capo e con i polpastrelli prese a massaggiarle le tempie con movimenti circolari e lenti.

«Che goduria!» disse lei, che cominciava a rilassarsi.

«'Ancora, ancora', dicevo io da bambino, a mia madre che faceva la stessa cosa quando le sembravo troppo scatenato.»

«Solo che io sono una donna e tu mi susciti qualche desiderio», scherzò lei. Quindi gli afferrò i polsi e allontanò da sé quelle mani troppo sapienti.

«Come dite voi siciliani? Non è cosa! Dite così?» gli domandò.

Scostò la sedia, si alzò, e, fronteggiandolo, proseguì: «Quand'ero bambina e un gioco diventava troppo pericoloso, dicevamo una parola magica: 'arimortis', che voleva dire: per ora basta così».

«Io vedo lampeggiare all'impazzata la tua spia rossa. Quello che tu non vedi, è che anche la mia lampeggia.»

«Allora è proprio il caso di augurarci la buona notte», convenne lei. Si guardarono intensamente negli occhi, senza sfiorarsi. Separarsi in quel momento era difficile per entrambi. Tuttavia si sorrisero.

«Buona notte, mia deliziosa padrona di casa», le sussurrò lui sorridendo. Lei annuì e lo guardò uscire e dirigersi verso la foresteria. Sola, nel suo letto, Angelica ripensò a quella giornata intensa, esaltante e struggente.

La vita non smetteva di porla di fronte a tante prove, ma questa, ora ne era consapevole, era difficile da superare.

Istintivamente sentì il bisogno di telefonare alla sua bambina.

«Ti ho svegliata?» le domandò.

«No, ma per un soffio. Sono andata a zonzo per le strade di Roma con papà, ci siamo fatti un megagelato da *Rosati* e siamo rientrati da poco. Adesso ho un gran sonno, mammina», disse Elisabetta.

«Hai saputo perché papà ha così bisogno di denaro da voler vendere quel bell'appartamento di via Margutta?»

«Non ne ho idea. Ma a te che te ne importa? Tanto, ormai, hai deciso di divorziare. Perché è questo quello che vuoi, no?» chiese sua figlia con il tono di chi spera in una smentita.

«Ma è pur sempre tuo padre e, in qualche modo,

certe sue decisioni economiche dovrebbero riguardare anche te. Tuo nonno mi ha insegnato che i muri non si vendono, casomai si comperano.»

«Mi ha solo detto che ha in mente un progetto da realizzare con quel denaro. Adesso scusami, mamma, ma ho sonno e sto per addormentarmi. Tanti baci e buona notte», disse la ragazza e chiuse la comunicazione.

Angelica sentì Rosina rientrare. Allora la chiamò dall'interfono.

«Sono a letto. Me la faresti una camomilla?» le domandò.

Cinque minuti dopo, l'anziana domestica entrò nella camera portandole una tazza di tisana profumata.

«Sei sola?» domandò guardandosi intorno.

«Con chi pensavi che fossi?»

«Non ci vuole un indovino per vedere che tra te e quel fiore d'uomo scoccano scintille. Ti conosco da troppo tempo per non sapere che qui si sta preparando un altro ribaltone», disse Rosina, sedendole accanto, sul bordo del letto, mentre le porgeva la camomilla.

«Perché lo chiami fiore d'uomo?» s'incuriosì Angelica, divertita da quell'espressione.

«Be', se non è un fiore lui! È bellissimo, ha un garbo e un'eleganza da gran signore e, nel suo mestiere, deve essere un campione. Se mai fossi stata giovane e bella, un tipo come quello, che mi guardava come lui guarda te, l'avrei preso al volo», concluse la donna, con schiettezza.

«Tancredi mi piace tantissimo, Rosina, ma se mi abbandonassi ai desideri, vorrebbe dire che non ho imparato niente dai miei matrimoni. Le delusioni mi hanno insegnato a essere cauta. Ricordi quando tornai qui, distrutta e amareggiata, dopo la morte del mio primo marito? Avevo giurato di non volerne più sapere di un altro uomo. Invece, pochi mesi dopo, mi sono innamorata di Raffaello. E adesso, sono sul punto di divorziare. Il siciliano mi affascina. È un fuoriclasse in tutti i sensi, è troppo perfetto per essere vero e se mi legassi a lui ci sarebbe sicuramente qualcosa che andrebbe storto. Perché noi, povere donne, dobbiamo sempre soffrire per colpa degli uomini?»

«Perché è così, da che mondo è mondo, bambina mia», sospirò l'anziana domestica, prendendo la tazza ormai vuota dalle mani di Angelica. Si alzò e, sul punto di andarsene, soggiunse: «Cerca di riposare tranquilla, perché ne hai bisogno».

Angelica spense la luce e nel silenzio della sua camera, ripensò a Raffaello. Forse si era innamorata di lui perché era un giornalista e non si sarebbe mai occupato dell'azienda, lasciandola libera di vivere la sua vita di lavoro senza interferire nelle sue decisioni. Forse, invece, se avessero lavorato insieme, a Borgofranco, la loro unione si sarebbe rafforzata e lui non avrebbe sentito il bisogno di razzolare altrove senza che lei se ne rendesse conto.

Continuava a rigirarsi nel letto, senza riuscire a prendere sonno. Riaccese la luce. La sveglia sul comodino segnava la mezzanotte. D'impulso prese il telefono e chiamò la sua amica Ortensia. Sapeva che l'avrebbe svegliata, ma aveva bisogno di confrontarsi con lei.

Quando Ortensia le rispose, Angelica disse: «Sono nei guai. Ho conosciuto un uomo che mi piace molto».

3

Angelica percepì il sospiro rassegnato di Ortensia che, con voce assonnata, replicò: «Chi è, questa volta, l'uomo del destino?»

«Se penso alle cantonate precedenti, prima con il poeta alcolista e poi con il giornalista traditore, mi dico che devo procedere con i piedi di piombo. Ma non avevo mai incontrato un uomo tanto bello e affascinante. Per non farmi travolgere dalle illusioni ho bisogno della tua saggezza, cara Tessi.»

«Per caso, è anche ricco?» domandò l'amica che cominciava a svegliarsi.

«È lo chef più apprezzato del mondo, quindi è sicuramente ricco. Dimenticavo di dirti che ha anche un titolo nobiliare: è il barone Tancredi D'Azaro Nicastro di Leonforte.»

«Casomai rinunciassi all'articolo, passalo a me perché potrebbe interessarmi», scherzò Ortensia.

«Non prendermi in giro. Lui è qui, a Borgofranco, e io l'ho spedito a dormire nella foresteria, invece di accoglierlo, come avrei dovuto, nel mio letto. Questo per dirti quanto sia diventata prudente. Ma non saggia, purtroppo.»

«Sei innamorata di lui?» le domandò Ortensia.

Dopo un istante di silenzio, Angelica disse: «È qualcosa che travalica l'amore e ti garantisco che, se conoscessi Tancredi, susciterebbe qualche brivido anche in te. Lui è la sintesi della perfezione».

Ortensia biascicò un «mah!» molto dubitativo, ricordando le infatuazioni di Angelica che, a trentacinque anni, stava ancora sognando come una adolescente. Allora replicò: «Ti sembra che se esistesse l'uomo perfetto, il Padreterno lo avrebbe destinato proprio a te?»

«Guarda che non sei spiritosa!» si inalberò lei.

«Che altro dovrei dire alla mia amica del cuore che sta di nuovo buttandosi in un burrone?»

Angelica sospirò: «A malincuore, ma ti ringrazio per avermi riportata con i piedi per terra. Avevo bisogno della tua doccia fredda per smettere di volare. Domattina troverò un pretesto per scappare da qui senza incontrarlo, perché se lo rivedo, lo so, cadrò nella sua trappola».

Forte di questa decisione, Angelica si addormentò e, al mattino, scese in cucina per fare colazione.

Rosina, che stava affettando la frutta per la macedonia, la informò subito: «Lo chef è partito stanotte».

Angelica la guardò perplessa.

«Che cosa mi stai dicendo?» domandò.

«Me lo ha detto la guardia, stamattina. Ha dovuto disinserire l'allarme e gli ha aperto il portone.»

«Io non ne sapevo niente. Vado a controllare», decise Angelica e uscì in pigiama.

Gli aveva fatto assegnare una suite con salottino e camera da letto. Il letto, con la sopraccoperta di lino bianco e azzurro, era intatto, ma era evidente l'avvallamento di un corpo che vi si era disteso. Angelica si chinò e accarezzò la coperta, poi scattò in piedi dicendo sottovoce: «Ma che cavolo sto facendo?»

Entrò nel salotto e, sul tavolino basso, davanti al televisore, vide una busta sigillata posata accanto a una ciotola di porcellana dorata. Lo chef l'aveva riempita con scorzette d'arancio e limone, rivestite di cioccolato fondente e contornate da petali di rosa bianchi. Prese la busta che portava il logo dell'azienda vinicola Brugliani, la aprì, ne estrasse un foglio e lesse: «Ciao, Angelica. Hai rifornito tu la dispensa della foresteria? Ma certo. Ho trovato limoni del Garda non trattati e arance di Sicilia accettabili, data la stagione. Ho notato anche il cioccolato fondente Domori. Ottimo! Avendo bisogno di sentirti vicina, ho deciso di preparare qualcosa che unisse la tua terra alla mia. Prima avevo provato a stendermi sul letto, con la finestra spalancata su un cielo pieno di stelle, sperando di addormentarmi. Ma era un tormento saperti nella casa accanto e non poterti abbracciare. Così sono sceso in cucina e ho notato che è ben attrezzata. Sono sicuro che è stata Rosina a dotarla del necessario. Mi sono messo ai fornelli e ho fatto per te questi cioccolatini alla scorza di agrumi. Ora vado via, anche perché so che, se restassi, domattina saresti tu a fuggire. Come me, hai paura che l'attrazione così intensa che proviamo l'uno per l'altra sia solo un sogno destinato a svanire. Perché l'essere umano è così complicato? Vorrei che fossimo due stupendi gatti, perché allora non avremmo questi timori. O due bambini innocenti. Anche loro non temono il futuro. Ti amo intensamente e fuggo da te. Ma se mi vorrai, basterà un tuo squillo di telefono e io tornerò subito da te. Ho dato un nome a queste scorzette: angeliche. Le preparerò ogni volta che la nostalgia di te diventerà troppo dolorosa».

Rilesse più volte la lettera accorata, dolce e amara, come le angeliche che stava assaporando.

Non poté trattenere le lacrime mentre gustava quei dolci squisiti.

«Cos'è successo? Perché piangi?» domandò Rosina che era sulla soglia del salotto.

«Che ne diresti, per una volta, di farti gli affari tuoi?» strillò lei.

Infilò la lettera nella tasca del pigiama, afferrò la ciotola con i cioccolatini e se ne andò. Salì in macchina nel momento in cui, dal grande portone del borgo, entravano le auto degli operai e della segretaria. Raggiunse la vigna dell'Angelo e si fermò sulla cima del colle.

Scese dall'auto e, incurante del terriccio che si infilava nelle pianelle da camera, si inoltrò tra le viti e raggiunse la minuscola cappella. Sedette sul gradino, posò a terra la ciotola con le scorzette, determinata a mangiarle tutte e a singhiozzare in santa pace.

Si diceva che avrebbe dovuto essere felice per aver incontrato un uomo come Tancredi. Lo sentiva dentro di sé, vivo e palpitante. Il loro era stato un incontro perfetto e non lo avrebbe mai dimenticato. Guardò il cielo sereno e il sole che illuminava la cresta dei colli lontani, aspirò il profumo che si levava dal terreno e dai grappoli dello Chardonnay, assaporò fino in fondo l'ultimo cioccolatino che Tancredi aveva preparato per lei, disperse con un soffio nell'aria i petali della rosa bianca su cui li aveva appoggiati. Infine lasciò la vigna dell'Angelo, la più amata tra tutte, e risalì in auto, per tornare a casa.

Dall'alto del poggio, Tancredi la vide. Aveva trascorso lì le ore che precedono l'alba, ripensando ad Angelica, la sola donna che gli aveva fatto rivivere le emozioni giovanili della sua passione per Giulia Maria.

Quando l'auto di Angelica ridiscese il colle, lui uscì dalla proprietà dei Brugliani, ritrovò la strada in cui aveva parcheggiato la sua auto, vi salì e andò via.

4

«Dottor Rovesti, lei non può lasciarci proprio ora, nel momento in cui il giornale sta riprendendo quota», disse Mario Minossi, il socio di maggioranza della casa editrice che pubblicava il quotidiano *Fatti e Opinioni*.

«Vorrei precisare che questo picco di vendite è dovuto a un fatto di cronaca: un giro di prostituzione fra esponenti di spicco del luogo», replicò Raffaello e soggiunse: «Quando la morbosità dei lettori si sarà placata, le vendite torneranno a calare. A meno che non esploda qualche altra brutta storia locale. Ma questo, francamente, nessuno se lo augura».

Era un mezzogiorno di fine agosto e Raffaello stava pranzando in un piccolo ristorante milanese, ospite del dottor Mario Minossi, che aveva voluto incontrarlo in un luogo lontano dai pettegolezzi di provincia, dopo aver ricevuto le sue dimissioni.

«Quando si è accorto delle nostre difficoltà, lei è stato tra i primi, anzi il solo, ad autoridursi lo stipendio. Un gesto da vero signore che noi non abbiamo sottovalutato. Con gli altri soci avevamo persino avanzato l'ipotesi che lei temesse un licenziamento. Voglio che lei sappia che nessuno di noi ha mai avuto questa intenzione. *Fatti e Opinioni* ha ripreso slancio sotto la sua direzione. Se negli ultimi anni c'è stata una emorragia di lettori, questo non è certo imputabile alla sua conduzione. Con la crisi economica sempre più pesante che rischia di travolgerci, i periodici chiudono e i quotidiani minori vivacchiano alla meno peggio. Ora lei sa che non abbiamo nessuna intenzione di chiudere, soprattutto adesso che, per quanto timidamente, la pubblicità sta aumentando. Lei conosce quanto me l'equazione: più pubblicità, più denaro. Dunque, fuori dai denti, mi dica la verità. Mi dica che ha avuto un'offerta migliore e noi vedremo che cosa poterle offrire perché non se ne vada», dichiarò Mario Minossi. Poi si portò alle labbra il grande calice, in cui il cameriere aveva versato due dita di Amarone Allegrini, e lo gustò con evidente piacere.

Raffaello, che era in vena di sincerità, disse: «Ho temuto davvero che lei e gli altri soci meditaste la chiusura del giornale e ho desiderato di incontrare qualcuno che mi servisse su un piatto d'argento un'opportunità migliore. Sarebbe anche potuto succedere, invece è accaduto qualcosa di nuovo: ho capito d'avere un modo migliore per mettere a frutto le mie modeste capacità di giornalista e ho deciso di diventare io stesso editore di un giornale, o meglio di una rivista di settore».

«Con l'aria che tira?» domandò il suo interlocutore con un sorriso vagamente ironico e amaro.

«Già, proprio con l'aria che tira», confermò Raffaello. E spiegò: «Voglio fare una rivista mensile che parli di vino. *Vino e Dintorni* sarà il titolo. In questo settore conosco un po' tutti, dall'estremo nord al profondo sud. Voglio raccontare questa realtà del nostro Paese che, nonostante il malaffare e la pessima gestione politica e manageriale, continua a essere meraviglioso per le tante persone che non hanno mai smesso di lavorare bene e, pur tra mille difficoltà, non smettono di credere in quello che fanno».

«Sta parlando di sua moglie?»

«Non solo di lei, ma di tutti i produttori, specialmente delle donne che, a ogni livello, operano nel campo.»

«Guardi che ci sono decine di riviste specializzate in questo settore», osservò l'editore, senza nascondere l'interesse che le parole di Raffaello avevano risvegliato in lui.

«Pensa che non lo sappia? Ma non pubblicherò articoli ampollosi, autopromozionali, osannanti. Farò del giornalismo puro, fresco, scattante. Mi servirò di collaboratori competenti, farò emergere le storie più belle di chi dà l'anima per tenere alto il prestigio produttivo del Paese, parlerò delle donne del vino, che sono tante e sono straordinarie, denuncerò i disastri ambientali che inquinano il territorio.»

Il dottor Minossi lo interruppe: «Lei sta parlando con un entusiasmo che, di questi tempi, si incontra raramente. Sta cercando un socio? Glielo chiedo perché, a questo punto, il progetto mi ingolosisce».

«La ringrazio, ma io volevo soltanto dirle il motivo

che mi spinge alle dimissioni», rispose tranquillamente Raffaello.

«Per un'impresa così servono soldi, amico mio.»

«E io li ho. E, già che sono in tema, chiarisco che i Brugliani non c'entrano: ho venduto una bella proprietà che avevo da anni. Mia moglie non sa ancora niente della rivista che pubblicherò.»

Raffaello, rientrato da Roma con Elisabetta soltanto da due giorni, si era ripromesso di informarla. Non l'aveva fatto soltanto perché Borgofranco era in grande fermento.

La vendemmia sarebbe iniziata con una settimana d'anticipo rispetto ai tempi usuali e già confluivano al borgo amici e parenti.

Era arrivato lì con Elisabetta verso sera e sua figlia aveva voluto che si fermasse a cena. Così si era trovato a tavola con Gaspare, la moglie e i loro figli. Luigi e Sabine sarebbero arrivati il giorno seguente.

«Domani arrivano anche mamma e papà», aveva detto Angelica.

«Come tutti gli anni», sottolineò Gaspare e chiese: «Stanno bene?»

«Benissimo. Chi non sta bene è Edward. Sembra che il suo ginocchio non voglia fare giudizio. Sono in Italia da alcuni giorni. Prima si sono fermati a Milano e hanno ricoverato Ed all'Ospedale Pini. Papà si fermerà da noi, mamma farà avanti e indietro tra qui e Milano.»

Raffaello non aveva commentato, ma aveva capito che non era il momento giusto per parlare dei suoi progetti.

Ora disse all'editore: «Lascio a lei tutto il tempo necessario per trovare un nuovo direttore, anche perché, volendo elaborare un piano solido, non potrò pubblicare il primo numero della rivista prima di sei mesi».

«Ragazzo mio, che cosa devo dirle? In bocca al lupo. Ma nel frattempo non dimentichi la mia offerta di entrare a far parte del suo progetto.»

Ormai sul punto di salutarsi, perché il dottor Minossi si sarebbe fermato a Milano, Raffaello domandò: «Avrebbe niente in contrario se chiedessi a Tiziana Scaroni di seguirmi? So che a fine anno va in pensione».

«Vedo che è deciso a partire con il piede giusto. La Scaroni è un elemento prezioso e sarà felice di venire con lei.»

Si salutarono e Raffaello raggiunse la sua auto. Infilò l'autostrada per andare a Borgofranco. Voleva parlare con Angelica, prima che iniziasse la vendemmia.

5

Elisabetta si era isolata con Gianmarco nel cortiletto erboso sul retro della foresteria, il solo luogo tranquillo del borgo che altrove brulicava di gente, perché il mattino seguente sarebbe iniziata la vendemmia.

Il suo innamorato le mise in mano una scatolina che conteneva un paio di orecchini a forma di stella marina. Li aveva acquistati per lei durante la sua vacanza al mare.

Lei li osservò commossa, sussurrò un timido «grazie» e li posò sul bordo della vera da pozzo.

«Come, non te li metti?» domandò il ragazzo.

«Magari dopo. Sono bellissimi e ti ringrazio», disse lei, preoccupata per la confessione che si preparava a fargli.

Lui si avvicinò per darle un bacio e lei si ritrasse, mascherando il rifiuto con l'offerta del suo regalo, un copricellulare con i colori della Juventus, la squadra del cuore di Gianmarco.

L'aveva acquistato durante il suo viaggio a Roma.

«Figo!» s'illuminò lui, affrettandosi a infilare il suo telefonino nel nuovo astuccio. Mentre armeggiava per incastrare perfettamente l'apparecchio, soggiunse: «Tu riesci sempre a sapere le cose che mi piacciono. Io ci azzecco raramente».

«Devo parlarti», disse lei.

«È proprio necessario?» domandò Gianmarco che temeva una notizia sgradevole.

«Non posso tacere», sussurrò Elisabetta.

«Ti precedo. La nostra storia non ti interessa più e io me ne vado», disse lui, deciso.

«Se è finita o no, dipende da te», precisò lei, trattenendolo per un braccio.

Il ragazzo la guardò senza capire e lei gli rivolse un sorriso imbarazzato, replicando: «Uffa, com'è difficile trovare le parole».

«Non farla lunga, perché sto perdendo la pazienza», la incalzò corrucciato.

«Quand'ero nel Dorset, dai nonni, l'ho fatto», sparò la ragazza.

«Fatto cosa?»

«Dai, Gianmarco, non far finta di non capire.»

«Capire cosa?» urlò.

«Ho fatto l'amore con un ragazzo più grande di te.»

Seguirono lunghissimi istanti di silenzio. Poi lui scagliò un pugno nell'aria e sibilò: «E me lo dici così?»

«Come dovevo dirtelo? L'ho fatto. Punto.»

«Adesso tu vai per la tua strada e io vado per la mia», urlò il ragazzo, disperato.

«Gianmarco, fermati. Lascia che ti spieghi», lo supplicò lei.

«Che cosa vuoi spiegare? Mi dici che cosa c'è da spiegare?» e aveva le lacrime agli occhi.

Elisabetta si rivide bambina. Lei aveva otto anni e Gianmarco dieci; erano sempre insieme e lui si era assunto il ruolo di paladino, proteggendola dagli scherzi degli altri compagni. Loro due erano i fidanzatini di cui i Brugliani parlavano con tenerezza. Lei era una femminuccia aggraziata e un po' frivola, lui era un maschietto responsabile e concreto. Tuttavia, arrossendo, un giorno lui le aveva domandato: «Vuoi essere la mia fidanzata?» Era arrossita anche lei e, abbassando lo sguardo, aveva sussurrato: «Per sempre». «Questo vuole dire che, da grandi, ci sposeremo», aveva precisato Gianmarco con un tono molto serio. Aveva confezionato per lei un anellino fatto con lo spago e una perlina di vetro rosso e glielo aveva infilato al dito, dicendole: «Ecco, adesso siamo fidanzati». Lei era andata in giro per l'azienda; mostrando a tutti l'anulare inanellato e dicendo: «Sono fidanzata».

Da allora non si erano mai allontanati l'uno dall'altra. Quando Elisabetta aveva tredici anni e lui quindici, sulla corriera che li portava a scuola, lei gli aveva proposto: «Oggi vieni da me? La mamma prepara una merenda per i miei amici».

Gianmarco era arrivato con il motorino di suo fratello. Quel giorno si erano baciati per la prima volta alla vigna dell'Angelo. Gianmarco era il suo confidente e a lui raccontava molte più cose di quante ne raccontasse a sua madre. Lui era molto riflessivo, responsabile e diceva sempre la parola giusta al momento giusto.

Ora gli domandò: «Vorresti buttare al vento tutta la nostra storia?»

«Guarda, signorina, che se c'è qualcuno che l'ha buttata al vento, sei tu», sibilò. E poi urlò: «Perché l'hai fatto?»

«Non lo so», sussurrò Elisabetta.

«Questa, poi, potevi risparmiartela. Hai quattordici anni e non sai perché hai scopato con un altro, invece di far l'amore con me che ho continuato a rispettarti, mettendoti su un altare, come se tu fossi una santa. Non puoi non saperlo.»

Poteva forse dire al suo fidanzato, che era anche il suo migliore amico, che era caduta vittima di una infatuazione fulminante per Cedric che rispetto a lui era un uomo, e si era lasciata stordire dai suoi racconti sulla vita in India? Cedric le aveva mostrato i film girati durante le immersioni subacquee nell'oceano, mentre le descriveva le abitudini dei pesci tropicali, la forza delle correnti, il mistero dei fondali. Non le risparmiava complimenti sulla sua bellezza, notava le pagliuzze dorate nell'iride scura dei suoi occhi, decantava i riflessi perlacei dei suoi denti, elogiava la forza e la precisione dei suoi lanci quando giocavano a tennis.

«Lui mi stordiva di complimenti, cosa che tu non hai mai fatto», sbottò Elisabetta.

«Allora sei proprio scema! Ti sembra che sarei così furibondo se non mi fossi reso conto d'aver perso la ragazza migliore che esiste sulla faccia della terra?»

«Me lo dici adesso, quando ai tuoi occhi ho smesso di essere la migliore. Prima non me lo avevi mai detto.»

«Era implicito. Mi conosci e sai che non sono tipo da smancerie. È proprio vero che voi ricchi siete una razza a parte. Avete bisogno di parole, quando ci sono i fatti a parlare. Il damerino inglese con la puzza sotto il naso, magari ha già una morosa da qualche parte e si diverte a tradirla. Io non ti ho tradito mai. Portamelo qui, quello stronzo, perché prima gli sfascio la faccia e dopo lo denuncio per stupro di minorenne.»

In quel momento Elisabetta misurò tutta la sua stupidità, ebbe consapevolezza del dolore cocente di Gianmarco, ma soprattutto capì che, nonostante tutto, il suo ragazzo l'amava ancora. Allora si vergognò profondamente di se stessa.

«Hai ragione tu, Gianmarco. Sono superficiale, insicura e presuntuosa al punto d'aver pensato che tu mi avresti perdonata. Invece quello che ho fatto non ha scusanti. I miei genitori, che si sono incavolati di brutto quando lo hanno saputo, poi mi hanno perdonata. Tu non puoi farlo e hai ragione, perché so che, se la stessa cosa fosse accaduta a te, io ti avrei lasciato», disse in un sussurro e poi esplose in un pianto dirotto.

«Che cosa succede?» domandò Raffaello che era appena arrivato da Milano e aveva girato il borgo in lungo e in largo per cercare sua figlia.

«Papà, per favore, sparisci», singhiozzò Elisabetta.

«Per adesso sparisco io», disse Gianmarco, andandosene senza salutare nessuno dei due.

«Mi sembra molto arrabbiato il tuo ragazzo», constatò suo padre. Le tese il suo fazzoletto perché si asciugasse le lacrime e, accarezzandole i capelli, proseguì: «Tu gli hai raccontato tutto e lui si è imbufalito. Che altro ti aspettavi che facesse?»

«C'è mancato poco che mi desse della puttana», lei disse fra le lacrime.

«Bambina mia, tu e io siamo sulla stessa barca. Io ho fatto soffrire mia moglie e tu hai fatto soffrire il tuo ragazzo. Comunque, non preoccuparti, perché il tuo Gianmarco tornerà. Chi non tornerà più, temo, è tua madre.»

6

I TRE fratelli Brugliani erano riuniti nell'ufficio di Angelica, che aveva avvertito Cesarina, la segretaria, di non passare nessuna telefonata, volendo affrontare con Gaspare e Luigi l'argomento che le stava a cuore e del quale aveva già parlato con il padre. «Dobbiamo tirare fuori un bel po' di denaro dai profitti della scorsa vendemmia e, per farlo, dobbiamo essere d'accordo tutti e tre», disse Angelica, dopo avere spiegato l'importanza di acquisire nuovi ettari di terreno per ampliare la loro produzione vinicola. «Teniamo presente che, in questo momento, il prezzo a cui ci viene venduto è un autentico affare», proseguì e soggiunse: «Entro stasera ho promesso una risposta al Richiedei, quindi dobbiamo decidere, in un senso o nell'altro».

«Non ti sembra che ci stiamo espandendo un po' troppo in un momento in cui il mercato si contrae?» domandò Gaspare.

«Hai letto la mia relazione sui nuovi agenti negli Stati Uniti e in Cina? La crisi morde un po' ovunque, ma in America ne stanno venendo fuori e la Cina sta andando molto meglio di noi. Io sono ottimista», dichiarò Angelica.

«L'ho letta anch'io», intervenne Luigi. «Ti direi subito di sì, se non fosse che Sabine mi dà il tormento perché vuole la luna», sussurrò timidamente, con la sua aria professorale.

«Spiegati», lo sollecitò Gaspare.

«È incinta e avrò sulle spalle un quarto figlio che nascerà la prossima primavera. Ne ho già tre da mantenere e, francamente, il quarto non ci voleva. Comunque Sabine oltre a voler tenere il figlio, adesso reclama un nuovo appartamento a Trieste. Dice che la casa in affitto in cui stiamo non va bene e dovrei acquistare un appartamento con una stanza in più per il bambino. I nostri stipendi sono quelli che sono, io faccio parecchie consulenze ben retribuite e questo ci basta. Ma se devo intaccare il capitale investito per comperare altri ettari di terra, non potrò comperare anche una casa. Quindi, non so che dire.»

Con l'autorevolezza del fratello maggiore, Gaspare intervenne rivolgendosi al fratello.

«Luigi, fammi capire. L'appartamento in cui vivete è lo stesso in cui stavi con tua moglie e i vostri tre figli. Adesso a te e Sabine arriva un bambino e la casa diventa stretta?»

Luigi fece spallucce, com'era sua abitudine, quando doveva affrontare problemi che avevano a che fare con la giovane compagna.

«Non lo so. Sabine si lamenta per via dei troppi

libri. Mi dice che, se non escono i libri, lei se ne va. Per questo serve più spazio. D'altra parte, insegna anche lei e dovrebbe saperlo che la lettura e la consultazione costante dei testi è la nostra vita. Per fortuna, io la ascolto poco», disse.

«Non voglio intromettermi nella tua vita, mi interessa invece sapere se sei interessato o no all'acquisto di altra terra. Io ci sto, Angelica ci sta, manca la tua adesione», insistette Gaspare.

«Sentite, chiedetelo a Sabine», fu la grande decisione di Luigi.

Angelica che fino a quel momento non aveva interferito nel confronto tra i fratelli maggiori, adesso dichiarò: «Che cosa c'entra la tedesca con i nostri affari?»

Lei non era mai riuscita a stabilire un rapporto fraterno con Sabine, pur avendola accolta con entusiasmo quando si erano conosciute durante la vendemmia di sedici anni prima. Del resto Sabine non aveva fraternizzato con nessuno dei Brugliani, tanto che era stato Giovanni a ribattezzarla «la crucca», affermando: «È legnosa in tutti i sensi. Non so con quali armi abbia attratto Luigi». Cristina aveva rincarato la dose, quando l'aveva incontrata: «È una calcolatrice. Si è servita di quel pancotto di mio figlio per arrivare alla laurea, dopo avergli fatto i conti in tasca, e ora lo manovra come un burattino».

Così Luigi replicò timidamente: «È solo per evitare discussioni. Inoltre non so nemmeno l'entità del capitale di cui dispongo».

Il primogenito e «la piccolina» di casa si scambiarono

un'occhiata d'intesa e Gaspare dichiarò: «Angelica e io anticipiamo il denaro per la tua parte e lo scaleremo dai profitti futuri. Ti va bene?»

«Ecco, questa mi sembra un'ottima soluzione», disse Luigi, sentendosi sollevato e soggiunse: «Sapete cosa vi dico? La vita di coppia mi è sempre andata stretta, perché io starei tanto bene da solo. Le donne mi sono sempre piaciute e voi lo sapete. Ma sono il tipo di una scopata e via. Invece, prima mia moglie e poi la crucca mi hanno fagocitato. Stavo pensando di entrare in un convento e farmi monaco. Almeno potrei stare in pace con i miei libri, senza altre rotture di coglioni».

I tre fratelli risero divertiti. Poi Angelica disse: «Ce lo facciamo un caffè, tutti e tre?»

Pochi minuti dopo, Cesarina entrò nella stanza con le tazzine fumanti e annunciò: «Ha chiamato vostra madre. Lei e vostro padre saranno qui per l'ora di cena», poi abbassò la voce e bisbigliò all'orecchio di Angelica: «Tuo marito è nel mio ufficio e aspetta di parlarti».

«Digli che lo raggiungo non appena avremo finito», rispose lei.

Finalmente veniva la parte piacevole di quell'incontro. I tre fratelli riuscivano a isolarsi molto raramente, ma quando accadeva, come in quel pomeriggio, allora ritornavano ragazzi, scambiandosi battute scherzose per rievocare un'infanzia felice e ripercorrere insieme gli episodi ormai storici di quella grande famiglia.

Raffaello, intanto, si era rintanato su una poltroncina accanto alla scrivania di Cesarina e osservava, per la prima volta il lavoro di quelle impiegate molto efficienti e professionali.

In quel momento c'era l'addetta al personale che stava parlando con il parroco del paese per scovare, entro la mattina seguente, un paio di operai a giornata per sostituire due dei loro che non si sarebbero presentati. Si trattava di un giovane polacco, partito per le vacanze, che aveva avuto un incidente in macchina sulla via del ritorno ed era stato ricoverato al Brennero con un piede fratturato. Mentre un altro era al capezzale della madre morente e non si sapeva quando sarebbe rientrato al lavoro.

Raffaello aspettò che Cesarina finisse di parlare, poi le disse: «Domani puoi far conto sul mio aiuto. Mi prendo tutti i giorni che servono per la vendemmia».

«Lo farebbe davvero, dottore?» domandò incredula la donna e aggiunse: «E con il giornale, come farà?»

«Hai presente come si raccoglie l'uva? Si lavora con le mani mentre con l'auricolare si parla con la redazione e con i giornalisti.»

«Grazie, dottore. Ci solleva da un peso, visto che don Pierino ci segnala solo un rumeno del quale non garantisce.»

«Digli che non ci serve. C'è anche Gianmarco, che sarà felice di lavorare fianco a fianco con Elisabetta», disse Raffaello.

«Ci pensa sua figlia ad avvertirlo?»

«Qualcuno lo farà», tagliò corto Raffaello, lasciando gli uffici. Ormai era chiaro che la riunione di famiglia andava per le lunghe e lui doveva correre al giornale.

7

Angelica varcò la soglia dello spogliatoio di sua madre, che sedeva al tavolino della toilette e si truccava davanti a uno specchio a lente.

«Disturbo?» domandò la figlia.

«Siediti qui, vicino a me, perché la mia opera di restauro è lunga e laboriosa», disse Cristina Acerbi.

La donna aveva avuto sempre una attenzione maniacale per il suo aspetto, convinta che una donna, quando ha cura di sé, è bella a qualsiasi età. Ora, mentre stendeva sul viso un leggero strato di Sisleÿa, una crema antirughe che faceva miracoli, ammonì Angelica: «Non capisco perché tu ti sia sempre rifiutata di truccarti e di avere cura della tua pelle».

La giovane studiò i suoi lineamenti, guardandosi nello specchio grande, e replicò: «Forse per essere sempre in polemica con te».

«Lascia che passino gli anni, che comincino a spuntarti odiosi baffetti sul labbro e grossi peli bianchi tra le sopracciglia scure, che le guance comincino ad afflosciarsi e la pelle del collo a raggrinzirsi, e allora voglio vedere se insisterai con questa stupida polemica.»

«Non ci tengo a piacere agli uomini», affermò Angelica.

«Non devi piacere a loro, ma a te stessa, mia cara», la corresse, mentre tracciava con la matita una sottile linea scura intorno agli occhi. Poi guardò il viso della figlia riflesso nello specchio, sorrise e proseguì: «Questa volta, però, ti vedo molto bene. Sembri quasi ringiovanita. Hai un aspetto solare. Quindi le ipotesi sono due: o hai fatto punturine rivitalizzanti, e non me lo diresti nemmeno sotto tortura, o hai fatto l'amore con un tipo soddisfacente».

«Mamma, smettila di essere tanto indiscreta. Comunque, per tua informazione, non ho fatto né l'una né l'altra cosa», puntualizzò Angelica, e ripensò a Tancredi.

Il loro incontro era stato un bellissimo sogno, ma la realtà era altro, era il lavoro, sua figlia, Raffaello, la sua famiglia, gli amici con i loro pregi e difetti, i loro limiti e i loro problemi. Era stato importante conoscerlo e godere della sua bellezza, cultura, sensibilità. Ma era stato ancora più importante trovare la forza di allontanarsi da lui. Del resto, Tancredi aveva fatto la sua stessa scelta e per gli stessi motivi: la perfezione appartiene a un mondo ideale, fantastico, sospeso tra cielo e terra, dove vivono i sogni. Questa consapevolezza le aveva dato una serenità che la faceva stare bene, come non lo era stata da tanto tempo.

Ora disse a sua madre: «Sono in un periodo di grazia e mi considero una donna fortunata, perché ho te, papà, i miei fratelli, mia figlia, il lavoro in azienda e, con i dovuti scongiuri, siamo tutti in buona salute. Questo mi fa stare molto bene».

Era sincera e Cristina lo capì.

«Sei una bellissima donna, anche senza trucco», le disse sorridendo e le accarezzò il viso con amore. Poi concluse: «Per quanto, almeno un'ombra di fard sulle guance non guasterebbe», scherzò.

«È sempre piacevole stare con te», disse Angelica, sorridendole.

«Grazie, cara. E adesso vai a prepararti per la cena, perché mi sembra che quest'anno ci siano più ospiti del solito. Rosina ha rinforzato gli aiuti in cucina?»

«Ci puoi scommettere. Quest'anno avremo una bella vendemmia.»

«Tu lo sai che, tranne un atto di presenza, io dovrò passare i giorni a Milano, accanto a Edward, vero?»

«Tanto per far ingelosire papà», insinuò Angelica, con aria divertita.

«Oh, quante storie! Farei la stessa cosa con lui, se avesse un ginocchio rotto, ma per fortuna tuo padre è molto più in gamba di sir Edward.»

«Comunque è una pazzia far venire dall'Inghilterra un uomo in quelle condizioni, come se a Londra mancassero ospedali e medici eccellenti.»

«Devo dirti che neppure tuo padre aveva cuore di lasciarlo solo. E io non volevo rinunciare a questa visita, perché ero un po' in ansia per te. Quando sei venuta da noi, non ti avevo visto serena e speravo che avessi intrecciato una love story che ti facesse stare meglio.

Invece ora ti vedo serena, senza nuovi coinvolgimenti sentimentali. E questo è molto meglio», concluse Cristina.

L'opera di restauro era finita, la donna indossava un prezioso abito country, era ben pettinata e sorridente. Angelica si compiacque d'avere una mamma tanto bella.

«Donne, volete darvi una mossa?» tuonò la voce baritonale di Giovanni Brugliani che si era affacciato allo spogliatoio. E soggiunse: «Giù ci sono tutti e stanno per andare a tavola».

«Come vedi, caro, io sono pronta. Tua figlia, invece, deve ancora vestirsi e agghindarsi», disse Cristina.

«Allora comincia tu a fare gli onori di casa», la spedì via lui, prendendo sottobraccio sua figlia.

Uscirono e si diressero verso le stanze di Angelica.

«Dimmi un po', tesoro, che cos'è questa storia di Luigi che, alla sua età, si mette a fare un altro figlio?» domandò Giovanni.

«Perché non lo chiedi a lui?» lo esortò Angelica, che aveva fretta di fare una doccia e cambiarsi.

«Sai bene che il professore mi mette sempre un po' in imbarazzo», rispose.

«Il professore è tuo figlio e, secondo me, ci marcia con la sua svagatezza, con il delegare agli altri le sue decisioni, con il defilarsi dalle responsabilità, ma è tutt'altro che svagato», concluse Angelica, infilandosi nella stanza da bagno.

Ne uscì poco dopo indossando un accappatoio. Suo padre la stava aspettando nello spogliatoio. Angelica cominciò ad asciugarsi i capelli e l'uomo riprese il discorso che gli stava a cuore.

«Stavi dicendomi che Luigi è tutt'altro che svagato.»

«Appunto. Sua moglie non ha mai chiesto il divorzio e lui si è sempre guardato dal sollecitarlo, sebbene viva con Sabine da tanti anni. Non lo chiederà neppure ora che lei aspetta un figlio. Ti sei chiesto il perché?»

«Perché è un pigro.»

«Perché sa quello che vuole.»

«Con un figlio, la tedesca lo ha incastrato comunque», ragionò Giovanni Brugliani. E domandò: «Secondo te, che cosa farà?»

«Provvederà in tutto al figlio che deve nascere, ma non sposerà mai la madre. Secondo me, lui conosce bene la sua compagna e, tra i due, lui è il più forte. Non la sposerà mai e aspetterà pazientemente che lei trovi un compagno più malleabile.»

Non gli disse che, poco prima di salire da Cristina, Luigi l'aveva cercata perché aveva preso una decisione: «Non voglio che tu e Gaspare vi facciate carico della mia parte per quel terreno. Pagherò io la mia parte. Ho telefonato al funzionario della mia banca e ho scoperto d'essere messo molto bene, per cui potrei anche acquistare un nuovo appartamento e mi rimarrebbe ancora un discreto capitale. Questo grazie a te, che ti scanni di lavoro e porti a casa ottimi risultati. Ma Sabine non lo sa e non deve saperlo perché non intendo comprare una casa nuova e lei dovrà rassegnarsi a mettere da parte le sue manie espansionistiche. Prima o poi si stancherà di questo professore vecchio e taccagno».

«Mi dici perché la tedesca non ci è mai piaciuta?» domandò ora il padre.

«Perché è una stronza!» fu la risposta sbrigativa di Angelica.

«Vai a vestirti. Io scendo e raggiungo gli altri», disse Giovanni Brugliani, sorridendo.

8

Il mattino seguente, quando Angelica raggiunse il grande piazzale dove era già stata installata la macchina spremitrice, alcuni camion erano già partiti per le vigne con gli operai addetti alla raccolta dell'uva.

Stava avviandosi l'ultimo e, a bordo, c'erano Raffaello e Gianmarco.

«Che ci fanno qui, quei due?» domandò Angelica a un'impiegata che allestiva la tavolata per i rinfreschi.

«Cesarina mi ha detto che sostituiscono due operai assenti», rispose laconicamente la donna. Poi, di fronte alla perplessità di Angelica, spiegò: «Il dottore è straordinario, ci ha tolto dai guai e stamattina presto è andato anche a prelevare Gianmarco. Il professor Gaspare è partito con il primo camion e il professor Luigi è sul secondo con suo padre».

Raffaello vide la moglie e, mentre il camion stava uscendo dal borgo, le fece ciao con la mano e le regalò un sorriso smagliante. Lei ricambiò con un cenno della mano.

«Qualcuno ha visto la mia Elisabetta?» domandò guardandosi intorno.

«Era sul camion con suo marito», la informò un magazziniere.

Angelica tornò verso casa, decisa a fare colazione in cucina, per non incontrare gente. Intanto si domandava che cosa stesse combinando Raffaello.

La sera prima, dopo cena, era passata dalla camera della figlia per vedere come stava, dopo che Elisabetta era rimasta silenziosa per tutta la serata.

Elisabetta era accucciata sul letto e ascoltava musica in cuffia. Tormentava tra le mani un paio di pendenti di plastica a forma di stella marina. Vide sua madre, si tolse le cuffie e le offrì uno sguardo da cane bastonato.

«Come stai?» domandò Angelica, sedendosi sul letto, accanto a lei.

«Vedi tu come posso stare dopo che Gianmarco mi ha messo di fronte alla mia stupidità e alla superficialità del mio sentimento per lui. Mi sono sentita un verme. Quindi, sto male», disse la figlia.

«Com'è giusto che sia», convenne Angelica.

«Ma io lo amo tantissimo. Se è possibile, lo amo più adesso, dopo la delusione che mi è venuta da quell'inglese di cui non voglio più ricordare nemmeno il nome. Ma vallo a dire a quella zucca dura di Gianmarco. Lui, un giorno, potrebbe anche vincere il Nobel per l'informatica, ma resterà sempre un contadino tignoso.»

«Lui ti vuole molto bene», le suggerì dolcemente Angelica.

«Sai che cosa me ne faccio io del suo bene! Mi ha

mollata. Che bella estate ho avuto! Sono una povera sfigata, piantata in asso da un cretino irresponsabile e dal ragazzo più meraviglioso del mondo.»

«Lasciati dire che te la sei cercata.»

«Ecco, ha parlato l'oracolo. Credi che non lo sappia che è colpa mia? È questo che mi fa imbufalire. Mi sono scavata la fossa con le mie mani. Non avrò mai più il coraggio di guardare Gianmarco in faccia quando lo incontrerò, perché lo incontrerò ogni volta che salirò su quel dannato bus per andare a scuola. E già vedo le mie amiche che racconteranno estasiate le loro conquiste estive, mentre io non avrò niente da dire e piangerò sul latte versato.»

«Tesoro, fammi capire. Tu soffri perché pensi d'avere perso il ragazzo che ami, o perché non avrai niente da raccontare alle tue amiche?» volle chiarire Angelica.

«L'una e l'altra cosa. Non voglio essere oggetto di compassione.»

«Ognuno di noi vorrebbe essere sempre vincente, ma non è possibile. Il primo cui tu hai inflitto una sconfitta pesante è proprio Gianmarco. Hai idea di quanto possa sentirsi infelice in questo momento?» la indusse a ragionare.

«Adesso capisco che sentirsi traditi deve essere davvero dura da digerire. Capisco anche te, mamma. Capisco la tua delusione nei confronti di papà. Ma, prima, tu mi hai detto che, nonostante tutto, Gianmarco mi vuole ancora tanto bene. Allora lascia che ti dica che anche papà ti vuole ancora tanto bene.»

«Questo è quello che ti racconta lui.»

«Ecco, ci risiamo. Se tu non credi a lui, come potrà Gianmarco credere a me?»

«Elisabetta, mi hai sfiancata e io sono stanchissima. Cerca di dormire, se puoi, tanto domani è un altro giorno, come diceva Rossella O'Hara.»

Più tardi, nel suo letto, Angelica aveva rimuginato a lungo sull'affermazione così sincera di sua figlia a proposito di Raffaello e aveva concluso che le sue parole erano dettate dall'egoismo filiale. Elisabetta voleva due genitori uniti perché, tutto sommato, era una ragazza solida e credeva nel valore della famiglia. Ora, seduta in cucina, pensava che suo marito, senza farlo pesare, aveva fatto in modo di far ritrovare insieme i due giovani innamorati e immaginò Elisabetta e Gianmarco mentre recidevano grappoli nella vigna dell'Angelo. Quella vigna avrebbe compiuto il miracolo di riunire i due innamorati?

«Che ci fai qui, tutta sola?» domandò Rosina entrando con un enorme vassoio carico di stoviglie.

«Pensavo», rispose Angelica, sorseggiando il suo caffè.

«Se devi pensare, fallo altrove, perché adesso arrivano le donne e dobbiamo cucinare per un esercito.»

Sul patio se n'erano andati tutti, tranne Sabine che, seduta sul muretto, sbocconcellava un fico appena colto e la guardò male.

«Ce l'hai con me?» domandò Angelica.

«Chi, se non voi Brugliani, ha indotto Luigi ad azzerare i suoi risparmi per l'azienda, invece che preoccuparsi di garantire un tetto sulla testa di nostro figlio?» l'aggredì la donna.

«Noi non c'entriamo proprio niente, e non credo che Luigi possa averti raccontato questa bugia. Sai che cosa, Sabine? La prima volta che venisti qui per la vendemmia, eri una ragazza piacevole, ma dopo ti sei trasformata in una donna acida e sgradevole», sibilò e la piantò in asso per andare a lavorare con gli altri.

Ma intanto, le parole appena pronunciate le davano da pensare, perché lei stessa era diventata particolarmente acida con Raffaello.

Il marito l'aveva salutata con un sorriso raggiante e lei gli aveva risposto con un cenno e nulla più. Lui aveva più volte chiesto di parlarle e lei lo aveva ignorato. Lui stava facendo del suo meglio per farsi perdonare e lei lo teneva a distanza quasi fosse un appestato.

Salì sul camion che stava ripartendo e andò a lavorare nella vigna con gli altri operai.

Vide suo marito che lavorava accanitamente e nel contempo parlava al cellulare. Lo sentì dire: «Ho già dettato il mio articolo di fondo. Che qualcuno mi chiami e me lo rilegga, prima di mandarlo in stampa. Grazie».

Angelica si spostò sul filare accanto al suo e gli domandò: «Riesci a fare il direttore di giornale e il vendemmiatore contemporaneamente?»

«Evidentemente sì», rispose lui.

«Elisabetta è ancora qui?» s'informò lei.

«Guarda laggiù. Sta lavorando con Gianmarco. Tubano come due colombi.»

«Come hai fatto a rimetterli insieme?»

«Non è stato difficile. Quei due sono davvero innamorati», disse Raffaello e aveva l'aria felice.

«Lui l'ha perdonata», convenne Angelica.

«Lui sì. Qualcun altro mantiene la sua posizione ostinatamente», scherzò l'uomo.

Angelica non raccolse l'insinuazione e, invece, chiese: «Qual è la cosa importante di cui volevi parlarmi?»

«Ho dato le dimissioni. Sto vendendo la casa di Roma e ho già in tasca un grosso anticipo. Voglio fare un mensile che parli di vino. In questi anni ho acquisito una certa esperienza nel settore.»

Lei smise di tagliare grappoli e lo guardò stupita. Tutto si sarebbe aspettata, tranne che Raffaello rinunciasse a una carriera brillante per realizzare qualcosa che li accomunava.

«Fermati al borgo, stanotte. Così mi racconti meglio», propose lei. E riprese a lavorare con vigore.

9

Fu un'ottima vendemmia. Ora Angelica si preparò a tirare le somme di quei lunghi giorni di lavoro frenetico, e ne fu soddisfatta. Gli ospiti se ne erano andati e Borgofranco tornò ai ritmi consueti. Giovanni Brugliani e la moglie erano ripartiti alla volta di Milano per raggiungere sir Edward, che aveva il ginocchio risanato, e sarebbero partiti per l'Inghilterra, fermandosi a Londra per un periodo di fisioterapia in una clinica specializzata.

Gaspare e la sua famiglia erano scesi in città, Luigi e Sabine erano tornati a Trieste. Elisabetta aveva ripreso la scuola e ogni mattina saliva sulla corriera dove Gianmarco l'aspettava come sempre. Raffaello riprese il suo posto al giornale assistendo gli editori nella scelta del suo successore.

Nei giorni della vendemmia, nonostante l'invito di Angelica, aveva preferito occupare ancora l'appartamento a Villa Brugliani, in città.

Una mattina, uscendo per andare in ufficio, Angelica aveva trovato posteggiata, sul vialetto davanti a casa, una moto Guzzi splendente, con un fiocco rosso sul manubrio e un biglietto di suo marito. Lo lesse. Il messaggio diceva: «Farò di tutto perché tu sia felice».

Angelica si commosse e lo chiamò immediatamente sul cellulare.

«So che stai cercando una sede per il tuo mensile sul vino. Qui abbiamo una parte delle vecchie scuderie che potrebbe essere adatta allo scopo. Potresti sistemarla e risparmieresti sui costi. Intanto ti ringrazio per il bellissimo dono della moto», gli disse.

«La moto nuova non ripagherà mai, nemmeno in parte, il brutto incidente che hai avuto per causa mia. L'offerta di uno spazio per il mio periodico è un gesto davvero generoso e lo colgo al volo. Perché non inauguri la Guzzi e scendi in città? Vorrei invitarti a pranzo», rispose lui.

Angelica scese in città e andò a trovare Raimondo Agosti, il suo avvocato.

«A che punto sei con la mia richiesta di divorzio?» gli domandò.

«Giace tra le scartoffie che vorrei mandare al macero. Posso comunque recuperarla, se me lo chiedi», rispose l'amico, che aveva sulla scrivania un cappuccino, il secondo dall'inizio della mattinata di lavoro, e due brioche farcite di marmellata.

«Un po' di dieta, vero?» osservò lei, guardandolo divorarne una in tre bocconi.

«Non girare il coltello nella piaga», mugugnò lui, sorbendo un lungo sorso di cappuccino. Poi, momentaneamente appagato, riprese: «Allora, che cosa hai deciso?»

«Non lo so», rispose lei, titubante.

«Sei venuta fin qui per dirmi che ancora non lo sai?»

«Raffaello mi sembra cambiato», affermò.

«Questa idea di cambiamento ti viene da una semplice sensazione o da qualche fatto concreto?» martellò l'avvocato.

«Da tanti fatti concreti che ho trovato sconcertanti e che rivelano una grossa presa di coscienza. All'improvviso Raffaello mi dà l'idea di un uomo responsabile. Si è comportato in maniera ineccepibile con nostra figlia, con me, con l'azienda e anche con il suo lavoro. Insomma, questo cambiamento radicale e repentino... io non me lo aspettavo», dichiarò e gli raccontò tutto quello che era avvenuto dal momento in cui era andato in vacanza con la figlia. Quindi concluse: «La cosa singolare è che io stessa ho la sensazione di essere maturata in questi mesi».

«Sai, piccolina, quando ti esprimi con questa foga ritorni a essere la bambina che conoscevo da ragazzo e che mi divertiva tanto.»

«Tu, invece, sei sempre il fratello maggiore saggio e paziente che fingeva di prendermi sul serio», replicò Angelica.

«Io ti ho sempre presa sul serio, inducendoti però a ragionare. Esattamente come ho fatto tre mesi fa, quando eri decisa a chiedere il divorzio. E ho fatto bene, perché, se fossi andato avanti, ora non potrei macerare la pratica Brugliani contro Rovesti.»

«Questo, però, io non te l'ho ancora detto.»

«Che altro ti serve per prendere una decisione in questo senso?» sbuffò lui.

«Oggi andrò a pranzo con Raffaello e so che lui aspetta soltanto che io apra le braccia per accoglierlo. Durante la vendemmia, gli avevo anche proposto di tornare a Borgofranco, lui invece è rimasto in città e so perché.»

«Dillo anche a me.»

«Si aspettava che gli dicessi: torniamo a vivere insieme, ricominciamo da capo.»

«Diglielo oggi, piccolina. Questa è la soluzione più logica, credimi», disse Raimondo sollevando la sua mole dalla poltrona. Era un congedo.

Quando Angelica arrivò al ristorante, Raffaello la stava aspettando. Le andò incontro e, abbracciandola, le domandò: «Vuoi fare la pace con me?»

Lei annuì, poi disse: «Facciamo in modo che sia un ritorno graduale alla normalità, se sei d'accordo».

«Ho bisogno di sapere che cosa mi aspetta se torniamo insieme.»

«Ma guarda un po'. La stessa cosa vorrei saperla io», ribatté lei.

«Quello che posso dirti con certezza è che tu, Angelica, sei la sola donna che amo. Non mi aspetto che tu metta una pietra sul passato, ma farò di tutto per fartelo dimenticare. Voglio vivere con te e con la nostra bambina. Sono stato un idiota, Angelica mia.»

Mentre le diceva queste poche parole aveva gli occhi luccicanti di lacrime.

Lei sorrise e gli strinse una mano. Quindi sussurrò: «Né tu né io siamo perfetti ma anch'io ti amo davvero, e qualunque cosa accada non lo dimenticherò, se anche tu farai la stessa cosa».

«Lo farò», garantì lui. «Vogliamo darci dentro con questi tagliolini ai funghi, prima che si raffreddino?» disse, e aveva l'aria di un ragazzo felice.

Quel giorno, tornando in azienda, Angelica macinò una mole enorme di lavoro. Rispose a tutte le mail dei suoi agenti in Italia e all'estero. Si dilungò al telefono con William Clifford che aveva pianificato nei dettagli un lancio clamoroso dei suoi vini. Studiò con attenzione le sue proposte e poi decise di richiamarlo.

«Per la presentazione di Falce di Luna a New York, mi piacerebbe offrire un pranzo allestito da una star internazionale della cucina e ho pensato a Tancredi D'Azaro», gli disse.

«Lo conosco molto bene, ma temo che sia inavvicinabile», replicò l'agente.

«Lasciami il tempo di parlargli e ti farò sapere.»

«Se ci fosse lui, le reti televisive americane accorrerebbero a frotte.»

«Una ragione in più per provarci», concluse lei, prima di salutarlo.

La sera, Raffaello si presentò puntuale per l'ora di cena. Ora la famiglia aveva la precedenza su tutto, compresa la nuova rivista mensile dedicata al vino. Mentre Rosina serviva i cappelletti in brodo, Elisabetta domandò: «Posso uscire con Gianmarco, questa sera?»

«Dove vorreste andare?» s'informò suo padre.

«Al cinema, con altri amici che ci aspettano in città», rispose Elisabetta.

«Vi farò accompagnare in macchina da Bruno, che vi aspetterà per riportarvi a casa», decise Angelica.

«Non è necessario. Vengono loro a prenderci con l'auto di un compagno di scuola di Gianmarco che ha la patente», spiegò la ragazza.

«Niente da fare, signorina. Se vuoi andare in città, di sera, farai come ha detto tua madre», si impose Raffaello.

«Uffa! E dire che avevo tanto voluto che tornaste insieme! Bel risultato. Adesso tu ti sei messo a dare manforte alla mamma», brontolò lei. Ma subito cambiò tono e bisbigliò: «Va bene. Ho capito che avete ragione voi».

I suoi genitori si guardarono negli occhi e si sorrisero. Elisabetta uscì e Raffaello disse ad Angelica: «Vado di sopra a telefonare al giornale. Mi raggiungi?»

«Tra poco», rispose lei.

Rimasta sola andò nel salotto, agguantò il suo cellulare e mandò un messaggio a Tancredi: «Gradirei un piccolo rifornimento di angeliche», gli scrisse.

Pochi istanti dopo arrivò la sua risposta: «Te le porto io o vieni tu a prenderle?»

«Se ricordo bene, so che tornerai a giorni negli Stati Uniti per incontrare Michelle Obama. Io ci torno mercoledì prossimo; se sei d'accordo potresti offrirmi le angeliche in aereo, prendendo il mio stesso volo. A New York ho bisogno del tuo aiuto per il mio vino. Ti scriverò una mail per raccontarti tutto», rispose lei.

«Mandami le coordinate del tuo volo e io ci sarò», fu la risposta concisa del grande chef.

Angelica chiuse gli occhi e si prefigurò l'imminente viaggio in America. Avrebbe incontrato Tancredi sull'aereo. Si sarebbe seduta accanto a lui che le avrebbe offerto una ciotolina di scorzette d'arancia e limone affogate nel cioccolato fondente. Lei avrebbe chiesto alla hostess di stappare per loro una bottiglia di Falce di Luna. Avrebbero brindato insieme e poi lei avrebbe calato sugli occhi la mascherina per dormire. Si sarebbe addormentata sapendo che il suo bellissimo sogno era accanto a lei.

Riaprì gli occhi, si alzò dalla poltrona e salì le scale per raggiungere suo marito.

Finito di stampare presso ELCOGRAF S.p.A.
Stabilimento di Cles (TN)
Printed in Italy

Prova d'acquisto
978-88-200-5827